一 个 人 ， 遇 见 一 本 书

TopBook
鹭书客

陕西新华出版传媒集团
陕 西 人 民 出 版 社

图书在版编目（CIP）数据

日本妖怪奇谭 / 王新禧著.--2版.--西安：陕西人民出版社，2013

ISBN978-7-224-10433-2

Ⅰ.①日… Ⅱ.①王… Ⅲ.①鬼-文化-介绍-日本 Ⅳ.①B933

中国版本图书馆CIP数据核字（2012）第293972号

出 品 人：惠西平

总 策 划：宋亚萍

策划编辑：关 宁

责任编辑：王 倩 关 宁

封面设计：哲 峰 崔 凯

日本妖怪奇谭

作　　者 王新禧
出版发行 陕西新华出版传媒集团 陕西人民出版社
（西安北大街147号 邮编：710003）
印　　刷 西安印刷包装产业基地发展有限公司
开　　本 787 mm×1092mm 16开 18.5印张
字　　数 320千字
版　　次 2013年4月第2版 2018年5月第6次印刷
书　　号 ISBN 978-7-224-10433-2
定　　价 49.80元

目录

序 樱花之美与妖异之魅

“欲问大和魂，朝阳底下看山樱。”樱花热烈、纯洁、高尚，短暂灿烂随即凋谢，不污不染、干脆利落，因此被看成日本精神的象征，并被尊为“国花”。

怪谈，虚无飘渺、幻化无常，一个个幽灵鬼魅的传说，带着凛然幽微之美，在摇曳的烛光下，自讲述人口中娓娓道来。它不教人血脉贲张，却让不可思议的感觉悄悄爬上背脊，冷冷地渗进你的骨头里……

日本，就是这样一个具有鲜明两面性的国家，既有樱花之美，又兼妖异之魅。时而如樱花般浪漫、文雅、温和谦让，时而又如鬼魅般残酷、阴险、刻板古怪，甚至疯狂。对于日本人，无论是孟德斯鸠还是本尼迪克特，都给出了一幅复杂的图景。

如此善变的民族性格，造就了日本文化的独特性与多样性。在世界文明坐标中，其文化底蕴可说是一件“百衲衣”，主要由中国、欧美及本土诸种因子混合而成。说白点，日本就是个完全“窃取”别国文化后，再重新包装贩售的国家！但它“盗窃”的手段高明、技巧娴熟，借鉴模仿外来文明，能迅速地吸纳消化，使之成为自身的崭新创造力，进而推动本国文化发展。举凡文学、绘画、音乐、建筑等诸领域，无不如是。而流传千年，至今已蔚为壮观的日本妖怪文化，亦是其中典型的一个方面。

《左传》载："天反时为灾，地反物为妖。"不符合自然规律的事物就是"妖"。对人类而言，妖怪是不可思议的超自然现象，也是需尽力隔绝的奇异存在。它们被视为不吉的威胁，或是愚昧的迷信。然而这两种通常的看法，并无助于人类真正了解异界众生。即使有汗牛充栋的各类神话玄幻作品可供考鉴，但依然无法尽释人们心中的迷惑。

近年来，奇幻之风劲吹，西方的美人鱼、独角兽、半人马、吸血鬼等等，伴随着《魔戒》《哈利・波特》《纳尼亚王国》等热潮，席卷神州大地。但面对与我们一衣带水、同文同脉的日本神幻文化，国人却似乎欠缺必要的了解。在白雪皑皑的富士山下、自怒涛汹涌的濑户内海、由繁茂葱郁的千叶之森、从薄雾笼罩的古墓坟场，走出了雪女、海坊主、狐妖、河童、天狗……百鬼夜行，群妖争竞，为我们打开一个华丽绚烂的幻想世界。那奇异的、遥远的、全然陌生的鬼怪物语，像一枚枚叶子，举起来对着太阳细看，脉络中涌动着的是岛国男女的辛酸、哀怨、喜乐、不舍，竟不可思议地使人有种奇特的亲切感。究竟这如许众多的日本妖怪，有如何的来历身世？有怎样的性格差异？又有哪些扣动心弦的传说？就让笔者提灯引路，放胆打开想象的魔法盒，带您进入日本怪谈的嘉年华吧！

这本书，以各自独立的短篇串成，按时代顺序，讲述了日本的神话源起、奇谭怪闻、妖怪的类型及特色等，自然，免不了诸多人与妖之间的传奇情事。笔者试图以淡笔的巧述，结合细致浓墨的描摹，将那些美丽的怨灵、荒诞的巧遇、苍凉的悲哀、无奈的抉择、枯寂的执念，真实刻画于纸上。同时，熔知识性与趣味性于一炉，既有严谨治学的钩沉梳理，又有民间说书讲史的韵味。以那时那人那事的腔调语气，缓缓铺陈出情节，把古奥变成清浅，将藏诸深山变成妇孺皆知，把本来驳杂繁复的"妖事"，从字里行间立起来，还其鲜活的原貌。这许许多多让我们叹气、惊恐、顿足、思索的传奇，与其说是谈鬼说怪，不如说是摹画人间景象。它们的姿态是梦一样的境界，众生相被绘在狞狰的面具下，等待你洞悉后伸手揭开。

当然，这充满妖气的罐装世界里的内容，可能会让你感觉丝丝凉意扑面而来。那么，请不要毛骨悚然，更不要惊声尖叫。最理想的读法，请你选择一个阴天的午后，或者小雨淅沥的夜晚，屋内熏起白檀，窗下秋虫时鸣，拥被在床，在最后一线日影中点亮枕边灯。一书在手，读完一段传说，不要急着看下一个，闭上眼歇一会儿，回味、感受、适应一下暧昧、迷离、怪诞的氛围，也许你就会发现，此时的妖怪神魔们，已不再是令人畏惧的另类，而只是千变万化的人性缩影。他们是这个娑婆世界中不可或缺的一群，也是最奇妙有趣的一群。所有隶属于黑暗的怨恨总是在故事的最后一页化为午后夕阳下的飞樱无数，变回那些小小的、美美的亦很纤弱的希望。看这部书，你会明白，当我们抱着平常心去看待鬼怪的时候，也会发现许多值得珍惜的情感。

如此，你既可以充分享受怪谈的魅力，又能在疲倦后，无惊无怖地舒舒服服睡个好觉。

笔者不敢妄称打通“古今八脉”，在神话历史间进得去又出得来，只希望这本穿梭于人界和异界的书，能给奇幻、神话、灵异、历史爱好者，以及诸位日本文化研究者，以哪怕薄物细故的裨益，那都将成为我如愿以偿的喜悦。

最后，小诗一首，以纪这次日本的怪谈之旅：

浮生如绘梦，恍惚一青灯，
摇曳步步行，转瞬云烟散。
百鬼夜游奇，野狐撞钟异，
妖魅随心生，俨然诸法相。
哭笑纷纷扬，不过逢场戏，
凝眸即消逝，转身幽然在。

人生寄一世，奄忽若飚尘；
人生处一世，去若朝露晞。
虚无天地间，忽如远行客；
生当复来归，死当长相思。
幻梦终有破灭时，一切只是一瞬间。
闲看花开花落，可惜不在庭中。
牵挛如此意，边走边唱游；
存亡永乖隔，一一随同。

王新禧

2008 年 5 月 9 日初版序

再版补记

本书初版问世后，承蒙读者抬爱，风评与销量皆属不错，遂有再版之议。此增补修订版除细致校改初版错误外，又另行增加数万字新内容，力求最大范围涵盖日本妖怪文化的各方面，予读者更多来自异空间的心跳与遐思。

这正是：

洞达悉天道，体物以抒志。

笔驱龙蛇走，墨舒风雨跹。

浩浩万言入麈来，展卷不忍与之辞。

了了了时无可了，玄玄玄处终须玄！

王新禧

2012 年 7 月再版补记

第一章

岛国初诞——天神创世，神话史诗

伊邪那美命生众神

在日本神话中，世界是由男神伊邪那岐命与女神伊邪那美命共同创造的。二人是兄妹，成婚后生下了九州、四国、隐崎国、筑紫国、对马岛、壹伎岛、佐度岛、本州岛等八岛和小六岛，共计十四个岛，一起构成了凡人居住的“苇原中国”。

五别天神创世

与许多国家的神话一样，日本神话也是由创世说开始的。远古时宇宙初生，混沌不清。不知过了多少载，清者上升为天，浊者沉落为地，天地于斯始分。众神高高在上，居住的天上界称为“高天原”；与此相对，凡人居住的世界被称为“苇原中国”；而地下世界则是“黄泉国”。垂直三层的神话世界是日本神话体系的构想基础。

天地形成之初，高天原上诞生了三尊天神：天之御中主神、高御产巢日神、神产巢日神。“天之御中主神”是天上界的最高主宰，代表着宇宙的根本，其名字的意义就是支配天庭中心，表示世界神圣的中心在天上。“高御产巢日神”掌管万物生育，而“神产巢日神”则负责掌管幽冥界，他们的名字中都有“产”“巢”这两个字，顾名思义，就是共同代表着宇宙的生成力，意味着生命的孕育。此两神相对即为阴阳两仪。

当其时，下界的大地尚未成熟凝固，一片汪洋之上漂浮着一片幼稚的国土。这个国土没有根，如同浮在水面上的油脂，只能像水母那样在海面上漂浮不定。浮游中，国土逐渐萌生了一个像苇芽一样的东西，它生命力极强，生长迅速，最后化成神，叫做“美苇芽彦知神”（意为由芦苇芽生的俊美之神），代表着大地和海洋尚未分离时的生命中心。之后又诞生了一尊神，叫做“天之常立神”（意思是永远的天庭之神），其职责是以强力永久支撑着天界。

以上五尊神合称为“五别天神”，是日本神话体系中的最高神，也是第一代神。这五位神明皆为独身，无性别，而且隐形不现。他们的出现，代表着世界就此创造。

神世七代

五尊特别天神诞生后不久，又诞生了第二代的十二尊天神：

“国之常立神”：“常立”之意是永恒、永久。天之常立神与国之常立神虽皆为高天原之神,但却是与天上和人间社会相对应的概念。国之常立神只负责掌管国土,是地上之神。

“丰云野神”：表示天与地、地与海还无法区别时所出现的神。

“宇比地迩神”与妹妹“巢土神”：宇比地迩神是泥土之神，巢土神则是沙土之神。

“角杙神”与妹妹“活杙神”：角杙神和活杙神是树木之神，表示植物的根茎开始萌发嫩芽。

“大殿儿神”与妹妹“大殿部神”：大殿儿神代表男性，大殿部神代表女性。

“御面足神”与妹妹“敬畏神”：御面足神代表面貌俊美，敬畏神则象征思想意识的产生。

“伊邪那岐命”与妹妹“伊邪那美命”：神话时代最重要的神祇，一起创造了日本国土，掌管下界万物生育的根本之神!

以上十二尊神，除了国之常立神与丰云野神是独身而且隐形不现外，其余十神都是兄妹成对的双神，共五对。最前面的二尊独身神各为一代，以后成双的五对各为一代，并称“神世七代”。

神世七代的诞生，象征了土和水融合成稠泥状，形成世界的雏形；植物的嫩芽开始长出，并且由白色的茎支撑大地，成为世界的中心支柱；男性、女性在神中诞生，象征性别区分的开始；由于男女双方互相示爱，因而结婚，生命开始繁衍。

国土的诞生

对于日本国的创造，日本神话的描述比较独特。在其他国家的神话中，本国的世界通常是由一位男性神创造的，而在日本神话中，世界则是由男性神伊邪那岐命与女性神伊邪那美命共同创造的（岐、美是对男女的美称；“命”是“尊”的意思，对神或贵人的称呼，没有特别意义）。

当时下界的国土，虽然已经有了芦苇的支撑，但没有根基的土地仍然不够稳定，于是众天神就指派伊邪那岐命和伊邪那美命去修固漂浮的国土。

二神遵命来到悬浮于天地之间的天浮桥上，俯视凡尘大地。透过翻飞的五彩祥云，看那大海蔚蓝，白浪如雪，天水相连，苍苍茫茫。遂将众神所赐予的天沼矛（《日本书纪》中叫天之琼矛）探入海水中并来回搅动，再将矛提起时，矛尖上残留的海水滴下来，变成了盐，盐堆积起来，凝聚成岛，这就是淤能碁吕岛（意为自然凝结成的岛）。

岛屿形成后，伊邪那岐命和伊邪那美命降到岛上，树起天之御柱，并建立了一个名为“八寻殿”的巨大房屋。

一日，伊邪那岐命问他的妹妹：“你的身体是如何形成的？”

伊邪那美命回答说：“我的身体是经过层层塑造而成的，已经完全长成了。但不知怎么有一个地方却凹了下去。”

伊邪那岐命说：“我的身体也长成了，但有一处正好与你的相反，凸了出来。我们可以尝试用凹凸处相互结合，来生育我们的国土，如何？”

伊邪那美命欣然应允。于是他们相约围绕天之御柱行走，并在相遇的地方结合。

伊邪那岐命便从左绕行，伊邪那美命从右绕行，当相遇时，伊邪那美命先开口说：“哎呀！你真是个英俊的好男子！”伊邪那岐命赶紧接道：“哎呀！你真是个美丽的好女子！”就这样，二神完成了结婚仪式。

然而不幸的是，他们在神婚之后，生的第一个孩子竟然是水蛭子（指骨骼发育不全的胎儿），到了三岁仍不能站立。他们只好把这个孩子放在芦苇船上，让他顺水流去。不久，他们又生了淡岛，竟也是个怪物。

伤心的二神商量道：“我们生下的两个孩子都不健全，是什么原因呢？还是去请教天庭中的神吧！”于是他们一同回到高天原去见天神。

天神用焚烧鹿肩骨的占卜方法为二神占卜后说：“那是由于女子先说话而颠倒了男先女后秩序的缘故，所以才生出怪胎。这次回去重新结合，由男子先说话就能解决问题了。”

二神回来，照以前那样绕着天之御柱行走。这次相遇时，伊邪那岐命抢先说：“哎呀！你真是个美丽的好女子！”伊邪那美命答道：“哎呀！你真是个英俊的好男子！”这样说过之后，二神再次结合，须臾间，百花丰茂、鸟雀飞鸣，顺利生下了九州、四国、隐岐国、筑紫岛、对马岛、壹伎岛、佐度岛、本州岛等八岛，这大八岛组成了日

本国土的主要部分，所以日本古时又被称为“大八岛国”。此后二神又生“小六岛”，共计十四个岛，一起构成了凡人居住的“苇原中国”。

第三代诸神

伊邪那岐命和伊邪那美命生国土既毕，乃生诸神，是为第三代神。

第三代的诸神们与世间万物有着紧密联系。包括房屋神、河神、海神、农业神、风神、原野神、船神、木神、山神、土神、火神等，一共三十五位。

不幸的是，在生第三十五个神——火神火之迦具土时，一场悲剧发生了。因为火神炙热的身躯，伊邪那美命阴部被烧伤，不治而亡。

伊邪那美命死后，伊邪那岐命非常悲伤，痛苦地呕吐并排泄，呕吐物和排泄物，化成了金属神、黏土神和谷物神。他喃喃地说：“我亲爱的妻子啊，竟因为一个儿子的缘故，就丧失了你吗？”他匍匐在妻子的枕边，又匍匐在妻子的脚旁，悲痛地哭泣，泪水化成了神，名叫泣泽女神。

痛哭之后，伊邪那岐命将伊邪那美命葬于出云、伯耆二国界的比婆山。接着，他拔出所佩的十拳剑（即十握长的剑，四指宽为一握），走向他的儿子火之迦具土：“虽然你是我的孩子，也不可饶恕啊！”说罢，便挥剑斩向火神。火神被杀死，溅在剑锋上的血化为石拆神、根拆神、暗淤加美神、暗御津羽神等八位神。火神的头、胸、腹、下体、左右手、左右脚也分别化作了正鹿山津见神、淤滕山津见神、奥山津见神、暗山津见神等八位神。

杀死火神用的十拳剑，后被称为“天之尾羽张”，又名“伊都之尾羽张”。

黄泉国

时间的流逝并没有冲淡伊邪那岐命失去妻子的悲痛，他朝思暮想，希望再见到伊邪那美命，便一直追到黄泉国。黄泉国即冥界，被认为是阴曹地府和生命归宿的根源之地。一条蜿蜒的小路通往这个无底的深渊，入口有两个，一个在出云国，一个在海里。在地府的水里，集中了所有的罪孽，都是冲刷净化罪恶灵魂后留下来的。而在地府的各个房屋和宫殿里，则住着男男女女的鬼怪。

伊邪那岐命来到黄泉国，在大殿门口遇到了伊邪那美命。他兴奋异常，立即诚恳地请求说："我与你受命创造国家，如今使命未完，你和我一道回去吧！"

可是伊邪那美命却犯难了："可惜呀！你怎么不早些来？我已经吃了黄泉灶火所煮的饭食，身体也已经污浊了。不过，既然你是特意来找我，那我也愿意回去！你等等，让我和黄泉国的神商量一下。但是，在我交涉的这段时间里，你绝对不能进来看我。"这样嘱咐之后，伊邪那美命就回到了殿里。

时间过了很久，伊邪那岐命心急如焚，还不见妻子出来，实在是等得不耐烦了，就取下左发髻上戴着的多齿木梳，折下一个边齿，点起火来，到殿里去看他的妻子。但面前的景象却使他惊呆了：

只见伊邪那美命原先娇美的身躯，已开始腐烂，上面流着脓血，爬满一堆堆黄白色的蛆虫，蛆虫一拱一拱地蠕动，令人作呕。而旁边还站着八个面目可憎的雷神在恶狠狠地盯着自己。

伊邪那岐命看到这番景象大吃一惊，吓得仓皇而逃。伊邪那美命遭此羞辱，悲愤交集，立即派黄泉丑女（丑恶事物的化身）、母夜叉在后面紧紧追赶。伊邪那岐命取下头上的黑发饰和梳子，扔到地上。黑发饰上长出野葡萄，梳子变成了竹笋，黄泉丑女和母夜叉忙着吃葡萄和竹笋，放过了伊邪那岐命。

伊邪那美命又派八雷神率领一千五百名黄泉鬼军追赶上来。伊邪那岐命一边拔出所佩的十拳剑抵挡冲上来的雷神，一边从附近的桃树上摘下三个桃子，砸向黄泉鬼军。黄泉鬼军一见桃子，慌忙逃了回去。伊邪那岐命感激地对桃子说："谢谢你帮助了我。今后，生活在苇原中国的人们若身处困境，还请多帮助他们。"从此以后，日本民间就认为桃可除魔辟邪。

就这样，伊邪那岐命终于拼死逃到黄泉比良坂，这时丑陋的伊邪那美命也追到了。伊邪那岐命用千引石堵住黄泉比良坂，他们隔着千引石相对而立。伊邪那岐命决定与妻子断绝关系，并发下了夫妻决绝的誓言。伊邪那美命恨恨地斥责道："我的夫君呵，你竟然做出这样无情的事来对待我，我要每日杀死一千个你国家的人民。"伊邪那岐命回答

说："我的前妻呵，你假如真这样做的话，那我每天将会让一千五百人来到这个世界上。"

从此他们夫妻恩断义绝，而日本便每天必死千人，每天也必生一千五百人，以每日五百人的速度在增长。

三贵子

从黄泉国回来后，为了除去冥界的污秽，伊邪那岐命来到了日向国阿波岐原，在这里举行修禊仪式。阿波岐原位于入海口处，岸边柳青树茂、波光粼粼，景色十分优美。伊邪那岐命把身上所佩戴的东西全部脱掉，杖、腰带、衣服、裙裳、头冠、左右手玉镯等均化为各种不同的神，共十二位。

接着，他见上游水流湍急、下游又太平缓，便在河的中段认真地洗濯全身，洗左眼时，左眼突然闪耀光辉而化成了"天照大御神"；洗右眼时生成了"月读命"；洗鼻子时又生成了"须佐之男命"（旧译素戋呜尊）。这三神合称为"三贵子"。从身上洗掉的其他污垢也都化为"八十祸津日神""大祸津日神"等十一神。另有底筒之男命、中筒之男命、上筒之男命这三神，并称为住吉三神，是航海的守护神。

得到"三贵子"，伊邪那岐命非常高兴。于是取下脖子上戴的勾玉所串之颈珠，摇动得琮琮作响，赐给天照大御神，并对她说："你去治理天界的高天原！"这串玉串，取名"御仓板举之神"，代表了统治高天原的无上权威。它发出的悦耳响声，叫作"玉响"。天照大御神由此成为美丽高贵的太阳女神。随后，伊邪那岐命又让月读命去治理夜之国，成为月神；让须佐之男命去治理海洋，成为风暴与地震之神。

至此，日本创世时期的三代神全部诞生。

大闹高天原

世界被创造后，"三贵子"受命掌管人间天上，其中须佐之男命被分派到"沧海之原"。

八重垣神社本殿壁画　须佐之男命

须佐之男命为伊邪那岐命在河中洗鼻时生成，为“三贵子”之一。他曾与姐姐天照大御神在高天原对立，使得天照大御神躲入岩屋，天界人间因此而陷入无边的黑暗。后来他被逐出高天原，在出云国杀死八岐大蛇，又牵引国土，繁衍了诸多子孙，成为日本神话中“勇武”的化身。

他到了封地后，不思治理国土，每日只是哭泣，直到胡须留到八拳长，拖到了胸前，还在那里痛哭。其声之悲，令青山荒芜；其声之哀，使河海干涸。国中的恶神也随哭声出没，灾祸频生。

伊邪那岐命感到很奇怪，便问他何故如此？须佐之男命回答说："我日夜思念母亲，想到亡母所在的根之坚洲国（即黄泉国）去，所以才哭泣不止。"伊邪那岐命想起先前去黄泉国的可怕经历，勃然大怒，斥道："既如此，你就不要住在海原上啦！"说罢，便下令将须佐之男命放逐到淡海的多贺。

须佐之男命不肯死心，想上天和大姐天照大御神商量。当他升天时，粗重的脚步令山川轰隆摇撼、大地剧烈震动，天照大御神猛吃一惊，以为弟弟想来高天原抢夺自己的宝座，便解开头上的结发，绾上男发式的鬓频髻，并在左右鬓频髻上、左右手上各佩戴美丽的勾玉串；背上还背着千羽箭筒，身侧挂着五百羽箭袋；摇动弓梢，顿足陷地，蹴散坚土飘若雪花。全副武装、严阵以待弟弟的到来。

须佐之男命见到姐姐剑拔弩张的样子，赶忙说明来意，表白自己绝无野心。天照大御神依然不信，质疑道："你嘴上说的好听，谁知道你心里是怎么想的。怎么证明你没有说谎呢？"须佐之男命回答说："那么咱们就在神的面前起誓，用身上所佩之物生孩子，若生女则证明心地纯洁，若生男则说明心怀叵测。"

于是姐弟俩隔着天安河（银河）立誓。随后天照大御神先将弟弟佩的十拳剑折成三段，在天之真名井中摆动洗净，然后放入口中咀嚼，她呼出的气息生出了神寄姬、泷利姬和市杵岛姬等三位女神。接着须佐之男命求取姐姐左右发鬓、束前额发、左右手上装饰的五串玉珠，依样施为，将玉珠放在嘴里嚼碎，"噗"地吐出，生出了五位男神。

须佐之男命一看姐姐的饰物生出的都是男神，就对天照说："后生的五个男神，是以你的玉珠为种子而生的，是你的孩子。先生的三个女神是以我的剑为种子而生的，是我的孩子。正因为我本性纯洁，不会说谎，所以我生的孩子都是善良柔和的女子，而你生的都是暴烈的男子。照此看来，居心不良的反而是你啊！"于是便乘胜大闹，赖在高天原不走了。

起初天照大御神还能以宽容的态度对弟弟处处忍让，但任性骄傲的须佐之男命越来越放纵。他到处肆意破坏天界的田地、填平灌溉用的玉池、胡乱播撒种子，甚至还故意在举行祭礼的殿堂上大小便。天上众神怨声载道，天照大御神无可奈何，只好睁一只眼闭一只眼。但有一天，须佐之男命趁姐姐不在时，剥下天斑马的马皮，自屋顶丢入织造房里，导致一位织女因惊吓过度而不慎被梭机刺中阴部而死。须佐之男命的这些恶行，就是日本人原罪观念的根源。

由于须佐之男命的胡作非为越来越过分，天照大御神一怒之下避入天之岩屋。天界人间顿时没有了阳光的照耀，陷入了无边的黑暗。凶神妖魔们借机四处横行，各种灾难也随之发生。

舞诱天照大御神

天照大御神躲入岩屋后，“高天原皆暗，苇原中国皆暗”；长夜漫漫，不见白昼。八百万众神惊惧慌忙，如夏天的苍蝇般乱作一团。他们齐集于天安河畔，请高御产巢日神之子思金神思考对策。最有智慧的思金神采来天安河里的天坚石和天金山上的铁，找锻冶神天津麻罗造出“八咫镜”；接着，他又命令玉祖命造出八尺琼勾玉，并剔下天香山雄鹿的全副肩骨，与朱樱木一起焚烧占卜。最后派神将天香山的一株枝繁叶茂的杨桐树连根掘起，上枝悬挂美丽的八尺琼勾玉玉串，中枝悬挂八咫镜，下枝悬吊许多用楮树皮制成的青、白两色棉布和麻布，将天岩屋外布置成了一个大舞台。众神就在岩屋前开起了大型歌舞晚会。

靡音响起，在无数长鸣鸟引颈齐鸣的伴奏下，布刀玉命手捧献给太阳女神的供物；天儿屋命念颂着庄重的祝祷之词；妖娆的舞神天宇受卖命用天香山的藤萝蔓束起衣袖，以葛藤做发缨束住头发，将空桶倒扣在天岩屋前，手持几束天香山的脆竹叶，摇动金铃，踏着“天细女舞”的节拍在桶上翩翩起舞（此即日本神乐史的开始）。她姿态优雅、笑容莫测，斜睨的眼神和曼妙的身姿，令人惊艳。舞到尽兴处，竟袒胸露乳，衣裳垂至下体，媚态撩人。这番“艳舞”令众神 HIGH 到不得了，八百万神大声嬉嚷，笑闹不已。

在雅乐与妙舞中，躲在天岩屋里的天照大御神忍不住将石门悄悄打开一条细缝，向外窥视，暗夜里灯火迷蒙，点点流光闪烁。她犹疑不定地问道：“我隐居不出，世界应该一片黑暗，众神为何还欢欣雀跃呢？”舞神回答说：“那是因为有比你更尊贵百倍的神来到高天原了，所以我们欢快歌舞。”说着布刀玉命将八咫镜举到天照大御

天照大御神

伊邪那岐命在河中洗濯左眼而生成，为“三贵子”之一，受命治理天界的高天原，成为美丽高贵的太阳女神。因弟弟须佐之男命在高天原胡作非为，她一怒之下躲入天之岩屋，使得天界人间陷入无边的黑暗。八百万众神设计，以舞神天宇受卖命曼妙的舞姿引诱她，将她拉出了岩屋。经此事件后，天照大御神至高无上的地位得到确立，也成为日本神话体系中的“秩序原理”和“绝对存在”，也成了后世所供奉的独一无二的正统统治者。

神面前，天照大御神见到镜中自己模糊的影像，为了看清楚便把石门开得更大。说时迟那时快，就在这一瞬间，事先隐藏在天岩屋门旁的大力神天手力男，猛然一把抓住她的手，将她拉出了天岩屋。太阳女神重现，高天原和人间又恢复了昔日的光明。布刀玉命随即绕到天照大御神身后，将稻草绳挂在了天岩屋的石门上。此后在日本，神社的入口处挂稻草绳，以及新年时家家户户门前结稻草绳的习俗就渊源于此。

经此事件后，天照大御神至高无上的地位得以完全确立，她从此成为日本神话体系的“秩序原理”和“绝对存在”，也成了后世所供奉的独一无二的正统统治者。

一切都归于原状后，众神商议要惩罚须佐之男命。他们逼迫须佐之男命拿出千件物品赎罪，并罚他割去胡须、拔掉手指甲和脚指甲，然后把他赶出了高天原。

临离开高天原前，须佐之男命到掌管食物的神大气津姬那里索要食物，打算在路上吃。大气津姬从鼻、口、肛门处弄出许多食材，做成美味佳肴，献给须佐之男命。可是，这一切都被须佐之男命偷看到了。他认为大气津姬是用污秽之物来侮辱他，一气之下，将大气津姬杀了。

大气津姬死后，她的头化作蚕，眼珠化作稻，耳朵生成粟，鼻子生成小豆，阴部生成麦，肛门生成大豆，这就是日本五谷的起源。

八岐大蛇之退治

落日挥动大旗，没落在野草深处的出云族载歌载舞。他们本是守在历史深处的安静种族——溪水涤荡他们的心，微风吹拂他们的脸。在这与世隔绝的时间内壁，幸福的青藤缠绕着他们。本来这将是他们恒久的命运，命运中的神祇会一直眷顾着他们，护佑着他们。然而山野雀一样的自由生活虽然美好，但注定短暂。天狗吞日、天降异兆，八岐大蛇的贪食在时光中逼近。

破坏分子须佐之男命遭到“神谴”，离开了天界，下凡来到出云国境内一个名叫鸟发的地方。他见河中有筷子漂流下来，感到上游应该住有人家，于是溯流而上。在上游，他看到一个老翁和一个老妪围坐在一个少女身边，三人执手相泣。少女看上去约十六七岁，清秀可人。须佐之男命觉得奇怪，便上前问道：“你们是什么人？为何

如此悲切呢？”老翁回答说：“我是本地的山神，叫足名椎，妻子名叫手名椎，这是我们的女儿奇稻田姬。先前我们共有八个女儿，一家和睦地生活着。可谁知离这儿不远的高志有一个叫八岐大蛇的怪物，每年都来此作祟，每次都吞食我一个女儿。今年是第八年了，眼看我最后一个女儿也要被吃掉，我们无计可施，因而哭泣。”

八岐大蛇，是日本亘古以来最强的魔物之一，拥有魔界的神秘力量。它长得相当可怕，眼睛火红如浆果，身有八头八尾，八个头分别代表着“魂、鬼、恶、妖、魔、屠、灵、死”八种幻灵。其身躯黑黝庞大，蜿蜒越过八条山谷，腹部还滴着赤血，全身覆盖着青苔与桧杉，头顶上飘着天丛云。它曾经与猫又、九尾狐一起，引发了长达五百年的上古九大神兽之战。后来被神兽之首的九尾狐击败，被迫蛰伏于出云的高志，成了出云地区水害的根源。它每年都要吞噬一位美丽的少女，就是为了取元阴之气补充魔力，准备东山再起。

老翁描述着八岐大蛇的可畏，身体不断地颤抖。但须佐之男命却毫不胆怯，他深情地望着奇稻田姬，为姑娘的美貌所打动，便对老翁说：“别怕，我可以治服这个怪物。不过，你肯把女儿嫁给我吗？”

老翁惊奇地问：“啊？阁下是？”

“我乃天照大御神的同胞弟弟，掌管海洋的大神须佐之男命是也！”

足名椎与手名椎一听，大喜过望：“原来是天神大人啊！真惶恐得很，小女就献给您吧！”

须佐之男命十分高兴，把奇稻田姬变成多齿木梳，插在发间，然后说：“既然我是你们的女婿了，自然要保护你们。你们快去酿造浓香的烈酒，再筑起篱笆墙，墙上留出八个洞，每个洞前都放一个装满烈酒的酒槽。”老夫妇依照吩咐做好了准备。

过了几个时辰，八岐大蛇果然拖着长长的身躯来了。它嗅到香甜的酒味，赶忙游到篱笆墙前，迫不及待地将八个脑袋分别钻进八个酒槽里，狂饮起来。这酒槽里装的是经反复酿造八次才出窖的高度烈酒，即便是魔力深厚的八岐大蛇也抵不住酒力，不一会儿就烂醉如泥，耷拉着八个脑袋昏昏睡去。须佐之男命趁此机会拔出十拳剑迅捷地向大蛇砍去，将它的八个脑袋一一割掉，又依次去砍大蛇的八条巨尾。当他砍到最后一条蛇尾时，只听“铿”的一声，十拳剑居然被弹了回来，剑刃也应声崩裂。须佐之男命深感诧异，纵向剖开蛇尾，刹那间光彩熠熠，一把锋利的稀世宝剑映入眼帘，这就是日本皇室著名的“三神器”之一——天之丛云剑（草薙剑）。

八岐大蛇之退治

八岐大蛇是日本亘古以来最强的魔物之一，拥有魔界的神秘力量。它长得相当可怕，眼睛火红如浆果，身有八头八尾。它与猫又、九尾狐大战，引发了上古九大神兽之战。后来被神兽之首的九尾狐击败，被迫蛰伏于出云的高志，成了出云地区水害的根源。它每年都要吞噬一名少女以补充魔力。须佐之男命被从高天原逐出，来到出云国，设计杀死了八岐大蛇。

完成这英雄般壮丽的事迹后，须佐之男命先是将宝剑献给了姐姐天照大御神，得到了她的原谅和赦免。接着决定在出云国建造一座雄伟的宫殿。他经过探寻，发现了一处清爽怡人的宝地，十分适合自己，于是便在此处破土动工。这个地方就是须贺。宫殿开工之时，有祥云自地上升腾而起，据说这就是“出云国”的来历。

由于不畏强暴、为民除害，须佐之男命成为日本神话中“勇武”的化身，也成为了出云神话的祖神。宫殿落成后，须佐之男命与奇稻田姬结婚了，他们唱着日本最早的和歌“八云立兮层云涌，出云国中八重垣；为使吾妻居于此，故建八重垣，恩爱八重垣”，幸福地生活着。

牵引国土

在出云立国后，有一天，须佐之男命站在高处俯瞰出云国，发现出云国宛若一条狭长的细带，他自言自语地说道：“我统治的国土如此狭小，实在说不过去，难道就没有什么办法让国土变宽吗？”说着，他向海的远处眺望，发现朝鲜半岛南端有一块土地向外突出，他高兴地嚷道：“有了，有了，把那突出之处补在我的国土上不就可以了吗？”

于是，须佐之男命抡起一把大锄头，将半岛多出的那块与朝鲜半岛断开，然后用三根粗绳索紧紧捆住，嘴里喊着号子，像拉纤般把砍下的那块土地拉了过来。这块拉来的国土与出云国相接，形成了今日出云国小津港到杵筑的御崎这一段海岸。

为了不让拉来的国土漂走，须佐之男命在海里打下一根粗桩，用绳索把国土系在桩子上。那粗桩年深日久，便化作了今日屹立在出云国与石见国之间的三瓶山，而牵拉的绳索则化作了今日杵筑御崎南边长长的海滨。

尽管增加了一块国土，须佐之男命还是不满足。他又登高远眺，这次发现出云国北面的隐岐岛多出一块，像尖嘴似的向南突出，显得孤零无依。须佐之男命高兴地大叫：“又有了！又有了！那里又有一块没人要的国土！”说着，他又抡起大锄头把它断下来，用三根粗绳索把土地拉了过来。如今的多久村至狭田村一带，就是这块拉来的国土。

后来，须佐之男命又用同样的办法从别处牵引来了两块国土。出云国新添了四块国土，变得宽阔多了，须佐之男命终于满意地笑了。

当时，日本国土上草木稀少，到处是秃山和荒野。须佐之男命有一次渡海来到朝鲜半岛，发现了许多金山银山，很想把它们运回日本，可惜没有足够的船。须佐之男命便决定让日本到处长满树，好伐木造船渡海。于是，他拔下自己的长须，临风一吹，长须落地化为一株株杉树；又拔下胸毛，一根根吹散，胸毛化作了桧树；拔下腰间的体毛，化为罗汉松；拔下眉毛，化作楠树。从此，日本整个国土便长满了杉桧松楠等各种珍贵的树木，为深深绿荫所覆盖。

须佐之男命夫妻俩在出云国励精图治，颇有作为。他们繁衍了众多子孙，第六代孙“大国主神”成为后来地上国的建国之神。

因幡之白兔

在鸟取县的海边有一道蜿蜒的海岸，名叫“白兔海岸”，这并不是因为海岸线上有什么风景酷似白兔，而是由于这里是日本开国之神“大国主神”与因幡白兔因缘际会的地点。

所谓“大国主”，即伟大的国土统治者之意。大国主神在未受册封以前，名为大汝神，他有八十位异母兄弟，总称“八十神”。这些异母兄弟个个都邪心极重，而大国主神却性情温顺，因此时常受到兄弟们的排挤刁难。

有一天，众兄弟出发向因幡国的八上媛求婚，他们强迫大国主神当随从，负责背负众兄弟的行李。一行人来到气多岬海岸时，发现有只全身皮被剥掉的小白兔，在海边痛哭。

原来，这只白兔想从淤岐岛渡海到因幡国。但淤岐岛和因幡国间一座桥梁也没有，只有数不胜数的鲨鱼。于是，白兔就想出一个主意，它对海里的鲨鱼们说：“你们想知道是鲨鱼一族数量多，还是兔子一族数量多吗？你们在海中排成一列直至对岸，我在你们背上数一数就知道了。”

鲨鱼们真的排成一长列，白兔就利用这座“鲨鱼桥”渡过大海。可是离海岸仅有一步时，兔子忘乎所以，脱口讽刺道：“笨鱼们，你们被我骗了！”鲨鱼们听了大怒，

立即以闪电般的速度袭击白兔，白兔被剥掉兔皮，扔在沙滩上，疼得死去活来。恰巧此时八十神路过此地。

心术不正的八十神见此情景，故作同情地欺骗说："好可怜，好可怜。不要哭了，兔子你到海中洗洗，再到高处让风吹干，伤口就会愈合的。"白兔照办，结果身体被海水浸泡后，沾满了盐，被风一吹，更加痛苦不堪。

落后于众兄弟的大国主神过了一阵子才赶到，他看到白兔已经气息奄奄，连忙向白兔建议道："你先到河川用淡水洗身，再用河岸生长的香蒲花粉均匀地撒在一处干净的地面上，在花粉上滚一滚，就会恢复原状了。"白兔照吩咐去做，果然很快就长出了兔皮。白兔为了报恩，向大国主神许下幸福的诺言："汝心慈善，前恶心之八十神等，必不能得八上媛之心。汝虽负囊从行，然得八上媛者，唯汝一人！"

果然，八上媛对大国主神一见倾心。在知恩图报的因幡白兔暗中撮合下，大国主神与八上媛结成美好姻缘。但他也因此更遭兄弟们的嫉恨。

大国主神的磨炼

八十神非常嫉妒大国主神娶到美貌的八上媛，便想方设法地施行迫害。

他们先是将大国主神引到一座山下，说："这座山上，有罕见的赤野猪，我们打算围猎它。你在山下等着，当我们把赤野猪赶下来时，你一定要捉住它，否则要你的好看！"大国主神便在山下等着，哪知八十神把烧得通红的岩石从山上滚下，大国主神躲闪不及，被活活烫死。

大国主神的魂灵，急忙向亲生母亲求救。其母上天哭诉，求助于神产巢日神。神产巢日神遣蚶贝姬、蛤贝姬二神施救。蚶贝姬刮削贝壳，得到壳粉；蛤贝姬取来清水，将壳粉混合蛤汁母乳，涂在大国主神尸身上，大国主神登时复活了。

八十神见状，心有不甘，又第二次加害大国主神。他们劈开一棵巨树，以楔子打入树中支撑。然后引诱大国主神入树中，突然拔去支撑缝隙的楔子，将大国主神活活夹死。

大国主神的魂灵只好再度向母亲求救，其母劈开巨树，将儿子救活了。

须佐之男命与大国主神

大国主神为须佐之男命的第六代孙，他因性情温顺，数次遭到八十位异母兄弟的暗害，但都得脱险境。后来他娶须佐之男命的女儿须势理姬为妻，尽杀自己的八十个兄弟，最后在神产巢日神之子少名彦神的帮助下，统一了苇原中国全境，成就大业，成为地上国的建国之神。

因八十神数度欲害大国主神，大国主神在母亲的劝告下，决定逃往建速须佐之男命所居的根之坚洲国。在这里，他邂逅了须佐之男命的女儿、自己的祖奶奶须势理姬，两人情投意合结为连理。

须势理姬向父亲禀告了此事，并告知大国主神即将来访。须佐之男命对此乱伦事件大为不满，他称大国主神为“苇原色许男”，意为“人界的粪便男”，打算用计除掉大国主神。

第一天，须佐之男命安排大国主神住进一间蛇屋。须势理姬将一块头巾交给丈夫，说：“这头巾有辟蛇之效，如果蛇要咬你，你将头巾摇三下，便能退蛇。”当晚大国主神依言行事，果然蛇群变得十分宁静。大国主神得以放心安寝。

第二天，须佐之男命安排大国主神住进满是蜈蚣和马蜂的屋子。须势理姬又交给丈夫能辟毒虫的头巾，当晚也得以安然度过。

第三天，须佐之男命将鸣矢射至原野中，命大国主神去捡回来。当大国主神进入原野后，须佐之男命暗中命人放火焚野。就在大国主神被困火中、危在旦夕时，一只老鼠钻了出来，说道：“内里空洞阴凉，外在阳炎怒燃！”大国主神得到这个提示，立即用脚踩踏地面，地上现出一洞，他急忙跳入洞中。大火从他头顶上烧过。随后，老鼠叼出鸣矢，送到大国主神面前。

大国主神携箭返回，须佐之男命惊讶万分，又生一计，命大国主神为自己捉头上的虱子。大国主神扒开须佐之男命的头发一看，哪有什么虱子，全是毒蜈蚣。须势理姬在一旁偷偷将椋木果实和红土递给丈夫，大国主神一边将椋木果实咬破，一边将红土含在口中唾出。须佐之男命以为他咬碎毒蜈蚣后吐出，心中颇感佩服，放松了警惕，不一会儿就睡熟了。

大国主神趁此时机，轻轻抓起须佐之男命的头发，绑到屋里的柱子上，而后搬来巨石堵塞屋门，背起须势理姬，偷了老丈人的十拳剑、弓和天沼琴，急急奔逃。半路上，天沼琴不慎撞到了树上，发出声响，令大地为之鸣动。须佐之男命闻声惊醒，正欲起身，哪知头发绑在屋柱上，登时将房屋拽倒。等到将头发解开时，大国主神已然远逃。须佐之男命追至黄泉比良坂，见已追赶不及，便大声遥呼道：“罢了罢了，我就成全你们吧！你用我的十拳剑和弓箭，去杀死你的那些异母兄弟，你就能成为统治苇原中国的大神了！但是，你必须以我的女儿为正室，你先前娶的八上媛只能做侧室。”

建国

经过一次又一次的艰险磨砺与考验，大国主神彻底脱胎换骨了。他依照丈人的指点，狠下心肠，以神剑神弓追讨八十神，将八十个兄弟杀得干干净净。但当他准备在出云建国时，却感到势单力孤，发愁说："我只身怎能建此国土呢？"

忽然，海中传来声响，他寻声望去，却什么也没见到。过了一会儿，一个小人身穿蛾皮衣，以白蔹皮为舟，浮浪渡海而来。大国主神将他放到掌上，问其名字，但小人不答。一只蟾蜍说道："久延毘古神必知其名。"大国主神找来久延毘古神询问，久延毘古神答道："他是神产巢日神之子，少名彦神是也！"

大国主神又向神产巢日神请示，神产巢日神说："此子是从我指间溢漏而生，在我一千五百个儿子中，最不服从管教。所以让他下凡帮你建国，并巩固之。"

于是大国主神与搭档少名彦神同心协力，定出云，平越国，战北陆，最终彻底统一了苇原中国全境，成就大业，成为地上国的建国之神。少名彦神则成为智慧之神、医药之神、商业之神和开拓之神。

在建国期间，大国主神和少名彦神为人类寿命过短而深感哀伤，他们为此在箱根制出热汤，给人类沐浴延寿。这就是日本温泉的由来。

建国后，大国主神依约让须势理姬做了正室。八上媛突然由正妻变成"二奶"，十分伤心，在生下御井神后就回了娘家因幡。

让国

大国主神作为须佐之男命一系的出云神，统治了地上的苇原中国，天照大御神一系的高天原神不乐意了。他们万分觊觎富饶的地上国，便商量道："苇原中国当由大御神的后裔统治，如今却有许多凶暴的土著神妄自称尊，该派天神下界平定了。"于

是派遣天照大御神的儿子天忍穗耳命（天安河立誓时生出的五子之一）下界去向大国主神讨取国土，大国主神当然不会答应，将天忍穗耳命阻拦在天之浮桥上。天照大御神得报后，在天安河畔召集八百万众神商议对策，思金神建议派遣天菩比神为使者，下界交涉。然而天菩比神贪恋人间的繁华，媚附大国主神，三年之久未回奏。

大御神只好再度向众神征求意见，询问再派谁去苇原中国。思金神又推荐了天若日子。哪知天若日子下凡后为美色所迷，娶了大国主神的女儿下照姬，并且妄想吞并国土，竟也长达八年之久没有消息。

天照大御神无奈，派了一只叫作鸣女的天雉去打探情况。天雉飞临苇原中国，降落在一棵桂树上，啼鸣着质问天若日子。天探女听见了，便挑唆天若日子说："此鸟叫声不祥，当射杀之！"于是天若日子取出高御产巢日神所赐的天之麻迦古弓和天之波波矢，将天雉一箭射杀。箭矢贯穿鸣女的胸膛，一直射到天照大御神和高御产巢日神的住处。高御产巢日神认出了这支箭，他将箭传阅众神后说："如果这支箭是天若日子为了射杀凶神才射到这里的，那么就不会射中他。如果他有邪心，就必将死于箭下。"说着便将箭从射来时的箭眼掷回去，呼啸而下的箭正中天若日子的胸膛，天若日子当即毙命。

天若日子死后，大国主神为他举行了隆重的葬礼。天若日子的双亲也从天上降下，为儿子建造了丧屋。葬礼上，由河雁头顶膳盘运送膳食、鹭鸶执帚扫地、翠鸟下厨做供食、麻雀舂米、雉鸟充作哭婆，送葬行列也全由鸟儿担任。葬礼举行了八天八夜，送葬歌舞不绝，场面异常悲哀。

连续三次争国失败后，思金神又想出了一个办法，再派遣居住在天石屋的建御雷神下凡。天照大御神便命令天鸟船神辅佐建御雷神前去。

二神降落在出云国伊那佐的小滨，建御雷神拔出十握剑，倒插在浪花上，然后盘腿坐在剑尖上，问大国主神道："我奉天照大御神和高御产巢日神之命而来，你所占据的苇原中国，将由天照大御神的儿子来治理，你以为如何？"大国主神推托说："我无法回答，要和儿子商量商量。"

他的大儿子八重言代主神此时正在打鸟捕鱼，建御雷神派天鸟船神叫回八重言代主神，问他的意见。八重言代主神对父亲说："好，就把这个国家敬献给天神的御子吧！"说完，把船踏翻，倒拍手背，没于青枝绿叶的神篱之中（这里隐喻八重言代主神自知不敌天神，被逼走投无路，念着咒语而死）。

建御雷神得意地再次问大国主神："你还有什么可说的？"大国主神说："我还有一个很了不起的儿子，叫建御名方神。"说话之间，建御名方神用手擎着一块大岩石走来，他大声喝道："是谁来到我的国，敢如此大声与我父亲说话？"说着就一把抓住建御雷神的手。建御雷神怒道："小子无礼。好吧，就让我们来比力气！如果你输了，就把地上国交给我们。如果我输了，我就立刻离开！"于是两人一起脱光上衣，下身只裹一块遮羞布，纠缠在一起角力（日本国技相扑即来源于此）。建御名方神技输一筹，被建御雷神推倒在地，一把捏断了手臂。建御名方神惶恐地赶忙逃走，建御雷神在后紧追，终于在洲羽海追上了建御名方神，准备杀他。建御名方神求饶道："我错啦，请不要杀我，一切唯天神之命是从。"后来这位挑战失败的建御名方神，也成了战神，和建御雷神齐名。

建御雷神第三次问大国主神："你的两个儿子都表示服从天神了，你呢？"大国主神曾经的英风豪气此刻已荡然无存，他无奈地回答说："既然如此，我们父子愿意让出苇原中国。不过，如果能把我的住所建造得和天照大御神的儿子即位时所住的宫殿一样辉煌灿烂，从地底深处立起粗大的宫柱，屋脊两端交叉竖起高冲云霄的长木，那我就隐没到遥远的天边去。这样虽然我的儿神众多，也不会反抗了。"

高天原诸神考虑到已经把地上国抢到手，这点面子还是要给的。便在出云国的多艺志小滨建造了宏伟壮丽的"天御舍"给大国主神，让他永远接受祭祀，体面地下了台。

天孙降临

出云让国后，天照大御神命令儿子天忍穗耳命去统治人间。正好天忍穗耳命与高御产巢日神之女万幡丰秋津师姬刚生下一子，便禀告道："我最近生了个儿子，名叫'天迩岐志国迩岐志天津日高日子番能迩迩艺命'（暴长的名字……以下简称天孙），他是在得国那天生的。我认为是天意要令这个孩子去统治大地。"天照大御神认为有理，便令天孙下凡去统治苇原中国。

于是天儿屋命、布刀玉命、天宇受卖命、伊斯许理度卖命、玉祖命共五部族神，各担职司，随同天孙准备从天上降临。正要下降时，却见有一神立于天之八衢，浑身

散发光华，上照高天原，下映苇原中国。天照大御神命天宇受卖命道："你虽是女神，但面对困难从不退却，所以遣你去查问，天孙正要下凡，是谁站在天降之道上？"

天宇受卖命便上前查问，那神答道："在下乃猿田昆古神也。听闻天孙下降，特来迎接，愿为向导。"这猿田昆古神就是天狗大力神，后来成为导引神。

众神大喜，于是簇拥着天孙，由猿田昆古神在前指路，拨开密密的云层，威风凛凛地下了天浮桥，站在浮洲上，从这里降到九州南部的筑紫。天孙说道："这地方面向朝鲜，是朝晖直射、夕阳晚照的国土，实在是太好了。"于是就在云霞缭绕的日向高千穗峰竖起高大的神柱，盖起直冲云霄的宫殿，立都建国。人间的统治权至此正式转由高天原神系建立的"大和国"掌管。

此外，曾参与舞诱天照大御神的众神，也全都陪同天孙下凡，后来成了支持天皇的各个氏族的祖先。天照大御神将曾诱她走出天岩屋的八尺琼勾玉、八咫镜，以及须佐之男命奉献的草薙剑，作为统治大地的信物赐给了天孙。

"剑（强盛）、镜（神圣）、玉（忠诚）"从此成为两千多年来一直被日本民众所膜拜的"皇室三神器"，流传至今。日本皇室以此宣扬所谓"皇权天授"的思想。历任天皇登基，必定右手执剑、左手持镜、胸前垂玺（曲玉），郑而重之、堂而皇之地重复着这套繁琐的继位仪式。

山海相争

当天孙从天上降临，沿笠沙崎海岸行走时，曾经遇到一个名叫"木花之佐久夜姬"（樱花女神）的大美人，她是大山津见神的女儿。天孙惊艳之下，向美人的父亲求亲，大山津见神十分高兴地应允了这桩婚事，并准备了丰厚的嫁妆，让木花之佐久夜姬和姐姐石长姬一起出嫁。石长姬是岩石女神，正好和妹妹相反，相貌十分丑陋。天孙感到害怕，心生厌弃，因而只留下了妹妹，而将姐姐遣送回家。

见到嫁出去的女儿又被遣回，大山津见神觉得这是极大的羞辱，他说："我之所以要嫁出两个女儿，是希望天孙的地位像磐石般永不动摇，又像樱花一样繁荣昌茂。现在，既然天孙只选择了樱花，不要岩石，那么我诅咒这位天神之孙的寿命也会像樱

天孙之妻樱花女神

天孙自天降临，遇到大山津见神的女儿木花之佐久夜姬，也即樱花女神。大山津见神将两个女儿木花之佐久夜姬和石长姬（也即岩石女神）都嫁给天孙。但天孙因后者样貌丑陋，便将其遣返回家。大山津见神因此诅咒道：这位天神之孙的寿命也会像樱花一样短暂。据说，这就是日本历代天皇大多数寿命不长的原因。

花一样短暂！”据说这就是日本历代天皇大多数寿命不长的原因。

木花之佐久夜姬怀孕后，建起一间大屋，在分娩时，用黏土将门窗封闭，然后在屋里燃起大火，于火光中生下了火照命、火须势理命跟火远理命三个孩子。后来在产屋中燃火，成了日本人的风俗习惯。而木花之佐久夜姬也被当作安产之神、防火之神被后人所祭祀。

天孙的三个儿子中，大哥火照命又名“海幸彦”，三弟火远理命又名“山幸彦”，在日本天皇的家谱里，他们是地面上最早的先祖。

海幸彦和山幸彦兄弟俩，一个精于捕鱼、一个擅长狩猎。“海幸”即从海中获取产物之意；“山幸”是从山中获取产物之意。一天，他们突发奇想，提议互换工具，看看结果怎样。于是，下海捕鱼的海幸彦和上山猎兽的山幸彦互换了钓钩和弓箭。谁知山幸彦不但连一条鱼也没钓到，还把钓钩遗落到了海底。他把事情告诉哥哥，海幸彦十分生气。山幸彦便捣碎自己的佩剑，准备以此制作一千个钓钩赔偿兄长，但海幸彦拒不接受，非要原来的钓钩不可。

山幸彦悲伤地在海边哭泣，突然有位白须老人出现了，他指点山幸彦用竹笼制舟，并说：“我是制造潮流的大盐神。你搭这竹笼出海，潮流会带你去到一座鱼鳞所造的宫室，那就是海神的龙宫。宫殿大门旁有一口井，还有一株高大的桂树，你只要爬到树上等待，就有人帮你解决问题了。”

山幸彦按照指点，来到海神大绵津见神的海底宫殿，爬到桂树上等着。正巧海神之女丰玉姬的婢女来到水井边取水，山幸彦解下脖颈上系着的一块玉饰，在口中含了一下，立即吐到婢女取水的玉壶中。玉饰紧紧黏在玉壶上，婢女无法取下，便带着一起去见丰玉姬。

丰玉姬见到玉饰十分惊讶，亲自来到水井边查看。一抬头，见到英俊的山幸彦，登时一见钟情，便向父亲作了禀报。大绵津见神知山幸彦是天神之子，遂热情招待，以八张海驴皮为垫褥、八重丝绢为坐具，摆上一百张几案，列出无数珍馐海味款待，并答允丰玉姬与山幸彦结为夫妻。山幸彦从此在海之国度过了三年。

有一天，他想起自己来到海之国的原委，不禁长吁短叹。这情景被妻子丰玉姬见到，便问起是何缘故，山幸彦如实说了。丰玉姬向海神禀告，海神马上召集群鱼，问有谁能寻到钓钩，正巧有一条鲷被不知名的尖物鲠在喉间，痛苦不堪。海神从鲷喉中取出尖物一看，正是海幸彦的钓钩。于是就将钓钩交还给山幸彦，并赐予他潮盈珠、潮干珠（一说是满潮玉和退潮玉）两件宝贝，让他向大哥复仇，并叮嘱道："如果你哥哥在低处垦田，你就在高处开垦；他在高处，你就在低处。我掌管降雨和水源，可以让他的田无水灌溉，不出三年，他就会穷困潦倒。他要是攻击你，你就用潮盈珠、潮干珠还击。"

山幸彦乘坐大鳄回到陆地，恨恨地将钓钩扔给兄长，暗暗诅咒说："这是烦恼之钩、蠢笨之钩、贫穷之钩。谁得到它，谁就烦恼不断、蠢笨愚昧、贫穷缠身。"果然，得回钓钩的海幸彦整天烦恼不断，脑筋也变得不好使了，再加上开垦的田地一直歉收，变得越来越穷困，于是就想去抢夺弟弟的财产。山幸彦取出潮盈珠，向天上一抛，登时潮水汹涌而来，瞬间把海幸彦淹没了。海幸彦吓得告饶求救，山幸彦又取出潮干珠，潮水顷刻又退去无踪。海幸彦被整得死去活来，只好臣服，随后远走九州岛，成为日后九州岛隼人（隼人是古日本南九州地区的原住民，被大和人当作异族人看待）的祖先。而得胜者山幸彦则成为天皇的祖先。这则神话，就是隼人服从天皇的起源。

天皇先祖

山幸彦的妻子丰玉姬，自丈夫走后，孤独寂寞，就想去陆地探望丈夫。她上岸后，找到山幸彦，说："我此刻已有身孕，因为孩子是天神的后裔，所以不适合在海中分娩，我要在陆地上产子。"于是丰玉姬在海边砌了一栋产房。生产时，丰玉姬警告山幸彦，决不能偷看产房。因为她是海神之女，生产时将变成母鳄鱼。

然而山幸彦觉得这简直不可思议，忍不住偷偷地窥看了丰玉姬的生产过程，震惊地见到一条大鳄鱼在地上翻滚着。山幸彦吓得拔腿飞逃，丰玉姬知道丈夫已瞧见了自己的丑样，感到十分羞耻，放下孩子后，一怒返回了故乡海原。从此后海陆的通路就彻底堵塞了，这就是地上人类不能进到海中世界的原因。

丰玉姬原本想用鹈鹕的羽毛葺盖产房屋顶，可是还没等屋顶葺好，她就生产了，所以生下的孩子被取名为"鹈葺草葺不合命"。鹈葺草葺不合命是日本的安产神，日本的年轻人新婚旅行时，都喜欢去宫崎县的鹈户神宫参拜鹈葺草葺不合命。

丰玉姬虽然回到海中，但对自己的亲生孩子十分思念，便请托妹妹玉依姬代替自己，

将鹈葺草葺不合命抚养长大。后来玉依姬与鹈葺草葺不合命结为夫妻，生下了神武天皇。

神武天皇是日本第一代天皇，日本神话时代至此结束，日本进入人皇时代，天皇成为神的代表，以惊人的超稳定性万世一系地统治日本。在接下来的两千多年里，神武东征、八幡大神、百鬼夜行、阴阳师、酒吞童子、七福神等形形色色的神幻角色一一登场，令扶桑的神怪传奇史愈发多姿多彩、引人注目！

第二章

大和时代——神神怪怪，幽玄之间

小引：时代背景

日本由神话时代转入人皇统治的最初阶段，被称为“弥生时代”和“古坟时代”，时间大约在公元前1世纪到公元6世纪。这一阶段的日本从原始公社制向奴隶制社会过渡，先是出现了第一个奴隶制国家邪马台国，完成了大小百余个部落的兼并。又在此基础上，于公元3—4世纪，在本州大和（今奈良县）兴起了另一个更发达的奴隶制国家——大和国。到5世纪，大和国征服了日本大部分地区，从东到西逐步实现了国土统一。因当时的统治阶级大量营建前方后圆的“古坟”，这一时期遂被称为“古坟时代”。大和国的首脑称“大王”，自认是太阳神的后裔，因此以太阳作为本国的图腾。我国古代史书称之为“倭国”。

大和政权吸收了中国的高度文明，到了5世纪，来自朝鲜半岛的归化者又带来了炼铁、制陶、纺织、金属工艺及土木等技术，同时开始使用中国汉字。6世纪，正式接受儒教，佛教也传入日本，大和国的国势发展到鼎盛时期。

公元645年，大和国实行了一次自上而下的政治、经济改革，推翻了大奴隶主贵族集团，拥立孝德天皇即位，改年号为“大化”。次年元旦，发布革新诏书，并仿照中国唐朝封建制度，全面推行改革，史称“大化改新”。

大化改新使大和国从中央到地方建立起一套完整的律令制官僚统治机构，世袭氏姓贵族制被废除，高度中央集权的古代天皇制得以确立。701年制定、次年实施的《大宝律令》将大化改新的成果在制度上巩固了下来，日本从此进入封建社会。同一时期，大和国积极向中国派出遣唐使，遣唐使在晋见中国皇帝时，改称国名为“日本”，因为他们认为自己国家的地理位置在东方遥远的海上，正是太阳升起的地方。此名沿用至今，成为日本的正式国名。

此一时期的日本神异传奇，也从纯粹的神话，过渡转变为半人半神、似妖似怪结合的产物，并且日趋多样性与人格化，最终在平安时代演变为纯粹的民间文化。

神武东征

日本号称有两千六百多年历史，这一说法的源头，来自于“神武天皇东征”。神武天皇是传说中日本的第一代天皇，他的名字在《日本书纪》中称作“神日本盘余彦”，在《古事记》中为“神倭伊波礼毗古命”，至于姓氏则付之阙如。因为按照天皇自家的说法，他们都是天照大御神的后代，神就是神，不能像凡人一样有凡姓。所以，从神武天皇至今，天皇是世界上唯一没有姓氏的人。

其实天皇的名号来源很晚，日本古代君主多称大王，要到7世纪以后才给古代的大王们追赐谥号，改称某某天皇。神武天皇的追谥为“始驭天下之天皇”，他是真正意义上的日本国开国之祖。

“神武东征”的发生时间，约在古坟时代前中期。起初神武统治的地方在日本西部，比较贫瘠，他听说东方有肥沃的土地，就想前去征服。四十五岁那年，神武与长兄五濑命、诸王子在高千穗宫商议道：“现在我们的领地太小了，没有实力能使天下太平，还是往东方去拓展吧！”当年10月，神武整军自日向（今宫崎县）出发，向东远征。

大军一路东进，横渡濑户内海，历经半年，途中经筑紫、安艺等地，来到吉备。神武在吉备遇到一位乘龟甲垂钓的人，振袖而来。神武问来者道：“你是何人？”答曰：“我乃本地的神，名叫宇豆毗古。”神武又问：“从此东去，你熟悉海路吗？”宇豆毗古答道：“知道得十分清楚，我还愿意为您做向导。不过，此去路途遥远，以你目前的军力，是无法征服东土的。”于是神武就在吉备的高岛宫驻扎下来，训士卒，备舟楫，蓄兵食，整整准备了八年，才又溯流而上，进军本州岛中部，在摄津地区登岸，拉开了东征路上连场激战的帷幕。

五濑命战死

摄津的土豪长髓彦，恐惧神武入侵，率兵坚决抵抗。激烈的战事中，皇兄五濑命在阳光照射下，奋勇冲向敌阵，本来不坏之躯的他，双手竟然被长髓彦的箭射伤。五濑命登时醒悟，说道：“我是太阳神的子孙，不宜向日而战，所以负伤。今后当迂回过去，背日作战。”于是便转到南方去，到了茅渟海，就在海里清洗手上的伤口，不料血越洗越多，最后把整个海面都染红了。五濑命因失血过多，到了纪国的男之水门终于伤重而亡。后人就把茅渟海叫作“血沼海”。

天剑斩熊

五濑命的阵亡令神武领悟到身为日神之后裔，不应该向日征讨，于是向南撤军，绕道纪伊进军。

大军在渡海时，突然浪急海啸、暴雨狂风，神武的二哥稻饭命、三哥三毛入野命见形势危急，决定舍己祭天，遂纵身跃入海中，换来了全军平安。

神武的三位兄长，至此全部牺牲。神武忍痛，指挥军队在荒坂津登岸，继续前进。当大军行至和歌山县熊野村时，有一只身躯庞大的大熊，忽隐忽现，用妖力挡住了东征路途。原来大熊是熊野之神的化身，它不愿见到东土被神武侵占，便幻化为巨熊，口中喷出毒雾，将神武和他的部下全部迷昏倒地。这毒雾若三天不解，中毒者就会毒发丧命。

就在危急时刻，一个叫作高仓下的人出现了。他手里捧着一柄利剑，来到神武跟前，用雪亮的剑光在神武眼前晃来晃去，神武受刺眼的剑光映照，登时清醒过来，惊道：“我怎么睡得这么久呀！”随即从高仓下手里接过利剑，剑光闪处，巨熊无处遁形，便吼叫着扑了上来。神武持剑力战巨熊，终于将其斩杀。巨熊一死，昏倒在地上的士兵也都清醒了过来。

神武便问高仓下这剑的来由，高仓下答道：“我昨晚梦见天照大神和高木神对建御雷神说：‘苇原中国近来骚乱得厉害，我的御孙们似乎遇到危险。苇原中国既是你平定的，还是请你再降到人间帮他们一次吧。’建御雷神回说：‘我不降下去，这里有当时平定地上国的神剑，把它降下去就行了。此剑会穿过高仓下屋子的仓顶，落到屋里去。让高仓下早晨醒时，持之献给神武便好。’因此，我就如梦里所指示的，把这柄剑拿来献给您了。”

这柄救神武脱离绝境的天剑，就是日本九大名剑之一的“布都御魂剑”。

神鸦引路

乌鸦在中国是不吉利的飞禽，但在日本，乌鸦是立国的神鸟，是日本文化中超度亡魂的使者。因为乌鸦曾经帮助神武天皇逃脱大劫。

神武以天剑斩巨熊后，命令军队就地休整一天，准备次日继续东进。当晚，神武梦见高木神对他警告说：“你不要从熊野村这里再前进了，前面的熊野山里凶神极多，还埋伏了众多敌兵，你最好绕道而行。”神武一惊而醒，回想梦中警语，便欲传令绕道。但转念一想，绕道而行路程遥远，要多耽误许久工夫。自己兵强马壮，就算有敌军埋伏，现在已经知晓，有了防备，还怕什么？次日便不改道，直往熊野山杀来。

哪曾想，一踏入山中，山高林密、连绵逶迤，敌军不知道埋伏在哪里，倒是自家军队陷入了重重迷阵中，不辨东西、晕头转向。正当神武急急传令退出大山时，半山腰猛的一声呐喊，伏军四起，流矢飞石从四面八方打来，神武军招架不住，死伤惨重，眼看就要全军覆没。

在这存亡关头，一只巨大的金色乌鸦突然从天而降，落于神武弓端之上。这乌鸦有着三只脚，颈上挂着上古三神器之一的八坂琼勾玉，浑身发散出堪比烈阳的道道强光，埋伏的敌军全都被耀眼的光芒刺瞎。神武趁机指挥部下掩杀，大获全胜，一举扭转了战局。

原来这乌鸦叫“日之精八咫乌”，是天照大御神特意派遣下凡来协助神武的。由于八咫乌引领神武走出了迷阵，因此日本人至今仍笃信它是旅途安全的守护神，现在熊野的那智神社依旧供奉着它。可见，天下的乌鸦并不是一般黑的。而事实上，乌鸦也的确是一种懂人感情的鸟。

斩杀土蜘蛛

神武在八咫乌的指引下，终于摆脱迷阵，抵达了忍坂大室。这里栖居着被称为“土蜘蛛”的蛮族，他们也被称为“八掬胫”，或“山之佐伯”“野之佐伯”。土蜘蛛之名，乃因这些蛮人身矮如侏儒，又手长足长，像蜘蛛一般；而八掬胫是脚很粗大的意思；山之佐伯或野之佐伯，指在荒山野外大声呼喊的人。这些称呼都是对藏匿在深山中的

神武东征

神武天皇是传说中日本的第一代天皇。起初，他统治的地方在日本西部，比较贫瘠，为此，他决定前去征服东方。经过一番苦战，神武率军抵达了东征的目的地——大和地区（今奈良县）。他正式在大和建都，后又经过六年征讨，统一了四分五裂的日本诸岛。公元前660年2月11日，神武即位，称“神武天皇”。他创立的大和王朝，以十六瓣菊花为皇家家徽，所以又称“菊花王朝”。

原住民的蔑称。

土蜘蛛掘土居于洞穴，人来则藏入穴中，人去则复出。杀人越货，极难对付。他们的首领唤作“八十枭帅”，狡诈多变，闻知神武统军到来，打算予以伏击。但神武久经沙场，很快就识破了八十枭帅的阴谋，遂决定先下手为强。他设下宴席，请八十枭帅赴宴，同时暗中安排八十名膳夫，人人佩刀，一对一盯紧八十枭帅。嘱咐膳夫当听到歌声时，一齐动手，斩杀土蜘蛛的首领。

宴席上，酒酣耳热，八十枭帅渐渐失却防备之心，于是神武作歌道：

于忍坂之大室者，有凶猛之族群聚其中；

勇壮之久米部兵，举头椎石椎之大刀以击；

勇壮之久米部兵，攻击之良时，即在此刻！

八十名膳夫闻歌，战刀出鞘，用力斩去，八十枭帅悉数被歼。土蜘蛛部没有了首领，哄乱之下，无力再战，遂臣服于神武。

决战长髓彦

经过一系列征战，神武已讨灭大多数敌人，现在的强敌，只剩下最初遇到的敌人摄津土豪长髓彦了。当初那场战役，神武的长兄五濑命遭流箭所伤而丧命，这使神武意识到身为日神子孙，朝着太阳升起的东方征伐乃逆天之举，因此令全军绕道纪伊前进。此际，东征大军再次攻到长髓彦领地。神武对五濑命战死常怀愤怒，决意彻底击灭长髓彦，一雪前耻。

然而长髓彦兵势猛锐，神武连战不能取胜，战况陷入胶着。正当神武为无法获胜而愁眉不展时，突然漫天冰雨，一只金色灵鸱从雨雾中飞来，停在神武所持长弓的下端，金光耀眼，令长髓彦军的士卒头晕目眩，无力再战。神武趁机挥师猛攻，长髓彦兵败如山倒，全线溃散。神武军穷追不舍，将长髓彦赶入绝地。长髓彦派人前来说和，并声称有天神子饶速日命乘天磐船自天而降，娶了自己的妹妹长髓媛为妻，自己奉饶速日命为君，不信神武亦是天神子，这才反抗。

神武为此质疑饶速日命，若为天神之子，应有信物。长髓彦遂出示饶速日命所佩带的天羽羽矢及步靫。神武细览后，说道：“其事不虚。”于是饶过了长髓彦。

然而长髓彦素怀野心，岂肯真心悔改？他趁神武松懈之际，密谋施予暗害。

饶速日命其实是天神旁支，他深知嫡系是天孙一脉，早有心归服。他得知长髓彦

的阴谋后，先行下手，诛杀了长髓彦，而后率部众归顺了神武。

神武对饶速日命的义举大为赞赏，从此对他重用有加。饶速日命就是大和朝廷最有权势的物部氏的远祖。

平定长髓彦后，神武率军抵达了东征的目的地——大和地区（今奈良县）。他在大和正式建都，并且娶妻生子，开始繁衍蕃息。此后，以大和为中心点，又经过六年的东征西讨，消灭了大和周边几大不肯降服的土著势力，统一了四分五裂的日本诸岛。

辛酉年正月(公元前660年2月11日)，神武即位于大和橿原宫，称“神武天皇”，成为历代天皇的鼻祖。他创立的大和王朝，以十六瓣菊花为皇室家徽，所以又称“菊花皇朝”，从此屹立在日本本州岛的中部，绵延流传至今。不过天皇虽贵为太阳神后裔，毕竟就此食用起人间烟火，再无飞升高天原的本事了。日本以这一年作为本国历史的开始，称之为“皇纪元年”，并定2月11日为“开国纪念日”。

不过，也有一种说法认为，神武天皇实际上就是替秦始皇寻找长生不死药的徐福。徐福在海外找不到仙丹，不敢回中国，只好带领部下在日本南征北战，结果成了日本的开国者。

日本武尊

在日本神话中，有一位极受欢迎的悲剧英雄。他的名字在日本家喻户晓，他的事迹广为流传，他的子嗣乃今日天皇之直系祖先。他就是日本武尊，古日本独一无二的英杰、大和最后的神话传奇。

弑兄

日本武尊是日本第十二代景行天皇的儿子，年少时被称为小碓命。他自幼就有雄杰之气，长大后容貌清秀、身材魁伟，而且力大无穷，能独自扛起一座大鼎。

有一次，景行天皇听说大根王有两个女儿，容貌出众，便令小碓命的兄长大碓命，去将这对姊妹花召入宫中。然而前去宣召的大碓命，为两姐妹的美貌所倾倒，不但未将她们送入宫中，反与二女私通，还另外找来两名少女冒充两姐妹，献给天皇。景行天皇得知真相后，心中气恼。大碓命也有愧于心，从此不敢再与父皇一起用膳。

每日例行的大御食都不见大碓命，这让景行天皇十分不快，便诏小碓命道："你那兄长朝夕不来进膳，令人忧心。你去看看，劝说一番，请他出来。"

哪知五天过去了，依然不见大碓命，天皇就又问小碓命道："为何你兄长仍未出来？你劝说过了吗？"小碓命答道："早已劝说过。"天皇又问："如何劝说？"小碓命答道："那日早上，我趁他起床如厕时，将他抓住，折断四肢，然后以草席裹尸，丢掉了。"

景行天皇闻言，骇然不已，对小碓命的凶暴性情大感惊恐，便想将他支走，于是说道："西方熊袭的川上枭帅，不服王化、拒绝朝贡，命你前去讨伐！"

西讨熊袭

景行天皇二十七年，小碓命谨遵父命，着手准备远征。这一年，他刚满十六岁。

在出发前，小碓命询问部下道："何处有善射者？我欲与之共行。"部下答道："美浓有弟彦公，乃神射手。"于是小碓命遣人前去传召。弟彦公欣然从命，率部与小碓命会合。

小碓命挥师进抵熊袭国，命人查探军情地势。探子回报：川上枭帅正聚集亲族，设宴庆祝新居落成。其馆邸周围有重兵把守，戒备森严。智勇双全的小碓命闻报，知道不能力敌，只可智取。他灵机一动，想出一条妙计。

当川上枭帅的宴会开始后，小碓命解开发髻，将头发垂下，又穿上女装，打扮成少女模样，把短剑藏于袖中，杂在女人中，混入川上枭帅的宴席间。由于小碓命是个美男子，容颜秀丽，所以没有任何人怀疑他。川上枭帅被他的美貌所诱，执手同席，举杯戏狎。待到夜阑众散时，色迷心窍的川上枭帅将小碓命带到房中。小碓命见川上枭帅已全无警惕之心，立即拔出袖中短剑，朝他胸口刺入。川上枭帅大惊，酒醒了大半，奋力与小碓命搏杀。斗了多时，川上枭帅不是对手，被小碓命一剑刺入胸口。

川上枭帅临死之际，惊讶地问道："你到底是何人？"小碓命答道："我乃当今天皇之子，名唤小碓命是也！"川上枭帅叹息道："我自命武勇过人，人人慑服，国中无有不从者。杀伐经年，多遇勇士，却无一人可与皇子阁下相比。为此，愿上尊号，可否？"小碓命应许。川上枭帅遂道："自今而后，阁下应称日本武尊。"小碓命大喜，赞道："此名极好。"言罢，挥剑斩下川上枭帅首级。

在外守候的弟彦公，接到小碓命的信号，知道熊袭首领已经伏诛，立即率军杀入，尽斩川上枭帅余党。熊袭国就此平定。

小碓命初次出征就立下大功，成名震世，朝野敬异。“日本武尊”之名，遂行于世（《古事记》中称倭建命。“倭建”表示大和勇士）。他的本名，反而不再被人提起。

日本武尊西征奏凯，从海路返回京城。途中，吉备穴济神、难波柏济神等荒神[①]，施放毒气，欲行加害。日本武尊奋起武勇，尽诛恶神，开通了水陆之径。

计杀出云建

日本武尊返京路上，须经过出云国。出云国与大和国乃是世仇，是长期以来的死对头。在神话时代，天照大御神的后裔强夺了出云神系统治的地上国土，这个怨恨一直纠结到了人皇时代。此时出云国的首领名叫出云建，也是一位武艺高强、响当当的勇士。

日本武尊见出云建和自己一样魁梧雄壮，若是正面硬拼，未必有必胜把握，于是心生一计。他故作亲热，刻意与出云建结交。出云建虽不服朝廷，但对日本武尊却颇有惺惺相惜之感。两人很快便成为好友。

某次，日本武尊约出云建到肥河沐浴，并事先将自己的佩刀换成柏木刀。沐浴时，日本武尊道：“兄弟，你我情义甚笃，何不交换佩刀，以为纪念？”出云建不疑有他，爽快地将自己的佩刀换给日本武尊。

沐浴毕，二人上岸，日本武尊又道：“久闻兄弟刀法精妙，今日正好有闲，你我切磋一番如何？”出云建不知有诈，点头应允。

于是二人拔刀比试。这时出云建所持的，已是日本武尊的柏木刀；日本武尊所持的，却是出云建的真刀。出云建拔刀的一瞬间，见是木刀，惊愕不已。日本武尊趁此良机，挥刀斩死了出云建。

出云建死后，出云国分崩离析，很快就被日本武尊平定。

领命东征

日本武尊凯旋归京，将所建功勋禀报天皇。他满心以为会得到父皇赞赏，哪知景

①荒神：未被大和朝廷祭拜的异族神。

行天皇慑于他的威力，对他愈发忌惮，决心尽力压制他。因此日本武尊既未得到犒赏，也没有任何嘉勉，迅即而至的，是转战东方的诏命："东国不安，边境骚动。暴神纷起，十二国悉叛。命汝领军东征，敉平凶顽。"

日本武尊无奈，唯有再度奉命出征。景行天皇赐他柊木八寻矛，同时命吉备武彦与大伴武日连两人随行。大军开拔前，日本武尊来到伊势大御神宫参拜，并向其姑母倭姬诉苦道："刚讨西方之贼，未几又征东方十二国。父皇的意思，大概是希望我战死吧。"说着悲从中来，哭泣落泪。

倭姬安慰了一番，取出神宫内的宝器——天丛云剑，交给日本武尊。这天丛云剑，正是当年须佐之男命杀死八岐大蛇后，从其尾部获得的宝剑。倭姬另外又送一个锦囊给日本武尊，嘱咐道："慎之，勿怠。若遇极危险事，无计可施时，可解囊口！"

被授予神剑的日本武尊重拾勇气，挥师东进。行经尾张国时，借住在尾张建国者家，与其女宫簀媛互生情愫，于是缔结婚约，约好功成返国时，便行婚娶。

草薙神剑

日本武尊率军进抵骏河国，在此，他遇上了攸关生死的重大危机。当地土豪欲加害于他，骗他说："在那原野的中间，有个大沼泽，沼泽中住着骇人的狂暴之神。请阁下帮我们消灭他。"日本武尊信以为真，便进入原野。土豪立即顺风纵火，原野四周登时燃起熊熊烈焰。日本武尊眼见情势不妙，急忙打开姑母所赐锦囊，见其中有一块打火石。于是他先拔出天丛云剑，将己身周围的草全部薙光，使火无法烧到自己。而后取出打火石，放火回击。这时他发现天丛云剑还可以控制风向，于是引导火势逆烧，终于冲出险地，将欺骗自己的土豪悉数歼灭。从此，天丛云剑又被称作"草薙剑"；其地则被称为"烧津"。

弟橘媛投海

征服骏河国后，日本武尊进抵相模国，由此搭船前往上总国。船行至半途时，海上突然狂风大作、巨浪滔天，船只受风浪颠簸，无法前行。这时日本武尊的次妃弟橘媛说道："天丛云剑之旧主乃海洋之神须佐之男命。此大恶浪，必是须佐之男命知夫君得了宝剑，欲翻覆此船所致。事已危急，妾愿以身代，赎王之命！"言毕纵身跳入海中，暴风雨登时停息，船只得以安全靠岸。

日本武尊

日本武尊为日本第十二代天皇的儿子，因杀死其兄而为天皇厌憎，被派往各地远征，后在近江五十葺山遭暴神所化风雨袭击，染病而死。日本武尊作为同时具有强健与纤弱两种特质的英雄，打动了无数日本人的心灵，成为文艺领域反复表现的题材，至今仍被当作神格化的英雄。

随后，日本武尊从上总国转入陆奥国，又横渡玉浦，进入虾夷境内。东夷十二国生性横暴，其中又以虾夷最强。其冬穴夏巢，衣毛茹血，登山如禽，行走如兽。此时虾夷岛津神、国津神等，屯兵于竹水门，打算抗拒日本武尊。哪知他们从海岸上遥望战船，被日本武尊那股威武雄壮、舍我其谁的气势深深震慑，意识到此战不可胜。于是抛弃弓矢，礼迎日本武尊上岸，而后拜倒在地，说道：“仰视君容，秀于人伦，若神之乎。敢问姓名？”日本武尊答道：“吾乃人神之子也！”虾夷人闻言震栗，悉数归降，并自缚请罪。日本武尊将他们全部赦免。

虾夷虽不战而屈，但信浓、越国仍然作乱。于是日本武尊自甲斐北转，历武藏、上野，向西来到碓日坂。在这里他想起了牺牲的妻子弟橘媛，于是登上碓日坂的山头向东南方眺望，三叹道：“吾嬬者耶！”（我的妻子啊！）从此，该山以东各国被称为“吾嬬国”，泛指日本东部地区。

病殁

此后，日本武尊又进军信浓国。信浓国群山遍布，日本武尊在峻岭幽谷间穿梭，以捕猎充饥。某天，在足柄山坡，山神化身为白鹿出现在日本武尊眼前，日本武尊将吃剩的野蒜作为弹丸，弹击出去，正中白鹿眼睛，白鹿登时倒毙。以往过信浓坂的人，多有中妖气而得病。自白鹿被杀后，行人只要嚼蒜涂身，便能免除其患。

杀鹿后日本武尊迷失了方向，无法走出山林。忽然，一条白狗在前方出现，日本武尊紧跟白狗，得以走出深山。随后他再度来到尾张，与先前定下婚约的宫簀媛完婚。停留数月后，闻近江五十葺山有暴神，便欲前往征讨。于是解下草薙剑，交予宫簀媛，说道：“待我凯旋归京后，必命人来接你。现将这柄宝剑赠你，以作纪念。”部下劝道：“往征暴神，须借此剑，不可轻离。”日本武尊道：“我徒手便能诛敌，不必依赖宝剑。”

至五十葺山，遇到一条大蛇挡道。日本武尊以为是暴神所派使者，暗忖道：“今将杀暴神，其使者何足问哉！”于是不予理会，跨过大蛇继续前进。

然而这条大蛇实际上就是暴神的化身。他本有意和解，却见日本武尊如此无礼，便兴风弄雨，阻拦日本武尊。霎时间云雾晦暝，冰雨大作。前方咫尺莫辨，无可行之路。日本武尊在大雨中勉强跋涉，费尽周折才逃离五十葺山。

这场大冰雨令日本武尊染上急病，身体日渐虚弱。不得已，他只好返回大和国。

这一年，是景行天皇四十三年。

在归途中的能褒野，日本武尊病情加重。满怀思乡之情的皇子，惆怅地吟唱道：

秋津大和者，万国之中最真秀。山峦层叠如青垣，群峰环绕若仙境。大和之国者，锦绣如斯兮。

歌毕，力竭倒地。大和国一代英杰就此病殁，当年三十二岁[①]。

日本武尊死后，景行天皇将他厚葬于能褒野。其妻及诸子闻讣前往吊祭，匝陵哀歌。忽然有白鸟从陵中飞出，众人开棺探视，棺中仅留明衣，尸骨已然不见。大家明白白鸟正是日本武尊所化，急急追寻翔天白鸟，见其停于倭琴弹原，便于此处造陵；后来白鸟又飞到河内国的志几，便又造陵于志几。人号此三陵为“白鸟陵”。

日本武尊转战各地，为大和王权开疆拓土。他死后，大和国又继续兼并了远近各个小国，于 4 世纪末 5 世纪初，基本上统一了日本。

日本武尊虽然在奔波、征战中耗尽了年轻的生命，但作为一个同时具有强健与纤弱两种特质的英雄，他那满溢着冒险与浪漫的传奇故事，以及悲剧性的凄美结局，打动了无数日本人的心灵，至今仍是文艺领域反复表现的题材。直至现代，他仍被当作神格化的英雄来看待。

凄美之殇——般若

日本百鬼传说中的“般若”，与佛教《般若心经》中的“般若”不是同一个意思。佛教之“般若”是指佛的大智慧，是明白真理、认清事实之意；日本百神传说中作为妖怪名，则表示“愤怒的相”，更确切地说，是女怨灵因嫉妒而极度狂怒狂悲，从而扭曲的面相。

般若的日文读法是はんにゃ，属于典型的高危害性凶灵，主要由心胸狭窄女人的强烈怨念、恶妒和愤怒所累积而成（嫉妒成性的女人真可怕）。般若一般住在深山老林里，

---

①据《大日本史》，景行天皇二十七年，日本武尊年十六；至四十三年殁，应为三十二岁。《古事记》与《日本书纪》都错为三十岁。

般若

日本百鬼传说中的般若，与佛教所说的“般若”意思不同。后者指佛的大智慧，是明白真理，认清事实之意；而前者则表示“愤怒的相”，指女怨灵因嫉妒而极度狂怒狂悲，从而扭曲的面相。《源氏物语》中六条因嫉妒光源氏的妻妾，而化身为般若作祟。著名剧作家世阿弥根据这个故事，创作了名为《葵上》的谣曲。

每到半夜就下山抢夺小孩吃。而且她会发出令人毛骨悚然的可怕笑声，婴孩听到这种尖笑，都会吓得失啼。

般若也有类别之分，基本上分为笑般若(わらいはんにゃ)、白般若(しろはんにゃ)和赤般若(あかはんにゃ)三大类。以绝色美女形象出现的般若是最为险恶的，但许多人却往往被色相迷昏了头，对她们不加提防。其实要辨识她们很容易，其最明显的特征就是头顶有两只犄角，角的大小与其怨念成正比。当然，长发和女帽，会在平时遮掩这两只角。当般若蜕去美女外形，现出本相时，整个面部就会变得极为狰狞，尖尖的耳朵，额头上还有被称为“泥眼”的特征。泥眼本来是女性成佛的表征，但到了这里却成为高贵女性因嫉妒而产生激烈的心理斗争的表现。再加上宛如蛇样裂开到耳旁的大嘴，令般若看起来像是在狂笑一般，任何人见了都会魂飞魄散。

“叹妾魂兮空飘荡，云游西东无定时，盼结裾端兮息魍魉……”这首和歌出自日本著名的古典小说《源氏物语》，所说的就是关于般若的故事。在此，“般若”正式成为“嫉妒发狂的鬼女”的代名词。

话说平安时代有一位贵族光源氏，长得是眉清目秀、风流俊俏，倾倒了不少女性。他一生爱过众多女子，处处留情的做法，必然给那些女子带来伤害，绝色美女六条就是其中一位。六条才貌兼备，遍晓诗书，风姿绝世，十六岁时便位列东宫，备受皇太子宠幸。无奈皇太子早逝，本来风光奢侈的生活骤然间陷入阴暗，她只得和小女儿相伴度日，过着清淡顺和的寡居生活。就在此时，光源氏出现了。

高冠博带、广袖长襟，白衣胜雪、温润如玉。风仪与秋月齐明，音徽与春云等润。这，就是平安时代的公家，高傲又不乏优雅，远比日后幕府时代迂腐不成器的公家强得多。光源氏就是这样一个为世人所美誉并令女性无法抵挡其魅力的男人。六条御息所原打算守贞寡淡度过余生，面对光源氏，却禁不住怦然心动，被深深吸引，终于越过界限，刻骨地爱上了他。

然而皇室贵族妻妾成群是司空见惯的事，初识的缠绵温存过后，花心的光源氏渐渐冷落了六条，又娶了很多侧室，去宠爱更多的女人。从小便在溺爱中长大的六条，矜持骄傲，自觉高贵万分，当然无法接受和容忍光源氏的移情别恋。她非常苦恼，想不通为什么会沦落到如此地步，渐渐地，在憎恨光源氏薄情的同时，也将嫉妒之火发泄到了光源氏正妻葵上以及光源氏的另一个情人夕颜身上。在爱恨交煎的苦楚、如火燃烧的妒意、极强极烈的怨念驱使之下，她的心灵时常漂浮游荡、迷离恍惚，最终竟然灵魂出窍，心魔变身成了生灵般若。

所谓“生灵”，是指活人被某种意念强烈困扰但无法排解，终于导致其元神脱出肉体，代自己去完成某种夙愿。

嫉妒，既强大又难以把握。从般若现世的这一刻开始，京城再难有皎洁月色。她夜夜侵进葵上的寝宫、侵进葵上的梦中，恐吓威逼，折磨谩骂。养尊处优的葵上几时受过这等惊吓？再加上已怀有光源氏的孩子，身体虚弱，不多久，就被般若活活害死了。

接着，般若又将目标瞄准了夕颜。她相信，只要光源氏身边的美丽风景全部消失，那时，他一定会回来认错。因此，般若那双怨毒的红眼，每晚子夜都准时出现在夕颜的枕边，时刻伺机着，要用妒火将夕颜焚成灰烬。

光源氏因为葵上之死，已经有所察觉，此际听闻夕颜又受到恶灵骚扰，立刻召集僧侣，企图通过祈祷来驱除恶灵。但由于那嫉恨过于强烈凶猛，任凭什么手段都无法阻止。夕颜也像失去水分的鲜花般，慢慢地枯萎死去了。

在这期间，六条御息所却丝毫没有察觉自身已化为生灵祟人。每当睡梦醒来，她总会发现自己长长的黑发上沾有从未闻过的焚香气味，对此，她全然不知是何缘故。其实那正是诅咒葵上时所焚之香的气味，她的内心在完全意识不到的时间里，跨越深层意识空间，化身为般若去了葵上寝宫。直至后来夕颜死去，六条才得知那些事是自己无意识的化身所为。她原本贤淑善良，因此极难原谅自己的堕落。深感愧疚的她出于对自己潜意识中恶念的恐惧而削发出家，希望通过虔心祈祷赶走内心深处郁结的恶灵怨念。在苦修多年后，终于驱走了心中的恶灵，般若的面膜自然地脱落消失，六条御息所由内到外都恢复了原貌！

后来著名的剧作家世阿弥根据这个故事，创作了名为《葵上》的谣曲，通过摄人心魄的音乐、惊悚压抑的表演，淋漓展现了般若在仿佛永久凝铸的鬼面下，那为情所役的无尽悲哀。

人鱼传说与八百比丘尼

人鱼，或是“美人鱼”，这样的称谓，对于很多人而言都不陌生。在民间传说中、

在艺术家和作家的作品里，美丽而动人的人鱼传说，已经流传了两千多年。她跨越了文化、地域和岁月的界限，在全世界广泛流传着并深受人们的喜爱和赞美。日本也同样不乏人鱼的一席之地。

日本最初记录人鱼的出现，是在公元 484 年，大和时代的丹后国。有渔夫在河中捕获了“头部像人猿，有着像鱼一样细细牙齿，全身披覆着鳞片”的水中生物。这个人鱼，身高一米多，发出婴儿似的哭声。此后，日本的若狭湾、九州岛、四国近海等处，特别是在狂风暴雨迫近时，时不时地传出人鱼现形的传闻。《古今奇谈莠句册》就有“头部像人脸一般，眉毛眼睛俱全，皮肤很白，头发是红色的，红鳍之间有手，并且指间有蹼，下半身为鱼形”这样详尽而惊人的记载。

江户时代末期，西方人鱼图像传入日本。上半身是人、下半身鱼形的人鱼形象，由此在日本人心中逐渐确立。但毕竟人鱼的真相依然未明，人们的内心多半把它当作神秘的妖怪来处理。《六物新志》认为人鱼之骨可以入药，是贵重的珍品。而民间则普遍认为食用人鱼肉，可以返老还童甚至长生不死。由此，更引出了一段“八百比丘尼”的故事。

在大和国时期，日本若狭（今神井县）有一个名叫小滨的渔村，当地的人，基本都靠捕鱼为生。村里有位年方十七岁的漂亮女孩子，唤作秋子。秋子很小的时候母亲就死了，她和父亲高桥相依为命，过着自给自足的简单生活。

隔壁屋的山田，自幼与秋子青梅竹马，随着年龄的增长，两人感情愈来愈深，终于到了谈婚论嫁的时候。高桥非常高兴，可是，家境贫寒送什么礼物作为女儿的嫁妆呢？

高桥冥思苦想之后，决定出外海捕鱼，如果能捕到珍稀的大鱼就是很体面的嫁妆了。哪知高桥刚刚驾船来到外海，天气却突然转坏，海上掀起惊涛骇浪，乌云密布，大风暴即将来临。

正当高桥犹豫是否要返回时，撒下的渔网突地扑跳起来，高桥用手一拉，特别沉重。按长久以来的经验判断，一定是捕到大鱼了。他急忙用尽全身气力，将网拉了上来。仔细一看，不由得倒吸了一口冷气，网中之物虽然有着鱼身、鱼鳞、鱼尾，可是头部却五官俱全，宛如人面。高桥大为惊讶，这难道是传说中的人鱼？正想丢弃，转念一想，“这东西倒新鲜哪，从没看见过。用来做嫁妆，大家都会惊奇的。”于是就将人鱼带回了村子。

在秋子与山田缔结连理的婚宴上，高桥拿出了这条人鱼，引来了大伙啧啧称奇。

人鱼

在世界各地的民间传说里，人鱼传说已经流传了两千多年。日本的人鱼传说始于公元 484 年，当时曾有渔夫在河中捕获了“头部像人猿，有着鱼一样细细牙齿，全身披覆鳞片”的水中生物。江户时代末期，西方人鱼图传入日本。上半身是人，下半身是鱼形的人鱼形象，由此在日本人心中逐渐确立。

高桥感到十分有面子，就入厨杀鱼烹煮。但大家只是表面赞赏，其实内心都十分恐惧，因为据说吃了人鱼肉会遭遇不幸。所以当高桥把煮好的人鱼端到席前时，每个人都是心里有数，假意装出一副吃得津津有味的样子，却没有人敢真的咽下去，都趁擦脸或是饮酒时，用衣袖掩饰，把人鱼肉吐掉。其中只有秋子少不更事，对父亲又非常信任，吃了很多人鱼肉。

这件事就这样过去了，秋子婚后夫妻恩爱，还生了几个孩子。

十年后，孩子们逐渐长大了，秋子的容貌、身段，依然是那么娇艳、纤细，村子里的女人们都十分羡慕秋子，认为她保养有方。

又过了十年，秋子的丈夫已经皱纹满面，孩子们也都相继成家了，奇怪的是，秋子似乎不受岁月流逝的影响，依然保持着十七岁的俏模样。村里开始有了闲言碎语。

当第三个十年到来，年迈的高桥去世了，秋子仍然青春逼人。村民们都害怕了，认为秋子是妖怪的化身，流言四起，人人视她是不祥之人。

原来，秋子之所以青春不老，就是因为三十年前吃了人鱼肉的缘故。在不知不觉间，她已经拥有了永恒的生命。但是，眼睁睁看着心爱的人逐渐老去，看着丈夫、朋友、儿子一个个地离开人世，世上只剩下自己孤身一人，这份不老不死的寂寞与无趣，令秋子倍感失落、彷徨，甚至是绝望。她不知道在这条无休止的旅途上还要走多久，什么时候才能完全停下来！万分的痛苦促使她在一百二十岁那年出家做了尼姑，从此周游诸国，为人治病，救助穷人，寻找着生命的真谛。

一路上，秋子看惯了生生死死，拥有太多刻骨铭心的伤痛、别离。日复一日，年复一年，漫长而单调的人生旅程令她厌倦，这是另一种形式的穷途末路。在五百岁那年，她又回到故乡若狭，独自住进濑山的一个洞穴里。她在洞前种了一株山茶花，预言说："树枝枯萎时，就是我了结一生的时刻。"

秋子在洞穴里与世隔绝地修身养性，领悟到了人世无常、万法皆空的大道。她原本有千年的寿命，在大彻大悟之后，遂舍弃余下的两百岁生命，在八百岁时涅槃坐化。山洞前的那株山茶花也随之枯萎凋谢。

后人相当尊敬这位年轻而美丽的比丘尼（比丘尼是佛教中对正式出家的女子的称呼），为她祈祷着，将她奉为八百姬明神、白比丘尼、八百比丘尼。在小滨市青井的神社中，现在还供奉着留存下来的八百比丘尼神像。

人鱼带不来幸福，带来的只是无形的枷锁。因人鱼而获得不死的人，正像炼狱里赎罪的死灵，没有转生的轮回，只有忍受地狱的火焰，期待着走完通向天国的炼狱之路，拥有新生。这以后，人鱼成为日本文艺领域常见的创作素材，谷崎润一郎的作品《人鱼叹息》、小川未明的《红色蜡烛与美人鱼》以及高桥留美子的漫画《人鱼之森》都是有关人鱼的杰出作品，引发了人们对人鱼一波又一波的浪漫遐想！

日本的狐大仙——稻荷神

世上再没有动物比狐狸更具有神秘色彩了。或许是因为经常出没于山林田野，它的敏捷形体、机智行为以及与人类之间的互动，使得人们相信狐狸可以修道成仙、成妖，佑人、祟人，故而总是抱着敬畏的心态来看待狐狸。在日本拥有广泛信仰层的稻荷神，原型就是狐狸，也就是中国北方传说中的“狐大仙”。

日本人只要一提起狐狸，立刻就会联想到稻荷神社。日语中的“荷”与中文一样，是负荷、背扛之意，“稻荷”即“背负稻子果实”的意思。日本古代家猫很少，在稻田里捉老鼠主要靠狐狸，所以农民相信狐狸是农耕神派来保护收成的护粮神使，会传达神明的旨意，并保佑四季平安五谷丰登，而且狐狸具有预知的能力，根据供品上留下的咬痕，可以占卜捕鱼量；向狐狸鸣叫的方向去捕鱼，可得丰收。狐狸的鸣叫声还可预警海浪、火灾、骚乱等。因此人们将狐狸当成食物神与丰收神，高高供奉了起来，并敬称之为“稻荷神”。如果狐狸跑到家中，全家人都会奉若神明，任其自由活动。据说得道的狐狸懂得通灵，还能替人医病或消灾解厄。

不过，也有一说认为狐狸只是受稻荷神的差遣，其本身并不是稻荷神。

稻荷神原本具有农耕神的特质，现今日本已进入了商业时代，商人们也同样传承着对狐狸的崇拜。只要作物丰收，商业也必然会跟着兴盛，所以许多日本企业也祭拜稻荷神，借此祈求财运亨通、鸿盛昌隆。他们不但认为稻米是财富的象征，更看好狐狸的聪明智慧、精于谋算，视其为商业领域的最佳“代言神”。

稻荷信仰丰富的包容性，使狐狸成为信众广泛的“福德之神”。专门祭祀稻荷神的稻荷神社在日本各地相当普遍，日本共有八万个神社，其中仅稻荷神社的数量就高达三万多家，最有名的是位于京都伏见区的伏见稻荷大社。相传伏见是狐狸主神的所

在地，著名的弘法大师空海在伏见寻找道场时，深入荒山遇到大雾，迷了路，绕来绕去怎么也走不出去。正在饥寒交迫之时，有一只狐狸浑身放出光芒，在前头引路，将弘法大师救离深山。弘法大师感念大恩，便设立稻荷大社来纪念稻荷神。

始建于 711 年的伏见稻荷大社是全日本稻荷神社的大本营，其地处皇都东南方，又位于狗熊出没的道路旁，朝廷认为它既守护皇都，又庇佑人民不受狗熊侵害，故而对之尊崇有加。社中除了处处可见口叼稻穗、高高在上受信徒膜拜的狐狸雕像外，还有最具特色的“鸟居”。鸟居有些像中国的牌楼，但只是用一些树干或石柱支起两根横梁，柱子外面涂成统一的红色。它只是一种象征，并没有鸟类在内居住。如果某些企业效益好，就会向神社敬献一座鸟居，感谢稻荷神的庇佑。稻荷大社大殿前已经有了几千座鸟居，分成数排，从山脚一直排列到山顶，构成了一条四公里长的山门“隧道”，十分壮观。

虽然史料中没有明确提示，但大都认为稻荷神是女性，所以稻荷神社的祭典多半由女性来主持。稻荷祭日一般在初午节（二月的第一个午日）举行。届时各地信徒如潮水般涌来，曾有一首和歌记述其盛况云：“遥望稻荷坂，朱红鸟居晃，原是人浪翻。”可见民众稻荷信仰之虔诚，祭典场面之壮观。

值得一提的是，据说狐狸很喜欢吃油豆腐皮，这是祭祀中必不可少的供品。因此日本料理中有一种豆皮寿司，外表浅棕黄色，鼓鼓圆圆的，系在用油炸过的豆腐中，放入米饭、鸡肉、香菇、胡萝卜等食材做成，味道酸甜，稻荷神最好这一口，因此这种寿司被称为“稻荷寿司”。

与遍布日本各地的稻荷神社紧密联系的，是关于稻荷神的各种传说。其中最有名的，是流传于宫城县的竹驹稻荷传说。

某猎人是虔诚的稻荷神信仰者，在一个隆冬，他进山捕到了一只野鸡，下山时，路遇一只狐狸，狐狸对他说：“我是竹驹稻荷，因为大雪覆山，很难找到食物，我的孩子们都饿坏了。你可以将这只野鸡给我么？”猎人立即将野鸡递给狐狸，说：“拿去吧。不过要担心，别让其他猎人见到你。”狐狸谢过猎人，飞快地跑走了。

在接下来的三天里，猎人在山里一无所获，饥肠辘辘之下，只好找邻居借了点米勉强维持。三天后，他又打到了一只野鸡，但那只狐狸又出现了，再度央求猎人将野鸡送给自己。猎人毫不犹豫，又把野鸡给了狐狸。结果猎人又饿了三天。

到第三次捕到野鸡时，狐狸又出现在猎人面前。猎人想也不想，不等狐狸开口，就将野鸡递了过去。但这回狐狸却说：“不，不，承蒙您两次相助，我的孩子们总算可以在寒冬活下来。这只野鸡您拿回去自己吃吧。现在冬天即将过去，待到春天来临，我会报答您的恩惠的。”说完，狐狸飞步而去。

春暖花开，一天，猎人家来了一位非常美丽的女子，她对猎人说：“我就是去年冬天得到过您帮助的竹驹稻荷，今日特来报恩。请将我送到国司大人府上去，他会赏你很多钱。”猎人依言行事。国司见他送了一个大美女来，乐得骨头都酥了，重赏了一大笔钱给猎人。

竹驹稻荷在国司府邸住了下来，国司对她百依百顺。某年节庆时，国司下令摆酒宴庆贺，竹驹稻荷也很高兴，喝了很多酒，结果醉醺醺地，露出了狐狸尾巴。国司和仆人们见了大惊失色。竹驹稻荷见自己的身份已经暴露，便对国司说：“我到此其实是为了报答猎人恩德的，承蒙您也待我不薄，所以我走后，请您再赏一笔钱给那猎人，您也会有好报的。”说完，尾巴一摆，凭空消失得无影无踪。

国司惊得目瞪口呆，对竹驹稻荷的吩咐不敢违拗，于是又唤来猎人，再次赏了一大笔钱给他。猎人先后两次得到厚赏，成了当地的巨富。而国司后来也受到天皇赏识，平步青云，进京做了大官。

修验道祖师——役小角

役小角，又名役行者、小角仙人、神变大菩萨，生于634年，是日本7至8世纪最著名的佛师与咒禁师。《今昔物语集》《日本灵异记》《本朝神仙传》《源平盛衰记》等古籍中，都将他描述为仙人形象，因而变成神话传奇人物。

役小角的全名是贺茂役君小角，本是葛城豪族之后。他的后裔贺茂忠行，就是日后赫赫有名的阴阳师安倍晴明的师父，所以论资排辈，役小角还是晴明的师公呢。

役小角自幼便皈依佛门，十五岁开始学习梵文，十九岁时遁入葛城山中修行，所住山洞名曰“般若窟”。他身穿葛藤衣，食松叶饮清泉，经常在心里默想自己“乘五色云”与“仙人聚”，吸收天地灵气。经过刻苦修行，他终于领悟了《般若心经》与《孔雀明王经》中的咒术仙法，从而拥有了能够役使妖鬼，飞天入地的强大法力。

当时日本的佛教各派，皆是足不出寺，在政府的庇荫下，以研究经书典籍为主，

役小角与孔雀明王

役小角是日本7至8世纪最著名的佛师与咒禁师。他开创了新的佛教宗派——修验道，强调修行时跋涉深山、苦行林野，在当时与佛教主流宗教背道而驰，因此受到严厉压制。役小角号称日本史上拥有最强法力的灵能者，死后被朝廷追赠为“神变大菩萨”，在号称有八百万神的日本，占据了重要的地位。

政治与学术色彩浓厚。役小角有感于佛教不问民间疾苦，遂以神佛调和之思想为理论基础，又吸收了一部分古代的山岳信仰及中国道教内容，开创了新的佛教宗派——修验道。修验道以大和葛城山为根据地，在吉野金峰山、大峰山、高野山等地广开道场，修行时强调跋涉深山、苦行林野等“户外运动”，与清净闭门的其他宗派全然不同。正因为修验道跟当时的佛教主流宗派背道而驰，所以受到了严厉压制，但其信徒却越来越多，到平安时代更成为一时显学。

役小角留下的神异传说很多，他收服“前鬼、后鬼”，与一言主神斗法等事迹迄今仍脍炙人口。

前鬼又称“善童鬼”，后鬼又称“妙童鬼”，是役小角座下的降魔式神，也就是专职打手。前鬼体形魁梧，通体赤红，头生双角，手持黑色利斧；后鬼体形瘦小，通体青绿，黄口直发，手持水瓶，背负种子草袋。据说此二鬼本是一对凡人夫妻，居住在生驹山山脚的村子里，因为长得太丑，而被乡民驱赶出村，只好避进山里，天长日久就变成了鬼。

役小角在生驹山苦修期间，这对鬼夫妻经常拐走山下的小孩，还抢夺粮食，滋扰村民，干尽坏事。小角施展密教咒术“孔雀明王咒”困住两鬼，两鬼九天九夜无法脱困，最终被感化降伏，成为小角的忠实仆役。小角收服前后鬼并一起居住修行的地方，便是如今“生驹市鬼取町”名字的由来。

役小角号称日本史上拥有最强法力的灵能者。他经常拘动妖鬼替他挑水、打扫、劈柴，如果哪个鬼不听使唤，就用咒术绑缚它（类似唐僧的紧箍咒）。某次，他见来往于葛城山与金峰山的百姓交通不便，就拘令众鬼神在城山之间修建一座石桥，方便百姓出行。但众鬼神却迟迟不能竣工，役小角前去查看，发现鬼神们白天都无所事事，小角十分生气，厉声责问。众鬼神告诉他，金峰山的山神一言主神因长相丑陋，所以不好意思在白天出现，只在夜里出来活动，众鬼神要挖取岩石，就只能等到夜晚，因此工期大为延误。

役小角听后大怒，找到一言主神，请他协助众鬼神白天筑桥。一言主神心胸狭隘，拒绝了役小角。役小角便念动咒术，将一言主神绑在了葛城山一棵大树上。一言主神表面屈服，暗地里却捣鬼报复。他附身在一位大臣身上，向文武天皇进谗言，称役小角以妖术潜窥国家，时刻图谋反叛朝廷。天皇大惊，派大军捉拿役小角，小角腾空飞去。带队军官无奈，只好抓住役小角的母亲相要挟。孝顺的役小角唯有就范，被流放到伊

豆岛。但役小角被流放后，日本各地发生了多次灾变，文武天皇本人也得了心痛病。朝廷民间议论纷纷，都说是役小角神通所致。由此役小角于公元 701 年被大赦，回到了故乡。没过多久，他就和母亲一起升天成了仙。

役小角不但是法力精深的仙人，还是一位菩萨心肠的医者和药师，据说他曾传下一种名为“曼陀罗散”的肠胃药方救世济人。他死后受到了历代朝廷的追赠。平安朝廷追赠他尊号“行者”，这就是“役行者”通称的由来。到了江户时代，光格天皇又追赠他“神变大菩萨”尊号。这一尊号非同小可，等于是官方将人提升为神佛。至此，对役小角的尊敬已达到了无可企及的地步，役小角也因此在号称有八百万神的日本，占据了重要地位。

浦岛太郎游龙宫

日语里有这样一句俗语：“あけて悔しき玉手箱”。这句家喻户晓的话，意为“玉匣让希望落空”，讲的是关于浦岛太郎游龙宫的传奇。凡是日本人，小时候一定听过这个故事。

古时候，在丹后国[①]有个小渔村，村里住着一位二十四五岁的年轻后生，名叫浦岛太郎。他生性敦厚朴实，与年迈的母亲相依为命，每天都要出海捕鱼，或是在海滩上拾贝、捞海藻，以此来维持艰辛的生活。

有一天，正在江岛滩打鱼的浦岛太郎，看见一群顽皮的小孩在海岸上，拿着木棒和石头欺侮虐待一只大海龟。他们把海龟的身子翻来翻去，还使劲地敲打着它的硬壳。海龟惊恐地把头和四只脚缩进了壳里。

心地善良的浦岛太郎看不下去了，他上前试图劝阻顽童们不要再欺负可怜的海龟，结果换来了孩子们的一通嘲笑。无可奈何之下，浦岛太郎就把当天捕到的鱼都给了那些小孩，以此来交换大海龟。救下海龟后，他把海龟放生回了大海，并对它说：“世人常言，有情众生中，鹤龄千年、龟寿万载。倘若你丧命于此，便可惜了你的寿数。

①丹后国：日本古代令制国之一，属山阴道，又称丹州、北丹。领域大约为现在京都府的北部。

所以你赶紧回海里去吧！小心不要再被人类捉到了！”获救的海龟一边缓缓地向大海深处游去，一边颇有灵性地频频回头。

次日，浦岛太郎已经淡忘了这件事，正当他照常在海上捕鱼时，突然听到后方有个声音在呼唤他：“浦岛君、浦岛君。”他扭头一看，竟是上次他救下的大海龟。大海龟游近浦岛太郎，对他说：“浦岛君，上次承蒙你搭救，大恩报答不尽。我愿意带你去海底，到那漂亮的水晶宫去遨游。”

浦岛太郎说：“海底太深了，我不去。况且母亲还在等我回家呢。”

大海龟仰起头劝道：“去吧，去吧，那水晶宫，就是人间所说的龙宫，是个好地方哩。来，请骑到我背上。”

于是，浦岛太郎坐在海龟的背壳上，潜入了海底。说也奇怪，那海水纷纷向两边涌开，太郎丝毫不觉得有呼吸阻滞之感。

一深入海底，浦岛太郎就被海底的景色迷住了。“哇啊……好美哦！真是太美了……”他不禁大声叫起来。虽说常年住在海边，但浦岛太郎还从未见过深海里的景色哩。只见太阳的光线从水面上直照进海里，就仿佛一条条金链般泛着华晕；海藻海草随着海浪摇曳曼舞；大大小小的鱼群、各种各样的水族欢快地在珊瑚间游弋嬉戏。海底的正中央，矗立着巍峨气派的龙宫，芬芳的海花、七彩的珊瑚、绮丽的玳瑁、晶莹的珍珠环绕着它，就像一座巨型城堡，散发出无与伦比的恢宏气势。

海龟带他来到龙宫中一座亮光闪闪的珊瑚院前，这里高大轩敞，以黄金为屋顶、白银砌墙壁，雕梁画栋、珠光宝气，绵软的水草在大门口扭动着，美丽的海葵和海星点缀在墙上，五彩缤纷，令人眼花缭乱。真是漂亮极了！浦岛太郎完全被吸引住了。

就在浦岛太郎边欣赏边惊叹时，珊瑚门轻轻地打开了，露出一级级珍珠台阶。每级台阶上都站着两名蚌女，最上面的一级，站着一位身穿盛装、美丽高贵的龙女。她就是龙宫里的公主——乙姬。

“浦岛太郎，欢迎你到龙宫来做客。”乙姬亲切地说，“你救了海龟，我们深表谢意。别忙走，请在这儿多玩几天，让我们好好款待你吧。”道谢完，一摇扇子，虾仆赶忙摆上了上好的丰盛宴席；花枝招展的鲷鱼女、海蜇、蚌女也成群结队地游过来，围着太郎，翩翩起舞。

吃过酒宴，乙姬领着浦岛太郎参观华丽的龙宫，他们来到四扇神奇的大门前。

“这是春之门。”乙姬打开东面第一扇绿色的大门。只见门里面繁花似锦、春光满目。

浦岛太郎游龙宫

日本丹后国的渔夫浦岛太郎在海边从顽童手中救了一只大海龟，因此被请去海中做客。他在海中光怪陆离的龙宫里住了三年，回到自己的家，却发现人间已经过去了三百年。

樱花、水仙、紫玉兰、海棠、芍药等春天开的花，在枝头盛放，争奇斗艳；蝴蝶在花丛里飞舞，黄莺在轻快地歌唱，还不时停到浦岛太郎的衣领上；柳树垂下枝条像一个害羞的新娘，到处呈现一片绿意盎然的春色，充满着朝气。

乙姬接着打开南面第二扇红色的“夏之门”，一派夏日风光展现于眼前：盛夏的阳光从屋里射出耀眼的光芒，浓密的树荫像华盖；荷花在池中绽放，荷叶上承满露珠；水鸟在河里嬉戏，牵牛花满墙爬藤，蝉儿在树上快乐地鸣叫；忽而雷声隆隆，布谷鸟欢唱着夏歌。

“这是秋之门。”乙姬又打开了西面第三扇金色的大门，屋中菊花灿放、红枫飞舞；漫山遍野秋果累累、金色的稻穗正随风摇摆；山野小道上鹿鸣呦呦、蟋蟀也悠哉地在田野上跳跃。

当乙姬打开北面最后一扇白色大门时，只见屋里皑皑白雪，冰面反射着寒光；山谷小屋渺渺，俱隐于瑞雪中；松柏都裹上了银装，江河皆凝成了玉镜。好一幅冰妆琼砌的雪景图。

“好神奇呀，只不过走了一遭，就像是过完了一年四季。”大开眼界的浦岛太郎感叹道。

就这样，他在这无限美好、无限广阔的龙宫里心醉神迷地遨游着，犹如身临梦境一般，整个人都飘飘忽忽的。

从此后，他每天都吃着珍馐海味、穿着华服锦裳、赏着悦目美景，舒舒服服地在龙宫里住着，日子过得有滋有味。

一天又一天，时光宛然流转，不知不觉间，浦岛太郎已经在龙宫过了三年天堂般的生活。他开始想家，想母亲了。终于，他下定决心，正式向乙姬请辞道：“承蒙留住龙宫，一晃已过三载。日子虽然过得舒适安逸，但一想到老母独自在家，心中难免忐忑不安。如今我要回去探望老母，以尽孝道。望公主成全。”

乙姬见挽留不住，便答应了。临别时，她送给太郎一个玉匣，并叮嘱说：“咱们也算有缘，我送你一样宝贝吧。宝贝就在这玉匣里，不过你要记住，在你年老之前，绝对不能打开它！否则……”

浦岛太郎深深致谢后，告别乙姬，又坐在海龟背上，带着玉匣回到了思念已久的故乡。

不料，村子的景象竟然和以前完全不同了。究竟出了什么事？怎么到处都是陌生人，

没有一个熟人。而且不管怎么找，就是找不到自己的家和年老的母亲。

“我的家……我的家到哪儿去了？”茫然的浦岛太郎向村中一位白发苍苍的老叟询问道：“您知道浦岛太郎的屋子在哪里吗？”

老公公奇怪地看了浦岛太郎一眼，惊讶地说：“啊！你问浦岛太郎？那是很久以前的事了，我爷爷的爷爷曾经留下一个关于他的传说。据说，他三百年前在大海上乘坐一只海龟不知去向，此后就再也没有回到村里了。他的母亲天天在海边盼呀盼，直到去世还是没盼回儿子。唉，怪可怜的。”

“真是难以置信！我只在龙宫住了三年，没想到人间已经过了三百年！景物全非，故人皆杳。连母亲大人也早已去世了……”浦岛太郎沮丧极了，将自己的来历原原本本地告诉给老叟。老叟听了，又惊又悲，老泪纵横，指着远处的一座荒冢道：“那座古坟，就是浦岛太郎母亲的坟墓。”

浦岛太郎痛哭流涕，神情恍惚地坐到一棵松树下，呆呆地想着心事。突然间，他想到了乙姬送给他的玉匣，“里面到底装了什么东西呢？打开它，也许就都弄清楚了。”

浦岛太郎忘记了乙姬的叮咛，冒冒失失地将玉匣打开了。

登时，一阵白烟从匣子里飘出，袅袅升腾，越来越淡，消散之后，浦岛太郎变成了一个须发皆白的老翁。而玉匣则变成一只仙鹤飞走了。

原来，龙宫是“超越了时间的世界”，好心的乙姬担忧浦岛太郎在龙宫三年，再回到人间会夭寿，所以送给他一千年寿命，那只鹤就代表着千年的时光。但浦岛太郎没有遵守约定，私开玉匣，于是千年岁月化鹤远去，只余一脸皱纹与沧桑陪伴浦岛太郎度过余生。

桃太郎

在古早古早的时候，吉备国（今冈山县）的一个偏僻小村子里住着一对老夫妇。他们没有孩子，过着平淡温馨的生活。

这天，老公公和往常一样，大清早就踏出家门，上山砍柴。老婆婆目送老公公离去之后，便用一个大木盆装满了衣服，来到河边洗衣服。

洗着洗着，忽然从上游咕咚咚、咕咚咚地慢慢漂下来一个圆滚滚的东西，老婆婆定睛一看，呀，竟然是一个要伸开双臂才能抱得住的大桃子。老婆婆活了一大把年纪也从未见过这么大的桃子！她想去捞桃子，可是手够不着，四周又没有长竹竿。她想了想，便拍手唱道："远水苦，近水甜。大桃子，避苦水，向甜水，漂过来吧！"

说也奇怪，那桃子仿佛真能听懂老婆婆的喊声似的，摇摇晃晃地朝着她漂了过来。

老婆婆等大桃子漂到岸边，费了很大的力气，累得气喘吁吁，将桃子捞了起来。这大桃子还真重！她仔细一打量："看样子是个大甜桃儿，真稀有啊！拿回去给老头子吃吧。"说着，她就将大桃子放在木盆里，小心翼翼地带回了家。

傍晚，老公公背着沉重的柴火从山上回来了。他大声喊道："老伴啊，家里有什么吃的吗？肚子好饿哟！要不然先给一碗水喝吧，嗓子都渴冒烟了。"

老婆婆马上说："老头子，有更好的东西呢，既能解渴又能充饥，是从河里捡回来的。你把它吃了吧！"说着，拿出那个大桃子。

夕阳映入屋中，给桃子涂上了一层浅浅的红色。

老公公惊喜地说："啊哟！这么大、这么好看的桃子，皮又薄，看起来很好吃哦。"老婆婆看到他那一副馋相，举起菜刀，正要切下去。突然，"呱"的一声，一道金光闪过，桃子自己从当中裂开了，一个圆头胖脑、粉嫩小脸蛋、乌黑亮眼睛的可爱小男婴，"哇哇"地从桃子里蹦了出来。

这可把老公公和老婆婆乐坏了，他们一直盼望着能有个孩子。老婆婆急忙将小男婴抱出来，高兴地摇着，然后用温水帮他洗澡。

"莫非是天上的神明怜悯我们没有孩子，所以特地赏赐这孩子给我们？"老公公充满感激地说。于是他们欢天喜地地向天跪拜，感谢上苍赐子。

老公公想为小宝宝取个好名字，他想了又想，终于灵机一动："既然他是从桃子里出来的，就叫他'桃太郎'吧。"

老公公和老婆婆晚年得子，对桃太郎爱逾性命，呵护备至。顿顿都给他吃糯米饭团，还时不时为他上山捉野兔飞禽、下河捞鲜鱼活虾。桃太郎吃得多、吃得好，也长得快、长得壮，不知不觉中，已经长成一个健康强壮的少年了。他不但聪明过人，力气更是特别大，大人们都举不起来的大石头，他轻轻松松就高举过顶。村里不管多么有力的人，跟桃太郎角力都稳输不赢。老公公和老婆婆看在眼里，心里乐开了花。

有一天，一只乌鸦落到了桃太郎家的院子里，叫着：

大事不好，大事不妙，

鬼岛上的恶鬼下来了，

东村大米抢走不少。

嘎——

大事不好，大事不妙，

鬼岛上的恶鬼下来了，

西村咸盐抢走不少。

嘎——嘎——

大事不好，大事不妙，

鬼岛上的恶鬼下来了，

还把领主的女儿给抢跑。

嘎——嘎——嘎——

桃太郎听了乌鸦的这番话，非常生气地骂道："这些恶鬼真是大坏蛋！"他下定决心，要为民除害。便跑到老公公、老婆婆身前，端端正正地跪下，双手拄地，请求道："爷爷，奶奶，我已经长大了，我想上鬼岛，去惩治恶鬼，请给我准备一些日本第一的饭团，让我路上吃吧！"

两位老人家劝他说："这怎么行啊？你太小了，打不过他们的。"

桃太郎自信地说："打得过！打得过！"

老公公和老婆婆给他缠得没法子，又见他这么有志气，就答应了，不但给他做了日本第一的糯米饭团，还给他扎上新头巾、穿上新马裤、挎上一把战刀。桃太郎举起一面旗子，上面写着"日本第一的桃太郎"，挺神气地出发了。

"路上多加小心。"

"等你胜利归来。"

两位老人家站在门口，与桃太郎依依惜别。

桃太郎刚走出村子，就有一只小白狗"汪、汪、汪"地跑来了。

"桃太郎，桃太郎，你这样雄赳赳地，是去哪儿？"

"去鬼岛打鬼！"

"腰间带的是什么？"

"日本第一的糯米饭团。"

桃太郎与白狗、猴子和雉鸡

一个老婆婆在河边洗衣服，从河的上游漂来一只大桃子。桃子裂开，跳出来一个小男婴，老公公和老婆婆为他取名“桃太郎”。鬼岛上的恶鬼危害百姓，桃太郎带着老婆婆为他做的“日本第一的糯米饭团”前去征服。他沿路结识了小白狗、小猴子和雉鸡，大家同心协力，打败了恶鬼。

“请给我一个饭团好不好？我肚子实在是饿极了。”

桃太郎慷慨地拿出一个饭团，递给小白狗：“你吃吧，这种饭团只要吃了一个，你就会有十个人的力气。”

小白狗吃完饭团，非常高兴。为了报答桃太郎，便决定追随他一起去打妖怪，做一个忠心的随从。

桃太郎与小白狗继续前进，在崎岖的山路中，他们又遇到了一只小猴子。这只小猴子对桃太郎说：“好心的桃太郎啊！能不能将那用爱心做成的糯米饭团给我吃一个呢？在这深山里，我已经很久没吃东西了。”

桃太郎毫不犹豫地将糯米饭团又拿出一个，给了这只饥饿的小猴子。小猴子将饭团吃下后，立刻精神焕发。它问明桃太郎的目的后，说：“让我跟你去打鬼吧，多一个帮手就多十个人的力量！”于是猴子也跟着一起上路了。

他们走着走着，下了山，来到森林，一只雉鸡飞了过来，也发出像小白狗和小猴子一样的请求：“桃太郎！请你将那用爱心做成的糯米饭团给我吃一个吧！我将会感激你。”

于是桃太郎又给了雉鸡一个糯米饭团。雉鸡吃完饭团后问起他们此行的目的，桃太郎便将详细情形告诉了它。雉鸡也愿意成为随从，一起上路。

桃太郎带着小白狗、小猴子、雉鸡走了很久，终于来到海边。从这儿望去，大海茫茫，鬼岛就在对岸。大家一向都住在陆地上，望着波涛汹涌的大海，心情既激动又不安。

桃太郎找渔夫借了一艘渔船，扬起了帆，船帆被风吹得鼓起，大伙儿斗志昂扬，同心协力用力划着桨。船像利箭般破浪前进，向着目的地鬼岛驶去。

鬼岛是一个地形险恶、环境复杂的岛，桃太郎他们一踏上陆地，便感到一股阴森森的气息弥漫在四周。但无论再大的困难也无法阻止他们勇往直前地朝恶鬼住的城堡走去。

鬼城的城门是用精铁铸成的，紧紧地关闭着，非常坚固，无论怎么用力都推不动。身手矫捷的小猴子望了望高大的城墙，说了声：“看我的。”灵活地向上一跃，跳过了城墙。它使劲儿挠看门的鬼，雉鸡也飞过城垣啄鬼的眼睛。看门鬼招架不住，只好把城门打开。桃太郎拔出太刀，和小白狗冲进了鬼城。

城里，鬼的大头目——黑鬼大将跟一群小鬼们酒宴正酣，见桃太郎他们势单力薄，也没当一回事。桃太郎大喝一声：“我乃桃太郎是也！特意前来消灭你们！”

黑鬼大将生气地骂道：“小小的桃太郎，你嚷什么嚷，不要太狂妄了！给我上，把他们统统杀掉！”一群青鬼、赤鬼、黄鬼纷纷操起武器，将桃太郎他们团团围住。

黑鬼大将像转风车一般舞动大铁棒，砸向桃太郎。桃太郎敏捷地把头一偏，铁棒砸到一块大石头上，石头碎裂飞溅开来。

桃太郎趁黑鬼大将发愣的工夫，从腰间掏出一个糯米饭团，不慌不忙地吞了下去。“臭妖怪！我已经吞下了天下第一的饭团，身上有了百倍的力气！谁怕谁啊？来吧！”说着，他挥刀向前，与黑鬼大将战成一团。

他的伙伴们也与他并肩战斗。小白狗（病消除）“汪汪汪”地叫着，狠狠地咬住了代表疾病的青鬼的脚；小猴子（恶消失）伸出爪子，把无恶不作的赤鬼的脸抓得伤痕累累；雉鸡（灾消解）也用它锐利的嘴将惯于兴灾作难的黄鬼的眼睛啄瞎。这群厉鬼被打得落花流水，抱头鼠窜。黑鬼大将一见爪牙都逃了，不由得慌了阵脚，桃太郎趁机一刀击在他的背脊上，黑鬼大将浑身酸软麻痹，痛得眼泪都出来了，急忙跪地求饶。

“桃太郎，请你原谅我们吧！我们发誓以后再也不敢作恶了。”恶鬼们纷纷投降，将手放在头上，表示诚意。

善良的桃太郎饶恕了这群恶鬼，黑鬼大将庆幸不已，主动交出了所有搜刮来的宝物，被他们抢走的领主女儿，也放了出来。桃太郎将金银珠宝全都堆放在一辆推车上，带着领主的女儿和三位伙伴，高高兴兴地离开了鬼岛。

他们回到村子后，村民们都围了过来，欢迎这些小勇士。桃太郎便将金银珠宝全分给了老百姓。老公公老婆婆自豪地称赞说：“好孩子，真是多亏了你，从此我们的村子又太平了！”

领主听说自己的女儿被英勇的桃太郎救了出来，又听说桃太郎慷慨地将财宝都分给乡亲们，对桃太郎非常嘉许，就将女儿嫁给了桃太郎。

领主的女儿是一个知书达理、孝顺长辈的好女孩，从此以后，桃太郎和他的妻子、老公公老婆婆，还有三位小伙伴住在一起，过着幸福快乐的生活。

可爱的小妖——狸猫

狸（たぬき），又称獭狸、狸猫、大山猫，是日本民间口耳相传、家喻户晓的一种神秘动物。

由古至今，狸猫都是日本人十分喜爱、类似于宠物的小妖。与其他可怖可畏的妖怪相比，狸一直给人以容易亲近的良好印象。作为可爱系的小妖怪，单看其稍显肥臃的笨拙身材和两块黑眼圈便会令人忍俊不禁，心生好感。在许多民间故事中，狸对人类没有任何危害，它们和住在山里的人相处得十分融洽。看似憨憨笨笨的狸总是富有幽默感及临机善变的机智，因此相当讨喜。这与狡猾的狐形成了鲜明的对比。

狸猫因其善变的特点而被人们亲切地称为“百变狸猫”，它们性情风趣、爱开玩笑，善于使用类似障眼法之类的法术，将自己的身体变为任意形状，而后突然钻到角落或缝隙里躲起来，或是隐身在一边挖着墓穴，总之不让人看见。平时无聊的时候，就喜欢靠变身来捣蛋，无伤大雅的闹剧一出接着一出，其中最有名的“恶搞”是将树叶变成铜钱欺骗贪心的人。此外它们还常常偷喝老百姓家里酿的酒，喝得醉醺醺的，四脚朝天躺在庭院里呼呼大睡，逗得人们哈哈大笑，真是超级“卡哇伊”！

人类对狸猫的喜爱，使得在民间故事中，狸猫扮演的角色总是充满机智与幽默。相传空海大师在四国设立道场时，因为嫌狐狸太过狡猾，施法将狐狸悉数驱离四国，只留下老实憨厚的狸猫。所以仅在四国，关于狸猫的传说就有五十多个。

诸多关于狸猫的诙谐传说中，群马县的“分福茶釜”、爱媛县的“八百八狸物语”、千叶县的“证诚寺狸猫”并称三大狸猫传说，流传最广。此外，还有个与“分福茶釜”类似的狸猫故事，叫“文福茶釜”。相传曾经有一家狸猫居住在深山里，因为生活清苦，家里常常有上顿没下顿，有一天终于到了没有任何食物的地步。按照狸猫一族的规矩，不能用法术偷盗别人的财物，只能通过劳动努力赚钱。于是狸猫爸爸和狸猫妈妈商量，把自己变成茶釜让狸猫妈妈拿到集市上卖掉换些吃的，过段时间再变成狸猫逃回来。狸猫妈妈按照计划将狸猫爸爸变化的茶釜卖给了一家寺院的住持，住持吩咐小沙弥将茶釜擦干净以便煮茶。当小沙弥擦到茶釜底部时，却听到茶釜发出了怨言：“喂，这样磨很痛呀，小和尚，你就不会轻一点磨喔？”吓了一跳的小沙弥不知所措，慌忙跑去告诉住持。住持早知道是狸猫在捣鬼，却故意斥道：“胡说八道，茶釜怎么可能会说话？不准偷懒，赶快去烧水煮茶。”小沙弥无奈，便把水注入茶釜，点了火开始烧水。随着温度逐渐上升，从茶釜里又冒出微弱的声音：“哟喂，好热喔！我快被烫死了！”突然狸猫现出了头、身体和四肢，夹着烧烫的尾巴准备逃之夭夭。早算到是狸猫化身为茶釜的老住持，施展法力，一鼓成擒拿下了茶釜狸猫。经过一番思想教育，茶釜狸猫只好留在寺里做一辈子文福茶釜了（“文福”就是指热水在茶釜中煮沸时的声响）。

"狐狸"在中国是一个合称的名词，但在日本，却是两回事，狐经常与狸发生争斗。赞歧（今香川县）一地，有一支强悍的"秃狸"族，它们的老大名叫团三郎狸，长着一颗硕大的脑袋，精通变身术，是个狠角色，手下"狸子狸孙"众多，专为守护四国这块地盘而和狐军团对抗，狐族想踏进一步都不可能。因此四国全地至今为止也看不到狐的踪影。

不过狸也并非尽干捣蛋的事，作为最亲近人类的妖怪族，有些受到人类帮助的狸常常会化身为马或女子，去市场上变卖自己来答谢处于困境中的恩人。可是无论报恩也好，捣蛋也罢，到最后都会被人类识破，这就是狸有趣的地方。看来狸猫的法力还不够高深哦。

狸的奇幻行径

（1）狸之腹鼓

深夜，不晓得从哪儿传来太鼓的声音，这是狸的拿手绝活，就是敲打自己的腹部发出声响，"狸之腹鼓"被列为东京番町七大不可思议现象之一。古时候，京都有会弹琴的隐者，传说经常在有月亮的晚上与狸的腹鼓合奏，乐音相当美妙。

（2）狸之竹切

在深山的竹丛中，每逢深夜，就好像有生物在把竹枝切下，发出奇怪的声音。隔天人们去探察，只见地上散落着切下来的竹枝，许多竹叶不见了，怀疑是狸所为，因此称之为"狸之竹切"。

（3）狸猫合战

为了争夺地盘、伴侣、食物，不同的狸猫族群间会爆发战争，最有名的是阿波狸合战。四国地区的狸首领六右卫门，担心后起之秀金长狸超越自己，遂假意将女儿鹿子姬许配给金长狸，不料鹿子姬却真心爱上了金长狸。当六右卫门派四大狸天王攻打金长狸时，鹿子姬苦劝无效，自杀身亡。金长狸和六右卫门都声言要替鹿子姬报仇，各自集结了六百兵力，展开了连续三次合战，最后经由屋岛的秃狸从中调解，才结束狸猫大战。自此以后，阿波国的狸猫世界一分为二，彼此老死不相往来。

（4）证诚寺狸猫歌

证诚寺附近有一片被称为"铃森"的树林，松树、柏树、竹子郁郁葱葱，环境幽雅，是狸猫筑巢定居的地方。在一个明月皎皎的中秋之夜，证诚寺的住持在窄廊弹起了三弦，优美的弦乐吸引了森林里数百只狸猫，它们纷纷跑到证诚寺里，侧耳倾听。住持望着

似乎通晓音律的众狸猫，心中油然而生得遇知音之感。

乐声达到高潮时，一只个头很大、看上去像是首领的老狸猫竟然和着三弦的旋律，踏着节拍，拍起肚子跳起舞。其他狸猫也纷纷用叶笛伴奏，边吹边舞。人狸合奏，气氛融洽，如痴如醉，如此连续三夜。到了第四夜，住持左等右等，狸猫们却一直没有出现。住持非常失望。

次日一早，住持清扫殿宇四周，赫然发现“狸猫歌舞团”的那只老狸猫躺在地上，肚皮破裂，已然断了气。原来它捧场过于热情，竟把肚皮给拍破了。

1924 年，著名的童谣词作家野口雨情，撷取这一传说作为素材，写出了童谣《证诚寺狸猫歌》，成为日本人在小时候必唱的经典歌谣。

形形色色的狸

狸作为日本最大的妖怪部族，有确切名称和记载的种类就有上百余种，其中较有代表性的种类如下：

（1）豆狸

豆狸在四国境内很多，它们有着奇怪的行径，喜欢在八个榻榻米宽的室内，四肢趴在地板上装作惊奇的样子。在下着小雨的夜晚，还会把睾丸披在自己的肩上，然后去找酒和食物（变态暴露狂加酗酒的中年男子的综合体）。

（2）幽灵狸

幽灵狸由死者化身而成，主要分布在四国地区。

（3）坊主狸

阿波美马郡半田町有一座“坊主桥”，躲在附近草丛中的狸有一个奇怪的癖好，喜欢把过路人的头发全部剃光，这令当地的人颇为烦恼。坊主狸由此得名（坊主即和尚之意）。

（4）吊蚊帐狸

在阿波三岛村，有一种狸会在半夜三更的时候袭击路人，路人会感觉路旁似乎吊着蚊帐，朦朦胧胧，既不能前进，也不能返回，怎么也冲不破！这种情形在中国就是所谓的“鬼打墙”，遇到鬼打墙，听说在路旁撒尿即可破除迷障，不知是真是假?

（5）首吊狸

阿波三好郡有一种狸，喜欢在夜间倒吊于幽暗过道的树上，不停地晃动头颅来吓

狸猫

自古至今，狸猫都是日本人十分喜爱的、类似于宠物的小妖。作为可爱系的小妖，看其稍显臃肿的笨拙身材和两块黑眼圈便会令人心生好感。在许多民间故事里，狸都与住在山里的人相处得十分融洽，它们多富有幽默感和临机善变的机智，因此相当讨喜。

唬路人。其身手十分矫健敏捷，常让路过的行人一通恐慌，以为是幽灵出现了。

（6）宅左武卫门狸

洲本狸的长老，在别人经济困难时会施以援助，是掌管金融之神灵！

（7）妖狸

能幻化成人形的狸。妖狸和狐一样喜欢在富裕的人家中寄居，甚至附身在人的身上，迷惑他人。

（8）柴右卫门狸

日本三大狸之一，同时也是洲本八狸之首，恶搞之王，故被敬为恶作剧之神！

（9）柴助狸

柴右卫门长子，象征使疾病痊愈的神灵！

（10）お增狸

柴右卫门之妻，就是那位用树叶变铜钱的小可爱，象征生意兴隆的神灵！

（11）お松狸

柴右卫门的女儿，年轻貌美极具人气，是女性们的保护神。

（12）左武卫门狸

每晚于各户门前巡探有无未关好家门的狸，是安全防范之神灵！

（13）川太郎狸

检查关卡和河堤的安全，是象征交通安全之神灵。

（14）风狸

风狸又称风生兽，外形似貂，浑身青色。乘风可攀越岩石、爬上树梢。它火烧不死，刀砍不入，打它的身子就好像打在鼓起的皮囊上。必须用锤击其头数千下方死，但只要有风吹入口中，就会立即复活。

河童与山童

日本不仅四面临海，而且江河纵横列岛，自然导致了“水域文化”的盛行，与水相关的妖怪着实不少。在水域群妖中，河童（かっぱ）绝对可称名妖，他的大名，相信不少中国人也早有耳闻。由于他们生活在日本各地的河川或水泽中，有“住在河川的孩子”之意，故而得名河童。

河童的本体原是水神，相当于中国的河伯一类，后来受到外来宗教传入的影响，渐渐失去信徒，没有了庙堂上的香火供奉，神性不断淡化，只好自力更生，落草到凡间当起了妖怪。《西游记》中的沙僧，传到日本后，总是在动漫游戏中被描绘成河童的模样，就是出于这个原因。

日本最早关于河童的记载，出自《日本书纪》。仁德天皇年间，就有旅人渡河时，受河童加害而中毒呕吐。《百物志》《万鬼录》《妖怪物语》等古书籍中也都记载有他的身影。日语里有很多与河童有关的俗语，比方河童爱吃黄瓜，所以海苔卷黄瓜这道菜就叫作“河童卷”。

综合各类传说中的描述，河童身高大约一米出头，外形如四五岁孩童大小，脸像青蛙或乌龟，有着鸟喙一样的尖嘴，口腔上下各有四根尖牙，撕裂食物的速度相当快。他全身皮肤泛绿色，身上长满鳞片，毛发一般为红色，背上驮着一个暗绿色的龟壳，非常坚硬，刀枪不入。将这个龟壳脱去后，河童就能变化为人。他身上会发出臭味，并且有滑腻的黏液，其手有四指，指间有蹼，能在水中以惊人的速度游泳，所以很不容易捕捉。这些生理特点使得他很适宜生活在潮湿的水环境中。

河童水陆两栖，不但拥有上述“水军装备”，其陆地机能也相当发达。他的手臂特别修长，可以左右灵活地运动，双腕的骨头相连相通，如果一端被切断，立刻会从另一端再长出来，再生能力很强。据说他被切断的手臂，可以制成治疗跌打损伤的特效药。他圆圆的眼睛会发光，眼神很是犀利，视野深远；而鼻子则像狗儿一样灵敏。这几点令他在遇到危险时，可逃可守，进退裕如。如果来不及逃跑，就把四肢像乌龟那样缩进龟壳里，令敌人面对坚硬的龟壳束手无策。要是有机会逃跑，他就会撅起屁股，屁股上有三个屁眼，只要狠狠地放一个响屁，登时喷气的推力会快速地将身体反射出去，逃跑的速度甭提有多快了！日语中有个惯用说法“河童之屁”，就是指简简单单即可办到的事。万一被人类捉住，河童会跟人类订下种种誓约，不是送淡水鱼，就是传授灵丹妙药的配方。“河童药”治伤疗病颇有妙效，是难得的宝物。

水，是河童最大的法力来源。因此在其头部中央有一个凹陷，好似圆盘一般，盘里盛满了维持生命的水，水令他力大无比。当河童脱离河流登陆后，在陆地上他的力量就与盘里积储的水量成正比，只要水不干涸，擅长相扑的河童能够将一匹马活生生

地拖入水中。所以日本有句俗语形容天大的灾难，就叫作“河童灭顶”。此外，上了年纪的河童，能拥有极大神通，可用心电感应来洞察人内心的想法，实是可怖。

不过，长期的霜降和冰雨会使河童头上的盘子变得僵硬易碎，盘子要是破了的话，对河童而言可是致命的。退一步讲，即使仅仅是头顶的水蒸发或者流失，河童的力量也会随之消失，变得十分虚弱，毫无精神。因此日语里又有一个俗语“上陆的河童”，即指因环境变化而无力显露才华。

河童膂力奇大，喜欢寻人比赛相扑。他的性情十分顽劣，经常诱人入河将其溺毙，有时还会袭击到河边饮水的马，掳掠在河边玩耍的孩童。虽然偶尔也帮助人们做点好事，但总体而言，河童是相当危险的。他的恶事包括吸人血、食内脏、偷袭妇女、破坏田地、盗马等，数不胜数，令人头痛。

河童族裔十分庞大，正如“人类”可细分为各个民族一样，“河童”的总称下也有众多不同分支。例如旁支“水虎”凶狠彪悍，拥有化为液体的能力；而“川太郎”则时常扮作渔夫，有吸引鱼群的能力。

至于河童的起源，还得从我们中国说起。在黄河流域的上游，有一位河川神祇，名叫河伯，这个河伯在中国的神话里，名声可不怎么好。战国时期，魏国邺县每年一到雨季，河水就暴涨泛滥，夺去了许多人的生命财产。人们都认为这是河伯在兴风作浪，于是年年都要牺牲一名年轻貌美的女子来取悦河伯。直到新县令西门豹上任，才将“河伯娶妻”的迷信破除。

河伯人憎神厌，后来因为调戏洛神，又被后羿射瞎了一只眼，眼瞅着在中国混不下去了，就索性卷铺盖水遁到了日本，入乡随俗，摇身一变，连身材也变得矮小起来，成了河童。因为环境适宜，河童大量繁殖，不过好色的本性丝毫未改，时常强抓少女淫亵，终于惹出一场大祸来。

河童中有一个首领叫“九千坊”，他带领河童一族从中国辗转来到东瀛，在九州岛的球磨川云仙温泉住了下来。河童们恶习不改，频繁地骚扰附近的村庄，抢钱抢粮抢女人。他们在河畔潭边变出美丽的花朵，吸引人类去采摘，自己则变成大鱼埋伏在河里。当人类接近时，便跃出将人拖到水深处。他们不但害得许多无辜的人溺毙，还时常袭击到河边饮水的马牛等牲畜，将牲畜拉至水中后吸干血并吃空内脏，当真是祸害一方。由于九千坊拥有怪力，又好勇斗狠，村里人都敌不过他，只好忍气吞声，拿河童毫无办法。

此事后来被熊本城主加藤清正知道了，清正是丰臣秀吉的养子兼大将，著名的“贱岳七本枪”之一，以骁勇善战和筑城技术闻名。这样一条汉子，自然不能让自己的属民屡屡受辱。为了打败九千坊，清正先是施展计谋，将河童们引诱到会喷出硫黄气的地狱谷，然后聚集了大批河童最害怕的山猿，群起而攻。当人看不见河童时，山猿依然可将河童看得一清二楚。九千坊率领河童一族，起先还能勉强抵抗，于是加藤清正又下令把烧烫的硫黄石丢向水中。硫黄石所散发出的热气，令河童头部盘碟里的水，逐渐蒸发殆尽。失去力量的河童们浑身酸软，瘫倒在地，乖乖束手就擒。从此以后，河童只得老老实实地住在熊本县筑后川，后来成为水天宫的使者。

另一种关于河童起源的说法，是本土人造说。传说日本古代的工匠们，在建筑神社寺庙或城堡时，因人手不足，便流传有一种咒术：将人的名字写在纸条上，然后把纸条塞进木头的缝隙或草扎的人偶里，此举称为“入魂”，据说建筑物会因此而盖得更坚固牢靠，草扎人偶也因此而有了灵魂。可是在完工后，这些人偶却被抛弃到河川里。它们心有不甘，于是纷纷幻化成河童，四处作乱，对人畜形成巨大威胁。

山童

山童（山わろ），是与河童并列的山妖，常出没于九州一带的深山中。他身形矮小如孩童，主要特征是体毛浓密似猿猴，头顶盘碟，独目单足，能像人一样站立步行。

山童与河童一样，皆是从中国流传到日本的。中华古越国一带（今江浙地区），出没着被称为山魈的恶鬼，即为山童的原身。山魈是魑魅的代表，乃掌握疾病与火灾之恶鬼，特征也是仅一目一足。公元前 334 年，越国灭，山魈迁徙东渡，在日本九州西岸登陆，从此长期定居于九州附近的山野之中。

山童虽然相貌可怕，但心地并不坏，非但不会危害人类，还十分乐于助人，只要给他们饭团吃，就能最大地调动其积极性。特别是对于山涧的樵夫来说，更是常常需要山童的帮助。比如搬运大树翻越险峰绝岭遇到困难，除了饭团，再多给一些米酒作为奖励，山童就会相当卖力地“嘿嚯嘿嚯”了。再怎么重的东西对他来讲，都很轻松，毕竟他是力大无比的山精。不过，千万别在刚开始干活时就给山童饭团吃，否则干到中途他们就会开溜，严重不守信用。所以一定要等事毕再给饭团，这样第二天山童还会来帮忙。

大凡身形像孩童的妖怪，许是带了几分稚气未脱，都喜欢恶作剧，山童亦然。他

们有时会闯入民居洗个澡，赤裸着身子让村民瞠目结舌；有时又潜入山寺，偷和尚的食物吃；如果有猎人晚上在山里露营，他就会突然出现在猎人面前，将猎人心里所想，全部说出来，而后对着惊讶不已的猎人扮鬼脸。种种颇具喜剧色彩的恶搞，弄得人们啼笑皆非。

不过切记，山童虽然热心肠，你可别想打歪算盘算计他，他对危险有着很强烈的第六感直觉，一旦发现有人想害他，就会立刻发觉并马上逃走，然后对恶人施以疫病与火灾的惩罚。

由于山童与河童有诸多紧密的联系，所以亦有山童即河童的说法。在古老的年代，很多地方特别是河川附近都住有河童，不过这仅仅是在春夏时，到了秋冬两季，怕冷的河童们就要往相对暖和的山林里搬迁，此时只剩下一小部分想留在河边玩不愿离开的河童。迁入山中的河童，因所栖息环境的变化，自然而然地转变为山童。势子（せこ）、狩子（かりこ）、悬崖童（たきわろ）等别称，就都是因为他们在山间栖息而得来的。等到春暖花开时，山童又成群结队地向河边移居，回到水中成为河童。

第三章

平安时代——莲蓬百鬼，夜行东瀛

小引：时代背景

公元794年（一说784年），桓武天皇迁都平安京（今京都市），垂天下以治四百余年的平安时代缓缓拉开序幕。它与盛唐帝国隔海相对，更加积极地摄取大陆文化，以本国文化为基础，糅合汉学、唐诗、佛教美术的精华，孕育了令后世赞叹不已、无比华丽的灿烂文化，诞生了《古今和歌集》《源氏物语》《枕草子》等一大批优秀的文艺作品。

这一时代，被称为“瞬息京华、平安如梦”，是公卿贵族文化的盛世。狩衣乌帽、宽幅长袖，涂黑齿、奏能乐、诵和歌，还有女官与皇室之间浪漫的爱情故事，共同构成了全社会绚烂唯美的主色调。从表面上看，樱花漫天飞舞，长廊蜿蜒百转；飞渡桥朱红波碧，延历寺庄严肃穆；熏染了淡淡梅香的十二单衣，伴着悠扬动人的和琴声；乌黑如墨的七尺青丝，映衬着胭脂晕成的樱唇。一切都华丽得宛如梦幻，犹如古旧画卷般一幕幕在世人眼前绵绵展开。

然而光鲜的外表，掩饰不了内中的糜烂不堪，京都平安京更不是乐土。社会的不公造就了骚乱与动荡，统治者为安抚民心，时常将无法解决的问题归咎于鬼神。人们在生活中禁忌多多，唯恐不小心得罪了鬼神，从而招来灾祸。在这个暗昧尚存的年代，隐藏着众多不为人知的黑暗，魔影纵横、怨灵交错——一个世代和另一个世代如此暧昧地交织在一起。妖魔鬼怪不住在水远山遥的森林或深山穷谷中，而是屏气敛息地与人类同居于京城，甚至是同一个屋檐下。它们翳黑、不为人知，但人们依然恐惧地感受到它们的存在。人类在白天活动，鬼怪们则于夜间自京城的大道上成群结队、昂然而过。饮食街、温泉乡，妖怪们过着如同人类一般的夜生活，好不热闹。不小心目睹到这一幕的人都会遭到诅咒而无缘无故地死去。这一灵异现象，就是著名的“百鬼夜行”！所以当时夜间外出冶游的人们，为了躲避鬼怪，多将《尊胜陀罗尼》缝入衣襟内，以祈求佛祖的庇佑。

平安京，就这样被妖异所蚕食着，成为魑魅魍魉、莲蓬百鬼的巢穴，也成为阴阳师活跃的舞台。而妖怪文化在这一时代的中后期，更是达到了日本史上前所未有的高峰。

斩妖除邪——阴阳师

蓬蒿万里拂醉颜，白月照夜曼吟题。
清风徐步转纤腰，玉扇赏樱舞翩跹。
阴阳虚空藏妙道，凝慧含真为修心。
五芒驰骛拯生灵，天心正处妖孽亡。

阴阳师的起源

在东方奇幻文化体系中，日本的阴阳师是一个重要的类型。在他们的身上，集中展现了日本神幻文化之美。那么阴阳师究竟是些什么样的人呢？简单说来，可以说是占卜师，或是幻术师。他们不但懂得观星宿、相人面，还会测方位、知灾异，画符念咒、施行幻术。对于人们看不见的力量，例如命运、灵魂、鬼怪之事，也都深知原委，并具有支配这些鬼功神力的能力。因此，阴阳师可说是沟通人与灵界的存在者。

阴阳师聚集在一起而形成的组织称为“阴阳道”。日本的“阴阳道”起源于中国百家争鸣时期，在当时有一支以齐国人邹衍、邹奭为主要代表，主张提倡阴阳、五行学说的学派，被称为“阴阳家”，他们的学说就是“阴阳五行说”。

“阴阳说”是把“阴”和“阳”看作事物内部的两种互相消长的协调力量，认为它是孕育天地万物的生成法则。“五行说”则是基于“金木水火土”这五种基本物质不断循环变化的理论，而发展出的五行相生相克的观念。

在蒙昧的科学洪荒时代，为了避免灾厄的降临，人们总是希望能预先得知天地变迁的异动，“阴阳五行说”的出现将这一冀望变成了现实。由于它解析、说明了一般

平民百姓所无法理解的事物，同时对时间的推移、自然的变化以及人生的各种际遇都能进行较为精确的推算，因此大受欢迎，成为一时显学。其代表典籍就是至周朝流传至今的文化瑰宝——《易经》！

公元6世纪，中国的阴阳五行学说经由朝鲜半岛传入日本，并混合了道教咒术与密教占术，渐渐地渗透进日本文化，形成了阴阳道独有的神秘思想。不过当“阴阳道”这个名词正式出现在日本史料上时，已经是10世纪的事了。此时的阴阳道已有别于早期的中国阴阳思想，它兼备了占卜、祭祀、天文、历法等的应用，上至国运昌隆、天皇安危，下至庶民之事，都可运用阴阳道的知识来解释。推古皇朝的圣德太子就是善于运用这门知识的佼佼者。笃信佛教的他在制定“冠位十二阶”及服装颜色时都曾考虑到阴阳五行的配合，对日本社会造成了极大影响。

中世纪的日本，是一个外表文治、和平，但内部却充满了肮脏权力斗争的时代。由于公家统治的无能，造成了底层人民生活的极度痛苦。人们普遍产生了“我为什么而活着”的疑问。而上层社会的失意者及悲观的士大夫，也有着“江河日下，人生如梦”的迷惘。精神上的全面萎靡，导致各类负面情绪充斥了整个时代，再加上当时日本遭遇了前所未有的天灾人祸，因此人心惶惶，鬼神之说甚嚣尘上。贵族们对方位、日期的吉凶之说深信不移，不但每逢出门均要选日子挑方位，就连起床、洗漱、吃饭等日常琐事都有相应的禁忌，一有疾病灾祸就托言鬼怪作祟。而朝廷行事的吉凶也要依照各种禁忌原则。于是，负责此类事物的官方机构“阴阳寮”，在天武天皇时期正式成立了。

阴阳寮设长官“阴阳头”一人，阴阳博士、天文博士、历法博士各一人，漏刻博士两人及阴阳师六人，全部属于“国家公务员”编制。其主要职责是负责天文、气象、历法的制定，并判断祥瑞灾异，勘定地相、风水，举行祭仪等，可支配守辰丁、得业生等下属人员。阴阳道至此成为律法制度的一部分，谁控制了“阴阳寮”就等于握有诠释一切的能力。阴阳道成了天皇独占的御用之学。

平安时代——阴阳师的兴盛

十里大道，枯槁荻草，阴风黑雾笼罩在天空，腥热风尘扑打在耸立于青山绿水间的朱色城楼上，沙沙作响。竹林、夕雾、袅袅熏香，浓艳衣裾、桧扇轻摇，贵族们极尽所能行风雅之道。但，红梅挂衣、光鲜织锦仍然蔽不住森白枯骨的悲叹，鬼神、妖魔、怨魂，驻留在每个人的心中，存在于世上……这般景象是日本平安时代所特有的。此际，人界与灵界模糊地交错在一起，恶灵缠绕，众生难安！

为了镇压世间的黑暗，平衡天、地、人、鬼间的矛盾，一个特殊的群体——“阴阳师”们大显身手。阴阳师是宫廷中负责卜筮、祭仪、除灵、施咒、天文观测的职官，他们能看见一般人见不到的恶鬼或是怨灵，不论多么强力的诅咒都能化解，还能操纵一种被称为“式神”的超自然生物，请它们代办各种事情。在阴与阳的彼与此之端，阴阳师静静地观察着天象变化，衡度着地理的消长。借由森罗万象的卦卜和神秘莫测的咒语，驱邪除魔、斩妖灭怪，成为上至皇族公卿，下至黎民百姓的有力庇护者！在这个黑暗与华丽相融的时代，他们像是黑暗中散发着一丝光芒的指针，虽然隐晦却能直指心的方向。

不过阴阳师的饭碗可不是好端的。正如天界星辰的变动会反映出地上人间的祸福安危一样，政治复杂残酷的利益斗争也牵连到禁忌的虚幻世界。在尔虞我诈的宫廷中生存，他们不但要通晓天文学、方位学、易学、土木学、化学、中药学等精深学问，还必须熟稔一切风雅事，和歌、汉诗、琵琶、笛，还有香道或者茶道，样样都要涉猎。面面俱到之余，尚须有看穿人心的本事及隐藏不泄密的职业道德。所以能成为阴阳师的，俱是当时一等一的俊彦之才。

平安时代由于阴阳道深植人心的威力，迷信也自然而然地广泛流行。阴阳师们因应贵族的请求进行各式咒术的施法，许多当时未解的暗杀事件背后似乎都藏有阴阳师的暗影。人们猜测着，却不敢明言，咒杀的谣言四起，将阴阳师推向另类的更为崇高之地位。当权者无不想将他们的能力纳为己用，以排除异己，保障自身权力与安全。奈良时期，天皇更决定以阴阳道预测天地的能力作为统治人民的手段之一，将阴阳道相关的技术与人才收编国家管理，并近距离监视其发展。一般百姓被严禁拥有《河图》《洛书》《太乙》等阴阳道的专门典籍，阴阳道成为国家的独占工具，阴阳师也随之成为“热门职业”，开始以国家专属的占术师身份活跃于历史舞台上。在整个平安时代，他们达到了兴盛发展的巅峰。

东方魔鬼终结者——安倍晴明传奇

由于长期接触政治斗争的黑幕，阴阳师们虽然官阶并不高，但却多受权臣贵族的重视，其地位远远凌驾于一般官员和武士之上。在这样的背景下，当时位居阴阳师实

力第一把交椅的贺茂忠行，在世人讶异的注目下，收了一个面目清秀的年幼童子为徒。这名俊雅的灵犀少年，就是后来鼎鼎大名的阴阳道一代宗师——安倍晴明。在众多传说及书籍记载中，只要涉及“阴阳师”这个名词，安倍晴明都会如晨星般闪耀而出。

出身

安倍晴明的传奇故事在日本家喻户晓，他的名字本身，已成了平安朝文化的一部分。如果说自古以来，每一种宗教或学说都对应着至少一位代表人物的话，那么在阴阳道中，安倍晴明便是当之无愧的天皇巨星。论长相，他貌似潘安；论才智，文武双全。他是民众眼中的英雄、无数少女心目中的偶像，诸多文艺作品、电视节目以及各类野史异说中都浮现着他的身影。常用于伏魔降妖的“五芒星”符号（或称为晴明桔梗印），相传即为安倍晴明所发明。善用方术而又处事圆融，似莲般孤洁疏离、若竹般清淡独傲，长帽下的双眸无限风流，嘴角边的笑意轻烟浮淡；他就像流云一般难以捉摸，飘逸在梦的彼端。

历史上，安倍晴明真有其人，但关于他的事迹，则众说纷纭。晴明生于平安朝中期的延喜二十一年（公元 921 年），卒于宽弘二年（公元 1005 年），师从贺茂忠行学习阴阳道，是平安时代极负盛名的阴阳师。晴明的轶事中，最有名的该是他的出身。根据《卧云日件录》，晴明是“化生之人”，也就是自然而然地出现在这世上，非从妖魔演变，但也不是由母亲生下。而《簠簋抄》则记载，晴明的母亲是和泉国（今大阪）信太森林里的白狐，晴明实为人狐相恋之子。晴明的父亲——大膳大夫安倍益材，自恶右卫门手中救出一只白狐，这白狐是森林中修行多年的狐仙葛叶，她幻化为人，以身相许来报答益材，并产下了晴明。晴明因此继承了母亲强大的灵力，能够在黑云诡奇的暗夜中，看到成群结队出外游荡的妖怪或怨灵，即“百鬼夜行”。据《今昔物语》卷 24 载，某夜贺茂忠行师徒一行人在平安京某大道上赶路，忠行坐着牛车，其余人步行，晴明也在其内。恰逢百鬼夜行，一群妖魔迎面而来，生人若近，灾祸立随。天赋异秉的晴明以未修行之身在第一时间发现了此事，及时禀告给师傅。忠行马上布阵，施展方术，才使得一行人安然度过此劫。自此之后，忠行对晴明青睐有加，将阴阳道的深奥学问倾囊相授，而晴明本身的聪颖和资质，也使得整个学习过程顺利到超乎常人想象。史书对此评价曰：“如灌水入瓮。”他所著的《占事略决》，则是关于阴阳道占卜的重要文献。

后来，贺茂忠行之子贺茂保宪将阴阳道一分为二，“历道”传于嫡子贺茂光荣，“天文道”传于安倍晴明。从此，阴阳道由贺茂与安倍两家平分天下。再后来，安倍家族成为最著名的阴阳道家族，把持了整个日本的阴阳道。

除妖

难以解释的事物不论何时都存在着。特别是在古代，自然环境的不确定性威胁着人类的日常生活，水患、旱灾、寒祸，不断地有生命在灾害中受尽痛苦地死去。由于情况过于凄惨，人们便认为那些不幸的往生者，会流连于世，徘徊不去。于是敬畏他们，并为其冠上了“妖魔”“怨灵”之名。深谙其中奥秘的阴阳师借由秘仪秘法，操控着暗之力量，于异形世界与现实世界间往来，除了执行规定的任务外，他们还常需奉行天皇或有力贵族们私下的请托。著名的权臣藤原道长就相当重视法力高强的安倍晴明，屡次拜托他解决棘手事件。而且无论到哪里，也总是带着晴明，生怕被反对势力所诅咒。晴明屡次揭破藤原政敌的加害图谋，令藤原的地位稳如泰山。

晴明不但拥有收妖伏魔的能力，还能听懂鸟语，召唤式神为自己做事。滕蛇、朱雀、六合、勾陈、青龙、贵人、天后、大阴、玄武、白虎、大裳、天空，此为晴明所召唤的十二式神，它们完全服从并保护其主人。在《今昔物语集》及《宇治拾遗物语》中，曾写到晴明应邀操纵式神杀死青蛙的故事。某日，年轻的公卿和僧人充满好奇地问晴明：“听说您能操纵式神，可以在瞬间杀死人吗？”晴明答道：“人死不能复生，岂能简单草率地杀人？否则就是作孽了。”僧人们登时哂笑起来，以为晴明并无真本事。恰好此时庭院中有只青蛙呱呱叫，很是吵人，公卿便说：“既然杀人不可，请让我们看看如何杀死那只青蛙吧！”晴明一边叹息说“作孽啊……”，一边摘下一片草叶，在念念有词之后丢向青蛙，当草叶碰到青蛙的那一瞬间，青蛙立刻被压成肉酱死掉了。公卿和僧人失色不已，方不敢小觑晴明。

有关晴明除妖的事迹不胜枚举，其中最为人津津乐道的是九尾狐与杀生石的故事。九尾狐是专门幻化成绝世美女迷惑君王的妖怪，她在夏桀时化身为妹喜、在商纣王时化身成妲己，均是倾国倾城的红颜祸水。商朝灭亡时她被姜子牙追杀，被迫来到日本，自称“玉藻前”，赢得了鸟羽天皇的宠爱与信任。后来天皇得了怪病倒卧床榻，大臣们开始怀疑她，请安倍晴明暗中对她进行占卜，终于将“玉藻前”的九尾妖狐真面目曝光。御体康复的天皇恼羞成怒，发出追杀令，最后九尾狐被晴明擒杀，但其野心和执念仍以“杀生石”（会喷出毒液攻击鸟类及昆虫，令动物无法近身的石头）的形态保留在那须野，时时刻刻等待着报复时机的到来。这一著名的除妖故事，为诡美的平

安京勾画了一笔最为神秘的传奇。

《阴阳师》旋风

安倍晴明的生平事迹，在平安时代后期就已在《大镜》《今昔物语》中被广为传述；镰仓时代于《宇治拾遗物语》《续古事谈》《古今著闻集》《源平盛衰记》中又多次出现。至江户时代，更有《晴明物语》《芦屋道满大内鉴》等书记载他的轶闻。到了现代，以日本著名奇幻小说大师梦枕貘所著的《阴阳师》系列小说为代表，将阴阳师和安倍晴明的传奇推上了时尚流行的尖峰。由此所演化出的阴阳师旋风在电影、漫画、游戏、歌舞伎、落语等艺术形式中全面铺开，使得日本人看待安倍晴明就像我们看待姜子牙、诸葛亮或是刘伯温一样，既敬且畏。百家争鸣之下阴阳师的人生也变得更加多姿多彩。

小说

《阴阳师》系列小说，是以日本民间传说为基础的神怪小说，取材自《今昔物语》，以安倍晴明（阴阳师）、源博雅（武士）这两个主角为中心，展开一段段离奇神怪的故事。梦枕貘完全抛开典籍，纵横六合，以神秘古典又不失闲适的文笔构筑了当时独特的奇幻文化景象，更把安倍晴明塑造得有血有肉。他飘逸恬淡又爱戏谑人间的性格，加上耿直武士源博雅作为对比互动，使得故事十分生动有趣，令读者着迷。此外，梦枕貘虽写鬼神灵异之事，却用一种超脱的心态思索咒术、阴阳术与人间的哲学问题。故事中蕴藏着深刻的人情物理，寓意幽远，不流于一般迷信，对男女情欲之事亦有独到观察。由于他笔下的阴阳师并不是鬼气森森的灵异，而是充满理解的超然，因此成为影视、动漫改编不可或缺的生鲜素材。

《阴阳师》小说全系列目前已出版十四本，属于单元式小说集，彼此之间剧情独立，分别为：《阴阳师》《阴阳师：飞天卷》《阴阳师：付丧神卷》《阴阳师：生成姬》《阴阳师：凤凰卷》《阴阳师：晴明取瘤》《阴阳师：龙笛卷》《阴阳师：太极卷》《阴阳师：首冢》《阴阳师：铁轮》《阴阳师：泷夜叉姬》《阴阳师：夜光杯卷》《阴阳师：天鼓卷》《阴阳师：醍醐卷》。

电影

《阴阳师》能在日本成为街谈巷议的热门话题，电影功不可没。在完美的银幕影像世界里，阴阳师迎来了它成功的顶点。主人公安倍晴明更是成为超越千年的英雄人物。

作为文学作品的影像呈现，由野村万斋、深田恭子等人主演的电影《阴阳师》系列，以一连串富含情感支线的故事为主要叙述内容，将文字化主述的安倍晴明加以具象化，赋予其丰富的文化意义与神话意义。考究的服装扮相、豪华盛大的布景与日本风味的格局相映衬，带着大和民族惯有的神情特质，真实再现了阴阳师神秘而又优雅十足的风貌。影片同时在技术上、构成上都对作品的深度和风格进行了完善，给人以耳目一新之感。安倍晴明活灵活现地跃上银幕，顽童似的略带点悲悯情怀，轻而易举地使观众跌入《阴阳师》所塑造的玄妙奇幻世界以及平安时代绚丽繁华的胜景中，如痴如醉，难以自拔。

漫画

《阴阳师》的漫画众多，其中最为著名的是由冈野玲子在 1994 年改编的漫画《阴阳师》和岩崎阳子的《王都妖奇谭》。

冈野玲子的漫画《阴阳师》可说是日本漫画界中阴阳师题材的代表作。它的背景设定在平安时代中期，故事多取材自小说原著中的短篇，叙事简洁，画风典雅，对话轻妙洒脱，人物极尽风致，在服装和建筑方面也颇为考究，其格调为时下一般漫画所少见。

漫画中晴明以冷淡的美男子形象登场，他对万物多情，对权贵无视，举止风流，心思难测，飘逸邪魅的姿态俨然欲出。斩妖除魔的英雄式人物被重新造型，妖魔鬼怪也和普通人一样具有爱恨怨憎，这些改变令漫画受到女性读者的大力追捧，在日本掀起阵阵波澜，至今依旧“高烧”不退。冈野玲子更凭此获得日本漫画界最高奖——“手冢治虫文化奖”。

抚摩过冈野玲子的画集，岩崎阳子的《王都妖奇谭》又摇曳着绮丽的舞姿来到奇幻漫画迷的身旁。《王》共一套七本：自 1988 年《邪天降魔行》一直到 2002 年番外篇《冥姬》，以最终 BOSS 橘影连之死为结束，开辟了阴阳师漫画新潮流。

它的主线情节是安倍晴明对抗师兄橘影连的京都保卫战，前者为保卫京都而与魑魅魍魉作战；后者为报灭门之恨发誓要毁灭京城。期间，安倍晴明更遇见了右大臣的少子、当今皇上宠妃的兄弟——藤原将之，从相互嫌弃到结下深厚友谊，发生了一系列紧张有趣的故事；再辅以各种日本传统鬼怪故事之翻新版——樱花、蜘蛛、狐狸、画皮、地缚灵、瘟神……真可称得上脍炙人口的奇幻漫画经典。

在画风上，岩崎是将男性的刚毅与柔美完美结合的难得一人！忧郁的小子橘影连，越行越远直到走出人世间；而坦诚的小子安倍晴明，则逐渐蜕变成内心缜密、不

动声色地游走于权力纷争的刀刃之上，偶尔也玩世不恭、闲云野鹤般的一代阴阳宗师。栩栩如生的刻画，将晴明和橘影连这一正一反两个主角表现得活灵活现，令人回味无穷。

阴阳术

阴阳术是阴阳师护身、驱邪、祈福的凭借，在日本古代非常盛行。像役小角和安倍晴明就曾频繁使用阴阳术，并在史上留下了诸多事迹。据说直到现在，一些古刹里还能找到关于阴阳术的轴卷。

式神

操控式神是阴阳术的主要技能。式神，是阴阳道的专属名词之一，指由阴阳师从异空间召唤而来、听其役使的超自然灵体。“式神”的“式”，实际上就是“使用、侍奉”之意，所以“式神”这个词也可以理解为“被使用、侍奉其主的神”。根据召唤者的灵能力大小，所召唤出的式神也有高下等级之分。

要操纵式神，首先要经过一些特殊的仪式进行认主，一旦认主，式神便终身为之所用，式神操控者也需要承担起使用式神的一切后果。施术者的精神力越强，式神所能发挥的威力也就越大。

式神的种类相当多，其本身的特征，分为肉眼可见和无声无形两类。肉眼可见的式神，大多呈现鬼神、儿童、动物和鸟禽之类的形象，不过大多数式神是看不到的。某些灵力高深的式神代代相传，只属于家族内部。比如父亲去世后，他的儿子或者弟子便会自动得到操纵式神的权力和能力。

五芒星咒术

五芒星是阴阳道的代表图形，其五个顶点代表着地、水、火、风及象征人类精神力量的第五元素，集中体现了阴阳道思想中“五行相生相克”的道理。据此衍生而来的五芒星咒术，是阴阳术的基本功，每个阴阳师都必须学会它。它分为大术式和小术式两种，小术式一般用于灵体防御，或者加强封印的力量，而大术式大多用在召唤式神、攻击战斗上。

施用五芒星咒术的咒文，是著名的“临兵斗者皆阵列在前”。不同的五芒星画法对应着不同的法术效果，例如火的五芒星，是以上方为顶点，从右下画起，一笔连成星。如果把五芒星倒过来，那便是把人的精神指向下，即地狱，就会成为邪恶的恶魔符号，倒挂五芒星即代表撒旦。

结界

结界是密宗的用语，系利用法器或高能量物品（如水晶、天铁等），运用冥想之力，在某人、某物或某处的周围，围绕结成一个完善的防护网，以防止来自异界的干扰。

有别于传统的肉搏打斗，结界术灵活多变，只需要“方围”“定础”“结”“解”这简单的四式，就能够做到攻守兼备，再结合时机与地形，往往能发挥巨大的威力。阴阳师在打坐、入定前，常常要布下结界，以确保安全。

逆风

指法术失控，反噬其主。灵力比较低的阴阳师使用高深的咒文，很容易无法驾驭，产生逆风现象，轻者受伤，重者呜呼。

骚灵

灵能者在承受压力或者焦虑时，灵能力会不自觉地泄漏，导致身边发生超自然的异常事件，称为骚灵。

附录

关于梦枕貘

日本奇幻文学大师梦枕貘，1951 年生于神奈川县小田原市，1973 年毕业于东海大学日本文学系，1977 年于《奇想天外》杂志上发表《青蛙之死》而初出文坛。为日本 SF 作家俱乐部会员、日本文艺家协会会员。

他嗜好钓鱼，也热衷于泛舟、登山等户外活动。喜爱摄影、传统艺能、格斗比赛、漫画的欣赏。多才多艺的他，除了广受读者好评的《阴阳师》《狩猎魔兽》《饿狼传》等各系列作品外，更在山岳小说、冒险小说、诡异小说、幻想小说等领域不断地令广泛读者为之入迷。其曾自述，最初使用“梦枕貘”这个笔名，始自于高中时写同人志风的作品。而“貘”这个字，在日本传说中是一种会将人的噩梦吃掉的吉祥动物。梦枕先生因为“希望想出梦一般的故事”，而取了这个笔名。

战国时代的阴阳师

战国时代，皇廷没落，轮到武士阶级治世，各国大名视阴阳道如同敝屣。阴阳师逐渐从历史舞台消失。不过，全国各地的大名身边一定都有军师，而这些军师的前身大部分正是阴阳师。战国大名们都很在意占卦，武将手中的军扇，就是咒术的一种。

阴阳师除妖图

阴阳师不但懂得观星宿、相人面，还会测方位、知灾异，画符念咒、施行幻术。对于人们看不见的力量，例如命运、灵魂、鬼怪之事，也都深明原委，并具有支配这些鬼功神力的能力。一句话，阴阳师是沟通人与灵界的存在者。日本平安时代，阴阳道深植人心，迷信也广泛流行，政府设置了“阴阳寮”，负责勘定地相、风水，举行祭仪，阴阳道遂成为国家的独占工具，阴阳师也成为国家专属的占术师。历史上最负盛名的阴阳师便是安倍晴明。

军扇两面各画有日、月，万一碰到不得不出战的凶日，便在白天把军扇的月亮面显现在表面，让日夜颠倒，以便将凶日改为吉日。连检验敌方首级时也都有阴阳道的安魂仪式。所有大名中，大概只有作为“革命儿”的现实主义者织田信长不相信这一套，而德川家康则非常重视咒术。在他开创江户幕府时，迎接了天台宗僧侣南光坊天海（即黑衣宰相）做幕僚顾问，又再度利用了五行思想。天海具有丰富的阴阳道知识，为幕府尽力到第三代将军时才过世。

阴阳道的现代面貌

安倍晴明的后裔是土御门家，江户时代因受到德川幕府的庇护，一直掌握着阴阳师集团的实权，并成立“土御门神道”。明治维新后，新政府将阴阳道贴上“淫祠邪教”的标签，不但剥夺了土御门家制作“历”的垄断权，更废除了阴阳道。幸好有不少旁支以土御门家为首，暗地结成了“土御门神道同门会”，才苟延残喘下来。1952年，根据麦克阿瑟将军所拟订的信教自由宪法草案，土御门神道才得以成为正式宗教法人，以“家学”名目存续着阴阳道遗产，直至今日。

阴阳道流传到现代，有不少仪式已落实在日常生活中，例如孕妇于怀孕五个月时，必须在戌日缠上祈望能安产的“妊妇带”；人们祈求心愿能够达成时，折的“千羽鹤”等，就都是阴阳道咒术的变形之一。男子的大厄之年在四十二岁、女子在三十三岁的习俗，以及除夕夜的“除夕钟”必定敲打一百零八下的习惯，也都源自阴阳道的数理。

枫女红叶狩

此间枫叶美，夜锦复如何？

失意何人有，空劳树下停。

不能长荫庇，红叶正飘零。

春赏樱，秋赏枫。“樱花狩”和“红叶狩”是日本传统的郊游节目。日本是个狭长的国度，每年春天自南向北，樱花次第开放；到了秋天则自北而南，枫叶陆续着色。有心人若能一路追随品赏下来，并为之痴迷欲狂，即称为“狩”。狩，游猎之意。日语中有些汉字用得很传神，颇有古韵，这个“狩”字，正表达出那种“快马踏清秋”

的感觉。

“红叶狩”，就是秋天在山林间观赏枫叶的活动。由古迄今，上至公卿权贵，下至工商庶民，都十分看重这一活动。凉风轻拂的金秋，层林尽染，叠嶂的枫叶漫天飞舞飘扬，人们陶醉于这“霜叶红于二月花”的盎然诗景中，静静地眺望着烂漫的山野枫红，为那如血如脂的红艳赞叹不已。而红叶的颜色，传说就是枫女的鲜血染红的。所以人们在观赏时，不能长久凝视，只能远远眺望。

朱雀天皇治世时，在奥州会津有一对夫妻，夫名笹丸，妻名菊世。二人年老无子，常常到寺社拜求诸神佛赐子，但都没有结果。一天，他们的邻居说：“既然求遍神佛皆无效，或许，要走走旁门左道了。你们不妨求祷于第六天魔王试试看。”夫妻俩犹豫再三，最后求子的心压倒了一切，遂虔心日夜祷告。

第六天魔王，就是欲界最上第六天的“他化自在天王”。当年释迦牟尼入定菩提树下，证悟无上大道时，魔王感应到释迦牟尼将离开欲界，脱其所控。于是派遣三魔女率魔兵欲乱佛道，为释迦牟尼所败。魔王对此耿耿于怀，常思报复。

正巧笹丸与菊世祈祷求子，魔王便于夜间托梦给二人，说：“吾因见汝等心诚，故赐汝等一女，可名吴叶。汝等好生养护，女远胜男也！”夫妻骤然梦醒，菊世遂感有妊。同年七月，生下一个可爱的女儿，就依梦中所示取名吴叶。

夫妻俩谨记魔王所言，对吴叶细心照料，倍加呵护。吴叶渐渐长大，生得貌美如花、冰肌似玉，更擅长琴艺歌道，真是风华绝代，引得邻近十里八乡的男子个个艳慕。当地的一个豪族更是对色艺双全的吴叶垂涎三尺，他利用权势，威逼二老把吴叶嫁给自己。吴叶无可奈何，夜祷于天魔，忽然一声巨响自半空降下：“汝乃吾女所化，定当助汝也！”语毕，吴叶登时沉沉昏睡。次日醒来，已经得有妖法。她取来枫叶一片，施展“一命双身”之术，将枫叶化为自己的替身，嫁入豪族家。而真身则星夜与二老逃离会津，前往平安京。

吴叶进京后，同二老在京四条大道开了一家发簪铺为生，并改名“红叶”。她闲暇时也会教教邻近的仕女琴艺女红，不久，红叶才学艳名传遍京洛，诸多公子贵胄纷至沓来，皆欲一亲芳泽。最终陆奥镇守将军源经基拔得头筹，将红叶纳入府中为妾。

红叶入门后，在她体内潜伏已久的魔性开始苏醒。她一心想取代经基正妻橘御前的地位，便夜夜施法诅咒橘御前。不久，橘御前突患重病，卧床不起，府内仆人也纷纷传言半夜时经常出现鬼影。

经基的儿子源满仲生性机警，起了疑心，便找来阴阳师贺茂忠胤。忠胤取出数十道护符交给满仲，说："吾有护符，公可传于府内诸人佩戴，立可辟邪。若有拒此护符者，是为妖也。"

满仲于是将护符分给府内众人，唯独红叶拒不接受。满仲遂与经基密议："阴阳师忠胤有言如此，独此女拒而不受，当为妖也。父上可杀之以避灾。不然，定受其祸！"源经基深以为然，决意杀掉红叶。不料当晚床榻之上，经基见红叶楚楚可怜，又怀有身孕，遂不忍心下手，改为将红叶与二老流放至信浓国户隐村。红叶被逐后，橘御前果然康复。平安京之人由此都相信红叶确实是魔女。

红叶被逐离京都后，父母相继在途中病逝，只剩下她孤零零一人，带着满腔愤恨来到户隐。她在户隐道中遇到了山姥，将所产之子托付给山姥。山姥携此子返回相模国足柄山养育，取名为金太郎。金太郎生来力大无穷，喜与山熊相扑为乐。年方五岁，即可挥动大斧，足柄山内妖鬼精怪皆畏服其神力。后来源满仲的儿子源赖光行经足柄山，见金太郎幼而强猛，十分怜惜，就收为家将同返京都。日久方知金太郎是自己父亲的同父异母弟弟，于是源赖光赐金太郎姓坂田，取名金时，后为赖光四天王之一。

再说红叶在户隐结庐隐居，哀伤自己的不幸，发誓要荡平天下悲愿。她一面施法为乡里贫病者疗疾，深受乡人爱戴；一面又时常潜伏于山野，以妖术掠夺往来富商的金银财货，然后以此财力收罗邻近的山贼野盗数百人为羽翼，聚众而起，纵横信浓国。信浓守深以为苦，只好求告朝廷派军进剿。

其时冷泉天皇在位，诏令"余五将军"平维茂领兵讨伐。维茂受命，率军来到户隐，布阵于盐田，令河野三郎为先锋大将打头阵。红叶获悉讨伐军至，祭出妖术，发动山洪，水淹河野之阵。河野不敌妖术，大败退回盐田。维茂见先锋失利，又命中军成田左卫门再度进军。红叶以火矢为雨自天而降，成田全军覆没，仅以身免，狼狈逃回盐田本阵。

维茂见二阵俱败，己方血肉之躯实在难敌妖法，切齿痛恨，遂发愿断食十七日，期间日日面北祷祝于八幡大神。第十七日夜，维茂于梦中见一白狐口衔宝剑至其榻前，言道："吾乃八幡大菩萨之使也！红女，实乃佛敌，搅乱世间。菩萨见公赤诚，特赐宝剑授公，望公恪尽所职，诛讨红女以成皇命！"维茂惊醒，见榻前果然有宝剑一柄，慌忙持剑向北拜谢。

维茂得到神剑，改扮为云水僧潜入户隐。红叶已预知维茂变装而来，命令属下设宴款待，准备于席间捉杀维茂。席间红叶施展媚术，劝维茂饮酒，维茂被红叶的媚态

枫女红叶狩

红叶为第六天魔王之女所化，为陆奥镇守将军源经基之妾。为取代源经基正妻，夜夜施法，为阴阳师贺茂忠胤识破，被源经基逐出京都。随后她在户隐结庐隐居，一面施法为乡里贫病者疗疾，一面收罗羽翼，聚众而起。多次击溃朝廷征讨军，后为平维茂所杀。后人悲悯红叶，设立“红叶狩”活动来纪念她。

所惑，正要饮下，忽然神音入耳，告曰："酒有毒，公勿饮！"维茂一个激灵，登时清醒。于是不动声色，假意举杯邀红叶共饮。红叶仰头吞酒的一瞬间，维茂拔出神剑，挥手斩出。红叶发出凄厉的哭吼声，首级凌空飞出，在空中七旋后坠地。红叶既死，从贼野盗不过是乌合之众，无所遁逃，尽为讨伐军所捕。维茂命令将他们全数斩首示众。

平维茂得胜回朝，为记此事，特作歌一首曰："信浓之北山风疾，妖艳红之叶，乘岚而舞片片落。"

红叶死后，因为是天魔之女，所以魂灵未散，潜迹于六道之中。数百年后，红叶之魂投胎于尾张织田家，以男子形象复现世间，他新的名字叫作：织田信长。织田信长继承了第六天魔王与佛为敌的夙愿，深恨佛徒，攻破比睿圣山焚杀僧徒信众四千余人。武田信玄称之为"实为天魔显化"。当然，这些都是后话了。

后世之人悲悯红叶一代佳人，却落得个身首异处的下场，便设立了一个"红叶狩"的活动来纪念她。每到秋季，人们凝视着满树满地的枫叶，仿佛看到孤独了千年的红叶身着长衣，默默地于秋风中徘徊，目光哀怨而飘渺。深红枫叶美到极处，带着一种优雅抑郁的伤感，如落日余晖般灿烂。而后在秋去冬来时，落寞地转身离去，渐行渐远……

宇治桥姬

横跨宇治川两岸的宇治桥，是一座雄伟美观的纯日本风格桥，全长一百五十三米，兴建于大化二年（公元646年），是日本现存历史最悠久的桥梁。在宇治桥的西头，矗立着"宇治桥姬神社"。宇治桥姬是长桥的镇守之神，古代日本人认为桥从此端通往彼端的联系，寓意着从现世通往彼世的路途，所以，一直将桥视为心灵的归宿。作为桥神的宇治桥姬，也被人们赋予了掌管结界、防御外敌和抵御疾病的重要神职，并庄而重之地祭祀膜拜。

宇治桥姬的传说，随着时代的演进，有着各种不同的版本。她有两种形态，一种是桥神，另一种则是鬼女。

先说守护女神桥姬。其原型来自于《源氏物语》中的美人宇治大君及其妹妹浮舟。

在古语中，“桥姬”一词也作“爱姬”讲，即正妻之外的侍妾。读过《源氏物语》的人，可能都会记得最后的“宇治十帖”，“桥姬”就是其中的第一帖。源氏正妻三公主的私生子熏，深深迷恋着宇治大君，但大君不为所动，只是把异母妹妹浮舟介绍给熏。后来宇治大君染病，以处女之身死去。熏为此痛悼不已，感叹地称她为“宇治桥姬”。日文里“宇治”与“忧愁”同音。大君年纪轻轻就撒手人寰，未曾深爱已无情的残酷，令熏唏嘘万千。

后来熏将浮舟作为大君的替代，以寄托深情。但浮舟虽容貌与大君相似，性情和出身却大不相同。她是宇治亲王奸污一个婢女后所生，长大后，又因身份卑微被人退过婚。可以说，她是一个可怜人。而熏也只是把她当成感情替代品，并非真正爱她。浮舟在遭到源氏继承人熏和匂宫亲王的玩弄后，又被熏遗弃于荒凉的宇治山庄。当时浮舟遥望着宇治长桥，抱着悲伤的心情，写了两首歌，一首是：“浮舟随叠浪，前途不分明。桥长多断石，不朽语难凭。”另一首是：“我已投身在泪川，谁置木栅阻急湍？故人抛我成永别，此生弃置掩心扉。”这个弱女最终忍受不了现实的无情，纵身跃进了水势汹涌的宇治川中。

“宇治十帖”从大君写起，至浮舟跳水自尽结束，宇治桥就象征着生死界，守护桥的女神桥姬与大君、浮舟就有了必然的联系。后世将大君与浮舟合二为一，将这一时期的桥姬，塑造成一个为爱守候、为情等待的美丽女神形象。恋爱的苦恼及思念的甜蜜，被书写在与桥姬有关的大量和歌或诗文里，如“恩情无断绝，艳似桥姬神，恐有孤眠夜，中宵泪沾襟”等，升华为一种“神性的诗意美”。

此外，还有传说认为，宇治桥姬和八幡大神是爱侣关系。八幡神每晚都沿着淀川、濑田川、宇治川前来与桥姬约会。桥姬也夜夜坐在桥头，翘首期待八幡神到来。每天凌晨时分，宇治川的波涛最为澎湃激涌，人们都说，那象征着他们情到最浓时。

至于以鬼女形象出现的桥姬，见于鸟山石燕《画图百鬼夜行》里。都说水性为阴，湿气深重的河川，常生幽魂鬼魅。在那图中，雷鸣电闪，风雨交加，一个披头散发的女子，半身隐没于桥桩旁的河水里，怒睁双眼，似恨似怨；紧咬双唇，嘴里吐出妒恨之烟，头上燃着阴嫉之火，面部表情因炽烈的嫉妒而变得丑陋狰狞。她就是鬼女桥姬，因为被丈夫欺骗，所以心生恶念与杀意，投身宇治川中变成了厉鬼。这背后还有一个传说。

嵯峨天皇时，在一个名叫樋口的地方，住着大地主山田左卫门，他的妻子是公卿之女，两人间的关系马马虎虎。左卫门在别处偷偷包养了一个妓女，其妻知道后，屡次质问斥责左卫门，但左卫门总是闪烁其词，并不与妓女分开。

一天傍晚，左卫门又去了妓女那儿，妻子获知后，妒火中烧，心里寻思着怎样才能报复可恶的丈夫。思前想后，决定去拜神求指点。

她来到贵船神社，祈祷道："贵船大神，我愿此身化为恶鬼，杀死负心人和那个讨人憎的荡妇，报仇雪恨！"连续七天，妻子都虔诚地做这样的祷告。第七天晚上，她在神社过夜，中宵时朦胧一梦，梦中出现一位神官，对她说："我来帮你实现愿望。你将头发分为五缕，分别编成五个角的形状；然后头上顶着三脚铁圈，身着红衣，面涂朱丹，手持铁杖，怒形于色，前往宇治川。以此姿态浸于宇治川二十一日，就能变成厉鬼了。"

左卫门的妻子非常高兴，依言打扮起来，而后向宇治川走去。凡是见到她样子的行人都吓得惊慌失措。二十一天到了，妻子果然在满月之夜变成了骇人的女鬼。她张牙舞爪，飞奔入城，想早日杀死可恨的左卫门和他的情妇。

再说左卫门，晚间做了一个噩梦，次日便请阴阳师安倍晴明解梦。晴明说："一个满心嫉妒的女鬼会在今晚来取你的性命。你赶快回家，沐浴洁体，而后待在屋内，抛除私心杂念，全心念观音咒。其余的事情，我来处理。"左卫门慌忙跑回家闭门守戒。

正午时，鬼女来到左卫门家，踏破寝室的窗户，站到左卫门的床边，嘴里叫嚷着："无情郎，你贪图新欢，忘却旧爱，令我整日以泪洗面，怨天尤人。此时此刻，我就要取你的性命，彻底做个了断。"说完，就要动手。

说时迟那时快，只见一道五芒神符"嗖"的一声从床边划过，安倍晴明从墙角阴影里现出身形。他念动驱妖咒，声声紧迫，压逼鬼女。鬼女哪里是头号阴阳师的对手，落荒而逃，左卫门捡了一条命。这个故事后来演化成能乐的谣曲《铁轮》。

鬼女情仇难复，满怀怨气郁结不散，愤恨地从宇治桥上跳水自尽，变成了"桥姬"。如果晚上有男子过桥，桥姬就会出现，用尽媚态去诱惑男子，将其勾引到水中淹死；由于强烈的嫉妒心作祟，那些长得漂亮的女子过桥的话，桥姬也会强行将其拉入水中溺死。在此，桥姬已非温婉生香的女神，或是只会无可奈何、凄凄哀哀的弱女子了，而是"臭男人敢移情别恋，老娘就给你好看"的悍妇！

鸟山石燕《画图百鬼夜行》中的宇治桥姬

宇治桥是日本现存历史最悠久的桥梁。古代日本人认为桥连通此岸和彼岸，也即连通现世与彼世，所以，一直视桥为心灵的归宿。宇治桥姬的传说中，桥姬有两种形态，其一为桥神，为爱守候，为情等待；其二为鬼女，因妒生恨，终成厉鬼。

酒吞童子

酒吞童子（しゅてんどうじ），又名酒颠童子、酒天童子，是活跃在平安时代的几大名妖之一，与九尾狐、大天狗并列为古日本三大最厉害的妖怪。

作为能力强大的妖怪，酒吞童子拥有强硕的身躯：身长六米、虎背熊腰。喜欢饮血的他有着血红的面部，头有五个犄角，头顶近秃，只有几撮凌乱的短发，并号称有十五只眼睛。以恶鬼的形态出现时往往穿着大格子织物的外衣，腰间系着野兽皮。而在人间为害时，酒吞童子则会幻化成有着英俊外表的少年，一般愚民看不到他的真身，因此便误认其为帅气俊俏的妖怪。

关于酒吞童子的记载，正史自然不着笔墨，但民间小说和画卷却多有提及，其传奇通过千年来的野史小说流传至今。《御伽草子》等小说记载酒吞童子本是越后出身的小和尚，因为容貌俊秀招来诸多嫉妒和陷害，遂令其渐生恶念，不料恶念积累得过深，终于化为妖怪。后来被察觉到其恶念的高僧赶出寺庙，从而结束了幼年生活。此后，酒吞童子专门勾引处女，将她们的乳房割下来做食物，成为一个真正的处女杀手。

在纷繁冗芜的诸多酒吞童子传说里，著名的“酒吞童子退治”事件，是最流行的，该传说在日本民间为世代民众所津津乐道。

公元 990 年的平安朝，酒吞童子已经是百鬼之王。他在丹波国大江山上纠结了一伙恶鬼，私自修建了铁铸的大城堡，独霸一方。大江山距离京都的路途险恶遥远，是进出京都的必经之路，行人在妖怪猖獗的崇山峻岭中经过，完全无法保障安全。由于无人能够制服他们，故酒吞童子及其属下气焰嚣张，无恶不作。白天拦路劫掠，晚上则潜入富豪家中偷窃财宝，还掳走妇女和儿童作为他们的食粮，就连池田中纳言的女儿也不放过。这些得寸进尺、毫无顾忌的恶劣行径严重影响了统治阶级和皇室的利益，令一条天皇感到震怒和忧虑，于是天皇命令当时十分有名的豪杰、大将军源赖光去征讨酒吞童子。源赖光身负降妖除魔的绝技，手下有并称为四天王的渡边纲、坂田金时、卜部季武和碓井贞光，再加上勇士藤原保昌，赖光聚集了六人的除魔队伍前往大江山讨魔。

出发前，他们特地去参拜了熊野、住吉和八幡三处的神社，以请求诸神的庇护。之后在途中有上千名的武士赶来相助，六人说：“对手是魔物，如果去这么多人只会

把它吓跑去危害别的国家，还是用计策取胜比较好。”于是一行人继续前进，一直来到一个开满了樱花的山脚，在那里遇到了三位老人。

“你们是去征讨酒吞童子的人吧？请带上这鬼毒酒和星甲盔吧。但凡是鬼，都喜欢酒。它对人来说是妙药，而对鬼来说就是猛毒了。祝你们好运！”说完三位老人就消失了，原来他们就是熊野、住吉和八幡三处神社的神。这件事使大家十分振奋，他们继续进发，终于到达了恶鬼所在的城堡。

酒吞童子起初对他们的到来十分怀疑，源赖光谎称因为山间迷路而特来借宿，并献上神酒以表谢意。在赖光的巧舌和美酒的浓香诱惑下，嗜酒的酒吞童子渐渐解除了戒备，下令设宴款待赖光一行人。席间酒吞童子斟上血酒要与众人共饮，为了消除其疑虑，源赖光等人强压着内心的悲痛和愤怒，爽快地喝下了以鬼怪们所掳少女的鲜血掺和而成的酒，并且不假思索地吃掉了席上的人肉菜肴。至此，他们争取到了酒吞童子的完全信任，妖怪们在鬼毒酒酒力作用下，毫无戒备地睡着了。

见时机已到，赖光等六人遂换上装备开始斩杀已沉睡的众鬼怪。对于酒吞童子，则将其捆锁在床上，四人分斩四肢，源赖光斩头。在酒宴上化身为美男子的酒吞童子不愧是鬼中的能者，于赖光拔刀的瞬间，竟然苏醒过来并现了原形，只见他三米多长的身子、火红的头发、头上生有五只角，狰狞可怕。赖光见状，大喝一声：“我就是赖光，你纳命来吧！”随着喊声刀光一闪，酒吞童子的头颅被太刀斩断。但是鬼的头颅依然不死，飞舞在空中向赖光袭来。赖光立即取出星甲盔，挡住飞来的头颅并将它包裹了起来。但酒吞童子的首级刀剑不能伤到分毫，只能将之火化，形成的黑云经久不散，径直飘往御所方向，直到经过大枝山老之坂时才降下。该地现今还残留有“首冢”。

就这样，六勇士成功地消灭了酒吞童子的鬼怪恶势力，解救了众多被掳掠的妇女和儿童，受到了天皇的丰厚奖赏。从此他们威名远震，妖怪闻风丧胆，京都一带的百姓生活又归于安定。

源赖光斩下酒吞童子头颅的佩刀名为“安纲童子切”，由于这奇特的经历，使它名振魔武两界，与名刀鬼丸国纲、三日月左近、大典田光世、数珠丸恒次，并称为“天下五剑”。

现在的京都依然还有以“酒吞童子”为名的日本酒，可见酒吞童子的传说在日本算深入人心了。

本文因篇幅所限，仅予略述。酒吞童子故事的详文，请见拙译《御伽草子》。

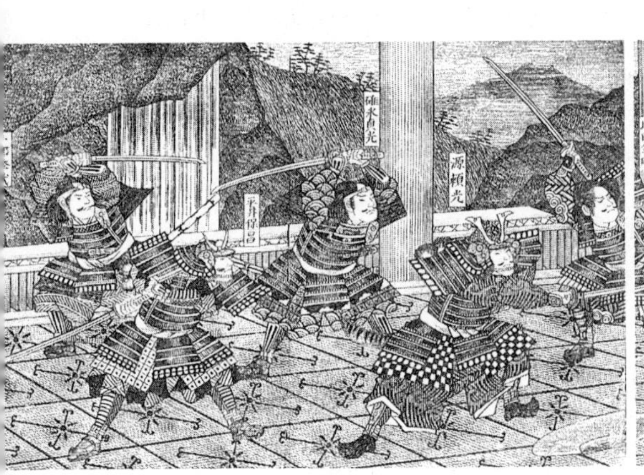

六勇士斩杀酒吞童子

酒吞童子是活跃在日本平安时代的几大名妖之一，与九尾狐、大天狗并列为古日本最厉害的妖怪。他本是越后出身的小和尚，因为容貌俊俏，招来诸多嫉妒和陷害，遂渐生恶念。恶念累积过深，终于化为妖怪。作为百鬼之王，酒吞童子纠结恶鬼，在丹波国大江山修建铁铸的大城堡，独霸一方。后来，源赖光率五名勇士前往征讨，以名刀“安纲童子切”斩去酒吞童子的头颅。

茨木童子（罗生门之鬼）

罗生门，相信中国的读者都不陌生，同名的小说和电影，令这一地名人尽皆知。罗生门又名“罗城门”，是日本平安京最大的一扇城门。平安京整体上依照中国的洛阳和长安而建造，道路以棋盘式分布，最中央的朱雀大道将整个京都分为左右两边，罗生门就是位于朱雀大道最南端的一座城门。这座唐式飞檐朱柱三层的牌坊门楼，有足足九间七尺高（约 18.5 米）。每当夜幕降临，没有灯光的罗生门只剩下一个黑憧憧的巨大黑影，仿佛一座地狱之门矗立在朱雀大道的尽头。因而便有了传言，认为罗生门在夜晚时，充当了异界通道的媒介，夜半通过此门可以到达黄泉或其他未知的异界。有了这样的背景，人们自然深信罗生门上居住着鬼怪。罗生门之鬼，别名茨木童子，就是依附于罗生门上的著名妖怪。

茨木童子（いばらきどうじ），也被称为“大江山童子”，是平安时代大江山鬼王酒吞童子的弟子。他在日本有着宠物般的高级待遇，是大阪府茨木市的象征物，市内到处皆能见到其雕像。这个有着蓬蓬乱发、尖尖小角的妖怪，因为与名将渡边纲、名刀“鬼切”、罗生门等纠结在一起，得以名传后世而不坠。

茨木童子出生在古摄津国茨木村一户农家，他在娘胎内待了足足十六个月，刚生下来就有整齐的牙齿，还朝着母亲不停地怪笑。极度惊恐的母亲被他的异样吓得休克而死。因此，村里所有人都厌恶他，蔑称他是“鬼子”。

所幸，父亲还比较疼惜茨木童子，为他找了位乳娘喂奶。没想到他特别能吃，吸住乳头就不松口，瞬间就将乳娘的双乳吮至枯竭，乳娘害怕得当场晕厥。此怪谈一下子就在村子里传开了，全村人愈发觉得茨木童子是不祥的怪胎，村里的气氛变得紧张阴森起来。

在村民的歧视和抵制下，父亲已经没办法继续带这孩子了，也负担不起他巨大的食量开销。于是某晚父亲趁孩子熟睡，将其丢弃在九头神森林附近的一家理发店前。一直没有孩子的理发师以为这是神赐之子，便高兴地收养了茨木童子。

仅仅过了五年，茨木童子就长成了大人的体格。理发师夫妇决定传授他理发的手艺，让他在理发店里工作。刚开始，茨木童子表现得还不错。但有一天，他在用剃刀给客人修头发时，一不留神手一滑，刀锋弄伤了客人，鲜血流淌出来。茨木童子见到殷红的血，心底涌起一股莫名的冲动，立即用手指刮取客人的血舔了起来，血腥味竟令他感觉格外甘美。之后他每次理发时，都故意将客人弄出伤口然后舔食他们的血液。反复数次后，客人们互相告诫，都再也不敢来这家理发店了。

理发师夫妻俩愤怒于生意的冷清，严厉地斥责了茨木童子。受到训责的茨木童子伤心地哭了一晚，第二天一大早，他来到平时玩耍的小河边洗脸，站在土桥上想起昨晚被养父母痛骂的事情，伤心不已。猛的，他发现河水里映照出自己的倒影，竟然呈现出鬼相！吓傻了的茨木童子怔怔地站在桥上，往事一幕幕在眼前流过，他终于明白了自己并非常人，在人世难免会一再受到唾弃。于是，他顺从了命运的召唤，离开俗世，一个人躲进了丹波深山里。那桥，也因茨木童子而闻名，被命名为“茨木童子姿见之桥”。

茨木童子躲进了深山，他的第二个传说也因此展开。他后来从丹波深山迁往大江山，投靠了妖怪头目酒吞童子，并担任了酒吞的副将。之后他就常常率领手下神出鬼没地劫掠附近的村镇和城市，地方官员和普通百姓们对他万般畏惧，一到黄昏，各家各户就全关上门不敢外出，大街寂寂空如死城。

多年后，养成野性的茨木童子已成为酒吞童子的臣属首鬼。这一年，酒吞童子要在大江山修筑新山寨，需要大量物资。茨木童子自告奋勇，带着一批妖鬼来到平安京掳掠。某日傍晚，他游荡到罗生门附近，变身为美女，想要引诱有钱又好色的富商，借机勒逼金钱。

正巧，源赖光手下四天王之一的渡边纲自仕所返回自己宅邸，经过罗生门，见到茨木童子幻化的美貌女子正独自徘徊，便上前询问。茨木童子谎称新迁入京，居于五条府邸，因不熟悉道路，故踌躇不前。渡边纲见天色将晚，便扶女子上马，两人共骑向五条邸而去。

眼看快到五条，美貌女子忽然轻启朱唇，柔声说道：“妾身宅邸其实位于京城之外。”渡边纲问道：“那敢问小姐到底居住何处？”“妾身就住在爱宕山！”话音刚落，女子一把抓住渡边纲的发髻，借着夜色掩护，就要痛下杀手。

渡边纲的腰间正挂着赖光所赐的名刀“髭切”，他见事态紧迫，急忙拔刀出鞘，反手一挥，刀锋锐利，寒光一闪，“扑哧”一声已将茨木童子抓着发髻的手臂砍了下来。

渡边纲以名刀“鬼切”断茨木童子之臂

茨木童子即“罗生门之鬼”，是平安时代大江山鬼王酒吞童子的弟子。茨木童子因嗜血而被世人歧视，躲入丹波深山，投靠了酒吞童子，与其一同作恶。他曾化身为美貌女子，在罗生门附近，想要暗害源赖光手下四天王之一的渡边纲，却被渡边纲砍去手臂。渡边纲所用的这把刀，原名“髭切”，此事后即被改名为“鬼切”。

茨木童子怪叫一声，负痛逃往爱宕山。

名刀“髭切”因此事件，后来被改名为“鬼切”。

为了显示自己的武勇，渡边纲将断臂呈给源赖光，赖光使安倍晴明占卜之。晴明得出结果：渡边纲必须进行七日的“物忌”。只要度过七天，茨木童子拿不回断臂，就会法力全失，再也无法作恶了。

“物忌”是阴阳道中一种暂时断绝酒肉、不能见客的斋戒方式。于是渡边纲按照晴明的指示将断臂收入一个称为“唐柜”的柜子里妥善保管，己身则开始为期七日的闭关斋戒。

过了六天，太平无事。第七天头上，渡边纲的养母来访，养母对渡边纲有大恩，渡边纲不能不见，就将养母迎到屋里款待。谈话间，养母说要看鬼的断臂，渡边纲也不好意思拒绝，只好打开柜子把断臂拿了出来。养母拿着断臂仔细看了许久，忽然大声喊道：“哎呀，我的手臂怎么会在这里呢？”语毕，抓起断臂，乘风破窗，一溜烟逃掉了。原来，养母就是茨木童子变化的。

后世因为这段典故，所以又把茨木童子唤作“罗生门之鬼”。他和渡边纲的传说主要被记载于《平家物语》的“剑之卷”、《御伽草子》以及谣曲《罗生门》《大江山》、歌舞伎舞蹈《戻桥》中。

狐妖中的佼佼者：葛叶与玉藻前

夜窗烛影书狐趣，云岭涛声引鹤鸣。狐，在东方传统文化中，以亦正亦邪的形象频繁出没于民间文学和神话传说中。狐妖狐仙的故事不但在中国古典小说和志怪笔记中渊源流长，在日本怪谈里，也时时可见她们狡黠灵动的踪影。

按照古人的说法，狐字通孤，如此孤单地行走于艰难的环境，回环往复的智力与行动必然成为狐狸的不二法门。

正如许多鬼神都拥有二元性一样，日本人认为狐妖也分为“善狐”和“野狐”两种。拥有高智慧和高危险性的狐妖们，是介于善恶之间的魅惑者。“善狐”有金狐、银狐、白狐、黑狐和天狐五种。金狐、银狐是天皇即位时太阳、月亮的化身；白狐属于灵狐；

黑狐则是北斗七星的化身；天狐是千岁狐，拥有精深法力。至于“野狐”则人人厌恶，因为它会附身人体，带来灾祸，是一种妖兽、淫兽。

由于懂得通灵，故而狐妖在百鬼中的地位极其崇高。其中更有两位佼佼者，堪称狐类翘楚。一位是白狐葛叶、一位是野狐玉藻前，她们演绎出风情无限，令后世心驰神往。

晴明之母葛叶

据《簠簋抄》记载，在距今一千多年前的村上天皇时代，摄洲（今大阪）的安倍野乡，住着一位名叫安倍益材的美男子。其父本是当地的名门豪族，因为奸人的欺骗而失去所有的领地。益材无时无刻不想着再兴家门，光宗耀祖，他听说信太森林里的葛叶稻荷非常灵验，便决定每天都去参拜，以期得到神灵的庇佑。

神社周围葛藤丛生、满径苍蔚，连白日里也昏暗蒙昧，据闻是狐狸乡，狐影频现。某日，益材参拜完毕，见景色幽雅，静谧怡人，间有丛丛红柳、簇簇山花铺满林间，兴致大起，遂命仆从在神社前搭起幔帐，就地设席张筵，饮酒赏景。

正推杯换盏之际，突然，一支流矢疾飞而至，“噗”的一声插在了帐旁的树根上，紧接着传来阵阵狗吠声及嘈杂的人声。顷刻间，一只筋疲力尽、走投无路的白狐窜进了幔帐内，躲在益材身后，似有求救之意。

心地善良的益材立刻将小白狐藏在长袖之下，自己则平静地端坐着，装出在休憩的样子。少顷，飞也似的闯进来一群武士，身后跟着数头猛犬。

武士的首领是河内守护大名石川恒平，住在石川郡，平素作威作福，欺压百姓。今天因爱妾患病，他听说白狐的活肝可以治病，就带了部下出来猎狐。他见了益材，也不施礼，粗声喝道：“我等追逐一白狐至此，汝这厮必当看见，休言不知！”

面对如此蛮横无理的态度，益材自然拒绝回答。石川大怒，喝令属下武士上前动武。益材和随从虽奋力应战，无奈寡不敌众，接二连三倒地。益材也受了伤，被几名武士蜂拥而上紧紧抓住，绑了起来。

石川恒平得意洋洋，狞笑着下令道：“将这厮头颅砍下！”益材内心担忧着那只小白狐，环视四周，已不见狐踪，遂安心地闭上了眼。一名武士高举太刀重重斩下，“咔嚓”一声，一截物体应声而断。但那不是益材的头颅，竟然是一块木头被劈成两段。石川惊怒交集，帐里帐外细细搜寻，却哪里还有益材的身影！

再说益材在太刀斩下的一瞬间，只觉得身轻如燕，腾云驾雾，恍惚间已来到了一

葛叶

村上天皇时代，大阪男子安倍益材，每日参拜葛叶稻荷，想要再兴家门。一次参拜完毕，遇到一只遭人追杀的白狐，救了她的性命。白狐化身为女子，名叫葛叶，两人结为夫妻，生下儿子童子丸。后来葛叶在童子丸面前现出原形，被迫遁去，不知所踪。童子丸即后来阴阳道的一代宗师——安倍晴明。

处草庵。这草庵虽然简朴，但装饰雅致，别有韵味。一名神气灵秀的女子，如仙子般婀娜走出，走近躺在床上的益材，细心料理起伤口来。那女子长发飘逸、面若芙蓉，把益材看得呆住了。

女子盈盈浅笑，说道："妾名葛叶，居此森中。此处是贱妾居所，但乞公子暂居数日，令妾服侍贵体，早愈伤患。"

益材之前一心只想着复兴家门，从未考虑过男女之事，此刻见了葛叶天仙般的美貌，又听她温语挽留，不由喜出望外，也没有深究葛叶的来历，就忙不迭地答应了。

在葛叶无微不至的细心照顾下，益材的身体很快就痊愈了，但是葛叶并没有离开。在这段日子里，他们已经产生了微妙的感情，两颗心已紧紧地相连在一起，他们再也无法分离。这一年的年末，葛叶怀上了益材的骨肉。

日月轮转，夏去秋来，转眼已经过了六年，益材与葛叶的孩子童子丸五岁了。这年中秋，益材出外买酒，葛叶在庭院里赏菊。她渐渐陶醉于花香中，心驰神迷，没有注意到自己的法力一时下降，不知不觉中已然现出了原形。

"哇，妈妈好可怕！"童子丸看到自己的母亲竟然变成了一只白色的狐狸，大声哭了起来。葛叶知道离别的日子已经到来，虽后悔不迭，但事已至此，无可挽回，她在草庵的纸隔障上留下了一首和歌：

恋しくば尋ねきて見よ和泉なる

信太の森のうらみ葛の葉

（如果思念，就来寻找吧。会逢和泉最深处，信太之森有葛叶。）

之后便消失不见了。

失去母亲的童子丸愈发伤心，哭哭啼啼，益材回来后看到和歌，背着儿子前往信太森林寻找妻子。

凄凄晚风中，葛叶现出身形，对益材说道："妾身本非人类，乃信太之白狐也。稻荷大明神深感益材殿信仰之诚与再兴安倍家之夙念，特赐我神力，变化女形。六年前遇粗野武者围捕，命在旦夕。多蒙夫君搭救，方得保全性命，感恩不尽，乃与夫君结缘毕姻。你我所育之子，天资聪慧，乃安倍家再兴之望。本当至少育至十岁，不期被他撞破本相，再难顿留，不得不去也！夫妇亲子之爱，纵然畜生三界，亦毫无二致。今后望夫君善教之，必能光大安倍一族。"

益材闻言，泣不成声，连声应允。葛叶心如刀绞，在悲鸣声中化作白狐遁去，不知所终。

从此，益材越发严格地磨炼童子丸，并聘请名师贺茂忠行传授他天文、历数等阴阳道奥秘。这个童子丸，就是日后以惊世才情而闻名天下的阴阳道一代宗师——“白狐公子”安倍晴明。他长大后，依循母亲所遗和歌的指引，在信太森林最隐秘处见到了母亲，并继承了葛叶强大的灵力。

九尾狐玉藻前

迢迢九千里，远渡万重洋。

镇走两京兆，国倾八镜身。

神灵八百万，九尾夜遁行。

他乡无处去，血染那须界。

皇天毁尔道，化石以杀生。

狐狸漂亮的皮毛、小巧可爱的身躯和狡黠精怪的脾性，在古人的心目中，实在只有娇媚的女人可与之相比。于是年轻貌美、深具吸引力的妖媚女子，就常被人称为“狐狸精”。

一提到狐狸精，在中国，最为人熟知的莫过于九尾狐了。传说中它是阴气的结晶，脸庞雪白，有着金色的体毛和白色的冠毛，九条尾巴呈扇形分开，最善于变成绝色美女，宫闱中迷惑君王，祸乱朝纲。按照男权社会的逻辑，昏君之所以成为昏君，总是因为一个或者几个红颜祸水不好。启蒙读物《幼学琼林》中，就迫不及待地对孩子们进行“警惕狐狸精”的教育：“三代亡国，夏桀以妹喜，商纣以妲己，周幽以褒姒。”据说，妹喜、妲己，均是九尾狐的化身。

商纣王让妲己迷得七颠八倒，倒行逆施，结果可想而知，终于被新兴的西周推翻。商朝灭亡后，姜子牙竭力追杀九尾狐，九尾狐在中国被逼得无处藏身，只好流亡到了印度。妖物媚主，她摇身一变，成了摩羯陀国斑邑太子的王妃华阳夫人，重操旧业，以魅惑君主为己任，经过不懈努力，其祸国殃民的“事业”取得了长足发展，导致印度大乱，百姓苦不堪言，结果华阳又被逐出了印度。老家中国是不能回了，于是九尾狐东渡扶桑，来到了平安时代的日本，化名玉藻前(たまものまえ)。

不过她吸取了前几次失败的教训，此次并不急于出山，而是先蛰伏下来，借由真言宗的荼吉尼天信仰，与稻荷神结合，使得功力大大增强。这才略施手段，选入宫中。

九尾狐

传说九尾狐曾化身妲己迷惑商纣王，商亡后，她逃至印度，后又逃至日本，化名“玉藻前”，与稻荷神结合，被鸟羽天皇选入宫中。玉藻前施展魅惑之术，吸取天皇精气，使得天皇病倒，性命堪忧。大臣们请安倍晴明演卦，终于使其真面目曝光。后九尾狐遭到追杀，肉身死去，但其执念与野心尚在，化为杀生石，攻击任何靠近自己的生物。后来一代名僧源翁法师，以金刚槌猛力一击，才彻底消灭了九尾狐封存在石中的怨灵。

当时日本是鸟羽天皇在位，玉藻前凭借其倾国之姿，自然艳压群芳，迅速地赢得了天皇的欢心和宠爱，被赞为“自体内散发玉色光芒的贤姬”。

玉藻前施展魅惑之术，引得天皇夜夜专宠，寸步不离，她趁机吸取天皇的精气，鸟羽天皇由此日渐憔悴，终至病倒床榻，性命垂危。大臣们议论纷纷，猜疑四起。他们请阴阳师安倍晴明暗中对玉藻前演了一卦，终于将玉藻前的九尾妖狐真面目曝光。

玉藻前阴谋败露，唯有再度逃离。御体康复的鸟羽天皇大为震怒，命令安倍晴明协同大将浦介义明、上总介广常，带领一万五千大军追杀九尾狐。玉藻前逃到了那须野，与追击大军展开死斗。

狐妖的等级，以尾巴的数量来区分，通常尾巴数量越多的狐妖，其妖力便越强。狐妖的常用招数是喷火，如果狐妖是人形，那么火可从指尖发出；若是狐狸形态，火就从尾巴发出。九尾狐是最高级的妖兽，九条尾巴各有不同的妖术，摇动起来，可分别招出雷、火、风、地震、洪水、死灵或小妖狐等助战。同时九尾也代表有九个灵魂，除非九条尾巴一齐断掉，否则九尾狐的生命可以不断再生。面对如此强敌，晴明他们陷入了苦战，追击大军死伤惨重。

最后整整激战了两天两夜，晴明、义明、广常三人好不容易找到机会，用“三神箭”同时射断了狐妖的九尾，玉藻前的肉身才一命呜呼。

但九尾狐的野心和执念并没有消失，强烈的怨恨使玉藻前的元神化成了一块七尺四方、高四尺余的杀生石（せっしょういし），驻留在了那须野。任何生物一旦接近杀生石，杀生石就会喷出毒液瘴气，进行攻击，触之者必死无疑。后来一代名僧源翁法师，用金刚槌猛敲一击，才彻底消灭了九尾狐封存在石中的怨灵。

杀生石至今仍留存于那须汤本温泉北端，成为当地的观光名胜之一。

猫有九命——猫妖

猫，神秘、妖异、蛊惑、柔媚、可爱，它属于高低错落的屋檐和漆黑的月夜，属于永远不羁的生活。人类与它是如此亲密接近，却又如此遥远陌生。即使你将它搂入怀中，也永远无法靠近它的心灵。在日本，猫更被视为最具灵气的诡异动物。

日本原来是没有猫的，奈良时代，为了避免老鼠肆虐，咬坏那些好不容易从中国传来的佛经，猫也跟随佛经被引进日本。有了猫守护典籍，老鼠才不敢猖獗。有关猫的文献记载，最早出现在《日本灵异记》，描述一只猫死后产下的胎儿竟然变成人的故事。从平安时代开始，猫被当作宠物饲养，因此在女性文学《枕草子》及《源氏物语》里都有出现猫的踪影。

当时只有少数富人和猎人才养得起狗，但养猫的人则不分贫富贵贱，几乎遍布社会的各个阶层。饲养在家中的猫，虽然似乎更贴近人的生活，与人的距离更为亲近，但是猫的瞳孔为了吸收更多光线，在白天和夜晚，会有缩小、放大的微妙变化，还有它的表情和动作，经常给人一种神秘乃至邪恶的感觉。猫也不像狗儿那么容易被驯服，不管是家猫还是流浪猫，一旦遇到危险，或是突然歇斯底里起来，就会受到本能的驱使，显露出残暴的野性，教人不敢掉以轻心。

此外，猫眼有一种催眠师般的诱惑，色彩斑斓，如有魂魄的钻石把阳光折射成利剑，穿透人类的身体。猫的身体光滑如绸缎，皮毛下深藏着不可捉摸的骨骼；它们的腰肢是如此柔软脆弱却又拥有诡异的力量；猫的叫声充满了疯狂、野性和蚀骨的勾魂；猫的爪子深藏在肉垫之中，悄然而至，又瞬间消失，只在人们的脖颈上留下鲜血淋漓的记忆。因此，猫逐渐被看成是充满了妖气的动物，而后又演化为不祥的先兆、恐怖的意象。猫妖也就正式跃上了灵异奇谭的大舞台。

不管什么国家，传统的观念都认为，动植物活得太久，就会“成精”，猫妖的由来也一样。日本民间向来有“养猫之患，忧其异变”的说法。据说猫有九条命，当猫活了九年后，就会长出一条尾巴；而后每九年长一条，一直长到九条。有了九条尾巴的猫再过九年，即可化成人形。这类猫精在中国叫“九命猫妖”，在日本则称为“猫又”（ねこまた）。鸟山石燕的《百鬼夜行绘卷》中，猫又头戴布巾，用两条后腿站立，眼神狡黠，显得妖气十足。

一般能从普通的猫进化为猫妖的，都是具有十年岁数以上的老猫，通常以老太婆的形象显现。其最明显的特征是尾巴在末端分叉成两股，所以猫妖又名“猫叉”。妖力越大，分叉就越明显。猫又的身体大约是人类体型的两倍，更大只的猫又甚至可以长得像小牛一般。

越老的猫妖体魄越强壮，而长有翅膀的黑天使大猫妖，则是猫妖中的极品。它原是死神的宠物，后来私自越过三界之门逃到人间界，以吸食死人灵魂为乐。它可以随意召唤死者的灵魂为自己战斗，并且从冥界召唤魔物。在猫妖群中，是最可怖最诡秘的存在。

猫的牙齿本就尖利，成妖后更加厉害。碰见猫妖可不是什么好事，它会凶残地用不逊色于猛犬的凌厉牙齿，将招惹它的生物撕裂粉碎后吃掉。另外，它还会乔装为美女或老太婆来欺骗路人，不过前提是它已经吃掉了所要变为对象的那个人。猫妖吃人是为了维持自己的生命和灵力，具有可怕魔力的猫妖，在吃早饭之前，会以人声说话，在将人吃掉后，变成此人的肉体伺机寻找下一个猎物。一般而言，要避免被猫妖攻击，可请它吃加鱼的小豆饭，在它吃得津津有味时，温柔地抚摸它，轻声请它离开，它就不会对人造成任何伤害。

有很多子女不在身边的老年人，喜欢养猫做伴，但猫妖会对自己年迈的主人下毒手。所以，为了防止老猫变成猫妖，便要在它还是仔猫时把尾端切掉，只留下短短的根部，这样一来，就不怕到时候猫尾分叉，变成猫妖在家中作祟了。

猫妖既有了人的面孔、人的身形，便能感知人类内心的想法。通常猫妖只攻击它怨恨的人。但是如果遇到性情凶狠、手段残暴的猫精，只要一看到人，就会不分青红皂白，一律加以伤害。传说中也有善良的猫妖，常变成少女模样亲近人类，当然性格也是很温顺的，平日喜欢吃鱼，身体轻盈，喜欢偎依人类，但却常被人伤害。

猫妖最恐怖的一面，应该还是尸变。它精通操控尸体的妖术，能将尸体像提线木偶那样随心操弄。不管在东方还是西方，都有被猫爬过的尸体或坟墓会发生尸变的忌讳。日本民间更是咸信一旦猫从棺材上跳过，死人就会复活。为了避免猫和死者有所接触，会在死者的枕边放一把刀。这其实是老年人为了防止儿孙不孝而编撰的。民间有为逝去的人守灵的传统，但如果遇上不孝子孙，把老人的棺材灵位丢在一边不管不问，守灵之处也无人搭理，连猫都跳到棺材上了，前人就会尸变，跳出棺材教训自己的不孝子孙。这个民间传说其实是为了警示后人而流传下来的一个善意的故事，只是在流传过程中被越传越玄乎了。

当猫妖进行尸变时，会绑着头巾，用后脚站立，一边跳着舞一边将尸体盗走，所以举行葬礼之前，日本人会把猫寄养在邻居家，或者关进自家的储藏室，等到仪式结束才放出来。另外，日本人还认为走在路上，如果看见猫从路旁横越而过，会走霉运；如果不小心杀掉猫，也会招来横祸。足见东西方对于猫的恐惧心理，几乎如出一辙。

猫骚动事件

猫是一种相当执著的动物，民间流传着无数猫妖攻击人类的传闻，尤其是镰仓时代以后，藤原定家的《名月记》与吉田兼好的《徒然草》所记载的怪猫骚动事件最有名。当然，猫幻化成人后，虽然有的猫妖会危害人类，但有的猫妖也会帮助人类。所以猫在民间故事里的角色，大致分成“猫骚动”（报仇）与“猫报恩”两大类型。

大正时代，著名剧作家鹤屋南北有一天看到他所饲养的猫蹲在一幅杀生石的锦绘旁，突然灵感乍现，一气呵成写出了著名的《冈崎猫骚动》的狂言剧本，成为怪猫物语的滥觞。

随后，猫骚动的代表故事“锅岛猫骚动”，也被濑川如皋改编为剧本《花野嵯峨猫魔稿》公开上演，轰动一时。

故事发生在江户时代，那时候各藩的藩主都要遵守德川家康留下的规矩，轮流到江户城里当值。佐贺第二代藩主锅岛光茂，很喜欢围棋。他在江户当值时，有一天，和家臣龙造寺又八郎下棋，两人因胜负问题争吵起来。光茂见下属竟然敢和自己争棋，盛怒之下拔刀砍死了又八郎，而后命令家臣半左卫门偷偷埋掉了尸骸。

又八郎的妻子阿政不知夫君已死，日日抱着溺爱的黑猫耐心地等待丈夫归来，但丈夫始终没有回家。阿政很悲伤，四处打听，终于得知是藩主杀死了丈夫。她悲愤万分，欲为夫报仇，无奈又是个弱女子，力所难及，只好每日以泪洗面。当眼泪哭干的那天，她一咬牙，对黑猫说：“猫啊猫，我决意以死抗争。你记住，我死后会附在你身上，你一定要替又八郎复仇。”

说完，阿政抱着黑猫，用护身刀刺进喉咙自尽，鲜血喷溅得黑猫浑身都是。全身是血的黑猫舔着主人的尸体，之后不知消失于何处。

阿政死后不久，半左卫门的母亲开始不食米饭，顿顿只吃鱼，半夜也起来偷吃鱼。而且脾气变得很古怪，以前很喜欢洗澡，现在也不爱洗了。某天深夜，半左卫门听到厨房传来窸窸窣窣的声响，过去探看，发现母亲趴在地板上，直接用嘴巴舔鱼吃。他大吃一惊，仔细一看，发现母亲的脸竟然是一张黑猫的脸。

半左卫门拔刀踢开纸门，砍向黑猫脸的母亲。黑猫纵身一跳，对半左卫门说：“我乃龙造寺又八郎的妻子阿政生前宠爱的黑猫，阿政灵魂附在我身上，我再附在你母亲身上。你应该没忘了埋掉又八郎那事儿吧？”黑猫说毕，奔跳着从厨房后门逃走了。半左卫门吓得战栗不已，立即向锅岛光茂报告了此事，光茂听后也是面无血色。

猫妖

据说猫有九条命，当猫活了九年后，就会长出一条尾巴；而后每九年长一条，一直长到九条。有了九条尾巴的猫再过九年，即可化成人形，日本称之为“猫又”，因为猫妖的尾巴在末端会分叉成两股，妖力越强，分叉就越明显。

过了几天，锅岛光茂的封地佐贺城传来消息，说有只黑色猫妖出现在城里，夜夜作怪。当时从江户到佐贺，至少要花半个月时间，但黑猫只花了几天便到达佐贺，实在煞人。这消息令锅岛光茂更加坐立不安，好不容易熬到了驻江户期满，光茂急忙整装赶回佐贺城。

然而黑猫早已先于光茂潜入了藩主府邸，咬死了光茂最宠爱的侧室阿丰，随后变身为阿丰，又咬死了阿丰身边所有侍女，让其他猫化为众侍女。这些猫妖侍女每晚轮流到光茂房间里折磨他，光茂终于不支病倒。假阿丰趁机篡权夺位，召集一众家臣，干预起了国政。部分家臣不服，起来反叛，佐贺城随之分裂为两派，互相攻击争斗，一时间搅得城中大乱。

不过，城里一直没有人怀疑阿丰的真面目，只有半左卫门因为经历过母亲的异事，才对阿丰起了疑心。他命令长矛高手本右卫门时刻监视着阿丰的行动。

某夜，本右卫门隐身于藩主房外，听到光茂的痛苦呻吟。他悄悄探头一看，发现格子纸窗映出一只巨猫的影子。本右卫门立刻掷出手中长矛。长矛破窗而入，刺中了猫妖心脏，房内顿时传出凄厉的长声悲鸣，猫影消失不见。

第二天清晨，有人在护城河里发现了阿丰的尸骸。佐贺城这才恢复了平静。

“锅岛猫骚动”的怪谈在日本非常有名，是说书、狂言、歌舞伎剧的重要题材之一，后来根据此事件改编的作品多不胜数。

日本第一大魔王——崇德上皇

在有着“八百万神”且怨灵无数的日本，有一位号称第一怨灵的大魔头，近千年来成为日本人心中挥之不去的梦魇。他就是第七十五代天皇崇德，退位后号“崇德上皇”，世称“日本第一大魔王”，与平将门、早良亲王、菅原道真并称“平安时代四大怨灵”。

繁华的京都，处于金字塔尖的皇族公卿，在享受着无上荣华的同时，也召唤着阴谋、倾轧与勾心斗角。频繁上演的宫廷权争，竟让“人神”天皇也变成了“人魔”。哀伤伴随血雨腥风、恐怖裹挟胆战心惊，在妖影绰绰的平安京弥漫着……

即位、退位、争位

崇德天皇 1119 年出生，名义上是鸟羽天皇的长子，实际上是鸟羽天皇的祖父白河法皇的私生子。鸟羽天皇虽然表面上将崇德当作儿子看待，私下里却对他极其厌恶。而掌握实权的白河法皇则对这个所谓的“曾孙”爱若珍宝，在崇德年仅五岁时，就强迫鸟羽天皇让位，将大位传予崇德。

鸟羽天皇被祖父戴了绿帽不说，还被迫下台，心中的愤恨可想而知。他耐住性子，苦熬了六年，终于在 1129 年等到了崇德天皇的后台白河法皇驾崩。鸟羽上皇抓住机会，立即开设院政，并将失去保护伞的崇德天皇牢牢地控制在手中。

1139 年，鸟羽上皇把自己的亲生子体仁亲王送给崇德天皇当养子，并于三个月后立其为太子。然而就在次年，崇德天皇自己的亲生子——重仁亲王也诞生了。两位皇子并存，为日后的皇位之争埋下祸根。

1141 年，鸟羽上皇出家为法皇。他唯恐日久生变，遂强迫二十二岁的崇德天皇退位，立年仅三岁的体仁亲王为近卫天皇。崇德天皇原本期待自己能像鸟羽上皇那样，开设院政，以皇父身份监护年幼天皇，掌握实权。哪曾想，登基诏书公告天下，却称登基的是“皇太弟”而非“皇太子”，从而使崇德的梦想破灭。崇德对此耿耿于怀。

退位后，崇德上皇被迁往鸟羽田中殿居住，人称新院。赋闲的他郁郁寡欢，沉迷在和歌的世界中，撰写了《久安百首》《词花和歌集》等歌集。就这样波澜不惊地过了十四年。

1155 年 7 月，体弱多病的近卫天皇寿仅十七便即病逝，朝廷紧急召开会议讨论继位人选。崇德上皇希望自己复位，或由儿子重仁亲王继承皇位。鸟羽法皇自然不会让眼中钉崇德上皇如愿，遂决定由自己的儿子雅仁亲王登临帝位，是为第七十七代后白河天皇。崇德上皇建立院政的最后努力彻底破灭，再加上后白河天皇的儿子守仁亲王被立为太子，这预示着重仁亲王也已与皇位无缘。争位失败的崇德上皇心怀巨大不满，开始谋划以武力夺取最高权力。

保元之乱

保元元年（1156）五月，鸟羽法皇病逝，权力重新洗牌的时机到来了。积怨已久的崇德上皇和后白河天皇之间的矛盾一触即发。

与此同时，随着皇族的一分为二，大贵族藤原氏内部也出现了裂痕，关白藤原忠通支持后白河天皇，而忠通的弟弟左大臣藤原赖长则拥护崇德上皇。

在皇族争权夺利的过程中，以源、平两氏为代表的武士集团势力也开始日渐强大。鸟羽法皇在生前已预感到崇德必会有所行动，曾写下一份拥护鸟羽一派的十武将名单，放在皇后美福门院那里。美福门院在法皇驾崩后，打开名单，却发现其中没有武家实力派平清盛的名字。由于平清盛的父亲平忠盛是重仁亲王的老师，所以崇德上皇认为平清盛必然加入己方。然而当美福门院向平清盛派出使者，进行劝说拉拢后，平清盛考虑利害得失，在关键时刻投到了后白河天皇一方。但他的叔父平忠正却仍然支持崇德和赖长。同一时期，源氏一门也发生了分裂。源义朝因早被鸟羽法皇编入立誓效忠新皇的十武将名单中，所以支持后白河与忠通。其父源为义及弟弟源为朝则支持崇德与赖长。源为义与源义朝父子之间素来不和，这次终于决裂。

七月十日夜，崇德上皇召来藤原赖长、平忠正、源为义等羽翼，商量如何发动军事政变，夺回皇位。已对上皇图谋有所察觉的后白河天皇，也在同一日召来所倚重的藤原忠通、平清盛、源义朝等人商议。清盛和义朝皆是少壮派武士，摩拳擦掌，主张先下手为强。最后决定，由义朝为主帅，采取夜袭的策略。同时，后白河天皇为了安全，转移到了东三条殿。

七月十一日黎明时分，天皇方面由平清盛率三百余骑、源义朝率二百余骑、源义康率一百余骑，分三个方向突击驻扎在白河宫殿北殿的上皇本阵。首先到达白河殿的平清盛军，遭遇源为朝统御的弓矢部队的顽强抵抗，平清盛因此而转向攻击别门。随后源义朝军赶到，取代平家军队与源为朝作战。东门、西门等处，天皇军与上皇军激烈厮杀，形势一时僵持不下。此时源义朝向后白河天皇献策，建议准许火攻，天皇立即予以采纳。于是义朝在紧邻白河北殿西边的藤原家成宅邸放火，火借风势，迅速蔓延。老将源为义和源家将虽奋力抵抗，但白河殿武士的斗志已被大火瓦解，崇德上皇又吓得先行逃跑，终致全军土崩瓦解。藤原赖长被流矢射死，平忠正、源为义等人先后被俘，余众也纷纷投降。天皇一方仅用了半天时间，就以压倒性的局面彻底击败上皇。这场著名的大乱事，史称“保元之乱”。

诅咒与作祟

大败亏输的崇德上皇逃到仁和寺躲避，被天皇派人搜了出来，远远地流放去了四国的赞岐。他的儿子重仁亲王被迫出家。平忠正及其四子被平清盛处斩，源为义则被亲生子源义朝处斩。只有源为朝因弓术一流而受到天皇赏识，免死流放伊豆大岛。在以往的政争中，失败一方被捕后，最多判处流放，极少被判死刑。但这次崇德上皇的追随者却几乎被全部斩首。以此为开端，此后每次权力斗争，胜者处死对手的情况越演越烈，甚至连孩童都不放过，可谓极致血腥。

被流放的崇德上皇有执念，更有大怨念。他强抑愤恨，历时三年，精心抄写了五部大乘经书：《法华经》《华严经》《涅槃经》《大集经》以及《大品般若经》。而后将这些经书送到京都，呈递后白河天皇，希望能借此赎罪，获得赦免。但后白河天皇怀疑经书中含有诅咒，坚决不纳，将经书退回。已心力耗尽的崇德愤怒至极，咬破手指，在经书上写下血书毒誓："三悪道に抛籠、其力を以、日本国の大魔縁となり、皇を取って民となし、民を皇となさん。"意为："投身地狱、饿鬼、畜生三恶道，以五部大乘经之力，成日本国大魔王，令天皇成贱民，贱民成天皇。"写罢将经文沉入海底，从此不食不修、不理发不剪指甲，变得面目狰狞，最后在凄凉与抑郁中死去，时年四十六岁。

崇德上皇的死讯传到京都，后白河天皇不给他举行国葬。崇德的怨灵遂化作金色大鸢身姿的天狗，持续在人间作乱。从此后日本灾祸不断，朝野上下无一宁日，与后白河天皇及藤原忠通亲近的人都相继横死。接着又发生了一系列灾异祸事，如延历寺强诉、安元大火、鹿谷阴谋等，变乱接踵而至。街头巷尾纷纷传言这是崇德怨灵作祟的结果。朝廷畏于愿力，决定恢复崇德名誉，将原先给他的谥号"赞岐院"恢复为"崇德院"，并举行法华八讲为他祈冥福，甚至还在1165年将崇德院的灵位与大物主神合祀。

然而这一切补救措施，并未平息崇德的怨气，他以血书写下的毒誓，开始应验。"保元之乱"后武士的地位大幅上升，无论皇权还是藤原氏的摄关政权，都已无法制伏这一猛兽。源平两家摆脱了被公卿贵族鄙视的地位，进入了权力的核心层。公家势力被武家所取代，武家揽政拉开了序幕。此后天下战乱频仍，平家、源氏、足利、丰臣、德川等武士政权长期掌控朝廷，凌驾于皇室之上，天皇沦为傀儡近七百年。直到明治天皇即位，遣使赞岐，将崇德灵位迎回京都并为之创建白峰神宫供奉，崇德上皇的诅咒才告终结。

由于崇德上皇的诅咒祸患时间最长，所以日本人视崇德上皇为"日本国第一大魔王"与"祸祟神"。不管是在神道、鬼道还是世俗信仰中，崇德上皇都占有重要的位置。

日本第一大魔王——崇德上皇

在政治斗争中失意的崇德上皇遭到流放，后在抑郁中死去。死前，他在经书上写下血书毒誓：投身地狱、恶鬼、畜生三恶道，以五部大乘经之力，成日本国大魔王，令天皇成贱民，贱民成天皇。他死后，日本武家地位大幅上升，武士政权长期凌驾于皇室之上，天皇沦为傀儡近七百年。由于崇德上皇的诅咒祸患时间最长，所以日本人视崇德上皇为“日本国第一大魔王”和“祸祟神”。

人们对他的敬畏之心，从未因岁月流逝而有所削减。

从头号怨灵到学问之神——菅原道真

东方的灵魂观念，总认为死者必须入土为安，才能进入下一个轮回。没有顺利往生的人，不是变成四处飘泊的孤魂野鬼，就是成为驻留人间的怨灵。从很久以前开始，日本人就对怨灵怀有深深的恐惧。他们相信生前心愿未完成、缘分未了的人，或是怨恨难消、仇恨未报而惨死的人，一定会变成怨灵现身作乱。如果不好好地安慰这些怨灵，他们的灵魂就会给予活人种种报复。菅原道真，就是日本怨灵中的著名代表。

菅原道真其人，在活着的时候还是很风光的。他生于以通晓汉儒学而闻名的世家，幼名阿古。当时唐朝的儒学和佛教大举传入日本，所以汉学很吃香。道真自幼秉承家风，擅长撰写汉诗，颇受贵族看重，被誉为“藻思华瞻，声价尤高”，因此一路顺风顺水地步步高升，十八岁时，考取了文章生，三十三岁成为文章博士，四十一岁任职赞岐守。

公元 887 年，二十一岁的宇多天皇即位。这位年轻的天皇干劲十足，急于一扫旧政，改革时弊。他看中菅原道真的非凡才干，提拔他做了参议，并身兼其他数项要职，以便与根深蒂固的藤原一族抗衡。894 年，天皇又任命菅原道真为遣唐使，不料，道真胆子小，害怕渡海时会被淹死——以当时的航海技术确实有这可能，便上书说唐朝此刻政局混乱，国势已衰，建议天皇废止遣唐使。于是，7 世纪以来从未中断的遣唐使制度，竟因菅公的贪生怕死而就此中止。但菅原道真此举也无意中打开了往后两百年的“国风文化”门扉，和歌、平假名书写文化自此蒸蒸日上。

虽然没完成出国考察的任务，菅原道真还是一路升官，因为当时认字的人没几个，人才难得啊！ 897 年，醍醐天皇即位，菅公升任权大纳言兼左大将。899 年，终于成为右大臣，达到了他职业生涯的巅峰。

此时朝廷的左大臣是藤原时平，此人个性跋扈、心胸褊狭，他联合其他妒恨道真的人，暗地里图谋构陷道真。道真当时除了政务外，闲余时间都全力放在整理菅原家一家三代的诗歌文章上，定名为《菅家文草》。一点也没有发觉藤原已开始运作的阴谋。

在准备充分后，藤原时平向即位不久的醍醐天皇进谗，诬蔑菅原道真同宇多天皇

串通，企图废黜醍醐天皇。年轻的醍醐天皇吓坏了，一道诏书下去，把菅原道真贬职到僻远的九州岛，这时道真已经五十六岁了，又气又急，且根本经不起这种折磨与打击，终于在两年后抑郁寡欢地死去。

一般说来，纵使身死异乡，遗骸也理应运回京城埋葬，但时平暗中做了手脚，搭载菅公遗骸的牛车行至中途时，牛突然蹲伏下来，拉起了肚子，一步也走不了了。随从无奈，只好在牛停下的地方埋葬了菅公。

菅原道真死亦不得还乡，他的家人也被流放出平安京冻饿而死，自然满腔冤屈怨恨难消，于是一连串的异象开始了。史书《扶桑略记》中记载：自从道真死后，举凡日食、月食、彗星、地震、落雷、旱灾、豪雨、大火、疫病等重大的灾难接连暴发。这些灾难中尤以雷击最多，人们议论纷纷，皆说受冤屈而愤死的道真已经受封成为雷神，专门为世间不平之事而电闪雷鸣，不断发生的灾难就是道真在显灵，回京复仇。

大臣们基本都有点文化，本来是不信的。但有一天大伙儿正上朝，忽然一道落雷劈中了清凉殿的屋顶，吓坏了醍醐天皇与公卿大臣。许多朝臣当场凄惨地大叫："道真回来了！道真来报仇了！"当时藤原时平也在场，他拔出佩剑指着殿外大吼道："你生前就不如我，死后竟然还敢来找麻烦？"一声大吼后，雷声渐渐消失了。

时平虽然鼓足勇气喝退了雷声，但平安京内依然不断出现大雷，时平终于受不了这种无名的恐惧而病倒。按说得了病就得找大夫，可是这时候一般的大夫不管用了，怨灵作祟得找法师，于是天台宗得道高僧净藏奉命为时平进行延命加持祈祷。

净藏到达时平府邸开始仪式，已经病重昏厥的时平耳朵内，突然飞出两条青龙，对净藏说道："我是奉了天帝敕命前来追索怨敌性命的，你的延命法事没有用！快快给我离开！"净藏意识到这两条青龙就是道真怨念的化身，立刻退出。天空中登时咆哮巨响大作，雷光四处飞蹿，不一会儿，时平府里就传出时平病死的消息。当时平安京内有很多人，都亲眼看到电光闪闪的云层中，化为雷神的道真抓着时平，足踏雷火而去。

这一来，人人自危，许多心里有鬼的人都吓得病倒了，京城里的和尚们忙着跑来跑去四处祈祷，即使这样还是死了不少人。当初参与阴谋的数名朝臣全都遭到惨祸，不是出游时被雷击死，就是暴病身亡。净藏的同行们有样学样，把责任全推到道真身上便万事大吉。

随着时间的流逝，人们认为道真的复仇应该停止了。没想到过了十年，道真的怨灵又突然出现。这次灾祸落到了皇族身上。公元923年，醍醐天皇的皇太子、时平的外甥保明亲王无故猝死，年仅二十一岁。接着，醍醐天皇的皇后、时平之妹隐子也撒手人寰。而且天空中又开始日日充斥着大雷。大家恍然大悟，原来道真还没忘记罪魁祸首醍醐天皇啊！

朝廷上下认识到了事态的严重性，为了镇伏道真的怨灵，醍醐天皇举行了盛大的祭祀活动“大祓”，并在仪式上当众颁布诏书恢复道真右大臣的官阶、昭雪平反一切冤屈。醍醐天皇还把年号“延喜”改为“延长”，因为延喜元年是道真被流放的那一年。更新年号同时也有使朝野气象一新，邪祟远离之意。

然而，道真的愤怒并没有消失。延长三年（925年），保明亲王的遗子庆赖王夭折，年仅五岁。至此保明亲王一系正式绝嗣，藤原时平生前希望借由保明亲王与庆赖王相继继位，令藤原家能够以外祖身份摄政的愿望完全破灭。醍醐天皇受此打击后开始染病，健康一天天恶化下去。与此同时，日本国内爆发了大规模的洪水、台风和暴雨灾害。

延长八年（930年）的一个夏日，禁内的清凉殿正举行例行朝议，当时天气良好，晴空万里无云。突然间，空中劈出一道落雷直入清凉殿内，飞蹿的雷光当场将两位重臣劈成两具黑焦的死尸。同时间又有另一道落雷射入紫宸殿内，将三名当职的朝臣烧死。许多幸免于难的朝臣目睹此景，不是发狂便是痴呆，醍醐天皇也目睹了整件惨剧的经过。当晚，醍醐天皇便开始高烧不退并且不断咳嗽，拖到同年九月，终于在受尽病痛折磨后死在御榻上。

与这场悲剧有关的人都死了，但道真的怨灵却仍然没完没了。938年到941年，又出现了平将门、藤原纯友的叛乱，也就是承平、天庆之乱，这也被人们认为是道真的怨灵在作祟。

到了朱雀天皇时的天庆五年（942年），忽然有个住在京城的女巫多治比文子爆料——道真托梦给自己了，要求她转告朝廷，在京都北野附近的右近马场一带建造神宫。但是文子碍于地位的卑微无法上达给朝廷知晓，只好在自家建立一个小祠堂来祭祀道真。渐渐地，奉拜道真的信徒越来越多。天庆九年（946年），道真出现在神官三轮良种的梦中，再度要求建立神宫。良种便找到前一次被托梦的文子，合力聚集民间的资金在右近马场建立了神社祭拜道真。说也奇怪，在京洛一带肆虐了多年的麻疹水痘就在道真神社建立好后，顿时平息了。

得知此事的藤原时平侄子藤原师辅大为惊叹，他以藤原家的名义出钱出力扩建北

野神社，并封菅原道真为天神，正式名称是“天满大自在天神”，菅公神社也就被称为“北野天满宫”。天满宫落成后，师辅毕恭毕敬地尊奉道真为自己家的守护神并按时祭祀。讽刺的是，当年害死道真的正是他们藤原一族！这种变化使得道真怨灵的威名遍植于百姓心中。

又经过了将近五十年的时光，一条天皇在位时，遭遇了一场大瘟疫。有些记性好的大臣们害怕这又是道真在作祟，于是建议天皇追封道真为正一位左大臣。但是，随即就有人传出道真托梦给自己，表示不接受此追封。这下马屁拍在马脚上，弄得几名重臣灰头土脸。到了该年六月，清凉殿再遭无名大火重创，而且天空中又出现了大雷四闪。天皇和大臣们商议来商议去，干脆直接追封道真为太政大臣。由于大臣们受够了喜欢爆料的被托梦者，这次他们先下手为强，找来高人占卜，果然“得到”了道真同意的答案。

可是道真是不是真的同意了呢？日本人心里还是没有谱。毕竟这位怨灵火气太大，说不准哪天一不高兴又来找清凉殿的麻烦。最后到了宽弘元年（1004 年），终于有聪明人想出了一个办法——尊奉道真为日本的学问之神！因为读书人自然是心平气和研究学问的，那么管学问文章的神当然也不好意思整天打雷劈人玩了。正所谓功夫再高也怕菜刀，这一记马屁还真拍对了地方，道真出身书香门第，活着时即以学问闻名天下，著有《类聚国史》《菅原之草》《新撰万叶集》等作品，被尊奉为学问之神可谓实至名归，正合他的胃口。于是乎，道真从火暴脾气的怨灵升华为学问之神，进而成为学术研究者、教职人员与学生的庇护守神。在长达百年的时光中让平安京陷入无限恐惧中的道真怨灵，也由此得以完全平息。

日本有句俗语：“离去时一路颠簸，归来时带来恐怖。”道真事件结束后，日本朝廷就罕见因争权夺利而将政敌赶尽杀绝的例子，主要原因就在于对“带来恐怖的怨灵”的畏惧。而要避开怨灵作祟，最有效的方法就是将他们崇祀为“神”。若按照这“日本封神逻辑”来看，日本大多数的神，其前身恐怕都是“怨灵”了。

时至今日，全日本各地共有一万四千多间天满宫的分社，每到大考之时，各地的天满宫都会涌入大量的学子来祭拜。日本学生和家长们诚挚地在祈愿牌上写下愿望并挂在神社里面，然后右手抓住铃铛的绳子拉一下，鞠躬两次，拍手两次，再鞠躬一次。以此虔诚祈祷，希望天上的菅原道真能够保佑他们学业进步，金榜题名！

菅原道真

菅原道真是日本怨灵中的著名代表。他本为醍醐天皇的右大臣，受左大臣藤原时平构陷而贬职，郁郁而死。他死后，日食、月食、彗星、地震、落雷、旱灾、豪雨、大火、疫病等灾难接连暴发。人们传说，受冤屈而愤死的菅原道真受封成为雷神，不断发生的灾难是道真在显灵，回京复仇。

日本境内据说有四百到六百种妖怪，形形色色，构成了日本鬼怪文化丰富的内涵。究其源头与分类，是从中国道家撷取“物久成精”的概念，造就了自然界各种动物或植物妖怪。还有因魂灵附着在物体上而成妖者，称之为“付丧神”，如破碗、杯盘、油灯、纸伞等皆可祟人。这些妖怪加起来，就构成了“百鬼”。它们主要可分为山海之怪、家居建筑之怪、器具之怪、动植物之怪、人里之怪、都市传说之怪等类别。

一些比较重要的妖怪，笔者已经做了单独的章节介绍，现在，就让我们集中瞧瞧百鬼里的其他妖怪。

细数百鬼——女妖篇

女妖在日本妖怪中所占的比例，压倒性地多过男妖。她们的共同特征，是传递了日本“物哀”文化特有的“悲叹美”。那些被侮辱、被伤害、被抛弃的女性，由于不甘成为牺牲品，在离世后，以郁结不化的深深怨恨，对抗着不公正的人世。她们的存在，表明了执著的怨怼与詈诅，才是真正如影随形的恐怖！

骨女

生时被人欺辱、蹂躏、抛弃的女子，含恨而死后，凭着那股刻骨铭心的执念驱动着自己的骨骸重新回到人世，化为厉鬼向人索命，这就是“骨女”（ほねおんな）。

顾名思义，骨女就是完全的一副骷髅模样的骨架女妖。她与中国《聊斋志异》中的“画皮”十分相似——原形都是丑陋的女鬼，为了掩饰真面目，平时只好用人皮将自己伪装成大美女。

骨女原见于小泉八云的作品里：有个叫十郎的人，因忍受不了贫穷的生活和妻子离了婚，与一位有钱有地位的小姐结婚并做了官。但新的生活越来越让十郎厌倦，他怀念起整日在家织布的贤妻。数年后，十郎在一个夜晚回到家中，妻子没有一点怪罪他的意思，反而殷勤地接待了他，这令十郎激动得热泪盈眶。但他的邻居却看到了极其惊骇的一幕，与十郎相拥的，竟是一具黑发骷髅……其实十郎的妻子早已饥寒交迫而死，但等待丈夫的意志、对爱人的眷恋，使她化为骨女，以骨骸之形继续守候着她的丈夫。

虽然躯壳死去，却带着对这个世界的某种执念；即使肉体腐朽了，灵魂依然附着于冰冷的白骨上。因为只剩下一堆骨头，所以骨女会用人皮来伪装自己，平时的仪态是一位穿着露肩长襦袢的妖艳美女，以自身妖艳的姿色引诱男人。必要时，她还会特意露出部分白骨惊吓恶人。

尽管骨女的杀气和怨念都很重，但她只对那些薄幸不良的男性进行报复，而不会去伤害无辜善良的人。有些骨女情深义重，甚至还会回到生前的爱人身旁。在爱情催化的作用下，骨女在爱人眼里仍旧是生前的容貌和声音，但在周围的人看来，便是一堆白骨和活人依偎在一起，相当恐怖。

青行灯

青行灯这种妖怪，本无实体，因此外貌变幻不一，通常是以年轻女子的形象出现。她手提一盏青色灯笼，幽碧的灯光照得脸上惨白一片；长发披散，神情木然，双眼突出却无神，全身散发着腐败的气息。

青行灯白天在冥界门口徘徊，一到夜里，就飘浮在地面上，到处寻找进行“百物语游戏”的人，用青灯吸取他们的魂魄。她手中的那盏纱制青灯，其实就是招魂灯，系以“魔界之竹”为灯柄，灯笼中散发出柔和但十分明亮的青绿色光芒。夜晚时，青光幽幽地跳动着，映得人眉目皆碧。

产女

在古日本的很多地方，产妇因难产死去时，引婆会剖开产妇的腹部，取出婴儿，然后让产妇抱着婴儿下葬。产女（うぶめ）就是死于难产的妇人，又名姑获鸟、夜行游女、忧妇女鸟。由于尚未见到孩子便已死去，身为人母的执念历久不散，使她化作了妖怪。

这位在日本小说家京极夏彦的《姑获鸟之夏》里大出风头的女妖，一般以下半身染满鲜血的妇人形象出现在世人面前。她能够吸取人的魂魄，所居住的地方充满青白色的磷火。白天时，披上羽毛即变成类似于青鹭的姑获鸟。到了夜晚，脱下羽毛就化作妇人，在人类的聚居地出没。

产女由于失去了自己的孩子，所以最喜欢夺人之子为己子。可是将孩子养到第七

天后，她又会妖性大发，吃掉孩子，然后再去偷抢别的孩子。据《天中记》记载，如果哪个有婴儿的家庭，夜晚忘记收回晾晒的婴儿衣服的话，一旦被产女发现，就会在上面留下两滴血作为记号，然后趁大人不备，掠走这家的婴儿。不过产女非常怕狗，如果家里有养狗，她就无法下手。

产女每掠得一个婴儿，都会抱出来夜游。她怀抱里婴儿的啼哭声，哇哇哇，化成了姑获鸟的叫声。此时，她原先秀美的脸上交织着迷茫、痛苦、悲伤、怨恨等复杂的表情。透过这些表情，人们可以看到，其实，她只不过是一个想多陪陪孩子的可怜母亲罢了。

产女如在途中遇到行人，会拜托他们帮自己抱抱孩子。然而这个孩子却似岩石般沉重——不过如果能够坚持抱住的话，就能遇到幸运的事情。在《今昔物语》中，卜部季武随源赖光到美浓去，在途中便遇到了产女。产女以为季武可欺，就请他抱抱自己的孩子，季武一接过婴孩，立时觉得重如铁石，但他毕竟是赖光四天王之一，一声不吭，咬紧牙关抱着越来越重的婴孩大步向前走。产女这才知道季武的厉害，哀求他归还孩子，赖光毫不理睬，带着婴孩回到驻地，细看时，襁褓之中只剩下了三片金叶子。

另外，还有种说法，产女给人抱的婴儿，头部会渐渐变大，然后将抱着自己的人吃掉。所以不能用通常的姿势去抱，而要让婴儿头朝下、脚朝上倒着抱，同时用利器抵在婴儿的脚上。这样婴儿的头就不会变大了。

雨女

中国巫山的神女有着呼风唤雨的本领，日本的“雨女”（あめおんな）也具有这种能力。由于雨是大自然的恩惠，农业时代雨的重要性不言而喻，所以雨女的地位比一般妖怪高。雨天，一个女子立在雨中，如果有男子向她微笑，殷勤示意与她共用一把伞的话，那她就会永远跟着他。此后，哪怕外面阳光灿烂，该男子也会一直生活在潮湿的环境中，不久即死去。因为普通人根本难以抵挡雨女带来的如此重的湿气。

鬼一口

在恶鬼的头部，长长舌头的前端，长着一个美女，这就是“鬼一口”（おにひとくち）。美女其实是鬼首的诱饵，装出快要被鬼的大嘴吞噬的惨状，引诱人来救她，然后一口把人吃掉。

溺之女

溺之女专门出现在温泉旅馆里，以色相勾引男人。如果你在浴池里看见一个不明来历的美女在泡澡，千万别以为有了什么艳遇，也不要贸然靠近。她一站起来，你就会骇异地发现，她浸在水里的下半身全是白骨！

白粉婆

青楼女子所供奉的神祇里，有一位爱搽红粉的脂粉仙娘，白粉婆（おしろいばばあ）就是脂粉仙娘的侍女。传说她脸庞苍白、毫无血色，喜欢穿一身雪白的和服，头顶大伞，手拿拐杖和化妆盒，平时总以和蔼可亲的老婆婆面目出现。

爱美之心人皆有之，日本女性自古便喜欢白皙的肤色。当容貌姣好、没有化妆的素颜美女，在路上不巧遇见白粉婆时，白粉婆便会从化妆盒中取出自制的白粉（类似胭脂的化妆品），卖力地推介起来，称此粉能让女子更加白皙漂亮。少不更事的年轻女子往往受到欺骗，为了美丽，毫无戒备地将白粉涂抹到脸上。然而这种白粉一旦上脸，美女的整张面皮就会在瞬间脱落下来，轻易地失去了美貌。而年老的白粉婆就将美少女的面皮收为己用。

文车妖妃

文车妖妃（ふぐるまようき）本是一名艺伎，美艳无比、色艺双绝，十七岁时被成明亲王所宠幸。后来成明亲王即位，即村上天皇，文车也跟着水涨船高，入宫成为天皇的宠妃。

当时，村上天皇的皇后是权臣藤原师辅的女儿安子，安子借助娘家的势力，频频干预朝政，天皇也拿她无可奈何。藤原家族一直想立安子的儿子为皇太子，村上天皇也希望能早得子嗣。但天不遂人愿，不但安子的肚皮不见鼓，后宫诸多佳丽也无一人怀有皇种。因此，谁能诞下第一皇子便成为宫廷上下最为关注的事情。

备受宠爱的文车妃就在这时有了身孕，并顺利地产下了第一位皇子。天皇喜慰万分，但宫里却议论纷纷，认为艺伎之子要是成了储君，真是莫大的笑话。惊怒交集的安子更是妒忌非常，她联合娘家人，设计陷害并幽禁了文车妃，还把尚未满月的小皇子残忍地杀害，将尸身喂了狗。软弱的村上天皇面对安子的淫威，竟然不敢说半个不字。

文车妃因此而疯癫，她精神恍惚、痴痴呆呆，口中反复念叨着儿子的名字。美丽的容颜憔悴了，盛开的花朵枯萎了，三年后，文车妃的生命走到了尽头。她临死前用鲜血写下恶毒的咒文，切齿诅咒卑鄙的安子。失去意识的那个短暂瞬间，她积郁的怒气喷薄而出，化作燃尽一切的火焰，灵魂就在这崩裂而绝望的红光中，渐渐湮没在一片苍茫中。

此后，村上天皇又有了一个儿子——广平亲王，但广平在幼年就夭折了。紧接着，天皇的妃子、其他皇子接二连三地死亡，同时宫内还发生了许多怪异之事，人们都说是文车妖妃在作祟。天皇请来阴阳师驱邪，暂时保住了后宫的安宁。然而文车妖妃的诅咒并没有消失，960 年，皇宫突燃大火，整个皇宫被烧为白地，甚至连象征天皇的神器也化为乌有。

安子后来也有了自己的儿子，她虽然苦心孤诣，将儿子立为储君，但太子却患上了严重的精神病，即位后只做了两年天皇（即冷泉天皇，967—969 年在位），就不得不退位。他一辈子疯疯癫癫，受尽宫廷小人的白眼。据说这也是受文车妖妃诅咒之故。

二口女

二口女（ふたくちおんな），是被饥饿而死的婴儿所附身的女性。她的特征是在后颈出现了一张嘴巴，这张嘴比脸部的嘴巴大许多，而且很会吃东西，一口就能吞下一个人一天吃的分量。平时这张嘴被头发遮盖住，当没有人面前又有食物的时候，二口女就把头发变成蛇一样的触手，拿起食物，张开后颈的嘴巴，大口大口地吞食。

传说，千叶县有个男子，中年丧偶，续娶了一个心地很坏的女人。这个后母只疼爱自己亲生的孩子，对前妻留下的孩子百般刻薄虐待，连饭也不给吃，可怜的孩子衣食无着，被凄惨地活活饿死。

这个孩子死后的第四十九天，他的父亲砍柴回来，手里的斧头不小心划伤了后妻的后颈，他们慌忙请医师包扎，奇怪的是这个伤口怎么也无法愈合，慢慢地，竟然变成了一张嘴的模样。更令人吃惊的是，嘴里连舌头和牙齿都有。只要把食物放进去，伤口就会变得丝毫不疼，可一旦停止吃食，伤口又会创痛不已。后妻没办法，只有不停地吃啊吃，边吃还边对着空气不自觉地喊着："对不起！对不起！"这一切变故，都是因为她被饿死的前妻之子附体了。

白粉婆　　飞缘魔　　古库里婆　　产女

女妖在日本妖怪里所占的比例，压倒性地多过男妖。她们的共同特征，是传递了日本“物哀”文化特有的“悲叹美”。那些被侮辱、被伤害、被抛弃的女性，由于不甘心成为牺牲品，在离世后，以郁结不化的深深怨恨，对抗着不公正的人世。她们的存在，表明了执著的怨怼与诅詈，才是真正如影随形的恐怖。

白粉婆会以白粉诱骗女子，将其面皮据为己有；

飞缘魔在夜间出现，吸取好色男子的精血，并取出其胫骨，将其杀害；

古库里婆是隐藏在寺庙中的妖怪老婆婆；

产女即姑获鸟，为难产而死的女子化成的妖怪。

后神

日语中有句俗语："後ろ髪を引かれる"，字面上直译为：脑后的头发被拉拽，引申含义为"恋恋不舍"。日语里"髪"与"神"同音，"后神"的称谓就是从这句俗语中汲取灵感而得来的。

后神（うしろがみ）是个头顶上有一只眼、下半身无足的女妖，专门附身于胆小者或优柔寡断者身上。当人们做某事稍一犹豫时，她就飞到半空中，在耳旁低声催促说："呀！要赶快啊！"如果人们不听话，她就从人的身后一把拽住头发，或者用一双冰凉的手缠绕住人的脖子，引起人们的恐慌。

百目妖

乌黑的秀发几乎遮住整张面孔，宽大的白色长袍印满素色的小花，将身体包裹得严严实实，在长袍内的躯体上，上上下下都布满了眼睛。这就是"百目妖"，一个有着绝色容颜的女妖。

百目妖的前身是一位富商家里的大小姐，虽然衣食无忧，但压抑郁闷的生活令她感到非常寂寞、空虚。有一次她去金饰店买首饰，不小心带走了一件首饰，到家后才发现。但她并没有把首饰还回去，相反地，她觉得这样做实在是太刺激了。从此，她就频繁地进出大大小小的店铺，刻意偷窃各类商品，由于她穿着阔绰，又是远近闻名的首富之女，所以一直没有人怀疑她。

然而，人在做，天在看。有一天，她发现自己的手心里竟然长出了一个瘤，没过几天，那个瘤从中裂开，变成了一只瞪得大大的眼睛。她知道，这是上天的惩罚开始了。如果能迷途知返的话，也许还有得救，但已经偷上瘾的她仍然没有停止偷窃，终于，她全身上下都长满了眼睛，变成了百目妖。

由于自责和内疚心理，成为妖怪后的百目妖不再偷窃，而是专门用自己的眼睛去跟踪和监视坏人。那些心神不定或者做过亏心事的人，要是被百目妖碰上了，百目妖的身上便会飞出一个眼珠子，偷偷地跟在坏人背后一直监视着。

百目妖的眼睛最善勾人魂魄，看似平淡无奇，却能释放出惊心动魄的妖媚与诱惑。不知道多少男人被她的媚眼夺去了双目，据说只要夺满一千只眼睛，百目妖就会变成无法收服的千眼巨魔。当一位法师前去阻止她时，她已有了九百九十八只眼睛，发出的邪光令法师无法动弹。为了不被她凑满千目，法师自毁双目，趁百目妖惊愕之际，用佛香灰封住了她头上的两只主眼，才将其收服。

飞縁魔

飞縁魔（ひえんま）源自于佛教的“缘障女”传说。缘障女，是以美色干扰佛陀参悟的魔障。她传到日本后，变成了飞縁魔。飞縁魔面容娇媚、婀娜多姿，也是很香艳的女妖，可惜却个个都是红颜祸水，属于高危险级别。她们常在夜晚出来晃荡，专门吸取好色男性的精血，当受害者油尽灯枯后，再取走他们的胫骨并残忍地将他们杀死。

还有个古老的说法，认为飞縁魔系由丙午年出生的女囚所化。日本的丙午年是凶年，大家相信丙午年生的女人会克夫，即使再嫁，依然要克，所以丙午年的女子想嫁人比较困难，特别是其中的女囚犯，更是怨念满腔，渐渐地就变成了盛开在黑夜的罪恶之花——飞縁魔。

古库里婆

凡人或物，古老即成精，此乃中日两国共通的思维。库里，日本寺院中住持及其家人居住的地方；古库里婆（こくりばば），就是隐藏于寺庙中的妖怪老婆婆。

古库里婆原是某位住持僧人所喜爱的女子，住在住持的家中（即库里），由于她无法忍受清贫的生活，开始窃取施主的钱财及谷物，贪得无厌令她变成了偷食吃的妖鬼婆婆。

形容枯槁的古库里婆蜗居于一间陋室内，端坐在盛着死人头发的木桶前，用死人的头发编织衣物，死人的尸体已经被她吃光。老太婆瘦骨嶙峋，额头刻满皱纹，两只眼睛大而凹陷，掉了牙而显得干瘪的嘴巴里叼着头发。所有这些，都给人以妖异恐怖之感。

哭女

哭女（うわん），民间俗称“哇”，常出没于青森县一带，坟墓、古寺、废墟、荒屋等，是哭女最中意去的场所。她没有实体，也没有具体特征，仅仅由声音、光及其他的自然元素所构成。出现时既可以是个年迈的老婆婆，也可以是位很可爱的小姑娘，但更多时候还是身着丧服、披头散发的怨妇形貌。

当人们在日暮时分，从古寺或坟场附近走过，很可能会突然听到背后有什么东西发出一声恐怖的“哇”，扭头一看，不得了，一团白色的鬼火悬浮于半空飘来荡去，火光里映照出一张哭丧的苦脸，令人顿生寒意，胆战心惊。

一般人很容易被哭女吓到，唯有训练有素、处变不惊的武士，才能够无视哭女的恶作剧行为。不过这也仅限于普通的哭女，若是那些生前有着极大冤屈，特别是哭泣着死去的哭女冷不丁喊出的“哇”声，如果反应迟钝没有立刻跟着回答“哇”，那么灵魂立刻就会被吸食掉，身体也会被封进棺材埋在乱坟堆下。

笑女（倩兮女）

既然有了哭女，自然相对地也就有笑女（けらけらおんな）。笑女又称为“倩兮女”，取“巧笑倩兮”之意。其形貌为三四十岁的中年女子，打扮妖艳，涂脂抹粉，半咧着朱红色的嘴唇，不停地笑着。据说笑女都是由那些青楼女子或淫妇死后所化，因为素性轻浮，所以常嘻嘻哈哈地笑个不停。听见她笑声的人大都凶多吉少。

笑女往往在夜间出现于幽静的山路或街道上，倘若路人独身经过，并听见由远及近地传来女人的笑声，但张望四周却连一个人影也没有，那一定是笑女的杰作。随着脚步声与笑声一步步接近，那种情状真是令人毛骨悚然。

老人们都会告诫年轻人，遇到笑女在背后阴笑时，千万不能回头去看，而要装作若无其事的样子尽快离开。但若不小心或条件反射地回头的话，就会看见笑女巨大的头颅悬浮在半空中，眼睛直勾勾地紧盯着你，嘴里继续发出“嘿嘿嘿”的怪笑声，你越是害怕，笑声就越大。若是拔腿狂奔，那笑声会一直追着你，最终你会发现，所谓的“跑”其实只不过是在原地打转罢了。

想要真正摆脱笑女的纠缠，最有效的方法只有一种：“以彼之道，还施彼身”。她笑，你也笑，而且声音一定要盖过她。只要在气势上压倒笑女，笑女的笑声便会变小，而且身体也开始萎缩。如此反复多次，笑女的声音会越来越微弱，身体也越来越小，直至最后消失不见。

毛倡伎

毛倡妓（けじょうろう）的前身本是某个寺庙住持的私生女，住持为了保住自己道貌岸然的清高形象，从小就将她卖到奈良做了艺伎。

毛倡伎的琴弹得非常好，颇受欢迎。后来妓院来了一个新老板，逼迫毛倡伎卖身。毛倡伎在棍棒拳头的威逼下，只好含泪应允。哪知她的生意特别好，引来了同行的嫉妒，她们合谋害死了毛倡伎。毛倡伎既被父亲抛弃，又身陷烟花泥潭，最后还含冤而死，自然怨气特别重，于是就变成了女妖，夜夜在妓院四周徘徊，以美色勾引那些好色的男人。春宵一夜后，嫖客在第二天清早都会长出浓密的长毛，长毛源源不断地生长，直至把嫖客浑身包裹住，窒息而亡。

朱盆

女妖朱盆（しゅのぼん）的样子正如其名，看起来那是相当地恐怖：满脸就像涂了红漆般血红，额上有一小角，头发则如一根根尖针似的直耸着。最为恐怖的还是她那张血盆大口，一直开裂到耳根部，足以吞下整个活人。

据说朱盆经常出没于福岛县附近，夜幕降临时就张着大口窥伺行人，一旦有人接近她，她就先喷出一口赤砂，迷住人的双眼，而后张开血色大嘴，“吧唧”一口把人吞进肚里。不过她至少还有一样好处，能帮人治好容易脸红的毛病。无论哪个害羞的人，只要一看到她那恐怖的恶模样，必定吓得脸色泛青苍白，从此后不管怎么着都不会红脸了。

高女

高女（たかおんな）生前的身高是正常人的三倍，如此超拔常人的身高，令男人们都对她望而却步。高女苦苦等候，却始终嫁不出去，终于难以忍受世人的白眼而选择了投海自尽。

她把所有的怨气都发泄到生前对自己不屑一顾的男人们身上，遂化身为美女在深夜对那些男人进行色诱，等他们上钩后，高女就突然现出原形，吸取男人的精气。在烛影下她的影子高大凶狠，臭男人们无不吓得屁滚尿流。其实高女也算是生不逢时，如果生在当代，女篮、女排、模特，大把的机会等着她呢！

络新妇

在日本妖怪传说里，“络新妇”被引申为蛛女的同义词。络新妇（じょろうぐも）这一名字，在西方称为 Nephila，本是蜘蛛目园蛛科的一属，是一种彩色的长脚蜘蛛。

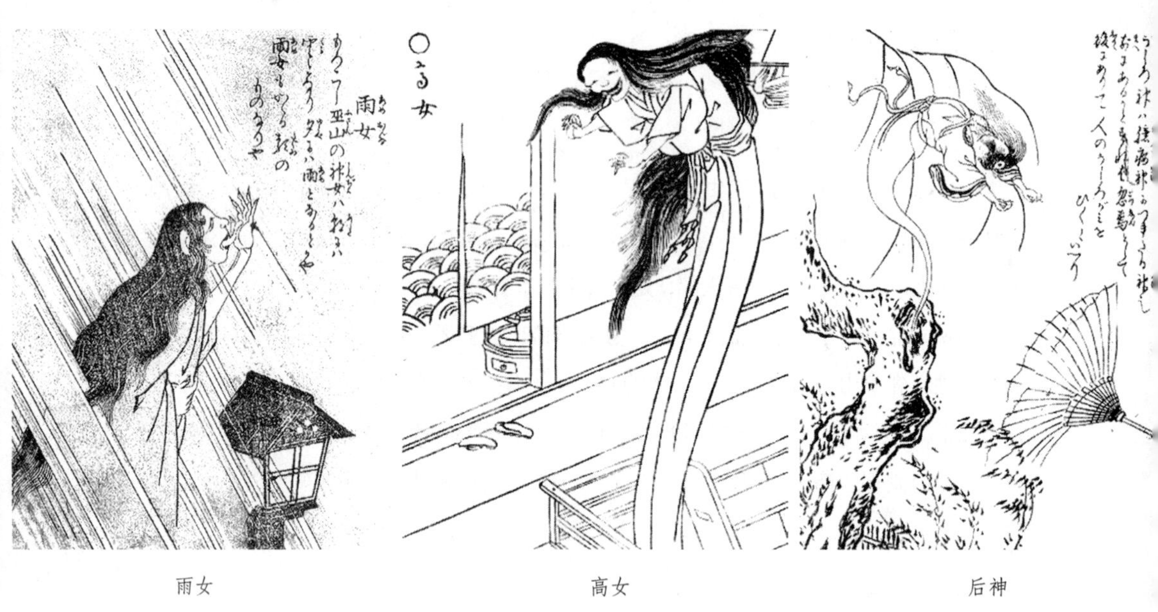

雨女　　高女　　后神

雨天，如果有男子殷勤邀请雨女共用一把伞，雨女就会永远跟着他，男子不久就会因为无法摆脱的湿气而死去；

生前身高超拔常人的女子，因此而无法出嫁，死后便化身高女，深夜色诱男人；

后神是头顶有一只眼、下半身无足的女妖，专门附于胆小者或优柔寡断者身上，不断进行催促。

其体色艳丽、结网巨大，可吐剧毒，而且身上的颜色和花纹还能随周遭环境的变化而变化。

说到布局撒网，又有谁能胜过蜘蛛呢？《妖怪百象记》中记载，络新妇系毒蜘蛛幻化而成，她们白天是妖艳的美女，头发光柔如缎、面孔绝尘脱俗，那娇媚的笑如同黑色的迷魂箭，直摄人心；那丝般婉转的眼神，织成黏粘坚韧的情网，一层一层地将男人黏进温柔乡中长眠。好色者见了络新妇，无不浑身酥麻，半昏半醉，轻而易举地被她们引诱到住所。到了晚上，络新妇就露出了大蜘蛛的本相，口吐蛛丝，放出许多小蜘蛛，附在男子身上吸取鲜血。到第三日男子精血枯干后，连首级也被取走。这些首级被囤积起来，留待络新妇肚饿时食用。

在另一个版本的传说中，络新妇本是一个领主的侍女，因为与领主之子产生了恋情，领主发现后勃然大怒，将她扔进一个装满毒蜘蛛的箱子中处死。侍女的怨灵遂化作蛛女，向领主展开复仇。

青女房

妖怪青女房，是有着满口黑齿的蓬头女妖，专吃人类，具有高危险性，主要出没于京都一带，经常于幽暗的旧屋中出现，手中随时拿着一面镜子。别看她外表狰狞，其实她的身世颇为凄惨并值得人们同情。

当她还是凡人时，是一位在皇宫中服侍的女官。在入宫前，她已订了婚约，却因身不由己不得不入宫。她与未婚夫相约，待到出宫后再行完婚。未婚夫也承诺此心不变，等她归来。

入宫后，她身处险恶的宫廷环境中，勾心斗角，只因为心里有个朝思暮想的他，才得以支撑下去，苦苦煎熬，一步步向上，终于成了一个颇有权势的女官，并有了出宫的资格。但当她回到家乡时，却惊愕地发现未婚夫已背叛了自己，和其他女人结了婚。而自己家原先的屋宅，早已破落荒废。她不愿相信这一切是真的，一心痴念着旧情人会回到自己身边，便一直坐在破旧的暗屋中苦苦等待。日复一日，她的头发变得蓬乱、牙齿变得乌黑，每逢有人到访时，她就对着镜子精心梳妆，但一发现来访者不是旧情人，便会痛下杀手。渐渐地，随着旧情人归来的希望越来越渺茫，她心中的怨念也越积越多，最终变成了妖怪“青女房”。

细数百鬼——山海之怪篇

蛇带

蛇带，是日本一种吸收了日月精华的妖怪，它的外形宛若一条上好的腰带，专门给古时那些妖魔着装时围在腰上做装饰用，被称为“缠腰火龙”。因此蛇带在妖界也算是一种高级宠物。不过，对于普通人类而言，它却无异于夺命催魂的杀手。

在日本民间，尤其是山区中的居民，几乎人人知晓蛇带的恐怖诡异。蛇带的剧毒，比之一般的毒蛇更要毒上百倍，人类一旦被它们咬到，瞬间全身黑肿麻痹，立时毒发身亡。蛇带的身躯柔韧度极好，善于自然伸缩，有时候它会故意幻化成色彩鲜明的腰带，在山道旁小溪边让贪心的山民捡去。山民如果将蛇带当成腰带缠在腰间，蛇带就会将他的身子越勒越紧，死死箍住人体，直到将人的精髓血液全部榨干。

蛇带是魔界之物，不但凡人怕，凡间的蛇类也怕。居住在山区的人最容易遭受毒蛇的伤害，有一个聪明的姑娘见毒蛇遇到蛇带后会迅速躲避，就由此想出了一个办法。她仿照蛇带身上的花纹，编织了约一寸宽的花带，然后将花带缠在身上。这样毒蛇就误以为是蛇带缠在人身上，避之唯恐不及，哪里还敢伤人。

觉

觉（さとり），是生活在美浓（今岐阜县）深山里的妖怪，浑身被浓密的黑色体毛所覆盖，就像黑猩猩一样。它相当聪明，会说人话，还能觉察出人的内心想法，所以山民们给它取名“觉”。觉虽然能看透人的心思，不过只要你能做到内心一片空明，什么念头也没有的话，它就会自觉无趣而消失。

觉体格强健、力大无比，但绝不随意伤人，相反的，它的个性十分温驯，只要山民善待它，它还会帮山民们干点力气活。当你觉得饿时，还会摘下果子给你吃呢！不过，千万别心存坏念头想捉它，觉会识破人类的企图，抢先一步把人活捉来吃掉。

海坊主

坊主，光头、秃头之意，也指住持、方丈等。和尚到了海上就是“海坊主”（うみぼうず），又称“海座头”“海法师”“海入道”。它头上精光无毛，身躯庞大，张着的两只脚颇似龟脚，典型的海洋生物形象。

传说中，海坊主本是位高僧，曾恋上某位美女，做出越轨之事。那女子因心中有愧，投海而死。高僧深感愧疚，遂以内心无尽的怨念，将女子投海的那片海域变成妖魔之海。其平时以手持拐杖、身背琵琶的盲人形象出现，但到了夜间的海上时，形象就会有大改变。彼时一直平静的大海会突然形成一座浪峰，从巨浪中间显出海坊主黑色的光头巨人身影。它会操纵一群由死于海难的人所变的“舟幽灵”袭击渔船，给渔民带来覆亡之灾。舟幽灵会在渔民们慌乱时向他们借勺子，一旦渔民借出了勺子，就凶多吉少了。海坊主会把勺子变大，然后不停地向船里舀水，直至船只沉没。所以在海坊主出没的地区，出海的人都会准备没有底的勺子来防范舟幽灵。此外，出海捕鱼的船如果满载而归，也得提防海坊主，舟幽灵会成群结队地出现，或抱住船桨和橹，或扑灭灯火，然后跳上船头，瞪着一对蓝光烁烁的妖眼，向渔民们强行索要捕得的鱼。渔民们倘若不给或是鱼量太少，海坊主就吐出黏液掀翻渔船，令渔民们船翻人亡。由此可见，它的形象可能更多地源于对海盗的妖魔化。

海坊主虽然干坏事，但好事也做。每当出海的渔民被雾困住分不清方向时，海坊主就会热情地指引渔民安全抵达岸边，而它依然站在海面上遥遥相望。这样看来，它算是妖怪中亦正亦邪的代表了。

海女房

海女房（うみにょうぼう），也称为海夫人。女房，在日语里就是妻子的意思。海女房是海坊主的老婆，样貌类似于西方神话中的美人鱼。

海女房全身布满着鳞，有蹼，海陆两栖，常出没于岛根县附近的十六岛，因为是海洋妖怪，所以她十分喜欢吃鱼，尤其是咸鱼。但她并不自食其力，而是专偷渔民们的鱼。渔民们为了不让海女房得逞，用许多大石块压住渔网，然而这些沉重的大石块根本难不倒海女房，她力气大得出奇，总是轻易地搬开石头偷走网里的鱼。其实她之所以频繁地偷鱼，并不全为了自己贪嘴，很多时候都是为了自己和海坊主的孩子。

姥姥火

《栖山节考》记载，古时大坂附近有个丢婆山，年迈无用的老婆婆们都被丢弃在这座山上，最后无助地冻饿而死。姥姥火就是这些被丢弃的老婆婆们的怨灵凝聚而成。它头上缠绕着红莲之火，总是突然从油灯或灯笼中出现，在空中飘来飘去；一边飞舞，一边还发出凄厉的尖笑声。碧油油的火球中，隐约可见老婆婆幽怨愤怒的面孔。

涂壁

涂壁（ぬりかべ）也就是俗称的“鬼打墙”，深夜的海边、偏僻的山道、森林中，都出没着它的身影。涂壁的身体可谓刚柔多变，刚时，如铜墙铁壁般坚实；柔时，能化作任意形态的泥水倾泄一地。一旦现身，人们的眼前登时有一堵无边无际的白墙瞬间砌起，无论推也好，砸也罢，这堵白墙都纹丝不动。如果你因此惊慌失措，就会落入涂壁的圈套。此时要冷静地用棒子轻敲白墙的下方，白墙将立刻消失得无影无踪。

婆娑

婆娑，字面意为盘旋、跳舞的样子。“婆娑”是种长相奇特的妖鸟，来自日本爱媛县深山竹林，因其飞舞之时如竹影婆娑，摇曳生姿，故得此名。每隔一年，它们身上即有一根羽毛转变成黄澄澄的金叶子，所居住的山区更是蕴藏着丰富的金矿。不过你可别想动婆娑的歪脑筋，婆娑的双翅极其发达有力，扇动起来能卷起飓风，再加上口中吐出的黑色火焰，绝对能令居心不良者大吃苦头。

濡女

濡女（ぬれおんな），又名矶女、海女、海姬等。矶，海岸之意。濡女就是海边的女妖。她被认为是溺死于海中的女子亡灵所变，下半身呈龙尾或蛇尾形，上半身是女子形象，长发委地、全身濡湿，从背后看去，如同岩石一般。

濡女有着超长的尾巴，据说长度有三百三十米左右。平日里，她坐在海边的岩石上，只露出上半部分的女身，妩媚地梳理着随风飘动的长发，倘若有人为美色所迷，接近她并搭讪的话，她就会迅速地甩出藏在水下的蛇尾，将目标缠绕住，然后露出狰狞的本相，裂开大口，发出几乎可以刺破耳膜的尖啸，嘴里吐出蛇信般分叉的舌头，一口气吸干受害人全身的血液。在鹿儿岛县，渔民之间甚至传说只要看濡女一眼，就会得病死去。其可怖如此，以至于为了不与濡女遭遇，渔夫们在盂兰盆会、大年三十以及七月十八的晚上，都绝不出海。

牛鬼（土蜘蛛）

牛鬼（うしおに）是濡女的丈夫，一种恶毒的海怪，其性格残忍，面目狰狞，喜好害人。它白天睡在海底，傍晚时和濡女结伴出现于石见（今岛根县）的海岸边，伺机袭击人类。每当人们打海边经过时，濡女就先向行人提出“请抱一下这个孩子”的请求，一旦抱住孩子，濡女便立即消失在海里，行人想扔掉孩子逃离，但孩子如石头一样沉重，怎么扔也扔不掉。牛鬼就趁此时机钻出海面，残杀行人。

“牛鬼”的称呼恰如其名，牛首鬼身，牛头上长着犄角，臃肿的身体却像蜘蛛似的长着八只脚——八只锋利的弯钩脚，所以又名“土蜘蛛”。其八足、獠牙、刚毛、蛛丝等都是伤人的利器。

牛鬼善于用毒，要是有谁招惹了它，它便从口中喷射出毒液污染一方水土，靠此水源生存的村民们均会中毒身亡。不过牛鬼最令人胆寒的还是它的“凶眼”。据传被牛鬼目露凶光地凝视到的人，会产生树落叶、石流动、牛嘶叫、马吼嚎等幻觉，之后不久即七窍流血而亡。幸好牛鬼并不会无缘无故地用凶眼去凝视每一个人，它只针对那些对神明不敬或对长辈不孝的人才作出凶眼的惩罚。

也正因此，人们都对牛鬼敬而畏之，不敢惹其犯怒。特别是海边的渔民均十分害怕它的恶意袭击。海里的牛鬼只要发现渔船，就会拼命地追赶，将渔民们辛苦捕获的鱼统统吃光。如果反抗它，船就会被牛鬼的魔力翻覆。不过牛鬼非常惧怕护身符，所以渔民们都在船上贴符，来躲避牛鬼的侵扰。

传说镰仓幕府首代将军源赖朝在生病时曾见过牛鬼，当时牛鬼化作美女想要接近赖朝，但源赖朝不愧是有着降鬼天王之美誉的人，一眼就识破了牛鬼的真面目。他二话不说拔刀横挥，立时砍下了牛鬼的右臂，牛鬼见事已败露便使出障眼法逃遁而去。后来源赖朝追寻血迹，发现了牛鬼的洞穴，又与其大战一番，终于将它斩杀！那把杀死牛鬼的刀，从此成为日本名刀，被称为“鬼丸国纲”。

见越入道

当你在山间的小道上行走，突然跳出一个斜着斗鸡眼的秃头妖怪，晃着一对大拳

头喝道："呔，此路是我开，此树是我栽……"那么，此怪正是见越入道（みこし），又称"望上和尚"。

见越入道可以自由地改变身体的大小，其原先的大小与普通人差不多，但在打劫时，为了显示自己的高大威猛，他会把自己膨胀数倍，变成庞然大物。当你向上仰视他时，看得有多高，他就变得有多高。然后凶狠地俯视着你，企图借此吓唬人们。

其实见越入道不过是外强中干，只要你鼓起勇气，尽力看得更远，超越见越入道变身的极限，他就会立即消失了。

古笼火

在草木也入眠的丑时三刻，如果你依然有兴致去山间行走，可能会见到一团团的碧火，火焰闪烁跳跃，渐渐飞近。仔细地看，那火焰中隐现的，赫然竟是一个人的脸孔。

这火，就是古笼火（ころうび），系由鬼魂或精灵附灵于老旧的灯笼幻化而成。它无须燃料，在黑暗中会自然发光，常于山间小径出现，不会伤害人类。

百百爷

百百爷（ももんじい）本是关东地区一个孤苦的老人，后来离开村庄来到山林之中隐居，因为以山中野兽为食，头部慢慢地变成了猪面鹿角。当他在山林荒野闲逛时，常因相貌丑陋、衣衫褴褛而吓坏行人，他自惭形秽，遂刻意躲避人群，只在天黑时出来溜达。

不过百百爷可是个善良的妖怪，要是在野外碰到得病的人，他会毫不犹豫地出手相救。他在山间行走时身旁总围绕着雾气，远远望去，仿佛腾云驾雾一般，再加上手里拿着一根类似仙杖的拐杖，因此很多人恭奉他为山神。

以津真天

以津真天（いつまで）是一种有着人头、蛇身、鹰啄以及宛如刀剑般锐利钩爪的怪兽，其翅膀张开时可达五米之广，幕天遮地。

别看以津真天模样凶，其实很热爱和平。它白天躲在无人知晓的隐秘巢穴中休息，等到入夜就出现于尸横遍野的战场上空盘旋，并从口中喷出怪火，染红夜空。一边喷一边还发出"itsumade、itsumade"的叫声。"itsumade"音同日语的"到何时为止"。

土蜘蛛

以津真天

土蜘蛛是海中女妖濡女的丈夫，是一种恶毒的海怪，其性格残忍，面目狰狞，喜好害人，白天睡在海底，傍晚和濡女结伴出现在海边，伺机袭击人类。

以津真天是一种有着人头、蛇身、鹰啄以及宛若刀剑般锐利钩爪的怪兽，它虽然模样凶恶，其实很热爱和平。

见越入道

姥姥火

濡女

见越入道又称“望上和尚”，是一种斜着斗鸡眼的秃头妖怪。他可以自由地改变身体大小，在打劫时，会膨胀数倍。但只要人们鼓起勇气，尽力看得更远，他就会消失了。

古时大阪附近有个丢婆山，年迈无用的老婆婆们都会被丢弃在这座山上，冻饿而死。姥姥火就是这些老婆婆的怨灵凝聚而成。她在空中飘来飘去，还会发出凄厉的尖笑。

濡女是溺死海中的女子的亡灵所变，平日里，她坐在海边，以姣好的面容引诱好色男子，一旦男子靠近，便以藏于水下的蛇尾缠住对方，吸干对方的血液。

这声声哀恸凄厉的叫声，仿佛在控诉着大地的烽火到底何时方能止息。由此可见，以津真天其实是为了唤起人类内心的罪恶感而出现的，随着死尸的增多，以津真天的数量也会渐次增加。

因此，只要是不安宁的战乱时代，总能看到以津真天在天空盘舞着，虽然它不会直接对人类发动攻击，但若是一直处于被以津真天的怪火染红的天空下，人类会萎靡不振，最终精神崩溃而亡。

浪小僧

浪小僧（なみこぞう），又称海浪小和尚，常年栖息于海中，是身体只有人的大拇指那么大的迷你型妖怪。因为他与河童出自同一族系，因而也被称为“海中河童”。

尽管长期居住于海岸边，但浪小僧比较害怕暴风雨，每逢快要降雨时，他就从海边迁移到陆地上暂时落脚，等天气转好再返回大海中去。海边的居民们往往会把浪小僧当成“天气预报员”，每当看到他从海边迁往陆地村落时，就意味着大雨即将来临。浪小僧也确实拥有对海洋天气的准确判断力，能够通过海浪声的变化来判定什么方向将有雨降。故而有的地区也将浪小僧奉为雨神，干旱季节急需大雨时，大家都虔诚地企盼浪小僧能从海中来到自己的村落，同时带来及时雨。

海难法师

伊豆七岛所流传的恶灵之一，其传说源于江户时代的宽永五年。一个名叫豊岛忠松的代官，一直欺压岛民，导致民怨沸腾。岛民们在忍无可忍的情况下，决定设计杀死他。某天岛民们利用所掌握的气象知识，推算出一月二十四日将有飓风。于是故意劝请豊岛忠松在那天巡视各岛。忠松果然中计，出海后被狂涛巨浪所吞噬。此后，每年一到旧历一月二十四日，忠松的幽灵就会变成海难法师，巡视各岛。所以岛民们在这天都绝足不出，躲在家中。

细数百鬼——家居建筑之怪篇

鬼混老

接近傍晚时分，对于突然来访的陌生老人，必须格外留神！尤其是衣着光鲜、一脸高傲神色的老头。此人通常身穿黑色羽织，腰际插着防身用的太刀，一副大有威严的模样。乍看之下，颇像是一个富商，沉默威严的态度，令人望而生畏。如果他登门来拜访，千万别让他进去，否则可有得麻烦受了。他会大摇大摆地走进客厅，若无其事地喝着茶，甚至还会拿起主人的烟管，从容不迫地抽起烟来。无论他进入谁家，都当作是自己家一样，完全无视旁人的目光，不知道的人还以为他是主人的座上嘉宾呢！像这种不速之客，赶走他似乎显得不近人情，不赶走又会给家里添麻烦，真是教人伤脑筋！这就是赖着不走的妖怪“鬼混老”（ぬらりひょん），又称“滑瓢”。

据说鬼混老是妖怪大头目，也就是众妖怪的首领。妖怪之间要是起了口角或争执，都会找他主持公道。可见他是个强力人物哦。如此一来便能理解，他的行径为何如此大胆猖狂了。

鬼混老的真面目其实是章鱼，貌似老人，特征是秃顶，穿高档有品位的和服。虽然他懂得利用人心的弱点，生性狡诈奸猾，可奇妙的是，他并不会加害于人，只会趁大伙儿忙成一团的时候出现，大家也就无暇看清他的模样。或许正因为他是有地位的妖怪，所以才会三不五时地选择人多的地方探视民情吧！

垢尝

在众人皆睡，万籁俱静的半夜，一个妖怪不晓得从哪里潜入了浴室，专门舔食人们洗澡后的污垢。浴室愈脏，它住起来愈舒服。凡是被它舔过的地方，不会变得干净，反而会愈来愈脏，洗也洗不掉，形成恼人的顽垢。如果舔食过程中被人发现，它就会放个屁，借“屁遁”而逃。在《画图百鬼夜行》中，那个只有一只脚、带着爪钩、披头散发的童子，伸出长长的舌头正在找寻污垢，那就是“垢尝”（あかなめ）。

垢尝是浴厕没有保持清洁，顽垢堆积，发霉发臭，最后变成的食垢妖怪。它的脸呈红色，除了给人带来不方便外，并不戏弄人，也不加害于人。

除非有人突然勤快起来，将累积多年顽垢的浴厕洗刷得干干净净，才会引起它的不满。垢尝生起气来，没别的本事，就会猛放屁，长年囤积在肚子里的污垢化为臭气，可不得了呀，那股子臭味会久久挥之不去。

毛羽毛现

毛羽毛现（けうけげん），汉字意为“希有希见”“希有希现”，指稀有、罕见、新颖、不可思议的事物。它属于那种本性不明的妖怪，没有手和脚，全身被黑色的浓密长毛所覆盖，只在头上露出两只圆圆的眼睛。

毛羽毛现喜欢夜里出来活动，长得吓人不是你的错，但出来吓人就是你的不对了。不过还好，虽说它样子有点吓人，但也只是这里走走、那里转转而已，没有什么攻击性的事件发生，真是莫名其妙的家伙。

毛羽毛现会把疾病带给不干净的人家，所以换句话说，要勤快点搞卫生哦，这样就不怕病魔入侵了。

家鸣

家鸣（やなり），是居住在古屋屋顶或地板下的一种妖怪，又称“鸣屋”。要是晚上你总觉得房间里有一种奇怪的声音，吱吱嘎嘎地弄得满屋子都在震响，并且声音还总是从天花板、地板或墙壁间发出的话，那么不用说，肯定是家鸣在捣鬼了。

家鸣身材矮小，其形体充其量也只比苍蝇、蝼蛄大一些，它们往往成群结队地出没，分工合作，有的撞拉门窗、有的摇撼廊柱，总之，一切行动的目的就是使房屋发出声响，引起人的恐慌。但实质上这些声音是极其微弱的，对于人类而言，除了造成心理上的恐怖感觉外，倒没有别的危害了。

关于家鸣还有一个小故事，在但马国（今京都府）有一批浪人为了试试胆量，住进了一间以“鬼屋”著称的房子。三更时分，突然间，房屋震动摇晃起来，武士们还以为发生了地震，急忙跑出屋外，定神一看，摇晃的只是房屋而已。第二天，发生了同样的事情。于是，武士们便与一个僧人商议，在第三天共同住进了这间屋子。晚上房屋照样摇晃起来，僧人紧盯一处，口中念念有词，举起刀向摇晃得最激烈的地方刺去。只听一阵轻微的“吱吱呀呀”声，房屋停止了摇晃。天亮后，人们对房屋做了一番巡视，刀刺的部分还有血迹，几只比苍蝇略大的家鸣躺在地板上，已经咽了气。房屋摇动就是它们在作祟。

油赤子

赤子，婴孩之意。油赤子（あぶらあかご），从字面上理解，就是“舔油的小鬼”。

油赤子是卖油人死后所变，多以火球的姿态出没于日本东北一带，在空中飞来飞去。它不会伤害人类，也不会引发火灾，只喜欢在夜晚熄灯时，以小火球的形态飞进民宅屋内，即使是再小的空隙，它都有办法钻进去，接着变成矮矮胖胖的小孩子模样，贪婪地舔食纸罩灯中残留的灯油。舔完油后，又恢复成火球的形态飞出窗外。

天井尝

古老陈旧、光线昏暗的屋子里，经常会出现一个专门爬到天花板上用长舌头舔舐天花板上沉积的灰尘，清洁四壁的妖怪，它就是天井尝（てんじょうなめ）。假如看到墙壁上或天花板上有逐渐扩大的湿漉漉的水印，别害怕，那只不过是天井尝的口水而已。

目竞

竞，竞争、比赛之意。所谓“目竞”（めくらべ），也就是互相瞪眼对视，看谁先忍不住笑起来或躲开对方的视线。

目竞通常出现在庭院中，其形象是许多骷髅头黏合堆积在一起，每个骷髅都瞪着巨大的眼睛，将视线齐齐朝向主人的卧室内。如果遇到目竞与你对视，千万不要躲避它的视线，要不然就会失明，这时候应该镇定自若地怒目与它对视，过不了多久，目竞就会胆怯而自动消失。

13 世纪的军记小说《平家物语》卷 5 中，就记载了一则关于目竞的故事：

一天清晨，入道相国平清盛从寝殿的内室走出，打开犄角上的小门，向庭院里望去。令他大吃一惊的是，庭院里不知何时竟充斥了无数骷髅头，上下滚动，忽聚忽散，轱辘轱辘地发出难听的声响。平清盛大声叫道：“来人啊！来人啊！”但奇怪的是，平时就在殿外伺候的卫士却一个也没有来。这时，许多骷髅头黏合纠集成一堆，变成一个大骷髅头，高十四五丈，跟小山一样，院子里几乎都容不下了。在这个大骷髅头上，有着千万只活人一样的眼睛，直勾勾地瞪着平清盛，目光凶狠，连眨都不眨一下。

平清盛心里怦怦直跳，正想避开那些目光，忽然想起曾经有阴阳师说过，此类怪物名叫“目竞”，如果回避它的目光将会导致失明。于是他深吸一口气，定下神来，

鬼混老

家鸣

毛羽毛现

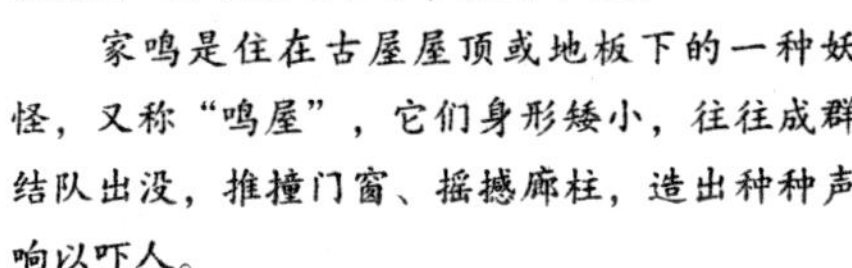

鬼混老又称“滑瓢”，貌似老人，秃顶，身着高档有品位的和服。他会登门拜访，从此就将别人家视为自己家，赖着不走。

家鸣是住在古屋屋顶或地板下的一种妖怪，又称“鸣屋”，它们身形矮小，往往成群结队出没，推撞门窗、摇撼廊柱，造出种种声响以吓人。

毛羽毛现属于本性不明的妖怪，没有手脚，全身覆盖黑色的浓密长毛，只在头顶露出两只圆圆的眼睛。它只是夜间出来活动，并不会伤害人类。

毫无惧色地怒目相向。双方僵持了大概半个时辰，目竟被平清盛灼人的目光瞪得害怕起来，扭了扭头，消失不见了。

逆柱

树木是有生命的，在生长时有上下之分，当它们被做成建屋用的柱子时，木工师傅如果不慎将木材上下颠倒错置，根部朝天花板、枝干的部分朝地板，就会形成“逆柱”（さかばしら）。那么柱子会很生气，后果也会很严重。因为柱子是房屋的主心骨，对家里的风水和运气都有着重要影响。

传说“逆柱”会在夜深人静时独自发出怪声，嘎嘎作响。自古以来，日本人就认为逆柱会带来火灾、家鸣、疾病等不吉利的事，所以木工这一行相当忌讳将木材上下颠倒。要是长期不理会逆柱，它会在柱体上显现人的哭脸，并且发出呻吟声。

日本最有名的逆柱，在日光东照宫的阳明门。门口十二根柱子中的一根，就是上下颠倒的逆柱。不过，这是为了消灾避难而刻意设计的，为了破除“建设完成的同时，崩坏随即展开”的魔咒，工匠们才留下这根“魔除逆柱”来避邪。

食梦貘

食梦貘是一种能为人类吃掉噩梦、留下美梦的传说生物，因外形似貘而得名。它本是中国的上古神兽，力量强大。大唐盛世时，中国国泰民安，人民美梦多多，噩梦少得可怜，食梦貘吃不饱，便漂洋到了日本。它昼伏夜出，每当更深人静时，就用灵敏的鼻子嗅探哪里有噩梦，然后找上门去把恶之梦境吸食掉，让人在一夜无噩梦的情况下安眠。过去的日本有出售食梦貘的画像，人们睡不好时，就把画像摆在床边，即可夜夜好眠。

细数百鬼——器具之怪篇

老一辈的日本人都相信家里的各种生活用品，如锅瓢、碗盆、筷子、桌椅、澡桶、雨伞等，由于在人类长期使用之下，接触到了浓郁的人气，经年累月间灵力不断得到增强，慢慢地就会变成器具之怪。

返魂香

“北方有佳人，绝世而独立。一顾倾人城，再顾倾人国。宁不知倾城与倾国？佳人难再得！”这一首传唱千古的《佳人歌》，写的是汉武帝与爱妃李夫人的爱情故事。“返魂香”即与此息息相关。

返魂香（はんごうこう），是中国古代的一种香料，据《海内十洲记》记载，它初次出现在汉武帝时期，由西域月氏国进贡而来。“斯灵物也，大如燕卵，黑如桑葚，燃此香，香气闻数百里，病者闻之即起，死未三日者，熏之即活。”汉武帝曾点燃此香，召唤死去的李夫人，可惜返魂香只能救活死去未满三天的人，李夫人的魂魄短暂归来，在屏风后为汉武帝跳了最后一支舞。在场的李延年目睹此情此景，涕泪滂沱，挥笔写下了不朽名篇《佳人歌》。

随着中日香料贸易的频繁，返魂香也漂洋过海来到了日本。日本人起初并不知道它的神奇功效，在京城中点燃了香料，结果“其死未三日者皆活，芳气经三月不歇”。导致了一场人与亡魂的惨烈战争全面爆发。这就是平安时代为什么会出现人鬼并存的原因及背景。

角盥漱

角盥漱（つのはんぞう），典型的由经年器具所化的付丧神。它本是用来盥洗的盆状器皿，以圆木制成，涂着黑色的漆，安着四条长长的支架。支架是为了盥洗时不让盆里的水浸湿衣服，用以挂袖子。

角盥漱因为体积笨重、占用地方，在木桶式脸盆大范围使用后，就被逐渐淘汰了。经年不用的角盥漱，被人遗弃在角落里，悄悄地化为了妖怪。

不过，虽然日常洗漱用不到它，但男人在剃头时，女人在婚后染黑齿时，都还要再用到这种盆。如果不留神，映在水面上的人脸会被妖怪窥视到。到了深夜，要是再看到这个角盥漱，妖怪就会用支架把人的袖子缠住，人的脸便会永远消失掉！

琴古主

一位嗜琴如命的文士家里所用的琴，在主人死后，琴因为无人弹奏，在经过悠长岁月的尘封后，化成了妖怪琴古主（ことふるぬし）。它身上的根根琴弦像飞舞的龙须，琴额上有两颗大眼珠闪闪发光。琴古主常在深夜自行翻阅琴谱，弹出乐曲，琴声或激愤或幽怨，如泣如诉，令听到的人无不毛骨悚然。

木鱼达摩

木鱼是外形酷似鱼头形状的一种木质法器，腹内中空，敲之有声。僧人日常修行时，有节奏地敲打木鱼，可起到“警昏惰、驱魔障”的作用。香烟袅袅，佛声朗朗，少部分木鱼因为整日聆听僧人诵读经文，受佛性熏陶，化成了名为“木鱼达摩”的妖怪。它外形圆胖，常于午夜时现身并发出“咄咄咄”的木鱼敲击声。

匙鬼

在古代的中国，玉质的饭匙是最上等的饮食用具。玉器有灵气，时间一久，吸收人气，就会物化成妖。饭匙和筷子传到日本后，日本民间大量使用木头制成的饭匙。到了平安时代，筷子成为主要食具，陶瓷制作的汤匙也取代了木匙。被废弃的木匙变成了匙鬼。

匙鬼形象猥琐，附灵在木匙里，浑身涂着红色的油漆，具有火性的特征。对于需使用筷子的煮物和豆类，匙鬼都施了咒语。因此在吃饭时，无论如何不能用筷子戳食物哦！

白容裔

任何家庭里都会经常使用到抹布，抹布也是最经常更换的居家物品。白容裔（しろうねり）就是由白色的旧抹布变成的妖怪，因为频繁地被用于擦拭各类脏东西，白抹布全身破破烂烂，充满了馊臭味。它是那样的不起眼，以至于一用完就被随手扔到晾物绳上，从此无人问津。时间一长，长期闲置的白抹布积聚了深深的怨念，化作蛇一样的怪物，每到深夜就从晾物绳上飞下来，飞进人类的屋子里，甩动身子，缠绕抽打，将所有的委屈一股脑儿地发泄在各种摆设上。

屏风窥

鸳鸯被底拥香躯，锦帐红闺私语新。每一对情侣都曾经海誓山盟，然而有几人能厮守到老？一个美丽的女子受到欺骗，说是说比翼鸟连理枝，失身后却立即被男方抛弃，她伤心欲绝，在幽会的房中终日哭泣，痛骂那负心寡义的薄情男子。这一切都被七尺屏风看在眼里，为女子复仇的怨念，令屏风变成了妖怪。

枕返

在无人的夜晚，越来越稀薄的睡意已罩住梦境，人们渐入梦乡。这时，一个小孩模样的妖怪蹑手蹑脚地出现了，它将熟睡者脑袋下的枕头拿掉，然后垫在脚下。这种恶作剧，被称为“枕返”（まくらがへし）。

别看枕返只是轻轻地翻动枕头，但已经令睡着的人改变了梦境，熟睡者的潜意识被操控，陷入了与现实的美好希望完全相反的悲惨梦中，如果不能及时醒来，将永远地沉沦在虚幻的世界里，失去方向，并永久地消沉下去。如果你做了这样的梦，那么醒来时，一定要重拍一下后背，将附在身后的枕返赶走，以后才能安心睡眠。

杖入道

游方的僧侣执着禅杖四处游历，如果耐不住清苦疲劳，破了佛的戒律，就会堕落魔道。那么他的禅杖也会随之变成大头的秃顶妖怪，这就是“杖入道”。

杖入道具有引路的本领，遇到十字路口时，只要放开手中的禅杖，沿着禅杖倒下的方向走就对了，它还能找到水源或矿脉。不过杖入道也有着将人导向地狱的魔力，对于它指示的方向，要小心谨慎哦。

机寻

机寻（はたひろ），典出唐诗“自君之出矣，不复理残机”。古时日本有位女子的丈夫离家远行，女子朝思暮想，长时间无心上机织布。织机荒废残破，变成妖怪“机寻”。机上每一根织线都化作一条蛇，游走出去替女主人寻找丈夫。

戟魔

戟，将戈和矛结合在一起，具有勾啄和刺击双重功能的一种兵器，战斗力相当强大。不过日本在冷兵器时代，很少使用到戟，戟魔就是被废弃的戟幻化而成。

与嗜血的日本刀不同，爱好和平的戟魔，每夜都在宽敞的大道中带着长戟，慢慢地踱来踱去。好战的人如果碰到戟魔，血会一滴一滴地从戟中流出来。这些血是好战

者的血，戟魔借此警告人们要珍惜和平。

胧车

在古代的日本，京都、奈良等大城市经常举行各种祭祀活动，诸如“祇圆祭”“葵祭”等。每当祭祀活动开始时，人们都争先恐后地涌上大街，一睹祭祀的风景。权贵们一般都乘坐华丽牛车出行观看。但道窄车多，于是争抢车位便成为司空见惯的事情。牛车彼此倾轧的战况非常激烈，甚至会有人流血丧命。“胧车”（おぼろぐるま）就是在争抢车位的斗争中，车轮因为染了太多的血，而变成的妖怪。

胧车外观是一对大木车轮，浑身缠绕着青绿色的火焰，移动速度不但快，而且冲击的力道也不可小觑。在月光朦胧的夜晚，赶夜路的人会在贺茂的大道上看到胧车，从正面看，平时悬挂帘子的地方浮现出一张巨大的女性脸庞，怒眼圆睁、大嘴横咧，满是万念俱灰的神情，似乎有无尽的怨恨要找人倾诉。

绢狸

绢，平纹织物，质地轻薄，坚韧挺括。日本的八丈绢是丝绢的上乘品类，绢狸（きぬたぬき）即由八丈绢所化。说起它变成妖怪的理由比较滑稽，八丈绢因为自身的品质、式样、剪裁都是一流的，就特别想让更多的人看到。可是丝绢没有脚走不了，于是它就变成了毛色华丽的绢狸，跑到街町、田野上炫耀，让每个人都能欣赏到自己。

棘琵琶

琵琶，拨弦类乐器，音域广阔、演奏技巧繁多，具有丰富的表现力。它那奇妙的音色据说可以呼唤灵魂归来。棘琵琶系用天上的圣木制成，腹内置两条横音梁及三个音柱，通体施有螺钿装饰，工艺精细；其音质铿锵饱满，音色清脆纯净。如果你有机会弹奏棘琵琶，天神们将陶醉其中，心神荡漾，愉快地保护你的家居安全。但倘若弹奏的曲调不和谐，琴弦发出断裂之音，琵琶便会狂乱地变成妖怪，使家运衰微。

云外镜

云外镜（うんがいきょう）是一种能映射出远方影像的镜子，从中可以看到人间

天上每一个角落的各种事物，类似于如今的电视，或是吉卜赛的占卜水晶球。云外镜的前身是一面花铜镜，历经五百年修炼，吸收天地灵气，幻化成为镜妖。

云外镜容易跟照妖镜混淆，因为照妖镜可以映照出肉眼看不见的妖怪，而云外镜也能照出怪异的脸孔。据说在阴历八月十五晚上，往水晶盆内注满水，将镜子平放在水面，若是映照出妖怪的模样，就表示这面镜子里住着妖怪。云外镜在照出妖怪的同时，也会吸收妖气变成它的样子。

草鞋怪

顾名思义，草鞋怪（ばけぞうり）就是家里的草鞋因年岁太大而变成的，其外形也是一草鞋样，鞋正中有只独眼，脚跟处伸吐着长舌头，看起来颇为滑稽。

草鞋怪对于人类完全没有危害，只不过喜欢搞点小恶作剧，比如用舌头舔你的新鞋子，让鞋子充满脚臭味，要是穿着这样的鞋子出门，真会令人尴尬不已。

钓瓶妖

钓瓶，是古时人们用来从井里打水的桶子，装有把手，只要将手放开，桶子就以飞快的速度“扑通”一声掉入井里头。而钓瓶妖（钓瓶おろし）就是身子似钓瓶的一种妖怪。它日常潜伏于大树上，一旦有行人从树下路过，就会以迅雷之势从树梢上飞快落下，将一个吊桶套到行人的头上，然后再拉上去咬死。

干完一票害人的勾当后，钓瓶妖会立即换个地方。若闲来无事，它就吊在枝头，上上下下地晃荡，口中喃喃自语着：“夜班上完了吗？要不要把钓瓶放下去呀？”

唐伞小僧

伞从古至今一直是人们生活中的常用工具，因此关于伞的鬼怪传说有很多。唐伞小僧即是由旧伞幻化成的妖怪，它在日本动画《鬼太郎》中经常出现，属于付丧神的一种。传说中，它是油纸伞放置一百年后变化而成，特点是单眼、吐舌，伞轴就是它的脚，因为伞轴只有一只，所以用单脚跳跃的方式前进。这种妖怪不会对人恶作剧，有时候还会穿着木屐出现，到处蹦来蹦去，挺可爱的哦。

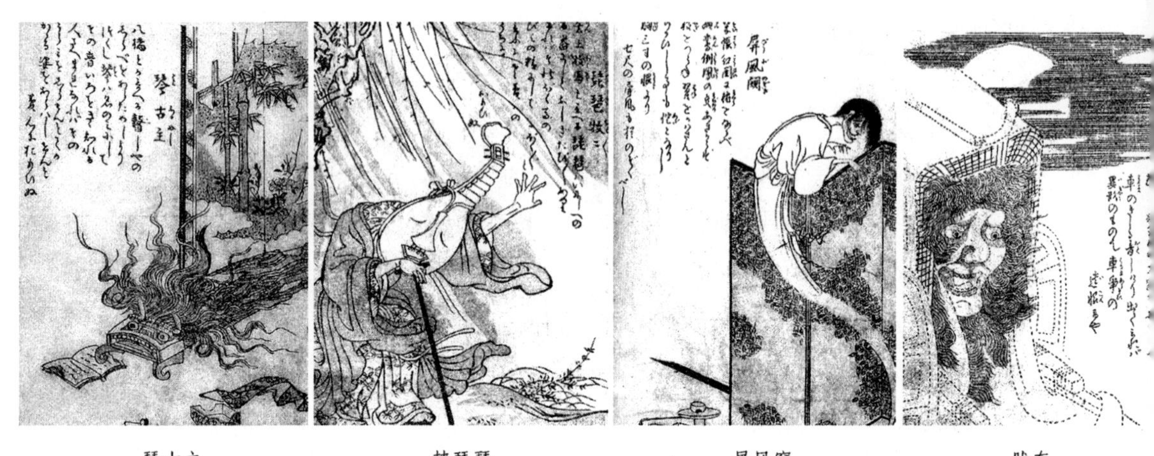

琴古主　棘琵琶　屏风窥　胧车

琴主死后，琴因为无人弹奏，化成了妖怪琴古主。琴古主常在深夜自行翻阅琴谱，弹出乐曲。

棘琵琶是用天上圣木制成的琵琶。如果弹奏出优美的曲子，天神便会保你家居安全；如果曲调不和谐，琵琶便会变成妖怪，使家运衰微。

被抛弃的女子日日哭泣，七尺屏风看在眼里，为女子复仇的怨念，令屏风变成了妖怪。

权贵们乘坐华丽牛车争抢车位，甚至为之流血丧命。车轮因为沾染了太多鲜血，变成了胧车。

细数百鬼——动植物之怪篇

入内雀

入内雀（にゅうないすずめ），又名人肉雀，是种相当危险的怪鸟。它的蛋比人的毛孔还小，肉眼很难察觉，所以它通常把蛋下在人类身上，当幼鸟出生后，就以人的内脏为食，直到吃空五脏六腑才飞出人体。还有部分幼鸟并不飞出来，而是用人的肉体作为掩护，接近其他活人，进而把人杀死。

另有一种说法认为，入内雀是三十六歌仙之一的藤原实方，在被贬为陆奥守后，其郁郁不平的意念所幻化的麻雀。当时的陆奥十分荒凉，实方从云端跌到谷底，心中苦闷难以纾解，最后失意死去，怨念纠结于魂魄中，化为麻雀。由于一心想返回京都，这雀经常飞入皇宫，啄食天皇的御膳。此外还会吞噬农作物，造成饥荒。

镰鼬

镰，即镰刀；鼬，一种身体细长、四肢短小的哺乳动物。“镰鼬”（かまいたち），是有着两只镰刀般的大爪子，如同鼬一样的妖怪。它一般出现在山洼处，走起路来就像突然刮起的一阵旋风，锐利的爪子伴着凛冽的山风，刮打在人身上，如刀割一样。风停后人们会发觉手脚上都是伤痕，伤口有时甚至会深及骨头。刚被割时，伤口既感觉不到疼痛，也没有流血，但过不多久，剧烈的疼痛就会袭来。

由于镰鼬善于驾驭风，顺理成章地成了狂风的象征。在日本岐阜县，人们认为风中的镰鼬，其实共有三只。它们动作迅速，联手出击恶作剧：第一只先用狂风把人刮倒，第二只立即在人的大腿上割出伤口，再由最小的一只迅速给人涂上疗伤膏药，由于整个过程相当快，以至于人们产生错觉，以为是自己擦伤的。

木魅

“登高峰兮俯幽谷，心悴悴兮念群木。见樗栲兮相阴覆，怜椳榕兮不丰茂。”这首赋所颂的，就是木魅（こだま）。

中国人和日本人都相信，山里的高龄树木具有灵性，经过年深日久吸收日月精华后，便会成精。木魅，又称树魅、木灵，就是高龄的老树变成的妖魅。它的外表与普通大

树没什么两样，但实际上有灵魂住宿其中，具有不可思议的神通力。如果有人打算把树推倒或弄伤，那个人乃至全村的人都会遭遇很大的灾难。因此木魅世代受到所在村落的保护，据说老人们都能以直觉识别出它。

人面树

人面树（にんめんじゅ）生长在人烟罕至的密林深处，粗壮的树干分支出诸多树杈，树杈上开满花朵。盛开的花犹如人脸一般，默默无语，只是不停地微笑。笑过后，满树繁花便纷纷凋谢。接着，颗颗丰盈的果实露了出来。起初只是普通的果实，黄色、透着血红，越长却越奇怪，果实的表面开始凹陷凸起，渐渐有了形状，变成了五官的样子。眼是丹凤眼，鼻是高挺鼻，嘴唇似樱桃，耳朵如月轮。最后，每个果实上都浮现出一张清晰的人脸，在绿叶的簇拥下露出孩童般的笑面。

关于这不可思议的树，还有一个传说：江户时期有一名男子的心上人去世了，男子痛不欲生，寻找种种法子希望与恋人重逢。他听信邪鬼之言，将女子的头颅种入后院中。四十九日后，院内长出一树，百日之后树上开花，一年后结出果实。这罕见的果实竟然全部都是女子的人面，顿时轰动了江户城。官府认为这是妖孽作祟，派军队围剿妖树。男子苦苦阻拦无果，就狠下心放了一把火，与人面树一起悲壮地消逝于烈火中!

地震鲶

“鲶鱼闹，地震到”是日本的一句谚语。日本处于环太平洋火山地震带上，常年多发地震，时不时的地动山摇，是日本人永远的心头大患。这自然也投映到了妖怪文化中。在古代，日本人就注意到了地震前鲶鱼的反常行为。传说民间乡村的泥沼水池中生活着一种土鲶，平时绝不动弹，打它踢它都不动。但只要它一动，就预兆着地震即将来临。因此日本人称之为“地震鲶”。后来这一传说升级到更高版本，日本民众普遍相信地球就是靠一条巨大的鲶鱼支撑着的，鲶鱼不高兴时，尾巴一甩，就造成了地震。著名的绘画形式“鲶绘”，描绘的就是人类对神鲶或搏斗或祭祀的场面。

铁鼠

铁鼠（てっそ）又称赖豪鼠，是平安时代说书人最喜爱的题材之一。它的来历据《平安物语》所载：

白河天皇与皇后中宫贤子极其恩爱，他们迫切希望能得到一位皇子，无奈贤子多年不孕。天皇听说三井寺有个法力极灵验的僧人，叫赖豪阿阇梨，便将他召来，命其代为祈愿求子，并应允“事若有成，奖赏尽可由你说，无不恩准”。

赖豪阿阇梨回到三井寺，尽心尽意地祈祷了一百天，中宫果然有孕，于承保元年(1074)生下了敦文亲王。天皇大悦，询问赖豪想要什么赏赐。赖豪答道：“望得天皇敕许，于三井寺建立戒坛。”

天皇正在兴头上，一时爽快，立即答应了。但他却忽略了三井寺位于比叡山侧，天台宗延历寺即在此处。当时延历寺正与三井寺争夺天台宗宗主之位，如果建了戒坛，必然引发延历寺和三井寺的全面械斗，天台的佛法将就此衰败。天皇事后仔细一想，认为此事不妥，就反悔了。

赖豪阿阇梨闻得天皇收回成命，怒不可遏，喷血骂道：“皇子乃我费尽心力祈愿得来，如今天皇负我，吾将携皇子往魔道去矣。”语毕，七日不进水米，绝食毙命。当晚，敦文亲王枕边出现了一个白发妖僧，握持锡杖站立在床前。天皇大惊不已，令比叡山僧侣祈福攘祸，但毫无效验，敦文亲王仍然在第二年就夭折了。

从此，天台宗完全分立，山门(延历寺)和寺门(三井寺)结怨更深。赖豪的怨气与愤恨化作八万四千只铁牙老鼠，直逼比叡山，一夜之间将延历寺的经文教典咬得稀烂。

鵺（鵼）

在汉语中，鵼（ぬえ）这个汉字比较罕见，《广韵·东韵》云：“鵼，怪鸟也。”鵼在中国的时候，是一种似雉的巨嘴鸟，以树洞为巢。它善于判断人之善恶，善人一生都会得到它的保护，恶人则会被它用大嘴啄死。

鵼流传到日本后，被写成“鵺”，其形象也做了改变：鹰的利爪、虎的斑皮、乌鸦的体色、黑天鹅的翅膀、鳗鱼的尾巴，并且有着牛的力量(另有一说是：猿头、狐身、蛇尾、虎足)。它整夜整夜地发出不吉的悲鸣声，听到这种声音的人，会像中了毒气一样死掉。因此日本人认为鵺是不吉利的鸟。再加上“四不像”的形体，“鵺”这个字遂被用来比喻态度或想法都含含糊糊的人或事。

就是这么一个形象模糊的怪物，在日本历史上却多次出现，备受关注。一条天皇时，三十六歌仙之一的藤原实方，因为当殿与权臣藤原行成争吵，并将行成的冠帽掷于庭下，

犯了大不敬罪，被贬为陆奥守。实方郁郁不满，在 998 年含怨而死。然而，肉体的消逝却无法带走藤原实方盘旋于空中的怨念。不久，日本全国各地都出现了猿首狐身、虎足蛇尾的怪鸟——鵺，它们像蝗虫一般到处啃食庄稼，甚至肆无忌惮地啄食清凉殿上的御膳。

藤原实方怨死整整五十年后，鵺灾越闹越大。1153 年，平安京皇宫突然被一大片黑云所遮盖。近卫天皇急忙召群臣商议对策，但是一切祈祷和加持都没有作用。于是天皇派出了当世武勇第一的源赖政去降魔除怪。

赖政虽然英勇善战，但面对异界魔物心里也没什么底。在卫士的建议下，他先来到八幡神社祈愿，得到了一个“大吉”的卦象，由此信心大增，整甲厉兵，昂然出征。

到了丑时时分，黑云又出现了，照样遮蔽在宫殿之上。赖政定睛一看，云团中现出无数鵺鸟的身影。它们从天而降，双眼圆睁、嘴巴大张，卷起阵阵旋风，来势极为凶猛。赖政弯弓搭箭，口诵“南无八幡大菩萨”的名号，一箭射去，将为首之鵺射了下来。

可是，鵺的死尸又引起了瘟疫等传染疾病，人们便将其放入空舟，自淀河顺流而下，漂到了泽上江的渚。当地的村民唯恐大祸临头，虔诚地祭奠并将鵺的尸体埋葬，这里从此就被称为“鵺冢”。

白藏主

古时候，在甲斐梦山的山脚下，有一个叫弥作的猎人，依靠猎杀狐狸取其皮贩卖维生。梦山里的年长白狐，因为弥作杀了不少它的子孙，对弥作怨恨入骨。

梦山附近有座寺庙，唤作宝塔寺，住持白藏主是弥作的伯父。白狐变化为白藏主，去弥作那里，郑重其事地劝告道：“杀生之罪必造业障，你还是放下屠刀吧。我这儿有一贯钱，你拿去用，以后不要再捕狐了。”但弥作很快就把一贯钱花光了，如果不捕狐狸，就无以为生。于是他决定去宝塔寺向伯父再要些钱。白狐知晓此事后，先行一步来到寺中，将真正的白藏主咬死，然后变身为他，把弥作哄了回去。从此以后，白狐就一直以白藏主的身份在寺内当住持，长达五十年之久。

然而，有一次白狐外出赏樱时，正撞上某公卿出行狩鹿。白狐的身份被猎犬“鬼武”和“鬼次”识破，当场被咬死，现出了原形。人们害怕它死后作祟，为其建了“狐狸社”祭祀它。从此狐狸变化的法师，或行为像狐狸的法师，都被称为“白藏主”。

日本有妖怪研究家认为，白藏主名字中的“白”以及其作为猎人伯父的身份，都

镰鼬

铁鼠

鵺

镰鼬是有着两只镰刀般的大爪子，如同鼬一样的妖怪。它会刮起旋风，在旋风中用锐利的爪子，给人的手脚留下很多伤痕。

白河天皇时代，三井寺高僧赖豪阿阇梨为天皇祈子，以交换天皇敕许，在三井寺建立戒坛。但随后天皇反悔。赖豪绝食而死，怨气与愤恨化作八万四千只铁牙老鼠。

一条天皇时，藤原实方与权臣藤原行成争吵，被贬为陆奥守。实方郁郁死后，怨念变成猿首狐身、虎足蛇尾的怪鸟——鵺。

是一种暗示。因为“伯”既是“人”和“白”的合成字，也可认为暗喻了白狐化人。

细数百鬼——人里之怪篇

泥田坊

泥田坊（どろたぼう）是福井县传说已久的妖怪，主要分布于北陆一带。它居住在田地里，生前是个可怜的老农，没日没夜地辛苦劳作，好歹置下了一片良田。可他的儿子却游手好闲，花天酒地，把田地全卖光了。老农操劳一生却一无所有，为此愤恨不已，死后化成了妖怪“泥田坊”。出于农民热爱土地的本性，泥田坊固执地守护着自己的土地。如果田间有人劳作时偷懒，它会突然从田地里钻出来，大声吆喝着提醒人们要勤力工作。

泥田坊最明显的特征，是原本眉下的两眼已经退化消失，但其眉间另外长了一只眼睛，类似于三目童子和二郎神的天眼。此外，它双手都各有三根手指，这三根手指，是五个手指（即智慧、慈悲、瞋恚、贫贪、愚痴）中的后三个，即缺失了良性的智慧和慈悲，只剩下后面三个恶性的象征。

根据福井县当地居民的说法，当深夜独自一人路经某些田地时，常会遽然发现田亩的正中央站着泥田坊漆黑的人影。这个黑影一边不停地喊着“还我田来”，一边向行人丢掷泥巴。这些泥巴相当腥臭，若是不幸被丢中的话，臭味将至少持续两三天才能褪去。

袖引小僧

在日本，“小僧”的意思是小鬼、小家伙。引，是拉、拽之意。袖引小僧（そでひきこぞう），就是拉袖子的小鬼。它属于幽灵族的一种，头大身子小，常出没于琦玉县附近，是个喜欢恶作剧的妖怪，琦玉县的居民几乎无人不知它的大名。黄昏时分，如果穿着和服或者浴衣走在偏僻小路上，四周又悄无一人，被袖引小僧戏弄的可能性就相当大。这时会突然感到衣袖被人从后面拉了一把，但转过头却又看不见任何人的踪影。继续再走的话，又被拉，转身看，依然没人……这都是神出鬼没的袖引小僧捣的鬼，它最喜欢看人们被自己捉弄得疑神疑鬼的慌张表情。

袖引小僧的前身是一个没有多少朋友的寂寞小孩，所以在外玩耍不回家的小朋友要是遇到了袖引小僧，小僧就会从背后强拉住小朋友的衣袖，口口声声哀求说：“来陪我玩嘛。”小朋友如果真的留下来，就永远也别想回家了。

震震

震，震动；震震，形容因寒冷、害怕等原因而哆嗦震颤的样子。不过，震震并不是自己哆嗦，而是吓唬人，让别人哆嗦。人们因为遇到恐怖的事情，而胆怯、浑身颤抖、起鸡皮疙瘩，就是由于震震的存在而导致的。

由此可见，震震其实就是“瘟病神”，利用人类的恐惧心理来作祟。它常常出没于墓地、荒郊、洞穴等令人不寒而栗的地方，出现时带着无限怨恨的表情，用冰冷的手指抚摸人的脖子或后背，把人吓得半死。

震震分雌雄两种，雄性震震会从女性的衣领处钻到衣服里面，受到侵袭的女性，身体将变得冰凉，直至背过气去。而雌性震震专门攻击男性，它浑身雪白，近乎透明，半浮在空中，长发呈碎波浪状。一旦认定某人是胆小鬼，就会钻入那人的体内，伸出冰凉纤细的手，抚摸此人的后脊梁，被吓的人往往心胆俱寒，惊恐不已。

日和坊

相传在日本茨城，有一个妖怪叫日和坊（ひよりぼう），长得似布偶一样，有一个像太阳的圆圆大头，脸色红红的，只有在晴天时，它才会出现。村民们每次遇到日和坊，就知道数日之内必定都是晴天了，比天气预报还准。

本来晴天对人们心情的影响是良好的，不过物极必反，古人多从事农耕，时常需要雨水滋润田地，如果连续十天半月都能见到日和坊，就说明连续数月都不会下雨了！所以有时候日和坊也被看成是旱灾妖怪。

舞首

镰仓时代中期，神奈川县有三个落魄的武士相约到小酒馆喝酒，他们平时虽然要好，但经常喜欢为一些小事争执半天。这天，不知为了什么他们又吵了起来，三人都已经喝了不少酒，借着酒意，越争越气，肝火乘着酒势越烧越烈。初时还仅是口角，后来

便拔出刀互斩起来。从酒馆打到海边，结果三败俱伤，三颗头颅都落了地。这三个被砍下来的头掉进了海里，头发纠结缠绕，捆成一体，化成了妖怪“舞首”（まいくび）。

此后每逢涨潮之夜，波涛汹涌，三个狰狞的头颅就飞到半空中，露出森森白齿互相撕咬，浪声中依稀还能分辨出三个鬼头彼此斥骂的声音。

一反木绵

“反”，是日本量度面积的单位，以长度而言，“一反”大约有 11 米。“木绵”即棉花，这里指的是以棉花制成的棉布。“一反木绵”（いったんもめん）就是一块长达十一米左右的棉布妖怪。

一反木绵能在空中飞行，据称只要有人在夜间独自行路，它就会无声地飘忽而来，然后突然缠住人的脖子，使人窒息而死；或是卷起人的身体迅速飞上半空，再重重摔下。其身体质地奇特，用刀枪之类的利刃加以物理攻击，不能伤其分毫。唯有用黑铁浆染黑的牙齿，才可以把它咬开。因此，一反木绵出没频繁的地区，男性都有染黑齿的习惯。

豆腐小僧

豆腐小僧（とうふこぞう）来自鹿儿岛，模样是个头戴大圆盘斗笠、身穿和服的小和尚。他的头部四四方方，异常地大，脚却只有两趾。别看他表面上和蔼可亲，其实是个非常乖僻阴险的妖怪呢。每逢清晨，他便手捧一盘可口的豆腐站在大道上，友好地劝路过的人们吃豆腐，那样子特别诚恳。如果有人抵不住美食的诱惑，吃了那豆腐，身体里就会长出霉来！

火车

生前恶贯满盈的罪人一断气，尸体旁立刻出现一辆燃烧着熊熊烈火的车子，这就是火车（かしゃ）。它专门负责拉载恶人的尸体前往地狱，即使是已经装进棺木的尸体，火车也会打开棺盖把尸骸夺走。这些尸骸会被切割成一块一块地抛入地狱，而灵魂则被火车做成糯米团享用。

小豆洗

小豆，就是红小豆。在日本各地的河边或桥下，人们常会看到一位身着黑衣的怪

豆腐小僧

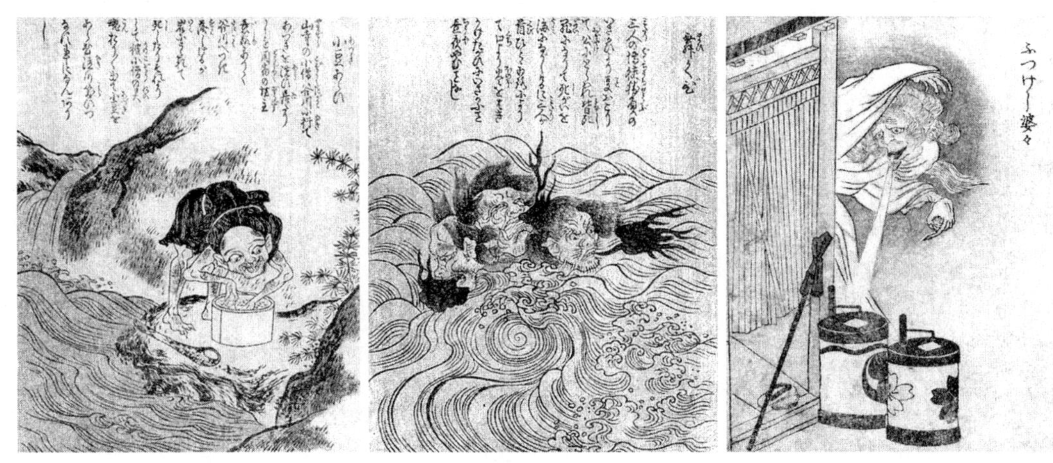

小豆洗　　舞首　　火消婆

豆腐小僧来自鹿儿岛，模样是个头戴大圆盘斗笠、身穿和服的小和尚。谁吃了他捧的豆腐，身体里就会长出霉来。

身着黑衣的怪婆婆，在河边淘洗红豆，她就是妖怪“小豆洗”。小豆洗会将所磨的豆子做成红豆饭送给饥饿的人吃。

镰仓时代，三个落魄的武士为小事争斗，三败俱伤，三颗头颅掉进海中，头发缠绕，捆成一体，化成了妖怪“舞首”。

日本民间传说，火消婆能够控制火势，使其不再蔓延。

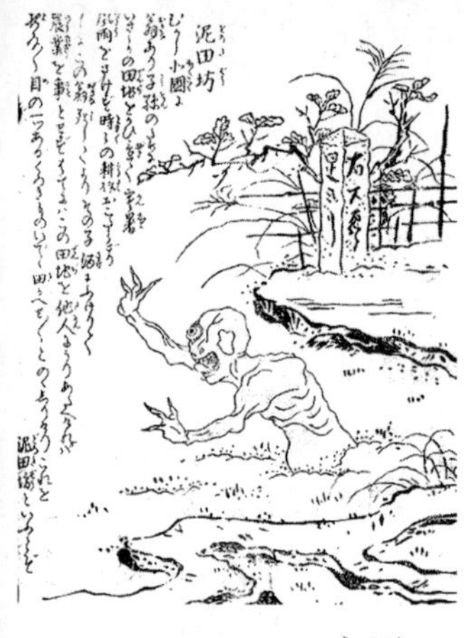

泥田坊

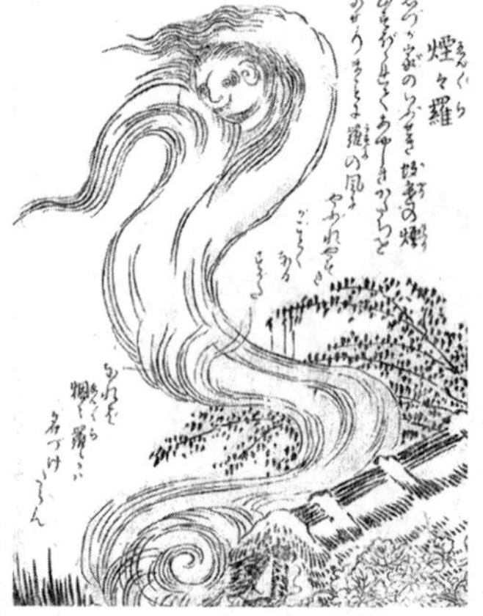

烟烟罗

震震

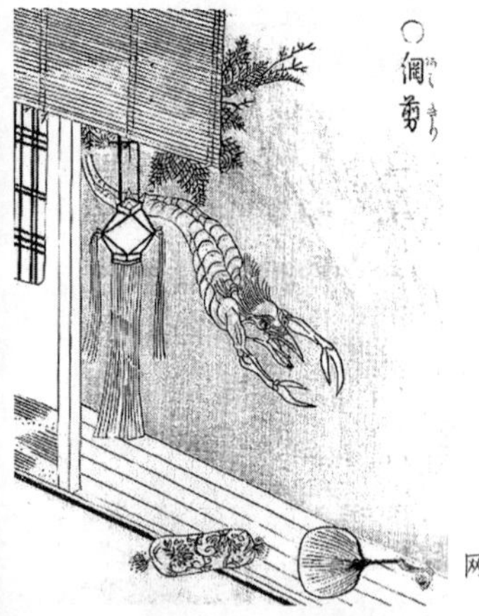

网切

泥田坊生前是可怜的老农，好歹置下的良田却被儿子卖光。因此，泥田坊固守土地，如果有人劳作时偷懒，它会大声吆喝，提醒人们要勤力工作。

烟烟罗是寄生于烟的妖怪，可以幻化成各种形态，但什么具体的事情也不能做。

人们在遇到恐怖的事情时，就会打哆嗦，浑身战栗，这就是因为震震在作祟。

网切身体像虾一样弯曲，有着鸟喙般尖尖的嘴，以及螃蟹一般强而锋利的大螯。它是贫家女孩所用的剪刀化成，能四处乱飞，剪划渔民的网、人们晾晒的衣服、女子的头发等。

婆婆，弯着腰，在“沙沙沙”地淘洗着红豆。不过其大而圆的眼睛并没有看着红豆，而是瞪着远方，似乎期待着什么人的到来。有时她还会龇牙咧嘴，唱起“是洗赤豆呢？还是吃人肉呢”的歌谣。她，就是妖怪“小豆洗”（あずきあらい），也有人叫她“洗红豆婆婆”“筛赤豆婆婆”“小豆磨”等。

其实，“小豆”是个相当庞大的妖怪族群，相互之间并没有太严格的界定和区别，目前比较常用“小豆洗”或“小豆婆”来作为这个族类的形象代表。一般情况下，小豆婆属于好妖怪，不但不会危害人类，还会将所磨的豆子做成红豆饭送给饥饿的人们吃。但是，如果有人试图从正面去看小豆婆长相的话，就会被其抓住，然后用筛子磨成肉粉吃下去。她身边的赤豆桶里放着一根孤拐棒、一个笊篱，既用来洗赤豆，又用来杀人。

另外，在大多数的文学作品中，都认为失恋的女孩在河边带着怨恨洗红豆，因为怨念积累甚重，身体化成了无数的红豆。红豆逐个散裂开来，又都化为浓浓的血水，血水蒸发后所形成的怨气，最终便聚集成妖怪小豆洗。

狂骨

狂骨（きょうこつ）是居住在古井里的骨骸妖怪，相传是被弃尸于井中的冤死者所化。若在寂静的深夜从荒凉的古井边经过，会听见从古井中传来嘎嘎嘎的可怕声音，令人寒毛直竖。狂骨就在这恐怖的声响中飞舞而出，它浑身以白布包裹，骷髅头下挂着单薄的骨架，一边浮荡在空中，一边对路过的行人轻声说：“喝水吧！快喝水！”如果照它的意思喝了水，便可无事离去；胆敢拒绝的话，狂骨浑身的骨头便发出格格的响声，接着跳起狂舞。看了舞蹈的人，如中邪魅，将立刻疯狂并投井自杀。

日本著名小说家京极夏彦曾以此为题材，写了一部名为《狂骨之梦》的长篇小说。

火消婆

火灾发生的原因多种多样，有自然的因素，也有人为的结果，但并不是所有火灾都能找到源头的。有些莫名其妙的火灾，常常超出人类知识的范畴，这类火灾一概被归诸为神的无名怒火，称为“不知火”。只有“火消婆”（ひけしばばあ）才能控制不知火的火势不再蔓延。在民间传说中，无论多大的火势，只要火消婆出现并吹上一口气，就能立刻熄灭。

发切

发切是出没于理发店的妖怪，它的双手和嘴部，均呈利剪形，相当锋利。它最拿手的小把戏是趁人理发时，偷偷溜到身后将人们的头发剪下来，令头发变得稀稀落落、斑秃不平，即俗称的“鬼剃头”。

烟烟罗

人烟稠密的地方，总有各种烟：炊烟、香烟、烟雾、烟花、烟尘……烟烟罗（えんえんら）就是一种寄身于烟的妖怪，由于烟飘渺无形，随风变幻，所以烟烟罗也可以幻化成各种形态。它最常出没的地方是灶间、篝火、烟斗上，出现后会让人视线模糊，面前朦胧一片。不过烟烟罗纵有一身的变化，却什么具体的事情也做不了，只能凝成一股薄薄的烟，笼罩着天地间的惆怅。

网切

网切（あみきり），又名剪刀怪、网剪，身体像虾一样弯曲，有着鸟喙般尖尖的嘴，以及螃蟹一般强而锋利的大螯。这对前肢上的巨螯，极具攻击性，是网切赖以生存的利器。

网切的前身是贫家女孩使用的剪刀，古人认为“身体发肤受之父母”，不能轻易舍弃，特别是女孩子的头发，就如生命一样宝贵。但也有一些女子为生活所迫，不得已剪下自己的头发拿去卖，以此换取生活费。她们边哭边剪下自己的头发，泪水滴在剪刀上，凝聚悲哀与怨恨的剪刀便化成了妖怪“网切”。

相传网切能够在空中自由自在地飞翔，没有人的时候，就四处划剪渔夫用的网、民家洗完晾在外头的衣服等，以此试验自己的剪刀还利不利。特别是在蚊虫肆虐的炎热夏季，网切还会潜入民居卧室用大螯将蚊帐剪破，让蚊子可以从破漏的洞中钻进去吸取人血。此等行径可谓颇为神经质。

出于嫉妒心理，网切也时不时地窥视有钱人家的千金小姐，将她们的头发剪掉，直到她们成为光头为止。

川赤子

川赤子（かわあかご），又名“河婴儿”，是一种栖息在沼泽或池塘地带的妖怪，

发切

发切是出没于理发店的妖怪，它的双手和嘴部均呈利剪形，非常锋利。它常会趁人理发时，偷偷将人们的头发剪下来。

一般由三到六岁左右的河童分化而来，在某些地方也被称作“川太郎”、“川童”。

川赤子总喜欢在夜晚时，隐藏在野外的草丛中，装出婴儿的哭声来欺骗路过的行人。要是有好心人寻声前去查探，川赤子刻意布下的圈套就得逞了。行人会被婴儿的哭闹声亦步亦趋地引向附近的沼泽地，随后双足会陷入泥潭中难以自拔，直至遭受灭顶之灾。川赤子的这种行为完全不像善良的河童族，应该算是族内的败类。

提灯小僧

提灯小僧（ちょうちんこぞう）是宫城县传说中的妖怪，其形象有两种，一是手持灯笼、面色赤红的十二三岁少年模样；二是人灯一体，“头即为灯”的形象。提灯小僧常出没于仙台的城下町，每逢下雨时，他就会从夜路的后方跑来，超越行人，而后突然停步，又返身跑回。就这样反复来回地奔跑数次，而后消失不见。

提灯小僧对人类并无危害，但传闻他出现的地方，会发生杀人事件。

江户城本所也有提灯小僧的传说，只是此地的提灯小僧不单是前后折返跑动，也会围绕在行人左右及身边跑动。行人要是追他，他就会迅速消失不见。

第四章

幕府迷梦——源平合战，嗔痴怨念

小引：时代背景

随着社会生产力的提高，日本庄园制度不断发展。进入10世纪后，律令制趋于衰微和蜕变，在社会经济发生重大变化的基础上，自9世纪中叶迄11世纪下半叶，外戚藤原氏擅权，贵族长期占据统治地位。与此同时，伴随庄园制成长的新兴武士势力在10世纪登上历史舞台。武士势力的核心是地方庄园领主阶层，他们逐步演变成封建的军事农奴主。号称“武家栋梁”的源平两氏，展开了争夺国家权力的激烈斗争，这一斗争持续到了12世纪末。

随着武士阶层的全面崛起，势微的天皇被逐渐架空，武家政治得以建立和发展。1192年，在源平两氏斗争中胜出的源赖朝，被朝廷任命为征夷大将军，随即于镰仓开创日本第一个象征武士统治的幕府政权，史称“镰仓幕府”。由此出现了天皇朝廷（公家）和武家政权并存的局面。

1333年，以后醍醐天皇为首的宫廷贵族用武力推翻了镰仓幕府，次年改元建武，史称“建武中兴”。但后醍醐天皇轻视武士利益，引发武士豪族广泛不满。1336年武家巨头足利尊氏起兵反叛，攻入京都，建立了第二个幕府政权，史称“室町幕府”，后醍醐天皇逃至吉野。足利尊氏在京都拥立光明天皇，称北朝；后醍醐天皇则在吉野建立自视正统的南朝，日本进入长达半个多世纪的南北朝对峙时代。1392年南北朝和议，两朝以南朝后龟山天皇让位给北朝后小松天皇的形式实现合并。足利氏的室町幕府统一全国。

从12世纪末到15世纪中叶，“镰仓幕府”和“室町幕府”这两个以武士阶层为骨干力量组织的政权，期间自然免不了杀伐争战。历经一次次名存汗青的著名战役，涌现出了诸多功勋赫赫的名将；而动荡的时事，也让贵族、公卿们普遍产生命若浮尘的幻灭感，他们就像中国魏晋时的名士那样，崇尚谈玄说怪，试图在虚无荒诞中寻求生命的真相。因此这一时期的日本神幻传奇，多以名将风流及怨念怪谈为主，同时民间的妖怪文化和妖怪文学也不断发展。

值得一提的是，13世纪初，生动、写实、朴素的武家文化里，诞生了以源平合战为背景的小说《平家物语》，是日本古代军记物语的最杰出代表作。

悲秋，镰仓战神之挽歌——源义经

大河奔流的年代，
多少志士战场上策马扬鞭；
多少剑客刀光中偷换流年。
源氏义经长枪如雪，
平家英雄豪气似炎；
武藏坊弁庆有如翔龙在天，
静御前凄美恰若樱花绽放。
磅礴的历史长河中，
风云儿女，
唱尽大风立潮头！

为什么日本人喜欢樱花？因为樱花开得美，散得却更美！没有任何花像樱花一样，在随风逝去的一瞬里，在袅袅落下的弹指间，显现出一种近乎妖艳的、凄凉的绝美风情。

源义经就像樱花。他的人生灿烂而又短暂，如疾风般来了又去。有关他的一切，如今都已成了传奇。

出生即悲剧

公元1159年，时值日本平安时代末期，国家大权掌握在地方大藩源氏与平家手中，两族为了压倒对方，互相间勾心斗角，已纷争多年。就在这一非常时期，源氏当主源义朝的第九子出世了，这个孩子的小名叫牛若丸，就是日后大名鼎鼎的源义经。

源义经一生悲剧，这一切从他出生那年就已开始。这一年，源、平两家为了各自的盛衰兴亡，展开了一场倾尽全力的豪赌，著名的“源平合战”揭开序幕。在史称“平治之乱”的第一回合较量中，历史掷出的骰子选择了平家，源义朝兵败身亡。失势的源氏一门，不得不接受败亡的命运。义经的母亲，有“明眸祸水，流离美女”之称的京都第一美人常盘，抱着才满周岁的牛若丸，冒着寒风大雪潜逃。但平家当主平清盛已下令要把源家满门抄斩，正在重兵收捕源氏后裔。为了保存源氏一丝血脉，常盘忍辱负重——“即使肉体的节操交给仇人，内心的节操还是属于义朝的。”——带着这样的想法，她携子自首，并下嫁仇敌平清盛。平清盛贪恋常盘天仙般的美貌，便忘记她是敌家的侧室，答应不杀常盘的三个孩子。这样，源义经和他的哥哥，后来建立镰仓幕府的源赖朝，才得以保住了性命。十三岁的源赖朝，被流放伊豆。从此，源氏一族没落，平家一族则扶摇直上，他们广占朝廷要职，事实上形成了平家独裁政权。

天狗授业

牛若丸长到七岁时，平家已是权倾朝野，跋扈不可一世。常盘为免儿子遭平家暗害，将牛若丸送入山城国鞍马寺，出家做了沙弥，法名“遮那王”。

据传说，鞍马寺中寄宿着一种神物，唤作“鞍马天狗”。这天狗是日本神话中一个半神半妖的人物，他红颜、白发，长着个长长的鼻子，有千钧之力、百般神通、万种计谋。由于遮那王时常跑到山中练剑，惊动了鞍马天狗，他在暗中考察了一段时间后，认为遮那王是个可塑之才，于是化身为剑术家鬼一法眼，倾囊以授，教给遮那王六韬三略、剑道和妖术等艺业。聪明的遮那王白天用功读书，夜里跟大天狗学艺，他将所学剑术融入日本刀独特的用法中，自成一脉，创立了赫赫有名的“京八流”（又称“鞍马八流”），其支流一直流传至今。

日子就这样在勤学苦练中一天天地流过，至十六岁时，遮那王已长成一个文武双全，如同女性般俊美的青年。这时，寺中的僧人圣门坊将他悲惨的家世全盘告知，遮那王的心中，从此便只有一个念头：打倒平家，复兴源氏！

1175 年，遮那王跟随商人吉次离开鞍马山，开始云游生涯，并准备到伊豆与被放逐的兄长源赖朝会面。途中，遮那王加冠成人，并取源氏代代相传的“义”字，以及初代先祖源经基的“经”字，正式改名为“源九郎义经”。

收服战鬼

乱世之中，源九郎义经毅然踏上复仇之路。在旅途中击退来袭的山贼，令义经崭露头角。之后不久，游侠四方的他陆续收服了许多忠心耿耿的家臣，其中最著名、最为后人所津津乐道的，是收服了号称“战鬼”的千人斩武僧——武藏坊弁庆。

传说中，武藏坊弁庆呱呱落地时，就是一个长有头发和牙齿的巨婴，由此被父母视为不祥的妖物，称之为“鬼若”，弃于比叡山。长大成人后，弁庆流浪各国，处处碰壁，被天下人所不容。十七岁时，落发为僧的他来到了京都，站在五条桥上，见到佩刀的人就上前挑战，进行“刀狩”，赢了后就让那人把铭刀(铭刀就是刻有铸刀师名字的刀，通常都是好刀)留下为记，号称要“夺千刀”才罢休。搞得人人畏惧，尽皆绕道而行。

就在弁庆收集了九百九十九把铭刀时，游侠四方的源义经来到了京都五条桥。弁庆把义经腰里插着的折扇误认为刀，便莽莽撞撞地举起长长的薙刀，冲上去要和义经决斗。源义经将手中的扇子扔向他，然后飞身跳上桥栏杆，忽前忽后、忽左忽右，像燕子般施展出轻灵的刀技。弁庆虽然膂力过人、武勇强横，但却处处受制、攻而屡挫，最后被义经以柔克刚击败。

经过这场惊心的搏斗，先前从未一败的弁庆彻底拜服于义经的武艺和胸怀，从此成为义经最强悍的部下，同时也是最忠心的死士家臣。他追随义经征战多年无一败迹，立下赫赫战功，被誉为“战鬼”、第一人间凶器。前半生是恶名昭彰的凶僧，后半生却是智勇双全的忠臣，如此强烈的反差，使弁庆为源义经的传奇生平更增添了浓烈的戏剧性色彩。

“战神”诞生

收服弁庆后，源义经结束了云游生涯，到日本东北部奥州的割据势力藤原秀衡处安顿了下来。秀衡于数日前已梦见黄金鸽子飞来，而鸽子乃源氏氏神八幡神的信使，因此视之为大吉兆。当他见到义经后，立刻为义经的才华和风姿所折服，深信义经必能成就大业。而藤原氏的将领佐藤忠信、佐藤继信、伊势义盛等，也都诚心归服义经。义经在秀衡的庇护下迅速成长为一名杰出的武士。治承四年（1180），复仇的机会终于到来：义经的兄长源赖朝组织了“坂东武士团”，在伊豆起兵，讨伐平家。二十二岁的义经热血沸腾，立刻与弁庆等家将率三百骑南下，历经种种艰险，在黄濑川与源赖朝见了面。源赖朝以源氏先祖源义家得亲弟弟源义光襄助为例，誓言与义经一起消灭平家、共报父

仇。义经深受感动，热泪盈眶。从此，他就以武将身份协助兄长打天下，号称为“九郎主”。从鞍马天狗处学到的兵法和韬略终于可以在真正的战场上大显神威了。

当时，源氏另一支血脉源义仲已率先讨伐平家，其大军势如破竹，把平家势力赶回了西国，并进入了京都。义仲的声势虽如旭日初升，人称“旭将军”，但他是个大老粗，擅权而又对公卿无理，还纵容部下劫掠京师，导致民心尽失。源赖朝趁此机会，下令源义经为先锋，以讨伐朝贼的名义进京消灭源义仲。义仲猝不及防，急忙将仅有的五万部队撒开来，巩固宇治川一线的河防。

东国军队浩浩荡荡杀来，主持正面作战的是源赖朝异母弟弟、源氏著名的饭桶将军——源范赖；而配合从侧翼进攻的六万部队，则由义经指挥。水位高涨的宇治川抵挡不住士气高涨的东国武士，义经部下的关东名将佐佐木高纲和梶原景季率先跳入冰冷刺骨的河水中，将士们不顾如雨的箭矢，拼命向河对岸冲去，防守的义仲军很快就被击溃了。义仲在撤退途中被杀，义经领着六骑直奔皇宫，为皇室压惊。见到如此娇美而又英姿飒爽的义经，崇尚美学的皇室和公卿都无比陶醉，对这名符合贵族审美观的青年充满了好感——但这，却间接导致了义经日后死无葬身之地……

源氏的内战，令平家得以喘息并重整旗鼓。他们招募关西诸国武士，在摄津一之谷建立根据地，预备反制源氏，夺回京都。不久，统一了源氏内部的源赖朝返回镰仓，源义经则驻守京都。后白河院任命源义经为朝廷命官，义经未先知会主事者源赖朝而接下官位，此举种下日后悲剧的种子，也让源赖朝开始对弟弟产生猜忌，但在战事为先的考虑下，源赖朝仍旧在沙场上重用源义经。此时的源义经武艺之高、兵法之妙已是“只应天上有”了。在西征平家的过程中，他以神鬼莫测的奇袭数度扭转战局，立下汗马功劳！

1184 年 2 月，源赖朝以范赖为总大将，领兵六万为正面部队，义经领兵一万为策应部队开拔西征。首阵进攻平家的根据地——播磨一之谷。源义经骑宝马“大夫黑”，率家将翻过鹎越险崖直插一之谷的后方，发动奇袭，以七十骑疾攻入平家本阵。平家猝不及防，阵脚大乱。义经破敌七千余骑，斩杀平家大将九人，创下了军事史上一大奇迹。这一战役后来被称为“一之谷合战”。

从一之谷合战中逃生的平家军，挟持幼小的安德天皇在四国的屋岛重新集结。而恐惧义经兵略和武勇的赖朝，将义经调离了前线。此后的一年间，源氏陆军和平家海军在西日本反复鏖战。最后，既没有强大海军也没有精明头脑的范赖被平家阻遏于屋岛，无法再前进一步。源赖朝没有办法，只好重新起用义经。

1185 年 2 月，经周密筹划后，义经自京都起程前往摄津，整备战舰，目标直指平家屋岛。但就要出航之际，暴风雨来袭，部下们皆认为不宜冒险。义经力排众议，亲统三百勇士乘坐五艘战船，在急风骤雨的掩护和帮助下，只用了两个时辰就在屋岛的胜浦登陆。

天色微明时分，义经眺望平家阵营，发现平家赤旗浩荡、军容壮盛，自知不能力敌，只能智取，于是便在周围村庄放火，在大雾中竖起多面源氏白色军旗，制造大军袭来的假象。平家做梦也没有想到源氏会在这样一个风浪险恶的日子渡海，见状大惊，以为一之谷奇袭再现，惊慌不已。义经趁势抢滩上岸，呐喊着杀入敌营。平家军队大乱之下，自相践踏，狼狈败退，仓皇登船而逃。此战不但造成濑户内海被源氏夺去，也使原先效忠平家的地方武士集团一一向源氏输诚。平家重振的希望彻底破灭了。

战败的平家军逃至长门彦岛，在平知盛的指挥下继续抵抗。1185 年 3 月，双方在坛之浦爆发海战。由于平家擅于海战，而且潮流对平家有利，所以一开始平家占了上风。逆流进军的源氏舰艇则如陷泥沼，成为平家箭阵的活靶。此时义经心生妙计，下令集中箭矢狙杀平家的水手及舵手，此战术虽然违背了当时不成文的战争规则，却令平家舰队失去机动能力，动弹不得。正午过后，潮流改变，源氏军顺势靠近登船，展开白刃血战，最后全歼擅长海战的平家军。值得一提的是，平家勇将平教经在此役中奋力追杀义经，逼得义经连跳八船而逃。平教经最后挟两名源氏猛将跳海，壮绝而亡。平家的其他重要人物眼看无幸，纷纷跳海自杀。年仅八岁的安德天皇也带着宝玺、神剑投海而死。长期纷争的源平合战终于结束，源氏复兴，平家连同锦绣一般的平安朝一起灭亡了，日本历史从此进入镰仓幕府时代。

盛极一时的平家，被称为“不入平家休为人”的平家，竟然在不到两年的时间里就输掉了天下。这只能归功于一个人，那就是源义经。他非凡的军事才能在一系列的战役中发挥得淋漓尽致，并且绝无仅有地百战百胜。他的名字由此传遍了全国，被百姓们誉为“战神”！

兄弟反目

天才在凡人的眼里不是可敬的，就是可怕的。在源赖朝的眼里，源义经就属于后者。实际上，赖朝对弟弟义经早就瞧不起了，他轻视义经出身低微，认为自己的母亲出身

官家，而义经的母亲则是杂仕（下级宫女），娘家无官位，所以不把义经看作自己的弟弟，而是看作家臣。家臣就应受自己支配，不能超越家臣的界限。但是战绩显赫的义经此时已成为天皇的新宠臣，他如同鬼神一般活跃也已经威胁到了赖朝的当主地位。

当源义经押解平宗盛父子凯旋时，却在镰仓城外的腰越接到赖朝的命令：不准进城，只需交出人犯即可。因遭兄长猜忌而深感痛心的义经，于1185年5月24日，在腰越的满福寺写下著名的“腰越状”，委托赖朝的亲信大江广元代为转交，想以最后的哀诉来表达自己绝无异心，以及手足情深的真挚情意。然而这些都徒劳无功，义经虽然善战，却并不了解险恶的政治和人心。他的善良在乱世中过了头，身处纷乱的年代，拥有领导者的才干却没有王者的野心，必将招来灾祸。

在强烈的嫉妒之下，源赖朝终于将毒手伸向了自己的兄弟。首先，无能的范赖被迫自杀；接着，赖朝又派刺客行刺黯然返回京都的义经，但没有成功。在一连串的兄弟反目和各种波折之后，赖朝发布了讨伐令，亲率大军征讨在京都驻守的义经。义经还执著于源氏栋梁身份，不愿骨肉相残，无奈中离开京都，开始了逃亡生涯。

高馆魂断

在奈良和京都的山野间四处躲藏、饱受颠沛之苦的义经，明白如此下去绝非长久之计，遂决定投奔当年鼎力相助、于他犹如再生之父般的奥州领主藤原秀衡。1187年2月，源义经乔装成苦行僧，踏上千里迢迢的路程。

身边只剩不足十名家将，走在冰天雪地里的源义经此际已是英雄末路，悲凉、绝望、无助笼罩着他。在历经“若蹈虎尾、涉于春冰”的千难万险与考验后，义经终于抵达奥州，藤原秀衡仍旧给予义经大力援助，并安排他们在高馆（又称衣川馆）驻居下来。

得知义经已投奔奥州，源赖朝对秀衡文攻武吓，但秀衡不为所动，以不惜一战的决心力拒源赖朝。赖朝暗忖藤原秀衡实力可畏，只得按兵不动，从长计议。

尽管义经在藤原秀衡的情义庇荫下暂时得以安身，但造化弄人，1187年10月，藤原秀衡因病辞世。虽然他临终前再三叮嘱长子泰衡要以优礼善待源义经，然而在老谋深算的源赖朝不断威逼利诱下，新任奥州领主藤原泰衡终于屈服，于1189年4月30日清晨，命家臣长崎太郎率五百骑突袭高馆。

被围困在行馆内的义经家臣们，抱着必死的觉悟，舍命奋战，各自斩杀多人后壮烈战死或自刃。忠臣弁庆为了保护主人，死守大门寸步不退。他挥刀如舞，杀得血雾弥漫、

源义经与弁庆

源义经是源义朝之九子。源平合战后，源氏败亡，源义经因母亲忍辱下嫁仇敌而得保性命。随后，他收服了号称“战鬼”的千人斩武僧——武藏坊弁庆，以非凡的军事才能襄助乃兄源赖朝击败平家，建立了镰仓幕府。随后，他遭到源赖朝的讨伐，剖腹自尽。源义经的一生，短暂而绚丽。作为悲剧性的英雄，他和弁庆的形象，化作传说种种，在日本广泛流传。

遍地尸骸。敌军近战不得，于是弓手尽出，万箭齐发，弁庆身中无数乱箭仍不动如山，宛如佛教的护法金刚般傲然屹立，嘴角似笑未笑。敌军未知弁庆生死，一时间无人敢上前探查。最后弁庆被一匹马撞倒，众人方知弁庆早已身亡。此事日后成为一个历史典故，即著名的“弁庆立往生”。

家将们相继战死，义经则以死于泰衡家臣的手中为耻，不愿出战，独自进入佛堂中诵经，做自尽前的准备。天下之大，已无义经立锥之处。能使群雄束手，却不能见容于一人。走投无路的源义经，唯有念着“南无阿弥陀佛”引火烧馆，剖腹自尽。在他临死前，他的心里会涌起鸟尽弓藏的悲凉吗？他会感到人生寂寞如雪吗？俊雅、英武的一代名将源义经就这样在熊熊烈火中结束了大起大落的一生，终年三十岁！

义经的爱妾静，被捕送到镰仓后，跳着白拍子舞，唱着“吉野山岭踩白雪，行踪不明梦断肠。卑贱茎环反复绕，但愿昔日变今日”的歌曲泣绝身亡，时年二十二岁。芳魂葬于高柳寺。义经与静的爱情悲剧，成为日本传奇文艺里经久不衰的题材，仿佛我国的霸王项羽和虞姬一般。

凡是美好的事物，也许上天在让他辉煌之后，都要亲手毁灭掉吧！纵观源义经的一生，是如此短暂而又绚丽，犹如天上的彗星一般，在历史长河中耀出刹那光辉然后又快速地消失无踪。但就算在他死后，人们还是继续以传说来述说着他的一生。他那极为坎坷的身世、极高成就的武学、过人的战略机智、场场必胜的战绩，以及悲凉的人生结局，完全符合神话一般的悲剧英雄的宿命格局。而人民大众从来就偏向于同情悲剧式的英雄，所以尽管史学家普遍认同源赖朝的成就，但义经和弁庆的形象，却化作传说种种，以净琉璃、歌舞伎、幸若舞、谣曲等形式，广泛流传于日本民间的大街小巷中。

这样一个身处时代巨浪巅峰、经历过万丈波澜的男儿，他的身影却是如此的孤寂……

历史的长河奔腾而去，掠过的沙地下，埋藏着一曲曲男儿的豪迈赞歌！

梦幻花——平敦盛

“人间五十年”是日本能剧《敦盛》中的名曲，也是日本最著名、最脍炙人口的历史典故之一。这段名曲背后的事迹不但在日本，在中国和韩国也被年轻人津津乐道。因为一代枭雄织田信长，在他璀璨人生的起点“桶狭间合战”以及终点“本能寺之变”时，都曾经悲怆激昂地吟唱过这段歌谣（事见本书第五章）。歌词原文如下：

思へば、この世は常の住み家にあらず。

草葉に置く白露、水に宿る月よりなほあやし。

きんこくに花を詠じ、栄花は先立て、無常の風に誘はるる。

南楼の月を弄ぶ輩も、月に先立つて、有為の雲にかくれり。

人間五十年、下天のうちを比ぶれば、夢幻の如くなり。

一度生を享け、滅せぬもののあるべきか。

日文“人间”，有“人生”之意。这首名垂后世的佳作，是后人为纪念源平合战时慷慨赴难的平敦盛所创。它吟唱出了世事的变幻无常，唏嘘感慨浮生如梦幻泡影，自问世之日起就受到历代英雄豪杰、文人公卿的推崇与赞赏。敦盛死后四百年，这段唱词的后半段更作为战国霸主织田信长的辞世歌而广为传诵。将它翻译为汉语，意为：

常思人世飘零无常，

如置于草叶之朝露、映照水中之明月。

咏叹繁花似锦，未待赞美已随风凋谢；

南楼赏月之名流，亦似浮云消逝于黄昏。

人间五十年，放眼天下，去事如梦又似幻。

虽一度受享此生，焉能不灭而长存！

这其间还包含了一个凄凉而风雅的故事，记载于长篇战争小说《平家物语》中：

话说源平这两大武士家族，乃是世仇。以太政大臣平清盛为首的平家一门，遍布朝野，权倾天下。奢靡浮华的生活，使他们逐渐失去了武士的刚勇血性，终日沉醉于音乐诗歌当中，与平安朝以来的腐化公卿如出一辙。平敦盛是平家的旁支，官至从四位。他虽是男儿身，却玉面俊美、姿容端丽，更兼多才多艺，擅吹横笛，是京城上上下下都为之击节倾倒的风雅人物。若能长在朝中，也许会成为一位杰出的音乐家。

然而身负血海深恨的源氏一族起兵发难，在“战神”源义经的率领下，一路攻无不克，势如破竹。鼙鼓雷响，雅乐无用。颓废腐朽的平家完全无力抵抗，一败再败，至 1184 年 2 月，爆发了著名的一之谷合战，年仅十六岁的平敦盛披挂上阵，参加了这场战役。

大战前夜，平敦盛辗转难眠，便披衣而起，取出心爱的名笛“小枝”，幽幽吹奏

一曲，以平定澎湃起伏的心境。夜深月高，四野无声，优美的笛声被风送得很远很远。不仅本军阵中，就连敌方士兵也纷纷醒来，侧耳倾听，被之深深打动。

源氏阵中，有一猛将名叫熊谷直实，虽是武人，倒也颇通音律。他凝神细听，不禁拍案叫好："不想平家阵中，竟有如此风雅之人。大战将发，坦然吹笛，而笛声清澈动人，无丝毫涩滞紊乱之迹。"不由得对吹笛者心生敬意。

次日大战爆发，源义经率数十骑突袭平家大营。腹背受敌的平家兵将以为源氏大军已到身后，心胆大怯，士气低落，纷纷跳到海里，向停靠在海边的战船上逃去。源氏军从后掩杀，斩首无数，血流成河，平家军全面崩溃。

平敦盛见大势已去，急忙催动胯下马，奔入水中，正准备登上战船，忽听身后有人疾呼道："前面的武将，临阵脱逃，不感到羞耻吗？何不掉转马头，与某家大战一场，分个胜负，如何？"敦盛回头望去，但见一员白旗武将（平家红旗，源氏白旗）正在岸边立马叫阵。此人正是熊谷直实，一路追杀平家败兵到此，远远看见敦盛大铠华丽，料想定是大将，因此喝骂挑战。平敦盛血气方刚，闻言分开海水，回马登岸，舞刀与直实战到一处。两人马打盘旋、刀光相激，杀得好不激烈。那直实本是关东有名的猛虎，武艺精熟，敦盛不过是初上战场的少年，十几回合一过，就被直实打落马下。直实跳下马来，拔出肋差（锋利的短刀），按住敦盛，就欲割下敌将的首级。不料掀起头盔，直实见到敦盛的容貌，不由倒吸一口冷气，僵在了那里，难以动手。

原来敌将不但年幼，与直实的孙辈相近，更兼眉清目秀、丰神俊雅，虽含羞忍辱，却并无恐惧之色。直实登生怜悯，再一低头，看到了插在敦盛腰间的"小枝"，问道："莫非昨夜吹笛，清澈悠扬，音感我阵的，就是你这个少年吗？"敦盛缓缓点头。直实再也不忍下手，放开敦盛，说道："你还年幼，何苦来到阵前厮杀，枉送性命？我今放汝归去，从此专研音律，再不要到血腥的战场上来了。"

可是平敦盛毕竟是武家之后，不肯失节，说道："我乃平家大将、春宫大夫敦盛，并非不懂事的小孩儿。我不上阵则罢，既然上阵，身为平家武士，岂能贪生怕死？你武艺高强，打败了我，就割了我的首级领功去吧。源平两家，世代为仇，何况战场之上、两阵之间，岂能对敌人存有怜悯之心？"直实反复劝说，无奈敦盛死志已决，坚持不肯离去。就这么一耽搁，身后喊杀之声渐响，源氏大兵已然汹涌而至。直实心想，我军业已杀到，我不杀他，他也必被人杀，到时不知会再受什么无端屈辱，岂不反是我的罪过？于是一咬牙，挥肋差割下了敦盛的首级。可怜无双佳公子，就此魂归极乐。

平敦盛

源氏与平氏的“一之谷合战”中，年仅十六岁的平敦盛披挂上阵。大战前夜，平敦盛辗转难眠，取出名笛“小枝”，一曲之下，连敌方将士也侧耳倾听，被之深深打动。次日大战爆发，平敦盛被源氏大将熊谷直实打落马下。熊谷直实见平敦盛年幼，又丰神俊雅，不忍取他性命。但平敦盛不肯失节，最终被熊谷直实割下了首级。熊谷直实杀死平敦盛，忍不住哀伤哭泣，感叹人生宛若梦幻，遂悄然离开战场，落发出家。

熊谷直实杀死平敦盛，忍不住哀伤哭泣。他望着敦盛遗下的“小枝”，感慨少年俊彦，顷刻化作离魂，宛如梦幻；又想到人间生老病死，痛苦良多，忧患无尽，不禁万念俱灰。遂悄然离开战场，落发出家，法号“莲生”。

敦盛殉难、熊谷出家的史事，后来被民间艺人改编为凄绝的能剧故事，到处传唱，其中的哀婉意境为日本人民所普遍喜爱。人们都把满腔同情和怜惜，寄托于敦盛这位千古难得的翩翩美少年身上，甚至还将一种兰花也命名为“敦盛草”，称之为“梦幻中的梦幻花”。

天狗

“天狗”一词来源于《山海经·西山经》：“阴山……有兽焉，其状如狸而白首，名曰天狗。”最初的天狗是可以御凶的吉兽，后来演变成形容彗星和流星。古人将天空奔星视为大不吉，所以天狗也变成了凶星的称谓。在日本，最早关于天狗的记载见于《日本书纪》，因其形貌也被称作“天狐”，相貌与《山海经》中所述形象相差无几。佛教传入日本前，天狗的形象属于“鸦天狗”，也就是鸟形尖嘴，是山岳森林信仰的化身。但从镰仓时代起，日本的天狗慢慢走上自己的演变之路，并最终衍化成日本山林妖怪中最具震慑力的代表。

日语里中国式的天狗读作“てんく”，而日本式的则读作“てんこう”。日文汉字也作“万骨坊”。天狗随着唐朝商人漂洋过海，传入日本后，融入了当地的山岳信仰，在列岛上渐渐成了气候，并开始本土化转变。由于日本是一个以山地为主的国家，善于幻想的大和民族出于对深幽山林的恐惧，所以将天狗的居所世世代代都设置在深山里。同时对本应是神明的天狗进行了很大程度的扭曲，先是外貌的改变：镰仓时代的《是害坊绘卷》描绘了天狗与天台宗僧侣大战，结果败退的景象。在这个故事里，来自中国的天狗军团向日本的天狗求援，但是日本的天狗摆出一副傲慢的态度，即日语中所谓的“自慢”“鼻高高”。由此可见，最初天狗鸟喙人身的形象，到了此时就转变为“鼻高天狗”，其最大的特征就是长鼻子。而内容丰富的《今昔物语集》中亦有十则关于天狗的故事，天狗会幻化成佛、僧、圣人等，可以说是从文学层面上，确立了天狗的新形象。这种形象是佛教传入日本后，排斥原有天狗形象的结果。

天狗的另一种形象来源，来自修验僧。古时不少修验道的信徒幽居于深山中，进行艰苦的修行。在百姓眼里，他们的生活方式和持之以恒的修行，使他们渐渐地与山之灵气相融合，获得了超人的神通力，成为大圣者。人们慢慢地将修验僧当成了山神的化身，而修验僧为了宣传及强化他们的信仰，用天狗来命名。天狗因此便有了守护神的形象。

最终，天狗的诸般形象开始融合，并形成了一个被广泛认同的固定形象：它们的脸通常是大红色，大长鼻子，威严怒目，手持宝槌或者团扇，穿着修验僧服或武将盔甲，脚踏高齿木屐，腰际配有武士刀，身形十分高大。天狗一般都住在深山里，背后有一双翅膀，可以自由地翱翔于天空中。修行高的天狗具有难以想象的怪力和神力，不但能读懂人心，大声说出人心所想的东西，还能使用各种幻术，无所不能，有着令人恐怖的力量，举手间就能将人类撕成碎片。其手中的团扇只要轻轻一挥，便可将多棵大树连根拔起，其威力可见一斑。

中国的传说里，日食、月食现象被说成是“天狗食日、吞月”，日本天狗虽然并不吞月，却时常在满月时出没于深山中吃人。所以古时日本的老者都会叮嘱小孩们不要在十五月圆时到山谷里乱跑。日本现在仍有许多这样的禁山。到了后世，更产生了天狗出现便会招致天下大乱的说法。

正因为天狗是日本妖怪中相当强悍的一种，具有高危险性，而且有着很强的性格特征，情感波动起伏大，所以对于一些离奇事件或无法解释的现象，也往往把账算在天狗头上，于是就有了“神隐”“天狗倒”“天狗笑”“天狗砾”等等传说。据说天狗会把迷失在森林中的人拐走，所以古人称小孩无故失踪的事件为“神隐”，顾名思义就是被神明（天狗）隐藏起来了。当失踪的人被找到时，地点大多在难以攀登的高山、大树上，他们言之凿凿地声称是天狗背着自己飞到了山上、树上。而那些不再回来的人，则被认为永远留在了天狗的身边。宫崎骏名作《千与千寻》的日文原名，就叫《千と千寻の神隠し》。这种推论，可能与天狗的法宝“隐身蓑衣”有关，再次显示了天狗在日本人心中亦正亦邪的性情。

天狗的形象在日本经历了一系列变化，与之相应，其身份也不断改变，有山神、修验僧、妖怪等，从中既可看到日本神道教的影子，亦有佛教传入日本后的影响。从

天狗

天狗的脸通常是大红色，大长鼻子，威严怒目，手持宝槌或团扇，身着修验僧服或武将盔甲，脚踏高齿木屐，腰际佩有武士刀，身形非常高大。天狗一般都住在深山里，背后有一双翅膀，可以自由地翱翔于天空中。在日本，天狗不单代表恶，有时也会代表善。

早期传递凶兆的妖怪，转变为自然的守护者，这并不表示天狗是可驯服的。一旦得罪它，它也会变回作祟者。不过，作为山野神性与诡秘性的具象化表现，天狗比其他妖怪的地位多少要高一些。它并不只代表恶登场，还有相当多时候是以善的形象出现的。其中最有名的大概就是鞍马山天狗了，它在源义经七岁之际收留了他，教他武功、兵法和法术，最终使义经报仇雪恨，成就一番大事业。

日本天狗的来历，有多种说法。有的认为修行未臻火候、态度傲慢的山僧，死后会变成天狗。这些修行者因有佛性而免于堕入地狱、饿鬼、阿修罗、畜生四道，但因无道德心也无法升入天道，最终被放逐至六道轮回之外的天狗道。

另一种说法认为天狗是古代日本人对流星的恐惧与敬畏，并套用了中国神话中的天狗这个名称。日本书纪中记载着钦明天皇时，曾有夹带着巨大雷声的流星划过天际。僧旻对天皇说：那不是流星，是天狗（流星にあらず、これ天狗なり）。这时的天狗意象虽没有明确地被指出，但根据僧旻所说的天狗的读法，应该可以认为天狗一词进入日语之初时，并非人的形象。

第三种说法是天狗是古代中国传到日本的一种叫“天草”的药材的音变，这种叫“天草”的植物日文读做てんぐさ，它不同于日本地名、人名中“天草”あまぐさ的读法，由于这种植物传到日本后很快传播开来，てんぐさ的名字也就这么叫开了，传着传着てんぐさ就变成了てんぐ，转化成日文汉字就是“天狗”二字。

天狗的数量极多，据《天狗经》记载，曾有十二万五千五百只天狗居住在松元地方，所以在天狗中也有类别和等级之分。崇德天皇是它们的最高首领，然后依次是雷天狗、大天狗、小天狗，而鸦天狗和木叶天狗则是最底层的下属。

雷天狗道行高，是具有最强力量的天狗王。而鸦天狗的数量则最多，因其外形酷似乌鸦而得名，是大、小天狗的手下，有着乌鸦般的尖嘴，也有对翅膀，两脚可以站立，和中国的雷震子造型颇为相似。它们浑身黑色，手持武器，经常在山林中袭击人类。

犬神

犬神（いぬがみ），又称狗神、犬神统，是九州岛、四国一带势力庞大的妖怪。

它的外形与天狗有几分相似，但更像是狼犬所化，青褐色的皮肤、锋利的爪牙，面貌狰狞。作为雷系的妖怪，它拥有较高的地位，头上还戴着一顶象征身份的小官帽，可衣裳却穿得破破烂烂的。

犬神的正体被认为是死后留在世间徘徊不去的狗灵。犬神拥有犬类的一切特质：行动迅捷、嗅觉灵敏、强大忠诚，而且还很善于把握人类内心的思想，能洞察到嫉妒或是憎恶等不良的念头，并利用这一点来附身人体。

犬神经常作为“式神”，被阴阳师们召唤。但犬神的灵力很高，万一主人本身的灵力无法压制它，便有可能发生“逆风”，被它反噬。

犬神最可怕的一面，是它被作为蛊毒使用时。西日本被公认为是犬神的聚集地，那里除了犬神数目众多外，还有一部分专门操控犬神的人，称为“犬神使”。犬神使为了驱使犬神，常取犬的灵魂进行养蛊。他们首先将活生生的狗儿埋在土里，只露出狗头，然后将美味食物放置在狗的面前，使其垂涎。狗想摆脱束缚吃到食物，就会拼命挣扎，但越挣扎越吃不到，只能眼巴巴地望着。当其饥饿的痛苦和想吃的欲望达到顶点时，犬神使猛然一刀砍下狗头，丢到很远的地方。如此所产生的狗怨灵就会积聚不散，停留世间。犬神使以巫术操纵之，用于诅咒伤人，这就是“犬神之蛊”。

被犬神蛊附体的人，通常会精神混乱，丧失自我，并在昏迷的状态下不由自主地产生歇斯底里的行为，做出一些常人难以理解的事情，或是莫名其妙地发高烧、全身疼痛难忍。更严重的甚至会倾家荡产，死于非命。

一旦被犬神附体，不能找医生诊治，应立即请祈祷师祓除，还有说法认为必须由放蛊的犬神使才能解毒。被犬神附身的女子，在结婚生育后其子女将成为真正的犬神。所以在四国的一些乡村，都要对新娘进行检查，看其是否为犬神附体。

不过，被犬神附身并不一定全是坏事，如果家里有人在被附身后，及时地祭祀犬神，犬神会留下名为“犬神持ち”的东西给这家人。有了犬神持ち，你就是犬神的友人，想要什么都能得到。而且当你与人争吵时，心中强烈的恨意与愤怒将立刻传达给犬神，犬神会帮你去咬对头人。

犬神的操纵权，一般由家族世代继承，继承人称为“犬神筋”。普通人在祭祀犬神时，一定要邀请犬神筋来主持仪式，倘若对他们不尊敬的话，就会遭遇灾祸。

道成寺的吊钟

佛说：人生有八苦，第七苦是“求不得”。有所欲求而不得满足，实在是令人备受煎熬。道成寺的吊钟，讲的就是求之不得、因爱生怨的故事。

道成寺位于纪伊半岛西部的岬角，据说是在8世纪初，奉当时的文武天皇敕命而修建，是纪伊国（和歌山县）最古老的寺院。后因“安珍·清姬”之传说而闻名遐迩。

安珍是鞍马寺的僧人，相貌英伟俊秀，吸引了远近不知多少怀春的女子。他每年都要苦行到熊野圣山参诣佛法，途中总要在一位富商家歇宿。富商是礼佛之人，因此每次安珍来，皆殷勤招待，他的女儿清姬也在一旁帮忙。

年复一年，渐渐地，清姬长大了，到了思春的豆蔻年华。不知何时起，她爱上了美男子安珍，日日倚门翘首，期待着安珍上门。她不顾安珍已经身入空门的现实，发誓一定要与安珍结为夫妻。

这一年，安珍如期登门。清姬躲在暗处痴痴地望着他，只见他虽然风尘仆仆，却依然丰神俊朗、举止翩翩，不由得晕生双颊，一颗芳心怦怦直跳。当晚夜半时分，月色迷离，按捺不住闺情的清姬闯入安珍的房间，大胆求爱说：“日夕慕君，相思愁苦；想是前世因缘注定，妾愿以此身托付君心，君可愿与妾身结缡？”

安珍大惊失色，他是一个德行高尚的修行者，又有戒律的束缚，怎能动妄念凡心？于是再三向清姬阐明心中虔诚向佛之意。但清姬柔情蜜意，苦苦痴缠，就是不肯离去。安珍无奈之下，将身边带的佛像送给清姬，假意敷衍说：“修行之后，我即回来与你欢聚。”清姬信以为真，喜悦不已。

次日一早，安珍起身告别，清姬反复叮嘱，请他参诣完一定要回来。安珍随口答应，说少则三天，多则七日，定然归来相聚。

安珍走后，清姬每天都痴情地抚摸着安珍所赠的佛像，梦想着美好的未来。然而，苦等了整整七日，安珍却渺无影踪。清姬坐立不安，跑出家门，到各个路口、渡口询问有没有见到如此这般的一位俊美僧人？有人告诉她，那僧人已经径直向前去了。清姬无论如何不相信，但每个人都这样答复。因为安珍形容出众，令人印象深刻，所以很多人都记得他。

相依相守的心愿落了个镜花水月。遭到欺骗的清姬恨由心生，发疯般往前方追赶

安珍。她一路狂奔不息，失了木屐，散了束发，破了衣裳，如花似玉的少女，渐渐变得面色青黑，憔悴不成人形。终于，在日高河畔，她追上了正准备渡河的安珍。

哪知安珍见到披头散发的清姬，恍若目睹厉鬼，急急拔腿便跑。清姬既惊且怒，心中怨恨如火山爆发。她狠狠地将佛像摔进河里，水面荡漾，清姬一望水中，见到自己的容颜竟好似鬼魅般丑陋。原来痴嗔爱怨，已经让她的五官扭曲不堪了。

趁清姬自怨自艾之际，安珍逃上了日高河渡口的最后一艘船，顺流而去。可怜的清姬人不像人、鬼不像鬼，伤心欲绝地在河边来回彷徨，眼睁睁地看着安珍就要消失在视野尽头。她急火攻心，灰心绝望，一咬牙，纵身跃入滔滔日高河，刹那间，体内所积累的怨念愤憎，竟使她化为身长二丈的大蛇，一口气游上了对岸。

安珍一路疲于奔命，躲藏进了道成寺。大蛇清姬也一路尾随，追进了寺。安珍恳求道成寺里的众僧帮忙，凑巧殿内正在补修钟楼，卸下吊钟搁在地上，众僧便将安珍藏在吊钟里。

清姬大蛇血目焰口，甚是可怖，众僧吓得纷纷走散。她一边吐着蛇信，一边爬上石阶，寻遍了寺院里里外外。此时她的嗅觉已比凡人灵敏许多，见每间僧房都空无一人，而一口大吊钟内却隐隐散发出人气，便料定安珍是躲在吊钟里。她将身躯节节盘曲，绕成七节，缠住吊钟，企图由上而下将大钟掀开。但大钟沉重坚固，根本无法掀动。清姬无可奈何，又不甘就此离去。执拗的她怨安珍背弃诺言，恨有情人偏逢薄情郎，内心的怒火难以抑制，终于喷薄而出，令身躯燃起了熊熊烈火。吊钟被这怨念之火烧得通红。

燃烧的爱到了极点就成了深恨，和心爱的人不能同生，那就同死吧！清姬神情哀切，泪中滴血，血色殷红。转而又游下山，回至河边，昂首沉水而死。

吊钟的大火熄灭后，寺里的僧人合力把吊钟打开，钟内的安珍已烧成了焦炭，只有念珠一串仍执于掌中。

因为狂热炽烈的爱，清姬变容为鬼、化身为蛇，追逐着爱，可最后得到了爱人的性命，依然得不到真爱。众僧和乡民们无不唏嘘感叹。过了数日，道成寺的住持做了个怪梦，梦见两尾纠缠在一起的蛇，其中一尾向住持说："我就是在吊钟内被活活烧死的安珍，因为在地狱与恶女结为夫妻，无法成佛。请住持超度我等二蛇，脱离苦道。"

住持第二天真的为他们举办了盛大的法事，并手书《寿量品》，念诵《法华经》超度安珍、清姬。当晚，住持又梦见一僧一女合掌致谢道："我等因师慈惠，今已升天。

清姬在日高河畔追上了正准备渡河的安珍

鞍马寺的僧人安珍，相貌英伟俊秀，富商家女儿清姬对其爱慕不已。安珍一心向佛，但清姬反复痴缠，安珍只得虚以委蛇，答应她定会归来相聚，其实却径直前行。清姬随后发疯般追赶，终于在日高河畔追上了准备渡河的安珍。安珍逃上渡船，顺流而去。满心怨念的清姬，竟然化身为二丈长蛇，追随而去。安珍逃进道成寺，众僧将他藏入寺钟之下，清姬化身的大蛇缠住寺钟，燃起怨念之火，将吊钟烧得通红；随后自己沉水而死。

多谢大师超度，我们会护佑道成寺的。”

这段故事后来被完整地绘制在道成寺的寺宝——《道成寺缘起》上，该绘卷完成于 1427 年，长四十米。《今昔物语集》和人形净琉璃剧、动画片《道成寺》等文艺载体也对此记叙详尽。

只为一句承诺，便要生死看待。此刻还是春风和煦情窦初开，彼时便已翻作修罗炼狱怨海沉浮。美丽的清姬、逃避的安珍，痴怨的爱情、千年的道成寺，还有寺里那悠悠的钟声，一切的一切都随着绵绵的清水，流向了天际……

黑冢鬼婆

日本的鬼，根据身体颜色的不同，分为青鬼、赤鬼、白鬼、黑鬼等。它们头上长犄角、口中生獠牙，身躯高大，腰间系虎皮兜裆布，挥舞着带刺大铁棒。日本最早关于鬼的记载，出现于《日本书纪》中，齐明天皇驾崩于朝仓宫时，朝仓山上出现了一个戴着大斗笠的鬼。不过这些都是男鬼的形象，从本节开始介绍的黑冢鬼婆、山姥、丑时之女等，则都是日本传说中著名的女鬼。

镰仓幕府时，在京都的某公卿府邸里，有位名叫“岩手”的乳母。她殷勤忠实地照顾着府上的千金，一手将小姐抚育长大。她视小主人如同己出，呵护备至，有着血浓于水的深厚感情。

可是，在那个战乱频仍的年代，疫病横行、缺医少药，即使贵为公卿之女，也难逃病魔纠缠。小姐不幸身染重病，身为乳母的岩手为此心疼不已，她下定决心，无论如何都要治好小姐的病。于是就去请教一位据说相当灵验的占卜师，占卜师告诉她：“要治愈小姐的病，必须用孕妇的新鲜生肝当药引才行。”岩手虽然认为这是件很残忍的事，但看到小姐痛得死去活来的可怜样子，她就把心一横，决定外出寻药。临行前，她忍痛将自己八岁的亲生女儿托付给他人照顾。

但是孕妇的生肝并非易得之物，岩手找遍了邻近的地区，依然找不到。她就起程向远方去，不知不觉来到了奥州安达原。安达原是一片无边无际、空旷寥落的荒野，放眼尽是蒿草，道旁有一栋用奇岩怪石堆成的岩屋，供行旅者暂歇落脚。岩手就在岩屋里住了下来，等待孕妇经过，伺机下手。

安达原荒凉萧瑟、人烟罕至，连普通旅人都很少经过，更何况是孕妇？但岩手坚信有志者事竟成，日复一日地耐心等待着，就这样度过了十年的漫长岁月。

一个晚秋的日暮时分，一对年轻的夫妇来到安达原，要求在岩屋留宿一晚。男的名叫伊驹之介，女的名叫恋衣，已经怀有身孕。当晚，恋衣忽然腹痛起来，这是快要临盆的前兆，伊驹之介连忙跑去邻近村落寻找产婆。岩手见机不可失，手持柴刀冲进屋中，剖开了恋衣的肚子，取得了新鲜的肝脏。

恋衣完全没想到会有飞来横祸，她临死前一把抓住岩手，幽怨地说道："为了寻找自幼在京都分别的母亲，我才来到这遥远的奥州，谁知今日命丧此地。既然命该如此，我拜托你一件事。"说着从怀里取出一道护身符，交给岩手，又说："这是当年我母亲离开京都前，交给我的纪念品，如果你能见到她，就代我跟她说一声，我好想念她！我母亲是京都公卿府里的乳母。"说完腹部一阵剧痛，气绝身亡。

岩手听闻此言，如五雷轰顶，望着手上的护身符，呆若木鸡。天哪，这正是自己十年前离开京都时交给女儿的信物啊！因为多年未见，且怀孕使得恋衣脸形肿胖，自己竟没有辨认出亲生女儿，而且连尚未落地的孙子也一起害死了。

在极度的惊恐与伤悲刺激下，岩手发狂发癫，变成了可怕的鬼婆。从此，凡是因为迷路前来求宿的旅人，无论是谁，都被她用柴刀予以杀害，然后生饮鲜血、噬肉啃骨，安达原岩屋内尸积如山。

数年后，周游诸国的云水僧东光坊佑庆，路经安达原，在事先不知情的状况下，前来岩屋借宿。屋里出来一个骇人的老妪，白发蓬松，目光凄厉，盯着佑庆上上下下打量，把佑庆瞅得心里直发毛。

进屋后，佑庆暗暗纳闷：这老妪为何单独住在如此荒凉之地？附近并无人家，她又以何为生？虽然满腹狐疑，但想到只是暂借一宿，明日便走，也就没有进一步探问。

此时天寒地冻，屋里寒风凛冽，老妪要出门捡点柴火回来生火。临走时，她郑重告诫佑庆，千万不可窥视岩屋里边的石室。

但人的好奇心总是强烈的，越是要保守的秘密越守不住。佑庆在老妪离开后，终于忍不住推开了石室门。登时，一股浓烈的腥臭味扑面而来，定睛一看，石室里赫然堆满了许多残缺的骷髅、尸骸，还有不少人肉肝肺正装在锅里，碗里则满满的都是血。

东光坊佑庆大惊失色，这才想起，可能是遇到传说中的安达原鬼婆了，急忙三步

黑冢鬼婆

镰仓幕府时代，在京都某公卿府邸，有位名叫“岩手”的乳母，自己照顾的小姐生病，需孕妇的生肝当药。为了觅得药引，她来到奥州安达原，等了十年，终于遇到了一对小夫妻，妻子有孕。她寻机杀害了孕妇，取得了生肝，却发现这个孕妇是自己十年前留在京都的女儿。受此打击，岩手变成了可怕的鬼婆，凡是来她所居岩屋投宿者，皆遭杀害。

并作两步，奔出门口逃之夭夭。

鬼婆回来后，见到石室门洞开，佑庆已不知去向，顿时勃然大怒，露出了狰狞的面貌，纵身疾行，死命追赶佑庆。她速度快极，又熟悉这一带地形，渐渐地撵上了佑庆。眼看走投无路，佑庆索性停步，取出观世音菩萨尊像，喃喃念咒祈祷。三遍经文诵过，观音像突然显灵，飞向天空，发出炫目的光芒，把荒野照得通明。鬼婆双眼被强光刺照，无法睁开。说时迟那时快，佑庆一抬手，以白真弓连发三簇金刚矢，将鬼婆当场射死。

好心的佑庆在鬼婆丧身之处，建了观音堂，就是现在的天台宗真弓山观世寺。寺外有鬼婆的坟墓“黑冢”。每当夜深之际，黑冢之上似有鬼魂幽幽啾哭，飘忽惨淡的声音游离在黑暗的安达原，充满了仿佛从地狱传来的怨气。

山姥

与艳丽妖冶的女妖不同，山姥（やまうば）是日本女妖的另一类典型代表。她居住在深山里，外貌像干瘪的老太婆，彪悍粗犷，身形高大，满脸皱纹，眼角上吊，嘴巴开裂到耳边，长长的白发如铁丝般坚硬。而且她是女妖中最通灵性的，能够读懂人心，明晰对方内心所想。这也正是她最令人胆寒之处。

山姥的原形，主要有两种说法，其一认为是山神没落所化成，其二则认为是山中的女鬼所化，这就使得山姥具有善恶两面性。她既有赐予土地丰收和富饶的一面，也有专门迷惑人，将投宿的旅人吃掉的恐怖一面。人们既害怕、回避她的凶狠；又渴求她给予财富与幸福。日本民间就是在这种又惧怕又欢喜的矛盾心态中，塑造出了活跃于山间的山姥形象。

山姥并非一生下来就是个干巴巴的小老太，她也曾有过带着又甜又酸乳臭味的婴儿时代，也曾有过像刚捣出的年糕一样白皙、娇嫩、粉额红腮的青春年华。可惜，纯真的少女在悲剧故事里总会遇人不淑，山姥也同样被一个负心人所欺骗，始乱终弃。她伤心欲绝，一夕白头，红颜老尽，最后在凄凉悲怆中挣扎着度过余生，年仅二十五岁就孤独地死去。她死时，脸上爬满了密密麻麻的皱纹，牙齿泛黄、头发稀疏，完全是个衰老不堪的老婆婆模样了。

本是温柔可人的女子，却含恨而终，自然怨念难消，灵魂便长期滞留于山间，变成了凶残的山姥。她用绳子把披散的白发系起来，用树叶或树皮裹作贴身下裙，住在山中的孤僻小屋里，等待那些在山里迷路的臭男人，把他们捉来吃掉。一头白发、一副直不起的腰身，山姥已是所有怨女复仇的寄托。

一次，一个在山中迷失了方向的年轻男子，无奈中来到山姥的小屋借宿，当然，他并不知道屋主就是山姥。在获得主人同意后，男子松了一口气，开始仔细打量屋主的相貌。当他看到女屋主头上别着缺齿的梳子、不修边幅、龇着牙阴笑的怪样子时，他胆怯了。

在飘忽不定的灯光下，老女人冷笑着，露出闪着黄光的牙齿，说："你一定在想，这个老婆子穿着打扮如此怪异，简直就像个瘦骨嶙峋的老猫一样，是吧？"

男子吓了一跳，心想："她也许只是面目狰狞，还不至于到半夜把我吃掉吧！"但他的想法又怎能瞒得住会读心术的山姥呢！山姥一边喝着栗子粥，一边又对正在偷瞅她的男子说："你现在心里在想，我会不会在半夜把你吃掉，对吧？"

男子吓得面色苍白，勉强装作若无其事的样子说："我只是感到很累了，喝了这暖和的粥，可以休息了。"山姥"哦"了一声，就起身刷锅，烧起了开水。

男子看着沸腾冒泡的大锅，越来越害怕，又想："她用那么大的锅煮沸水，一定是为吃掉我做准备了。"山姥转过头，笑嘻嘻地对他说："是啊，我用大锅烧好开水，就是准备半夜把你吃掉哩！"

男子恐惧得浑身冰冷，牙齿上下直打战，好不容易撑住身体倒在床上，眼睛却瞟着窗户，准备假装睡觉，寻机逃跑。不料山姥冷哼一声，斜眼看着男子不屑地说："你这个家伙，是想找机会逃跑吧？没用的，我本来想半夜再杀你，现在你这么不老实，只好提前结果你了。"说完怪笑着，伸出干枯的双手，就要上前掐死男子。

男子见死到临头，避无可避，不免心中酸痛，想起撇下妻子孤单一人，日后怎生过活？但既无力抗拒，唯有闭目等死。哪知山姥突然叹了一口气，说："你走吧，我只杀无情汉，不杀有情人。我若杀你，世上又要多一个怨妇了。"

男子忙不迭爬起身，拼命地逃离山姥家，再也不敢回望一眼。他脱难后，将此事告诉了亲友邻居，一传十，十传百，山姥的传说从此流播开来。

在日本民间，还有另一个山姥的传说，也颇为瘆人。有位叫弥三郎的猎人，以在山中捕兽为生。某天，他在布设陷阱时，不提防被四只狼盯上了。他赶忙爬到大树上，四只狼在树下转悠了一阵，见扑不到树上，就开始叠罗汉，可是一直差了一点点，无法够着弥三郎。最下面的那只狼体力不支，一个踉跄，四只狼全摔倒在地。反复数次皆如此。领头的那只狼见不是办法，便说道："这样可吃不到猎人，咱们去拜托弥三郎的母亲帮忙吧！"于是快速跑走了。

弥三郎大吃一惊，心想："什么？找我母亲帮忙？天哪，这到底是怎么回事？"他见狼已经远去，便从树上下来，犹疑着往家里走。走到半路上，忽然一阵狂风刮来，黑云密布，从云中探出一只枯瘦的手，紧紧掐住弥三郎的脖子。弥三郎无论如何使劲，都无法挣脱。他心一横，抽出腰间的砍柴刀，猛力向那只手砍去。

只听"哇"一声惨叫，枯瘦的手被砍断落地，血流如注。躲在一旁观战的四只狼吓得仓皇而逃。霎时间风停云消，弥三郎捡起断手，仔细一瞧，手臂上竟然长满恶心的针毛。他回到家，对内室的母亲说道："母亲，今天有只鬼手袭击我，被我砍断了。"母亲应道："快递进来给我看。"于是弥三郎伸出左手，隔着门，将鬼手递给内室的母亲。哪曾想左手刚伸进屋，就被母亲的手紧紧抓住不放。弥三郎透过门缝，只见母亲的手臂上竟然也长满恶心的针毛。他惊愕万分，猛然记起狼说的话："咱们去拜托弥三郎的母亲帮忙吧！"登时，他明白了，母亲已经被妖怪山姥害死了，现在这个母亲是山姥变的，之前从黑云中探出来的枯瘦的手，就是山姥的。

弥三郎当机立断，右手抽出腰间的砍柴刀，一脚踢开门，挥刀砍去，将山姥的另一只手也砍断了。山姥大呼一声，丢下两只断臂，狼狈逃回深山。

弥三郎细细搜检母亲居住的内室，只见床下、柜中，积满了一堆堆鸟兽和母亲的遗骨。他痛哭失声，为母亲的不幸遭遇悲愤不已。

上文已经提到，山姥的形象是立体的，她既是人类生活的威胁者，又是施惠者。她虽然残忍，但对凡人也并非全是恶意。在一则"纺线山姥"的故事中，山姥就以人类恩惠者的面目出现。

话说在镰仓幕府时代，有一位少女在家中纺线时，接连三天，山姥都在她身边出现。她对少女说："我肚子饿得很，你能做饭团请我吃吗？"少女答应了，认认真真地做了很多饭团，请山姥吃。山姥张开大嘴，将饭团一个接一个地扔进嘴里。吃完后，还意犹未尽，竟将少女纺出的五彩线也统统吃进肚中。临别时，山姥对少女说："明天清晨，你去窗下看看。无论见到什么，都要珍惜它。"次日一大早，少女来到窗下一看，见一堆小山般的粪便堆在那儿，正是山姥的排泄物。少女的家人都嫌脏，要把粪便丢掉。少女谨记山姥的话，

执意要家人帮忙,将粪便拿到河中冲洗。人们惊喜地看到,粪便在水中变成了五色的蜀江锦,绵长漂荡。少女一家人因此发了大财,被称为“锦长者”,意即锦缎富翁。

丑时之女

丑时,凌晨1点到3点,传说中地狱之门开启,鬼怪、幽灵活动频繁之时。丑时之女,又名“丑时参”(うしのときまいり),因其固定于丑时出现,并前往参拜山林的神社而得名。她是日本又一知名女妖,绝对凶残、狠厉。

据说“丑时之女”标准的穿着是身披红衣,胸口挂一面铜镜,脚踩单齿木屐,脸上涂抹着朱红色的粉底,嘴里衔一把木梳,头顶三根点着了的蜡烛,蜡烛代表着感情、仇恨、怨念三把业火。火势越大,则丑时参越凶恶。在没有月光的夜晚,其头顶的蜡烛显得更为幽暗、恐怖。

丑时之女作恶,通常是一手拿铁锤,另一手拿五寸钉,于丑时找到一棵神社附近的大树——一般选择杉树——将自己痛恨的人扎成草人钉在树上,然后施咒作法(类似中国的打小人)。其诅咒的威力相当大,被咒者一般都难逃血光之灾,往往不残也疯。不过做这种事不能被人看见,否则不但威力大减,还会产生副作用反噬己身。

在某些说法中,如果你敢在无月无星的夜半两点,拿着蜡烛去树林中寻找正准备作法的丑时之女,并快速抢走她手中钉小人的钉子,用钉子将其手钉在树上,再弄到她的血涂在自己的眼睛上,那么祝贺你,你已经打开了天眼,可以看到百鬼夜行的壮观场景了。当然,这样做是需要极大勇气的。

日本人的灵魂观分为三种:洁净的灵魂,成为氏神;受到子孙祭养但还留有死者污秽的灵魂,称为“荒忌之灵”;没有子孙祭养、死于非命、留有极深怨恨的灵魂,即是怨灵。而女性成为怨灵的化身在日本似乎已成了“传统”,她们基本上都是因为“被侮辱与被损害”,才产生了强烈的情绪波动,如嫉妒、悲痛、怨恨、偏执等,并且深陷其中难以拔脱,然后又经过一个称作“生成”的过程,就直接化成了残虐的妖怪或厉鬼。丑时之女也是如此。

《新耳袋》记载,丑时之女并非单身一人,还带着一名小孩,这是她的亲生女儿。

原来，丑时之女本是天皇的妃子，唤作佑姬。佑姬貌美非凡，本来十分得宠，但是当天皇的另一个妃子任子生下了敦平亲王后，佑姬就被打进了冷宫。因为她生下的孩子是女婴广平，不能承继皇嗣。

遭到抛弃的佑姬满腔妒火，渐渐地，她化成了女妖，全身呈现出红色的光晕。后来日本盛传丑时之女常穿红衣就源于此。

其实，所谓“怨”，不过是爱了，却得不到。长久以来，东方女性的身与心都不过是男人们的附属，呼之即来，挥之即去。像佑姬这样为爱生为爱死、为爱成为怨鬼的女子，非恶非邪，不过是世间总被辜负、总被抛弃、总是受到无妄之灾的千千万万无力无助的女子的缩影罢了。

佑姬因爱生恨的怨气溢满皇宫，被阴阳师首领道尊所察觉。道尊早有异志，便想趁机利用佑姬所化的丑时之女来杀掉天皇和敦平亲王。丑时来临，丑时之女将天皇和敦平的形象扎成草人，正要咒杀，安倍泰成（安倍晴明的五世孙）突然飞身而至，以五芒降妖术破解了诅咒术。

封建时代最重五德，佑姬竟敢犯上作乱，还阴谋杀害储君，罪重难赦，天皇罚她流放荒原，并在头顶箍上一个金轮铁环，称为“五德轮”，警戒她必须时刻牢记“温良恭俭让”五德。可笑封建礼教压迫无助女子，还要大讲道学。

汝负我命，我还汝债。以是因缘，经百千劫，常在生死。可怜佑姬从此只能以丑时之女的负面形象驻留于山林间。她不仅切齿痛恨抛弃她的天皇，更恨、更嫉妒那横刀夺爱的女人。她胸前挂着的铜镜，里面就集结了几乎全部的醋意与怨气。倘若遇到某个女性，她就要低头看看镜子里的自己，要是对方比自己漂亮，就会引起她强烈的嫉妒心，从而向对方施予草人诅咒之术。

其实，对付丑时之女的诅咒，办法也很简单，只要能化解她的心结，诅咒就会消失。但千年累积的怨尤，又岂是轻易能解的?

善良的好妖怪——座敷童子

“座敷”在日文里是房间、居住之意。座敷童子（ざしきわらし），妖如其名，

其外形是一个身穿红色和服的女孩童，主要寄住在破旧、有小孩子的房屋里。近几十年来，她在日本人气之高，大有赶超河童、天狗等名妖之势而成为新晋“国妖”。因为她是一位人人欢迎的好妖怪，既是房屋的守护神，又象征着好运、幸福，她所经之地，一切不幸与负面影响都能一扫而空！

座敷童子通常会以小女孩的姿态附在家中，帮助人们照看孩子、和小孩玩耍。但是成年人均看不到她，只有幼小、纯真、毫无心机的孩子才能看到她的身形。传说只要有座敷童子在，家业就会兴旺，财源广进、福禄双至。即使遭遇极大不幸的家庭，只要座敷童子到来，一切厄运都会祛除，立即转危为安。因此，不少日本家庭都会在门前放置糕饼，座敷童子吃了之后就会住下来一阵子，为这个家带来幸运；相反的，若是有人待她不好，座敷童子便会跑掉，并会让此人的家庭衰败没落。常常有一些贪得无厌的家庭会请法力高深的邪门法师以结界困住座敷童子，限制她的自由，强行将她束缚在家中。座敷童子最痛恨的就是这种自私的人，一旦发现有人居心叵测，就会毫不犹豫地离开。

不过，很多人根本就不知道自己家已经幸运地有座敷童子前来护佑了，其实只要留心观察还是能够注意到的。因为座敷童子很喜欢与小孩子一起玩，如果你看到自家的孩子一个人笑呵呵地，还跑来跑去，仿佛同人在嬉闹；或者总是目不转睛地盯着家里某个地方，那么肯定就是在和座敷童子玩耍了！

倘若是一群小孩在家中玩耍，你去数小孩个数，总是觉得多出来一个，但仔细去看的话，却又不明多出的到底是哪一个，看上去都是自己熟悉的面孔。那不用说，又是座敷童子在其中捣蛋啦。

座敷童子的个性十分调皮，有时会在半夜发出巨大的脚步声，让人睡不着觉；或者是欺负你独自在家时，突然发出怪声吓你。但总的来说，座敷童子其实是很孩子气且善良的，她开的玩笑都无伤大雅，对人类全无害处。有时，她还会预先警告人类火灾、地震，让人们防患于未然。

座敷童子最喜欢到贫困的人家去居住，为穷人家带来希望与幸福。等这家人富足了，她又再去别的穷人家济贫。据说，这跟她的身世有关。

在镰仓幕府时期，东北岩手县乡下的一间破屋子里，住着一个小女孩和她的母亲，由于父亲去世了，母亲又有病，母女俩的生活只能靠女儿天天上山采药来维持。

一天清晨，小女孩和往常一样去采药，谁知就此一去不回，母亲伤心欲绝。但奇怪的是，此后每天，母亲依然能够在门口看见新鲜的药草，药草足够维持日常生活，有时竟然还有珍稀名贵的药草出现，可以用来治病。疑惑的母亲问遍了村里所有人，大家都不知是谁做的。母亲于是故意躲起来，想暗中看看到底是谁采来药材。

第二日天刚蒙蒙亮，朦胧中一个小女孩出现在家门口，手里抓着一把草药，依稀间竟是女儿的模样。母亲大喊一声，冲了出去，女孩闻声扭头就走。母亲失魂落魄般在后面紧跟着，但无论母亲怎样用力追，总是追不上女孩。最终她们来到了一个悬崖前，小女孩眼泪汪汪地望着母亲，转身一跳，消失在云雾中。

母亲扑上前去，地上只余一个药篮和一双鞋。原来，那天小女孩上山采药，不慎失足，早已摔下悬崖跌死。但放心不下母亲的执念，使她化作座敷童子，继续日日采药奉养母亲。生前的痛苦，令她产生了为人们带来幸福的信念，这一强烈的信念得到神明的赞赏，于是赋予座敷童子为人造福的强大灵力。因此缘故，座敷童子特别喜欢帮助穷困人家，并进而成为每个家庭的守护神。

暴风雪的惩罚——雪女

“雪女出，早归家”是一句在日本民间广为流传的古话。在深山中居住的雪女（ゆきおんな），又名雪姬，是日本最著名的女妖，有着令人惊艳的美丽外表。她通常身穿白色和服，肌肤似雪，身材窈窕，一头淡蓝色的长发，脸庞像月儿般白皙圆润，水汪汪的大眼睛里充满冷酷，比中国仙子嫦娥更具致命的吸引力。由于日本是个小岛国，大陆国家那种千里冰封、万里雪飘的豪迈气势是日本人欣赏不到也体会不了的。脆弱、美丽、伤感这三种情绪构成了雪女的灵魂，这正是自然界冰雪在日本人纤细性格中的反映。

雪女是山神的属下，掌管冬季的降雪，多出现在大雪封山之时。她的性格复杂，可说是亦善亦邪；她的传说有多种版本，也颇令人辗转反侧。以下是其中流传最广的版本：

室町时代，在武藏国的一个村落里，住着茂作和巳之吉两个樵夫。茂作已经七十岁了，而弟子巳之吉还是十八岁的年轻人。一个寒冷的黄昏，两人从森林里砍柴回来，

在途中碰到暴风雪，只好到一间樵夫小屋中避雪。

屋外，天空阴沉，寒风猛吹。皑皑白雪，既无边际，亦无生命。那些精致的冰花和冰凌，仿佛是为大地苍生准备的纸钱，漫天飞舞。两人哆哆嗦嗦地靠在炉边烤火，年老的茂作很快就睡着了，巳之吉却被屋外的风雪声吵得不能入眠。他披着单薄的蓑衣，越来越觉得寒冷，辗转难眠，终至睡意全无。突然，屋门“吱嘎”一声打开了，一个身上沾满雪花的女子飘然进到小屋里。女子从头到脚一身素白，透明的冰冷瞳仁静静地盯着巳之吉的脸。巳之吉与她四目相投，只见白衣女子娇美异常，不由得心迷神醉。

女子来到睡熟的茂作身旁，从嘴里吐出一缕白气，吹到茂作脸上。茂作的身子渐渐地开始变白、变僵。女子随后扭过头，低声对巳之吉说：“你大概还很年轻吧。真是个可爱的少年！我和你既然有这么一段见面的缘分，日后必有结果。今晚看到我的事，你不要告诉任何人哦！否则，我会让你的生命被冰冻。你要好好记住我说的话。”说完，女子转身而去，消失在茫茫风雪中。

巳之吉迷迷糊糊，还以为自己是在做梦，便出声想把茂作叫醒。哪知茂作已死去多时，脸已经像冰块般冻僵了。巳之吉不胜哀伤，抱起茂作的尸体，打起精神回到村子里。

第二年冬天，巳之吉在打柴回家的山路上，邂逅了一位雪肤玉肌的美少女。少女名叫雪子，因为双亲都去世了，所以想到江户去投靠亲戚。巳之吉打心底里对她产生了好感，便大着胆子向雪子求爱。雪子含羞浅笑地答应了。

回到家后，巳之吉禀过母亲，就与雪子完婚了。婚后，小夫妻恩恩爱爱，雪子又非常能干，将家里打理得井井有条，邻居们都羡慕巳之吉有眼光，讨了个好老婆。只不过美中不足的是，雪子只要在阳光下多待一阵子，就会晕倒，而且也不能吃热的食物。因此巳之吉尽量避免让雪子在户外忙碌，吃饭时也尽量不拿热食给她。

雪子一共给巳之吉生了十个小孩，这些小孩个个都面庞清秀，肤色雪白。随着时光流逝，孩子们渐渐长大，很多人也都开始变老，可雪子的样貌却一点也没改变，她那张脸还是和刚到村子时一样年轻、一样娇嫩。村里人议论纷纷，都觉得非常奇怪，巳之吉也起了疑心。

一个大风雪的晚上，巳之吉终于忍不住好奇，开口向正在做针线活儿的雪子问道：“你这张脸，还有低着头在做事的样子，令我想到十八年前的一件奇怪遭遇。那个时候，我曾经在森林里看到过一个肤色白皙、和你一样漂亮的女子。”雪子没有答话，头也不抬地继续缝着针线。

雪女

雪女又名雪姬，是日本最著名的女妖。她有着令人惊艳的美丽外表，通常身穿白色和服，肌肤似雪，身材窈窕，一头淡蓝色的长发，脸庞像月儿般白皙圆润，水汪汪的大眼睛里充满冷酷。

巳之吉没有察觉到雪子的脸色已变，接着说："一开始，我以为是梦，怎么会有那么漂亮的美人儿？后来仔细想想，那女的一定不是人，因为她浑身雪白透明，正常人哪里会这样？真是可怕的梦魇啊！"

雪子的双眼开始凝出冰冷的杀气，她猛地丢下手上的活计，靠在丈夫的耳边，幽幽地说道："那就是我呀，就是雪子！一点也没错，那时出现的正是我。你违背了不把看到我的事情告诉任何人的承诺，对不起，妖界的法则最看重诺言，所以我要实践我当年的警告，取走你的性命。"说着，雪子从口中吐出一缕缕寒冷的白雾，将巳之吉冻成了冰柱。雪子伤心地带着孩子们重回冰天雪地之中。

从此，雪女孤单地在雪山中徘徊，时常发出嗖嗖的悲鸣声。为了报复善变不忠的男人，她常常把进入雪山的男人吸引到偏僻的地方，和他接吻，接吻的同时将其完全冰冻起来，取走其灵魂食用。遇上雪女的男人，很容易被雪女的美色所诱惑，进而被她口中吹出的冰气所冻僵。吹气是雪女最常用的杀人手段，而被她冻死的人通常脸色红润并面带微笑，似乎在死前曾见到什么美好的事物。此外，如果有人在暴风雪的恶劣环境中迷路，也会遇到靠吸食人气维生的雪女。善恶莫测的雪女，会故意在手中托着一个婴孩，央求过路的人替她抱住孩子，一旦过路人抱住了这个婴孩，婴孩就会越来越重，粘住行人使其无法放手。行人寸步难离，直至被活活冻死。

这个故事充分描述了雪女冰冷无情的性格，并借由背叛的主题反映出男女之间亦亲亦离的婚姻关系，以及专属于女子纤细善感又敢爱敢恨的风情面貌。"就算我的身体灰飞烟灭，但是我的灵魂在不久的将来也一定会与白雪一起回来报仇……"雪女的古老传说既悲伤又冷酷，充满了怪谈轶闻的恐怖警惕。

作为雪中的精灵，雪女最怕的是火与热。在新潟县小千谷有这么个传说：一个风雪交加的夜晚，一位美丽的白衣女子来到一个单身男子的住处求宿，并要求嫁给他。男子大喜过望，由于天寒，为了讨姑娘的欢心，男子特地烧了一桶热水，好让她浸浴。姑娘虽百般拒绝，仍拗不过男子的一再坚持，只好跳入热水中，结果在热水中消失不见，只剩下细长的冰柱碎片浮上来。男子这才醒悟姑娘就是雪女，自己在无意中避过了一劫。

而在岐阜县的传说里，雪女则以雪球的形状出现。她会来到山中小屋，祈求水喝，此时如果按照她的要求给她凉水，人们就会为她所害。但如果给她一杯热腾腾的茶水，或者请她到炉边取暖的话，她就会畏惧地离去。

第五章

战国风云——乱世野望，白骨妖生

小引：时代背景

室町幕府实际上是以幕府将军为中心的，聚集各路守护大名共同维持的联合政权。将军直辖领地小、直属军事力量少，欠缺强有力的统御机能。而统治各地的守护大名，都拥有独立的领地、武士和家臣团，具有强烈的地方割据性质。因此幕府本身的统治能力相当薄弱。

应仁元年（1467）一月，围绕着将军足利义政的后继者之争，守护大名细川胜元与山名持丰在京都地区爆发大战。双方势均力敌，混战持续了十一年之久，直至细川氏与山名氏相继去世，战祸才告平息。史称此乱为“应仁之乱”。

应仁之乱后，室町幕府摇摇欲坠，衰败到再也无力管理国家。于是各地大名蜂拥而起，自立为政，割据一方，彼此间勾心斗角，征伐厮杀。同时“下克上”成为风潮，农民暴动、国人暴动、僧侣暴动，社会秩序全面崩溃。日本进入了一个长达一百五十余年，类似中国春秋战国时期的、空前动荡的大乱世时代。此际群雄辈出，竞逐角力，诸侯们的战刀上沾满了敌人的斑斑血迹，杂生的长草间满是乱离人的森森白骨。无数战死的武者、枉死的苍生，都化成了妖灵，徘徊于乱世腥红的天空。

经过长期的兼并战争，尾张的织田信长逐渐脱颖而出，力量远超过其他战国大名。1568 年织田信长挥师进入京都，1573 年灭亡室町幕府，日本走向统一的前夜。

织田信长纵横驰骋的时代，被称为“安土时代”，因织田氏的统治中心在近江安土城。他的继任者丰臣秀吉的统治中心则在京都的伏见城，因为此地密植桃树，故丰臣氏统治时期被称为“桃山时代”。安土与桃山时代是日本战国乱世的尾声。

第六天魔王——织田信长

战国时代，狼烟四起、战火纷飞，就在这民不聊生的危局中，于尾张郊外青山中，一位少年傲然而立。他举目遥望四野，民居城垣的大火尚未熄灭，浓烟中，少年的眼角隐然有泪花在闪动。

突然，远处出现了一位游僧的身影，他背对着夕阳而来，在血色落日的映衬下，显得分外孤单与凄凉。少年伸手揩去脸上的泪珠，大踏步朝着游僧迎了上去。在鲜红的天幕下，他们的对话远远地传了开来……

“此处已化为焦砾，你为何还难舍此地？”

“国乱未平、大厦将倾，吾心有不甘啊……”

“年轻人哪，你看这落日，有如日本，日升日落，乃天道之常也！今时虽暗无天日，但明晨旭日升起时，自有朝阳普照大地，又何必为落日而感叹呢？”

“尊者所言甚是，但这日落日升之间，却是漫漫长夜，天下黎民将有几多煎熬啊！”

“那阁下意欲何为？”

“唯有以武力来平定乱世，取得天下。虽然不免杀戮甚多，但为了苍生国脉之福祉，就算被万世千秋唾骂为魔鬼，我也在所不惜！”

游僧长叹唏嘘：“没想到这乱世之中，还有如阁下者能存一片为国爱民之心，老衲实是感佩不已！愿阁下早日结束这长夜，使天下黎庶重新过上安居乐业的好日子！”

少年刚毅地点了点头，目光深沉地望向远方，望向那海与天相接的日升之处。而后一转身，策马扬鞭而去。这一去，直教群雄束手、将军亡命、天皇躬腰，几乎结束战国乱世，东瀛此后三百年国运由斯鼎定！

少年的名字叫：织田信长！

尾张“大傻瓜”

织田信长（1534—1582），幼名吉法师，是日本承前启后、绝世无双的一代枭雄，被誉为“战国风云儿”，安土时代之开创者。在他出生时，战国时代已经延续了近百年。其父亲织田信秀原本是织田家的旁支，为对抗强敌才受到重用。由于长年的征战，疏忽了亲情，导致织田信长从童年时代就得不到父母的爱护，这就养成了信长孤僻的性格和粗暴的脾气，他不信任任何人，也不为其他人所理解。再加上桀骜不驯、举止怪异，比如晋见父亲和出巡时半裸、调戏女孩等，所以被蔑称为“尾张大傻瓜”。生母、家臣、领民都对其不抱希望，而独有父亲信秀和老师平手政秀看出了他独有的才能。

1551 年，织田信秀去世，信长继承其父信秀为家督，但他仍然“胡作非为”，搞得怨声载道。为此，老师平手政秀以死相谏，织田信长这才醒悟并彻底收敛，开始表现出异于常人之处。但家臣中以林秀贞、柴田胜家为首的一些人却想拥立其弟织田信行。同族相残的战争是冷酷无情而残忍的。信长首先于 1555 年攻打本家织田敏定的养子织田广信，并令他切腹自杀。在迁进清州城之后又谋杀曾经与他联合作战的伯父织田信光，只因为信光势力坐大。最后，在“稻生之战”中，信长以劣势兵力战胜了信行和他的拥立者，巩固了自己的地位。最终又斩草除根，派人暗杀了信行，并让林秀贞、柴田胜家看到了自己的才能和实力，臣服了自己。至此，织田信长终于成为名副其实的尾张统治者。

织田信长的才能也引来了岳父美浓大名斋藤道三的注意，在和信长见面后，他对自己的心腹大臣说：“将来我的孩子会牵着马匹，臣服于信长。”

风云桶狭间

真正使织田信长登上日本战国群雄舞台的战役是著名的桶狭间之战。

永禄三年（1560）五月，号称“东海第一弓”的今川义元在和北条以及武田结成同盟之后，解决了后顾之忧，开始上洛（进军首都），准备一举攻入京都，取足利将军而自代（今川足利是同族，所以义元有这个资格）。他率领的四万大军一开始进军顺利，矛头直指尾张。由于认为信长不会反抗，大意的今川本阵五千人行动迟缓，又为了贪图风凉，抄小路走桶狭间；并决定当夜就在此宿营。

只有两千军队的信长得知此消息后，立即叫人备马，自己则跳起了“幸若舞”《敦盛》，唱道：

人间五十年，

放眼天下，去事如梦又似幻。

虽一度受享此生，

焉能不灭而长存！

歌毕，随即上马，飞一样驰出清州城，诸将也从睡梦中惊醒，追随信长百里奔袭，半夜到了桶狭间。这桶狭间地势狭窄如桶，故有此名。兵法有云，狭路相逢勇者胜。在这种地形作战，义元就算有十万人也一样起不了作用，更何况天助信长，风雨大作。今川军此时迎风而立，睁眼都困难，更别说举枪厮杀了。织田军顺势而下，今川全军崩溃，今川义元被当场斩杀！信长度过了一生中最大的危机。

就这样，风光一时、最有实力夺取天下的今川义元身死军灭，而“尾张大傻瓜”却一战成名，从此成为战国中不可忽视的一大势力！

信长包围网

声名大噪的信长紧接着与从今川家独立出来的德川家康结盟，又将养女嫁给武田信玄之子胜赖做了侧室。无近忧远虑之后，信长把目标放在了美浓攻略上。经过十一年的艰苦战争，在“美浓三人众”的协助下，信长终于击败了斋藤龙兴，把稻叶山城弄到了手。随后他效仿周文王“凤鸣岐山”之意，将稻叶山城改名为“岐阜”，并移居于此，正式确立了“天下布武”的雄心，准备统一天下。

1568 年，信长出兵降服北伊势豪族神户友盛，并强迫他将自己的三子织田信孝收为养子。而后经过明智光秀的介绍，织田信长在美浓政德寺拜见了室町之后足利义昭，并拥立足利义昭为幕府将军。当年 9 月，织田信长率军上洛，进入了京都。众多豪族、大臣纷纷投靠到信长麾下。随后，信长制压畿内，又吞并了北伊势，一时间志得意满，在朝廷中的地位也立刻变得高大起来。

但是，信长和将军间的关系只不过是互相利用罢了。由于他将大权牢牢控制在自己手上，引起足利义昭强烈不满。不久二人交恶，义昭秘密联合各国大名守护准备抵抗“朝敌”——织田信长。响应号召的先后有越前的朝仓义景、近江的浅井长政、石山本愿寺、延历寺、甲斐的武田信玄、越后的上杉谦信，再加上长岛爆发一向一揆（一

向宗暴动)、中国的毛利氏也从水上援助本愿寺，信长包围网由此形成。

为冲破包围网，织田信长及其忠实的盟友德川家康与“信长包围网”鏖战多年。他们首先于1571年9月向寺社守旧势力宣战，信长认为众多僧侣都是披着宗教外衣的恶狼，口啖酒肉、怀拥美女娈童，胡作非为，不劳而获，从根本上违背了佛教的教义。因此，他火烧佛教比睿圣山，杀尽万千僧侣，成为“佛敌”，“第六天魔王”的恶名也由此而来。此后日本有诸多魔幻传说，例如“鬼武者”“比睿亡灵”等等，都与第六天魔王织田信长有着直接的关系。

火烧比睿山后，反信长的气焰更加猛烈。然而武田信玄却于1573年病死，虽然他临死前吩咐要将他死亡的消息守密三年，但消息灵通的织田信长却已获得这个重要情报。在7月，他集结军力攻破足利义昭，室町幕府至此灭亡。接着，织田信长又攻下了一乘谷城和小谷城，朝仓、浅井家灭亡。1574年，长岛的一向一揆被镇压。织田军血洗长岛砦，竟然放火将砦中近两万百姓全部活活烧死！

1575年5月的长筱之战，使织田信长彻底成为战国群雄的霸主。有常胜军之称的武田“风林火山”大军，由于武田家的继承人武田胜赖没有遵循父亲“三年不出甲斐”的遗训，再加上过分信赖传统的战术，在织田军的三段式射击铁炮（火枪）队前被摧垮，重臣几乎全部阵亡！信长最强劲的对手倒下了，信长包围网至此全面瓦解！

本能寺之变

1576年，信长筑安土城，此时，能与织田信长扳手腕的大名只剩下中国的毛利氏、越后的上杉氏和京畿地区的本愿寺氏。

1582年，织田联合德川和北条，进攻甲斐。武田重臣穴山梅雪、小山田信茂等先后背叛，胜赖父子自杀于天目山中，武田氏灭亡。是年，羽柴秀吉水淹高松，对抗毛利；丹羽长秀在攻略四国；柴田胜家在北陆对抗上杉家；泷川一益和盟友德川家康在甲信对抗关东的北条氏。织田军势空前强大！

5月29日，信长率军增援围攻高松城的部将羽柴（丰臣）秀吉，宿于京都本能寺。6月1日，信长召来国手日海和尚和鹿盐利玄对弈。棋局中间竟然下出了罕见的三劫连环无胜负局，包括信长在内，观者皆惊，都认为此乃大凶之兆！

6月2日，重臣明智光秀突然叛乱，宣称：“敌在本能寺！”率领一万三千名近卫师团直攻在本能寺的织田信长。织田信长仅有卫队百余人，毫无招架之力。眼看脱逃

本能寺之变

织田信长是日本承前启后、绝世无双的一代枭雄，被誉为“战国风云儿”，是安土时代的开创者。他在“桶狭间之战”中登上日本战国舞台，随后突破“信长包围网”，建立霸业，却在1582年6月2日，在本能寺被叛乱的重臣明智光秀围攻。眼见脱逃无望，织田信长放火焚烧了本能寺，终年四十九岁。

无望，织田信长放火焚毁了本能寺，连同他的身体发肤和最心爱的茶器一起在火焰中化为灰烬，结束了波澜壮阔的一生，终年四十九岁。这就是日本历史上有名的“本能寺之变”。

织田信长虽然很遗憾地在有生之年壮志未酬，但他建立的丰功伟业和广阔的领土已经为一统天下打下了坚实的基础！他的部将、出身卑微的丰臣秀吉接过他的旗帜，延续他的战略，最终压倒群雄，在名义上结束了战国乱世。而后信长的盟友德川家康又在丰臣秀吉死后，篡夺了政权，在江户建立起德川幕府。所以，绵延三百年的江户时代，其实源始于织田信长。正所谓“天下是饼，信长揉面，秀吉擀皮，家康吃饼”是也！

里见八犬传

《南总里见八犬传》是日本演义体小说的代表作，江户时代的作家泷泽（曲亭）马琴（1767—1848）耗费了整整二十八年岁月，才完成了这一长达九十八卷的皇皇巨著。小说借鉴中国的《水浒传》与《三国演义》，以日本战国时代初期的关八州（关东地区）为舞台，结合儒家道德观与佛教因果观，讲述了八犬士惩恶扬善、复兴里见家的传奇故事。时间跨度前后绵延六十余年，活动舞台遍及半个日本，登场人物四百余人，可谓洋洋大观。小说自出版之日起即广受欢迎，其风行情况，据说是“书贾雕工日踵其门，待成一纸刻一纸，成一篇刻一篇。万册立售，远迩争睹”。后世有不少以这部小说为基础改编、衍生的作品，范围遍及电影、电视剧、人偶剧及动漫游戏领域，在日本拥有极高的知名度。

妖姬邪咒

战国初期，各地大名为了争夺领地残酷争斗。房总（今千叶县）南端有一个小国，叫安房国，这里土地宽阔多桑，便于养蚕，用蚕丝做的缨叫作“总”，所以安房国又称“南总”。安房国领主山下定包残暴荒淫，宠幸美艳出众却心如蛇蝎的玉梓夫人，两人过着极度奢靡的生活，致使佞人得势、民不聊生。家臣里见义实苦劝无效，遂兴兵举义，讨伐山下定包。定包民心丧尽，屡战屡败，最后被乱兵所杀。里见义实取代定包，成为安房国领主。

定包正室玉梓夫人为了活命，向义实献媚，义实见玉梓梨花带雨楚楚可怜，心中不忍，本想饶她一命，义实手下大将金碗大辅识破了玉梓是祸国殃民的妖女，罪孽深重，不杀不足以平民愤。义实遂下决心将玉梓处以绞刑。玉梓临刑前苦苦哀求义实给自己一次重新做人的机会，义实断然拒绝。玉梓怀恨在心，以甚深怨念设下诅咒，言道："我死后，里见家世世争斗不息，终日不得安宁。子孙代代非人为犬，沦入畜生道，受尽欺凌。"话音刚落，行刑的大辅奋力一刀，将玉梓斩杀。玉梓死时，脸上带着诡异的笑容，流出的鲜血在雨水的冲刷下化为蜘蛛形状。忽然一道雷光闪过，她的尸身竟然消失无踪。

果然，从此以后，义实每日里心神不宁，恶疾缠身。安房国也年年颗粒无收，并且屡受别国侵犯，国运日衰。

这一年，安房国又遭到邻国安西的入侵，里见军士气低沉，无力反击，只好采取守城的策略。围城数月后，粮草断绝，眼看着安房国就要陷落。危急时刻，里见义实对家中灵犬犬八房许诺说："只要你把敌军主将的人头带回来，解了城围，我就把女儿嫁给你。"犬八房能通人语，有异能，闻言果然奋不顾身潜入敌阵。安西军中谁也没有在意多了一条狗，结果疏忽之下，主帅安西连景彦在夜里被犬八房给咬死了。安西军群龙无首，撤围而去。里见家的危机由此解除。

里见义实的女儿伏姬（"伏"字，隐喻了人与犬的结合），虽然并不情愿嫁给犬类，但为了履行父亲的诺言，还是与立下战功的犬八房结为了夫妇。

由于没有共同语言，婚后的伏姬感到十分压抑与痛苦。她以前的未婚夫金碗大辅趁机提出带她私奔。伏姬考虑再三，终于决定抛弃犬八房，与真正心爱的人一起漂泊远方。

他们一路奔逃，来到一座深山里。大辅去打猎摘果，伏姬见瀑布飞流、溪水清澈，就想痛痛快快洗个澡，除去连日奔波的风尘。不料碧波如镜的溪水中，竟倒映出伏姬的身子已经化成了狗形。伏姬大惊失色，愣怔怔地呆站着，茫然不知所措。

此时，山林间传来一阵阴森的冷笑声，一个身披黑纱的妖艳女子飘然而至。伏姬定睛一看，此女竟是已死的妖姬玉梓。

玉梓满脸邪恶的坏笑，上上下下打量着伏姬的身子，说道："我下的诅咒真是灵验呀！现在，你已经怀上了犬八房的孩子，他们是世间男人的八样劣根——恶、淫、盗、愚、邪、狂、乱、怨——的化身，一生下来，就注定是八只恶犬，无恶不作，神憎鬼厌，

最后把人间变为地狱。这一切，都是因为你们里见家造的孽啊！”

伏姬又羞又愧，知道玉梓所言非虚。为了避免自己的孩子降生后为祸人间，她把心一横，扭头向大岩石撞去，打算牺牲自己来破除魔咒。

在她自尽的一瞬间，肚中所怀的孩子以“气”的形态破体而出，与她胸前佩戴的佛珠相结合，向八个方向飞散开去。

就在这时，大辅打猎归来，目睹了伏姬的自杀和佛珠的飞散。他怒不可遏，抽出弓矢，抬手一箭，将玉梓钉在一棵大树上。玉梓的恶灵大吼一声，挣脱箭矢，化作青烟逃去。

佛珠原本共有一百零八颗，大辅捡起落在地上的珠串细细数了数，只剩余一百颗念珠。也就是说，有八颗念珠化成了伏姬的孩子。于是大辅带着剩下的一百颗佛珠，剃度出家，毅然踏上了流浪的旅途，寻找那八颗飞散的灵珠。

八犬出世

八颗灵珠飞散到了日本关八州（关东）各地，分别投胎转世，孕育出了代表八大美德的“仁、义、礼、智、信、忠、孝、悌”八位犬武士。多亏了伏姬牺牲自己，以善良的灵魂净化了邪恶的咒语，这八只原先的恶犬，如今个个善良忠义、扶危济困，是年轻一代中的佼佼者。

这八犬分别是：

犬江亲兵卫仁（仁）：生于下总国市川市，是最小的也是最可爱的弟弟，持有八灵珠中最高德行的“仁”珠。他文武双全，能够控制风，在百姓中被视作风神的使者。

犬川庄助义任（义）：生于伊豆国北，持有“义”灵珠。虽然生于伊豆的官吏之家，但自幼父母双亡，贫困卑微令他早熟，稳重安静、深思熟虑，同时学养丰富，属于慎重派。面对接二连三的不幸，他依然能够不屈不挠，是个温柔又坚强的男子。

犬村大角礼仪（礼）：生于下野国，持有“礼”灵珠。原本仕官于足利家，后遭妖尼妙椿陷害，被说成是不祥之兆，和父亲一起被流放。他博学儒雅，医术高超，是个热衷研究的学者型人物，在武艺方面也相当优秀。性格则一本正经。

犬坂毛野胤智（智）：生于相模国足柄郡，持有“智”灵珠，是千叶家主君的遗腹子，十三岁时知道了自己的身世以及仇人，遂怀抱着为父亲报仇的愿望，不惜隐姓埋名改扮成女子，并混入女乐中。他是个头脑清晰的谋略家，潇洒睿智。

犬饲现八信道（信）：生于安房国洲崎，持有“信”灵珠。他是足力成氏属下的一名捕头，十八般武艺样样精通，且最讲诚信，答允下来的事情绝不反悔。

犬山道节忠与（忠）：生于武藏国丰岛郡，持有“忠”灵珠。因为年龄较大，所以阅历丰富。他爱说大话，自称寂寞道人，周游列国，擅用火术。

犬冢信乃戍孝（孝）：生于武藏国大冢，持有“孝”灵珠，他文武兼备，勇敢又有男子气概，是使剑的名手。他算是八犬里面最幸福的人了，亲情、友情、爱情都不曾缺少。

犬田小文吾悌顺（悌）：生于下总国行德，持有“悌”灵珠。他是一家客栈老板的儿子，虽然长得人高马大，拥有空手杀猪的蛮力，却是个思想单纯而且热心肠的好人，很容易快乐和满足。孝顺父母、照顾妹妹，努力工作，感情丰富又纯朴，很容易被骗。

当这八位犬士陆续觉醒后，命运的巨手开始推动他们邂逅、集结，并赋予他们天任，肩负起复兴里见家、拯救南总国的重任。

宝刀村雨

八犬士的出身地各不相同，也互不相识，唯一的特征是他们身上的某部位都存在一粒牡丹痣。宿命的安排，迫使他们相继离开了原来的生活轨迹，步上流浪路途，并且逐一相遇结识，朝着共同的目标迈进。

其中最重要的，起到穿针引线作用的，是犬冢信乃戍孝（孝）与他的宝刀村雨的遭遇。

戍孝容貌俊美，自幼跟随父亲犬冢番作研习儒家书籍和兵法韬略，并拥有在当地无人能敌的剑术和柔道。他与青梅竹马的滨路订有婚约，可是因为不善言辞，一直羞于传达自己的情感。

犬冢家有一把宝刀，名唤“村雨”，又名“村雨丸”，本是源氏的重宝。此刀在斩杀对手后，饱含杀气的刀锋会自动流出清水洗涤血迹，如同雨滴清洗叶子一样，故被称作“村雨”。村雨历经数百年世事变幻，几度辗转，后来落到了关东结城的足利持氏手上。1438年，足利持氏起兵反叛幕府，遭到幕府的全力镇压，持氏兵败如山倒。结城城陷之时，忠臣犬冢番作带着村雨逃到了武藏国的乡下，隐居避世，娶妻生子。

犬冢番作去世前，将村雨郑重地托付给儿子戍孝，命他将这把绝世名刀安然无恙地交还给足利家。戍孝遵照父亲的遗言，出发前往晋见镇守关东的足利成氏（足利持氏之子），就此拉开了八犬士风云聚会的序幕。

戍孝一路行去，走了两三天，他的表弟左母二郎突然从后头赶了上来，声称放心

不下戍孝一人远行，所以赶来与戍孝做伴，也好路上照应。戍孝见他热忱殷勤，便答应了。

其实左母二郎哪里是真心想帮戍孝。他是个浪人，平素无所事事、游手好闲，又对戍孝的未婚妻滨路垂涎三尺。当得知戍孝要去关东献宝后，左母二郎生怕戍孝受到足利赏识，届时高官厚禄，回来迎娶滨路，自己就望尘莫及了。因此便盘算出一条毒计，假惺惺地与戍孝同行，趁戍孝不注意时，偷换掉宝刀。这样宝刀归了自己，戍孝又因为献了假宝，肯定会被足利诛杀，真是一箭双雕！

这天两人行到一条大河边，上了渡船。船渡将半，左母二郎假装失足落水，在水里挣扎浮沉，大呼救命。戍孝见他即将溺毙的样子，赶忙脱下衣裳，放下包裹，跳入河里救人。就在这当口，撑船的船夫手脚麻利地用一把普通的刀，将包裹里的村雨丸给偷换了。原来船夫早已被左母二郎收买，一起配合来唱这出调包计。

戍孝将左母二郎救上船后，丝毫没有怀疑宝刀被调了包。上岸后，左母二郎借口落水受了风寒，不能再陪伴戍孝。于是次日一早两人拱手作别，各自上路。

七犬聚首

左母二郎奸计得逞，洋洋自得，回到武藏后，欺骗滨路说，戍孝在关东受了厚赏，现在做了大官，特地委托自己回来接滨路一起去享福。滨路见了村雨宝刀，以为实情的确如此，便跟着左母二郎上路。哪知左母二郎将她拐带到了远离关东的丰岛。

也是无巧不成书，八犬之一的犬山道节忠与（忠），正在丰岛进行“火定”。“火定”是一种在火中为人们祈福、占卜的仪式。此时，一路上离关东渐行渐远的滨路，心中已经知晓受了骗，但她依然装作茫然不知的样子，等待着时机。

当滨路见到胸挂明镜、手握金铃、身着净衣，一脸正气的忠与时，亲切感油然而生。她谎称要为左母二郎祈福，来到祭坛旁，突然朝着忠与高呼：“先生救我！”

左母二郎大吃一惊，疾步上前，想掩住滨路的嘴巴。但忠与已然听到了，他从火中飞身蹿出，厉声质问这是怎么回事。左母二郎见拐带事发，索性一不做二不休，拔出村雨向忠与杀来。

混战中，左母二郎不小心一刀刺入了滨路的胸膛，眼见误伤了心爱的女子，二郎心如刀绞，慌乱之下，被忠与夺过村雨，反手一刀劈倒。村雨的刀身登时滴下了涓涓清水，冲刷尽左母二郎的血迹。忠与被这把宝刀的异状所吸引，自言自语道：“难道这就是名闻天下的村雨丸？”他抱起滨路，轻声低呼着。可怜滨路已是奄奄一息，临终前，她将村雨托付给了忠与，请求他找到戌孝，完璧归赵。忠与一力应承，埋葬滨路后，携带村雨往关东而来。在路上，他碰到了拦路抢劫的犬川庄助义任（义），两人不打不相识，互相佩服，于是结成好友，齐赴关东。

再说不知情的戌孝带着假宝刀去见成氏公，结果可想而知，盛怒的足利成氏下令锁拿戌孝下狱。戌孝百口莫辩，只好奋力杀出重围。足利座下的捕头犬饲现八信道（信），奉令追缉戌孝。戌孝与他连番恶斗，从足利府斗到芳流阁，无奈力乏气沮，不是对手，慌不择路下，逃入一座深山中。

信道步步紧逼，随后追至，将疲乏不堪的戌孝逼到死角，正要一刀斩下，了结戌孝的性命。突地，一支利箭破空飞来，将信道掌中刀击落在地。一位法师高宣佛号，健步走来。他的身后，跟着一位秀美的“女子”，以及一位手持弓箭的少年。适才那一箭正是少年所射。

原来这位法师就是当年伏姬的未婚夫大辅，他出家后改名重大大法师，四处寻找八灵珠化成的八位犬士，并且找到了其中的两位。此刻追随在他身后的秀美的“女子”，正是犬坂毛野胤智（智），他男扮女装，混入女艺团中，学习剑舞来行刺仇敌，替父报仇。而手持弓箭的少年，则是犬江亲兵卫仁（仁），他有操纵风的异能，控制风向风速配合箭矢射击，百发百中。

重大大法师已知戌孝和信道都是八犬之一，在他的调停下，信道答应暂时不杀戌孝，大家一同回去面见成氏公，把事情说清楚。

一行人在回程的途中，突然从路旁的草丛里跳出两个蒙面强盗，高声叫嚷“留下买路钱”。原来从丰岛到关东路途遥远，忠义两犬盘缠用尽，义任又犯了老毛病，想做点没本钱买卖。他认为自己和忠与都武艺高强，“借”点钱应该没问题。哪曾想两犬遇上对方四犬，寡不敌众，眼看着就要被擒。

忠与匆忙之下，拔出了村雨宝刀御敌。戌孝见到村雨，不禁一怔，连忙高呼“住手”。双方一对质，忠与将前事细细说出，大家终于明白了前因后果。信道知道自己错怪了戌孝，诚恳地向戌孝道歉，两人冰释前嫌。忠与和义任也加入了队伍。

一行人当晚投宿客栈，客栈的少主，正是犬田小文吾悌顺（悌）。

至此，八犬中的七犬已然聚首了。当晚在客栈中，重大大法师与他们秉烛夜谈，告知他们真实的身份。七犬逐一脱下衣裳，果然在每个人身上不同的部位，都有一粒牡丹痣。七犬这才了解到自己所肩负的使命，决意追随重大大法师，朝着天命指引的

方向前进！

关东大战

另一方面，玉梓夫人为了阻挠八犬士相会，也无所不用其极。她化身为女尼妙椿，拜谒了足利成氏。足利成氏被她的法力所迷惑，对她敬若天人。妙椿乘机诬指足利家臣、尚未知晓自己犬士身份的犬村大角礼仪（礼）是足利家的不祥之人，致使礼仪遭到无情的流放。

妙椿在蛊惑足利成氏的同时，也开始勾引关东管领上杉定正。上杉定正无法抵御那美艳双眸流转出的惑人心魄的眼波，拜倒在妙椿的石榴裙下。妙椿用妖术控制了上杉定正与足利成氏，令两个关东最有权势的大人物联合起来，组织了军势空前强大的关东联军，准备一举消灭安房国的里见义实。

此时，重大大法师率领七犬士正打算去拜会足利成氏，一路上却见到征尘滚滚，大批兵马朝安房国方向开去。一打听，才知道是关东诸侯联手，大举征讨安房国。重大大法师遂决定立即掉头，前往南总守护里见家。路上，他们救下了被流放的礼仪。受宿命所引导的里见八犬士，至此终于聚齐了！他们义无反顾地全部投效里见家。

关东大战全面爆发。

这一战其实就是三国赤壁之战的翻版。关东联军分水陆两路进攻安房国。水路方面，上杉定正率军在江户川之右，结起连环水寨；里见义实则率军在江户川之左，布下防御阵势。江右虽众却不谙水战，江左势弱但惯于水战。而陆路方面，由足利成氏统兵，攻打要津国府台。

力大无比的悌顺和擅长陆战的义任，奉命在陆路阻击足利成氏。他们奋勇冲入足利阵中，猛冲猛闯之后，佯败退却。足利成氏不知是计，率领骑兵紧紧追赶，被诱至一条名叫长阪河的小河边。悌顺和义任迅速通过长阪桥，足利军正要过桥，信道突然纵马从斜刺里闪出，单枪匹马挡在桥端。追兵疑有埋伏，不敢过桥，簇拥在桥头挤成一团。信道见时机大好，一声令下，伏兵四起，举枪齐射。足利军本就疑惑心虚，怎闻霹雳之声？登时丢盔弃甲，抱头鼠窜。信道趁势掩杀，悌顺和义任也回军杀来，并力追歼敌军。

足利成氏见己军互相践踏，死伤狼藉，不由气急败坏，连忙下令重整队形。足利军毕竟人多势众，很快就缓过神来，眼看就要再度集结，戌孝驱赶着火猪阵出场了。火猪阵是效仿田单的火牛阵，在野猪獠牙上扎上火把，然后往猪尾巴点上火，赶入敌阵。狂

"里见八犬"之一

《南总里见八犬传》是日本演义体小说的代表作，由江户时代的作家泷泽马琴创作。书中讲述了八犬士惩恶扬善、复兴里见家的传奇故事。

怒的野猪横冲直撞，不知扎死、烧死、踏死了多少人。足利全军溃败，陆路的进攻被瓦解了。

再说江户川上，双方已经对峙了月余，里见军虽有小胜，无奈联军势大，急切难图。转眼时至隆冬，八犬士中的军师胤智见时机成熟，向里见义实献上了“八百八人之计”。“八百”是异体的“风”字，“八人”则是“火”字。

为配合胤智的计谋，礼仪故意在宴席间大发牢骚，宣称寡不敌众，不如早日投降。义实知是“苦肉计”，也佯装大怒，将礼仪鞭笞八十。礼仪装出愤愤不平的模样，当晚偷偷潜入江右诈降。上杉定正乃庸碌之辈，可比不上曹操，见到礼仪背上的鞭伤，丝毫没有怀疑，就相信了礼仪。礼仪乘机献策：“铁锁连环，如履平地。”定正大喜过望，依计而行，将战船连锁以防止被大风吹散。

至此，万事俱备。里见义实命令准备数百只小舟，舟上满载柴火硫黄。在一个无星无月的漆黑夜里，点起全部水军，无声无息，夜袭江右。小舟划到联军的连锁战船下，忠与祭出控火之术，成片点燃小舟，霎时间，烈焰高炽、火光冲天。卫仁也使出呼风之术，劲风大作、呼啸怒卷。火借风势，风助火威，联军战船尽皆灰飞烟灭。里见军齐声呐喊，奋勇杀敌，大获全胜！

在上杉大营里观战的玉梓，眼见大势已去，急匆匆飞遁而逃。一路不知不觉，竟然逃到了当年害死伏姬的瀑布旁。重大大法师早就在这里等着她，八犬士也追了上来，将她团团围住。

玉梓明知不敌，仍然使出妖法，垂死挣扎。突然，从八犬士身上飞出了八颗佛珠，散发出熠熠光芒，将正义的力量集结起来，附在宝刀村雨丸上。戍孝挥起宝刀，凌空斩下，玉梓魂飞魄散，尸身化为灰烬随风飘散。

立下大功的八犬士，受到了朝廷与幕府将军的嘉奖。后来里见义实之子义成当了领主，将自己的八个妹妹分别许配给了八犬士。八犬士也都当了城主，在南总各镇一城。真可谓功成名就，千古流芳。

牡丹灯笼

日本著名妖怪物语“牡丹灯笼”是典型的嫁接中国古典文化的成果，它的缘起，来自于明代文言短篇小说集《剪灯新话》。

《剪灯新话》“上承唐宋传奇之余绪，下开聊斋志异之先河”，共载传奇小说四卷二十篇，附录一篇，作者瞿佑。在明洪武十一年就已编订成帙，以抄本方式流行。但它在中国并不有名，还几乎失传，刻版印刷后，先传至朝鲜，再传于日本，竟对日本的文学艺术产生了极大影响，有学者称其为“促使江户怪谈的黎明提早来临”。

《剪灯新话》起初只在贵族、学僧等上层阶级中流传。传布到民间后，底层艺人对其进行了精华吸收，而后重新诠释，进行艺术性的剪辑与再创作，铺衍成具有本国特色的物语传奇，其中的经典篇章更被大量改编成歌舞伎、单口相声落语、小说等，《牡丹灯记》就是其中的代表作。

宽文六年（1666），浅井了意在所编撰的《伽婢子》一书中，将《牡丹灯记》改写后，更名为《牡丹灯笼》，时代背景从元末群雄逐鹿时的浙江，更改为日本战国初期的京都，男女主人公分别是荻原新之丞与公卿之女弥子。江户末期，三游亭圆朝综合当时流传的各种《牡丹灯笼》故事版本，推出了《怪谈牡丹灯笼》，时代转为江户时期，男女主角也变为阿露与荻原新三郎。后来小泉八云在编著《怪谈》时，即是以三游亭圆朝的版本为依据改写而成。

小泉八云版《牡丹灯笼》，详见拙译《怪谈》（增补修订版）。以下向读者们介绍的是浅井了意的《伽婢子》版《牡丹灯笼》。

应仁之乱后，京都的纷乱虽然大体上平息了，但整个京都也因为无情的战火而化成一座充满尸臭的恐怖地狱。更大的战国乱世拉开了序幕，诸国的大名们忙于杀伐，无人去理会衰败荒废的京都。京都的百姓们苦苦挣扎求存。

在僻静野寂的五条大道，住着一个名叫荻原新之丞的没落公家之子。前几天，他新婚才数月的妻子因病去世了，他伤心爱妻之亡，意志消沉，每天里借酒浇愁，郁郁寡欢。

这一天，是“盂兰盆祭”。所谓“盂兰盆祭”，和中国的鬼节差不多，已经逝去的先人们会在这天暂时离开冥土，返回昔日居住的地方。为了能让去世的亲人知道回家的路，家家户户都会在门前点上一盏灯笼来指引方向。

黄昏时，新之丞在家门口也点了一盏灯笼挂着，点完后仍旧呆呆地坐在门前。须臾，不知从何处传来阵阵异香，那香味很像是公卿家女子所使用的怀香。新之丞好奇地抬头四望，只见门前的五条大道上，有个穿着鹅黄色小袖、年约十来岁的小女孩，手里

提着一盏扎着牡丹纸花的灯笼向他走来。小女孩的身后，跟着一位年约二十余岁的女子。那女子一身公卿贵妇的装束，容貌美艳绝伦。樱花瓣般美丽的朱唇，配上水漾灵波的明眸、婀娜多姿的绰约体态，映着傍晚的夕阳款款走来，让新之丞看得目瞪口呆，因丧妻而孤独颓丧的心，登时怦然起来。

女子微笑着走近新之丞，两人四目交投，就这样痴痴地彼此望着对方，直至皎洁的明月将清辉洒满大地。这时路上完全没有行人了，新之丞神魂颠倒，不由自主地站起来，握住女子的纤手，诚恳地说道："天色渐晚，世道又不太平，为了安全，姑娘可否就在寒舍暂歇一晚，明朝我再送姑娘回去？"

女子报以甜美笑容，赧颜道："或许这就是所谓的缘分吧！今日出行，竟然遇上贵殿。如果您方便，我就随您返家吧！"新之丞既得女子答允，鼻中又闻到她身上芬洁淡雅的清香，心智迷醉，浑然忘记了今夕何夕。

喜滋滋的新之丞一面庆幸逢此佳人，一面忙不迭地带着女子到他家去。一进家门，他就直奔厨下，想要弄点酒菜招待客人。可是家贫如洗，哪有酒菜？就在他抓耳挠腮为难之际，只听引路的女童轻声唤道："水酒和肴馔准备好了，请出来共饮吧！"新之丞走出厨房一看，榻榻米的小木几上果然摆满了颇为丰盛的酒菜，他大吃一惊，又不好多问，只得盘腿坐了下来。女童为他们斟好酒，在一旁服侍。

新之丞略饮数杯后，开口向女子问道："既然相识即是有缘，敢问姑娘的芳名？"女子数杯温酒下肚已双颊霞红，答道："奴家名叫弥子，父亲乃官拜左卫门尉的二阶堂政宣。"新之丞点了点头，心想果然是公家之女，难怪气质与姿色都别于常人。

弥子接着说道："本来我家世族鼎盛，但战乱的扩大使整个家运都衰败了下来。母亲在洛东的火灾中去世，数代居住的大宅也跟着毁了。没多久，我父亲与兄长们也都染上了瘟疫不幸罹难。全家现在只剩我与这个丫环而已。我们无处可去，只能暂且借宿在万寿寺内。日子过一天算一天，不知何时方能脱离这苦海……"

新之丞想到自己的身世，不由鼻子一酸，同病相怜。他伸出手一把将弥子揽入怀中，借着下肚的酒力壮胆，激动地说："原来你的身世如此凄凉，我俩都是同样的寂苦之身，不如互相安慰彼此的寂寥吧。如果你不嫌弃的话，今夜……"温顺的弥子含羞点了点头。一旁的女童知趣地将寝帐解开来，默默地退了出去。

此后的一个多月，弥子晚晚都造访新之丞的住所，鱼水之欢后，又在天未亮时离去。她的频繁出入，引起了新之丞隔邻的一位老人的警觉。老人注意到这一个多月里，新之丞的气色越来越不好，脸上黯淡无光，逐渐呈现出民间所谓的“死衰之相”。老人对此忧心忡忡。

一天下午，老人终于忍耐不住，暗地里在与新之丞家相连的墙壁上凿了个洞。入夜时分，老人听到新之丞家中传来男女的嬉笑声，就轻轻地揭开先前塞在洞口的破布，往隔壁窥视。只一眼，就让老人吓得魂飞魄散。

原来，在新之丞眼里所见到的大美女弥子，从老人的眼中所见，却是不应当存在于人世间的妖物。只见她：乱发如秋后枯黄的野芦，披散在头上；半裸的皮肤呈铁灰色，肌肉干缩龟裂地黏在骨骼上；凹陷的眼眶中已经没有眼珠的存在，数尾蛆虫在眼眶里爬进爬出。一旁的女童也是如此的可怖之态。这两人根本就是从墓所坟堆中爬出的腐尸之怪。恐惧无比的老人拼命捂住自己的嘴，才勉强没有失声惊叫出来。

次日中午，老人前往拜访新之丞，新之丞却仍然在房内昏睡着。老人将新之丞唤醒后，邀他到自己家中共进午餐，顺便问起了弥子的事情。一开始新之丞并不愿多说，老人只好开诚布公直言道：“为了您好，老朽还是实话实说吧！每夜来找您幽会的那个女子，实际上并非此世应有的人啊！”老人把他所看的实情一五一十地全部告诉了新之丞，最后说道：“老朽这里有铜镜一面，贵殿可以看看自己的尊容。您的脸色极差，已有了死相。”新之丞拿过铜镜一照，不禁惊慌失措。镜中的自己面无血色、枯干衰老，怎么看都不像是二十几岁的人应有的面容。

新之丞犹疑地对老人说：“可是我看到的她，国色天香，完全不是您所说的样子啊！”老人道：“既然如此，那恐怕要你去亲眼确认了。那女子有说过她住哪里吗？”于是，新之丞就带着老人一起去弥子所说的“万寿寺”。

两人一路打听，好不容易才在一条小道的尾端找到了“万寿寺”。原来那“万寿寺”早已废弃多年，破旧到连狐狸都不愿在里面筑窝，现在胡乱埋葬着许多骚乱时死的穷公卿。

满肚子狐疑的新之丞与老人仗着光天化日，互相壮胆，进了万寿寺察看。两人走到寺后院的坟堆，在乱坟之中找到了一个墓碑，上面刻着“二阶堂左卫门尉政宣大居士”。让新之丞感到彻底崩溃的是，这个墓碑旁还有个较小的木质墓碑，上写：“二阶堂左卫门尉政宣之女吟松院 俗名弥子”。旁边还挂了一个已经残破不堪的灯笼，仔细一看，正是那个女童所持的扎有牡丹纸花的灯笼。新之丞看到这一切，悲声哀号，冲出寺门

狂奔而去。

回到家后，老人对新之丞说："我看这样下去，早晚那个妖怪会榨干你。我听说东寺有位名叫卿公的人，是个行学兼法力高强的修行者，不如去找他求救，或许可以保住一命。"

新之丞至东寺见到卿公，尚未开口说明来意，卿公就立刻大惊道："年轻人，你面有死相啊！看你的气色肯定已经被妖魅缠染上，极重的鬼气正充溢在你的体内。老实说，你的寿命大概只剩下十天左右了。"新之丞跪倒在地，苦苦哀求卿公救他一命。卿公拿出纸笔写了一道法符，用御神的锦织小袋束好，交给新之丞，并叮嘱说："这道符你拿回去贴在自家外门上。到了晚上，不管那个妖物在外面如何求你或是喊你，切不可应声，更不可把门打开！过了百日后，你就能捡回一命。"

新之丞回家后立即将法符贴上。当晚弥子与女童果然在外面敲门呼喊。极度恐惧的新之丞缩在被窝里不停地发着抖，硬撑着挨过了这一晚。之后数晚弥子与女童依旧前来敲门呼喊，甚至有刚好路过的行人目击到两具活尸在新之丞门前死命拍门的恐怖景象，而吓得落荒而逃。再之后的几晚，就开始安静了下来，拍门呼唤的声音都没有了。

就这样过了九十多天，某日黄昏，新之丞从朋友家里回来，正好经过万寿寺，他心想都已经过去九十多天了，应该没什么问题了，趁现在夕阳尚未完全西下时，去吊祭一下弥子的坟吧。他心里也委实难舍那段跟弥子相处的时光。于是新之丞就走入万寿寺内。谁知一入院门，举着牡丹灯笼的女童便迎面走来，一脸怨恨地说道："您真无情啊，新之丞大人！"说完不容新之丞答辩，就将他拉进寺院内殿。

满脸尽是幽怨之色的弥子缓缓走上前，对新之丞说："我与你一见钟情，本指望能长相厮守。为此我特意用牡丹灯笼吸取阳间人气，只需再有十日，即可还阳。未料你却听信他人谗言，如此绝情弃我于不顾！这些日子我每晚哭泣，难以入眠，饱尝相思之苦。一切都是你害的！既然今日与你再度相遇，无论如何我都不会再让你离开了！"说完将手一招，她身后的墓穴顿时裂开，弥子抱着新之丞跃入墓穴中，"砰"一声巨响，墓穴又合拢起来，新之丞死于墓中。

不入此境，难解此情。是对？是错？谁知？从此以后，每当夜里或是阴天时，京都的人们就会见到荻原新之丞与弥子两人牵着手出现在街道上，前面仍是那个持牡丹灯笼的女童在引路。凡是见到这三个怨灵的人，回去后无不大病一场。一直到织田信长率军进京前，京畿内各处皆不断传出这对怨灵情侣出没作祟的恐怖怪谈。

牡丹灯笼

没落公家之子新之丞在“盂兰盆祭”时，偶遇手提牡丹灯笼的弥子主仆二人。新之丞与弥子一见钟情，此后，两人每夜相见，鱼水相欢。新之丞的邻人发现他脸呈死相，最终发现弥子是一具枯骨。新之丞在门窗贴上法符，以躲避弥子的纠缠。弥子则夜夜拍门呼唤。后来，新之丞被弥子拖入坟墓，死于墓中。

妖刀村正

日本历史上流传着不少名刀的传说，像春雨、长船、菊一文字、鬼切、天之丛云等等，它们各具特色、各擅胜场，但若论邪气与锋锐，当首推妖刀村正！

日本刀按照刀刃的长度，分为超长刀、长刀、小太刀和短刀。其中，超长刀因为太长，不便于携带和战斗，现在已经不常见。流传下来的几乎都是长刀和小太刀。长刀是武士的主战兵器，而小太刀亦称“肋差”，用于剖腹、巷战和暗杀。

村正，长刀，刃长七十三点三二厘米，斩切能力出类拔萃，是全日本最锋利的刀，也是最有名的刀！它的来历极具传奇色彩。

相传镰仓末期，名刀匠冈崎正宗为选择接班人，指令座下三大弟子村正、正近、贞宗，在二十一日内各自锻造一把宝刀，谁的刀最锋利，就由谁来继承衣钵。三大高足日夜不停，将自身水准发挥到极限，铸出了三把寒光凛冽、锐气满天的宝刀，表面上看起来不分轩轾。

冈崎正宗逐一审视、细细观察完三把刀，一言不发，指定贞宗继位。性格偏激的村正见师父如此快速地指定了继承者，心中不服，便要求开刃试刀。正宗于是带着三位弟子来到河边，将铸成的刀插在流动的水里，刀刃面向上流。上流不断地有树叶、稻草漂下，流过刀身。如果刀刃足够锋利，叶子、稻草就会被顺势划切而开。

当树叶稻草流经正近的刀时，虽被划断，却藕断丝连，并不利索；流至贞宗的刀时，只轻轻一下，就被一切为二，随波而去。可是，触及村正的刀时，虽然也被极快地一分为二，但这把刀似乎具有生命般，将叶片稻草紧紧吸住，令它们无法漂走，而是围着刀身团团打转，如同被妖法缠住一样！

冈崎正宗指着水中的刀，对三个徒弟说：“刀匠理想中的名刀，目的并非只在锋利。短刃护身、长刀护国，这才是刀剑真正的使命。正近的刀，拖泥带水，护身尚且不能，怎能保国？村正的刀充满妖气且失去美感，一刀既出，不沾鲜血誓不回，不但不能保国，恐怕反而祸国，只能称之为妖刀；唯有贞宗的刀，磊落干脆，必要时抽刀断水，连水势都可断流，方可视为名刀。”

就这样，村正刀在一代铸剑大师的不祥评语下诞生了。它出世后，不但杀人无数，还有噬主的特性，据说武士只要手持村正便会入魔，成为一个杀人不眨眼的妖怪。如果持刀人本身的正气不足以震慑住村正刀，就会反受其害，轻则断指，重则死于非命！不过一旦制服了村正，持之即可所向披靡。到了战国时代，此刀辗转流传到松平（德川）家，更令德川家饱受噩梦缠绕，被视为“在德川家作祟的不吉象征”而名动后世。种种遭际，果真应验了“妖刀”之论。

当德川家还用着三河地区的“松平”姓氏时，德川家康的祖父松平清康在天文四年（1535），与尾张之虎织田信秀（织田信长之父）作战。松平家的家臣阿部弥七郎临阵背叛，用村正刀将松平清康斩死——从右肩一直劈到左腹，肚破肠流，死状极惨。可想而知村正的锋利程度。

接着遭遇村正惨祸的，是家康的父亲松平广忠。松平广忠在父亲清康死后，努力收拾残局，为了维持飘摇的政权，不得不投靠当时强大的今川氏，在其羽翼庇佑下继续对抗织田氏。天文十八年（1549），织田氏买通了松平家臣岩松八弥，用村正刀暗杀了松平广忠。广忠死时才二十四岁，是个短命英杰。

而村正刀与德川家族纠葛的第三起命案，则是德川家康一生最大的痛楚，因为被害人是他最为至爱的长子德川信康。

这事起因于两个女人间的战争，她们一个是德川家康的正室筑山殿，另一个是信康的老婆德姬。事情说白了无非就是婆媳不和，要是放在普通人家，顶多也就是拌拌嘴，可由于德姬是霸王织田信长之女，来头很大，才酿成了血案。

筑山殿是家康在今川氏做人质时，被迫迎娶的。此女年长家康十岁，生性傲慢，仗着娘家今川氏的势力，不把家康放在眼里，所以两人感情基础薄弱，一直不和。长男信康是筑山殿所生，从小武勇过人，仪表不凡，深得家康疼爱。织田信长为了巩固与德川家的联盟，将自己的女儿德姬许配给信康，婚后两人感情融洽。不料筑山殿因为织田信长是自己的杀父仇人（桶狭间之战，今川氏亡于信长），遂百般设计，挑拨离间小两口的感情，甚至还强迫信康迎娶武田家的女儿为侧室。信康受了蛊惑，慢慢地对德姬疏远起来。

德姬气恼不过，就一状告到了父亲信长那儿，还洋洋洒洒地列了信康母子十大罪状，其中最要命的，说信康母子俩与武田家密谋对信长不利。其他罪名先不说，光这一条通敌之罪，就足以置人于死地。织田信长立即下达了处死信康母子的命令，德川家康

虽然百般解释，仍无济于事，最后迫于信长强权，不得不违心接受了这一命令。

天正七年（1579），德川信康在二俣城剖腹。剖腹是日本武士存其忠节的死法，需要极大的勇气。剖腹后不会立即死亡，会看到自己的血液和内脏流出体外。所以旁边要有人帮忙快速斩头，刀挥头断，使剖腹者立毙，不用忍受极大的痛楚。此人称为“介错”。

给信康担任介错的是服部半藏，检视官是天方通纲。当信康握刀刺入腹中时，在旁的服部半藏早已泣不成声，他勉强出手，却因手腕颤抖，误砍了信康的肩膀， 本就十分痛苦的信康，又加上肩膀上这一刀，痛得呼天抢地。通纲见半藏无法下手，只好拔刀相助，结束了信康的性命。

事后，两人向家康哭报信康剖腹的情形。泪流不止的家康突然询问通纲介错时用的是什么刀，通纲答说村正刀。家康闻言如晴天霹雳，脸色立变。祖父、父亲、儿子，噩梦般的一幕幕血腥惨剧，竟然全都与村正有关!

泛着深冷寒光的嗜血妖刀，在漆黑的夜里幽咽悲鸣，锋利地噬啮诅咒着德川家，令家族饱尝血光之灾。这一切让家康产生了一种莫名的恐惧和痛恨。他回想起自己在幼年时，也曾被村正刀割伤过小指，不由得心有余悸，生怕自身也死于村正刀下。此时，家康已动了禁毁村正的念头，无奈当时他还只是个小诸侯，没有能力做到，只好暂且将此事搁下。

时光流逝，到了庆长五年（1600），德川家康已经是天下头号实权人物。这一年，他发动了关原合战，战阵中，织田长孝误伤了家康的小指，此指正是当年被村正割伤的那一指，更巧的是，织田长孝所持的，恰恰也是村正刀!

种种挥之不去的惨痛阴影和血光之灾，令不信天命不敬鬼神的家康，也不能不认定村正刀是破坏德川家的不祥之物! 当时，制造村正刀的技艺，已经由居住在伊势桑名的锻刀工房继承，他们锻造出的长刀、短刃，一律刻上“村正”的刀铭，跟现代的商标一样；并且按照出产年代，分为第一代到第三代，所以世上流传的村正刀很多。家康对此颁布严令，通告全国销毁所有刻有“村正”刀铭的刀，违者将视为藐视幕府、对德川家有异心，以大不敬罪满门抄斩。

家康禁刀后，村正就成了德川政权的一大禁忌，妖刀的说法也随之广泛化。从此村正刀步入了黑暗的命运，不是被当场销毁，就是被改凿刀铭。只有极少数的村正刀，靠着少数武士冒着掉脑袋的风险，才得以保存下来。

不过，与德川家有仇的人依然爱用村正刀，心存反意的福岛正则、真田幸村、岛津义弘等人，都在秘密收藏村正。到了江户末期，不少倒幕派人士故意把自己的配刀刻上“村正”的刀铭，以示坚决倒幕，希望能亲手用村正斩了幕府将军。只可惜村正并没有因此而取回一代名刀应得的地位，幕末的混乱局面，让它不断被当成暗杀的工具，依然血债满身。因此，妖刀村正的印象直到今天还根深蒂固地存在于种种离奇的传说中！

现存的真品村正极为稀少，以第三代的“妙法村正”最为有名。此刀刀身刻龙，剑刃部分刻有“妙法莲华经”的文字，与日莲宗有着很深的渊源，是收藏家眼中的珍品。

黑百合之殇

黑百合，孤傲的花朵，没有浓香却惹人怜爱，不带毒刺却杀伤力非常。它的花语是“爱恋与诅咒”。自古情到深处两相伤，每一段痴情爱恋到最后，若无花好月圆的结果，就必然是反目成仇，锥心刺骨。黑百合，既是魔力之花，对男性有着难以抗拒的神秘魅力，又是情殇之花，花上开满了切齿的诅咒。在那战国时代，名将佐佐成政就留下了一段与黑百合有关的情殇传奇。

佐佐成政，乃是一代枭雄织田信长座下的猛将。与柴田胜家、泷川一益等粗犷的将领相比，成政既不失豪勇刚毅风范，又有风雅浪漫气息，是屈指可数的文武全才。更难得的是，他对信长忠心耿耿，这在朝秦暮楚的时代尤显可贵。因此信长对成政也是信任有加，于天正九年（1581）任命他担任越中（富山县）五十四万石守护，全权负责越中诸事。

佐佐成政统治越中时，时常深入民间，微服私访。某次，他到富山城吴羽山赏樱，归途中经过吴服村，邂逅了一位绝色美女。这女子是当地豪族之女，名叫早百合，天生丽质，尚未婚配。佐佐成政怦然心动，便把她纳为侧室。两人如胶似漆，片刻也不愿分离。

然而，本能寺的巨变改变了历史的走向，织田信长在本能寺大火中殒命，天下重新陷入了纷乱。羽柴（丰臣）秀吉为信长复仇，迅速出兵讨伐了叛将明智光秀，逐渐

掌握了天下实权。曾发誓不事二主的佐佐成政，不愿意看到织田家的天下落入秀吉之手，遂追随信长遗孤织田信雄，与德川家康一道，于天正十二年（1584），在小牧·长久手向秀吉开战。但狡猾的老狐狸家康，见战斗毫无胜算，竟单方面与秀吉缔结了和议。佐佐成政为了改变危局，率壮士百余人，冒着暴风雪，越过常年积雪、荒无人烟的飞驒立山，来到远江滨松，企图说服家康重新举兵。这就是史上有名的“立山行”。

当成政从滨松回到富山之后，早百合却被诊断出已有了身孕，登时流言四起，都说早百合与家臣竹泽熊四郎有染，她腹中的孩子就是竹泽的。同时还有人在早百合房门口拾到竹泽的物品。实际上，这一切都是成政的正室因嫉妒早百合而设计的阴谋。正室因为膝下没有男孩，深恐早百合若生下儿子，会全面压倒自己，遂捏造了早百合与家臣私通的谣言。

此时，成政刚刚远途归来，十分疲惫，再加上家康的背信弃义令他愤慨不已，乍闻爱妾的背叛，冲动压倒了理智、爱意变成了杀意，也不详加调查就轻信了诬告。他唤来竹泽，拔出佩刀将其当场砍死。

而后，独占欲极强的佐佐成政像疯了一般冲入早百合房中，揪着她的长发将她拖到神通川岸边，把她绑吊在堤防的一棵朴树上，一刀一刀地凌迟早百合，活活将她折磨。无辜的早百合临死之际，咬碎银牙，和着血泪诅咒道：“成政，妾身无罪含冤，遭此惨刑，死不瞑目。我的怨恨将化为黑百合，必教佐佐家子孙横死、家名断绝！汝记着，立山盛开黑百合之日，就是佐佐家灭亡之时！”说完，早百合红颜凋尽，转为恶鬼的面容。在场的人个个吓得毛发为之倒竖。

早百合死后，神通川每当风雨之夜，便能见到青色鬼火，鬼火形状酷似一颗被吊着的女人首级，附近村民都称之为“早百合怨火”“悬垂火”。当地人还相信吊着早百合的那株朴树沾染着早百合的怨念，“若砍了这株朴树，树精就会作祟”。

天正十三年（1585），丰臣秀吉率领大军攻打佐佐成政。开战时，风雨交加，雷鸣电闪，阴霾中早百合的亡灵鬼火不时闪现。佐佐军斗志全失，一败涂地，成政只得身穿黑色法衣，向秀吉投降了。

由于秀吉正室北政所的推荐，成政被改封为九州岛肥后（熊本县）领主。满心欢喜的成政想着如何才能报答北政所的举荐之恩。恰巧这时，立山的黑百合花盛开了，漫山遍野。成政听说北政所从未见过黑百合，就特意让家臣去立山采摘黑百合。说也奇怪，家臣采来的黑百合，绝大多数都枯萎了，只有一株存留下来。成政心想越稀有才越珍贵，于是就将这株黑百合送到了大坂，晋献给北政所。北政所对成政的这份礼物相当满意，决定召开一次茶会，向人们炫耀自己得到了这样的奇花。参加茶会的宾客见到黑百合后都惊叹不已，唯独秀吉的侧室淀姬，对此表现得十分漠然。

三天后，淀姬也举办了一场花会，北政所应邀前往，却看见淀姬的花瓶内，竟插满了黑百合。原来，淀姬早已命人到加贺（石川县）白山摘来了大量的黑百合，与北政所区区一株相比，自然是大获全胜。

觉得受到羞辱的北政所大发雷霆，并迁怒于佐佐成政，认为他只晋献一株黑百合，是故意想让自己出丑。两年后，成政的领地发生暴动，北政所趁机向秀吉进谗言，逼迫成政切腹自尽。而那朵给成政招来杀身之祸的黑百合，其实正是早百合的亡魂所化。

红颜坠迷梦——邪门姬

战国，是男人们争做英雄的时代，但女子们的命运却往往都悲不堪言。或孤独病亡，或受尽蹂躏，或枉死异乡……青丝纷飞、泪眼蒙胧，可叹无数红颜凋谢于乱世不归路，邪门姬就是这其中著名的一位。

邪门姬，又名“发鬼”“毛女”。在清冷的夜里，她会把自己打扮得冶艳万分，站在空无一人的街道上，背对着街面。过路的人如果好奇，询问她：“都这么晚了，你站在这儿干什么呢？”邪门姬便会转过头来，阴森地盯着路人。她整个脸上布满了浓密杂乱的黑毛，五官被掩蔽得完全看不清楚。当路人意识到她是可怕的毛女，拔腿欲逃时，已经来不及了，邪门姬伸长她柔美纤细的长发，如蛇般缠绕住路人的脖子，将其活活勒毙。

别看邪门姬如此的可怖，她的前身却是个大美人儿。战国时代末期，丰臣秀吉、德川家康等大名齐集京都聚乐第，觐见后阳成天皇。天皇有一位公主，生得沉鱼落雁、闭月羞花，特别是那一头长发，乌黑润泽、光彩照人，最是撩动人心。宫里人人都为她的绝世风姿所倾倒，亲切地称她为“长发姬”。

长发姬集万般宠爱于一身，在后宫骄纵惯了，并不把一众觐见的大名们瞧在眼里，只是傲慢地颔首示意一下，就退回内殿。洒脱的丰臣秀吉并不在意，但德川家康却视

之为耻辱。生性坚忍的家康当时并不发作，而是将此事牢牢记在心里。

冬去春来，转眼间十年过去，丰臣秀吉已然辞世，德川氏压服天下，被天皇任命为幕府大将军，建立了新的武家政权——江户幕府。

再说长发姬这绝代佳人，最爱顾影自怜，自我欣赏。也难怪，她那张美丽的面庞在镜中水面映照时，真如明月般泛起皎洁的光辉，怎不令人爱怜横生呢？

然而，再娇俏的桃花，也抵不过岁月的无情。一天，长发姬对镜梳红妆，浅浅一笑间，却已寻见眼角多了两道皱纹。一阵心慌意乱袭上心头，她开始明白，自己也会老。

“宰相君，宰相君，快来！”服侍在外间的宰相君立即奔了进来，跪坐着，聆听主人的训示。宰相君是后宫的一种女官，专职替公主嫔妃打理一应生活琐事。

长发姬又细细打量着镜中的自己，美仍是那么美，只是再无蓓蕾初绽的芳香。她紧皱眉头，咬牙对宰相君命令道：“无论如何，必须给我寻来驻春之术，否则别回来见我。”

这是死命令，宰相君唯有拼死去寻，但青春常驻之方哪能那么容易得到？多方寻访无果之下，宰相君也迷了眼，死马当作活马医，寻回了一个妖僧。

长发姬也顾不得什么妖不妖了，她像溺水的人抓住了救命稻草一般，热切地恳请僧人传授自己驻春之术。妖僧说：“童颜不老，美貌常在，古往今来无数人孜孜企盼，却几乎无人做到。公主殿下认为这是何故？原因其实很简单，因为极少有人能满足药引的条件。”

长发姬道：“什么条件，你只管说来。天下无皇家办不到的事！”

妖僧阴冷一笑，说：“国人千万，女子占其半；其中少女只占三成，美貌少女又只得十分之一，更要其中处女无瑕者，连选九百九十九人做药引。你说，这不是比稀世珍珠还难寻么？”

长发姬听完哈哈大笑，道：“我当什么，不过是九百九十九个美貌的处女，这倒简单了。你只管说怎么做吧！”

妖僧默视长发姬良久，终于下定决心似的说道：“血浴！人之精气精华皆存于血中，以美貌处女之血沐浴，可美肌换肤，洗一次便年轻一分，犹如断琴续弦，又可再奏新曲。”

“真是歪门邪道！”长发姬听得直冒冷汗，却记得一字不差。希冀永恒青春的欲望早就压倒了一切。

虽说贵为皇女，但要将九百九十九名美貌处女弄进宫中，也绝非易事。最大的阻力，就是掌握实权的幕府可能出面阻挠。但是德川家康却似乎并不知晓此事，不闻不问，长发姬松了一口气。经过一番强夺诱骗，美貌处女如数入了宫。她们被安置在“芙殿”，每晚杀其中一女，放尽鲜血，倒入浴池中供长发姬沐浴。

如此过了五百个夜晚。

又一个满月之夜，又一具洁白如雪的处女胴体在浴池中晃动，寒意已起，血气随袭，素白的月亮此刻竟变得血红血红。长发姬呆呆地望着赤裸的美少女，仿佛看到了自己豆蔻年华时的身姿。

“又一颗樱桃啊！又红又多汁儿!”长发姬举起了手中的利刃，用力刺下。

不料，只听“锵”的一声，利刃已被弹开。水里的少女竟赤身跃出水面，敏捷灵动，秀指间反握着一把短刀。如此身手，绝非一般少女。

长发姬嘶声怒喝：“大胆！你是何人？”少女清脆利落地答道：“我乃德川家座下伊贺流女忍者是也！”

“什么？德川家？”长发姬大吃一惊，暗呼不妙。就在此时，芙殿外一阵轰响，殿门被撞开，一班执甲武士闯入殿中。为首的武士大声喝道：“奉天皇与大将军令，讨妖除逆！”

原来，长发姬此前征集民女时，德川家康早已得悉，他表面上佯作不知，暗中却派女忍者混入九百九十九名女子当中，伺机收集证据。等到长发姬杀女过半，犯下重罪后，家康这才禀明天皇，并且出示了女忍者收集的大量证据。天皇震怒，遂派兵捉拿长发姬。

德川家康这一手果然毒辣，长发姬猝不及防，但皇家贵胄的高傲令她怎甘心束手就擒？她无比愤怒，血气翻涌，满面已涨得通红。

人在极愤怒之际，理智尽失，魔便乘虚而入。虽然血浴仅进行了一半，但五百位少女的鲜血早已无色无识无受无臭地渗入到长发姬每一寸肌肤骨髓中，她们冤死的怨念也随着血液渗透到了长发姬的潜意识里……

武士们正要上前捉拿长发姬，突然如逢鬼魅般纷纷散避开来。但见长发姬整个脸孔极度扭曲，五官渐渐消失，顺滑的秀发越来越长，从脑后飘散而出。那发丝锋锐如针，根根竖起像无数小蛇一样，猛噬向一众武士。武士们吓得魂飞魄散，个个面如土色，抛下兵刃，飞也似的逃离了芙殿。

芳名播天下的长发姬，就这样变成了人不人鬼不鬼的女妖。皇宫是再也不能待了，驻颜回春又成了镜中花水中月，她唯有以长发遮住丑陋万分的脸，埋藏内心的忧伤，

以邪门姬的新身份漂泊于无情的人间。

做美人，本是件很快乐的事情。只可惜她一心想让花儿长开不败，于是烦恼自寻，恶根深埋，罪孽如血海，见不到尽头。

金枝欲孽，魔自心生。一切，皆是咎由自取！

第六章

江户时代——光鲜织锦，浮世物语

小引：时代背景

真正结束战国乱世的人，是被戏称为“老乌龟”的德川家康。他以缩回拳头式的谋略和忍耐力，忍常人所不能忍，在织田信长和丰臣秀吉面前忍气吞声，终于等到压制自己的这两大巨头先后殒命，方才暴起发难。他于1600年挑起关原合战，指挥东军，大败以石田三成为首的忠于丰臣家的西军，掌握了控制诸大名和朝廷的实权。

1603年，德川家康受封为征夷大将军，在江户（今东京）建立日本第三个幕府政权——德川幕府。1614年及1615年，德川家康先后发动了旨在彻底消灭丰臣家残余力量的“大坂冬之阵”与“大坂夏之阵”，秀吉之子丰臣秀赖兵败自杀，日本全境统一。绵延了一百五十余年的战国烽烟终于宣告平息！

江户时代是一个长期和平、经济繁荣、文化昌盛的时代，同时资本主义也在日本开始萌芽。商品经济的兴起，使得工商业阶层发展壮大，消费文化渐趋繁盛。这一时期人们的教育水平高、艺术欣赏力强，都市的市民阶层正在逐步形成，城市中到处都是新鲜事物。以通俗、享乐为标志的反映庶民生活的“町人文化”随之兴起，兰学、浮世绘、歌舞伎等成为时尚热点。所以神怪传说自然而然地转向了都市类妖怪奇谈，并且东西杂糅，求新求变。剑侠、怨灵、七福神、新都市妖等不同风格的异类，奇妙地混处于同一时空，浓郁的和风中渲染了丝丝西洋摩登气息。

此一时期，纸张开始全面普及，印刷技术大发展，使得书籍大量出版。由于德川幕府实行“闭关锁国”政策，统治阶层严密地控管文化领域，老百姓普遍在精神上受到强烈压抑，心中的苦闷必须找到纾解的渠道。既然对现实无能为力，便转而投向新鲜刺激的事物，渴求狂野猎奇。于是潜在的逆反心理孕育了“怪谈文学”这一新的创作形式，结合图书的印制发行，得到了蓬勃发展，成为人们的心灵寄托。

德川幕府历时二百六十五年，于1868年被代表资产阶级和新兴地主阶级利益的倒幕派推翻。新即位的明治天皇颁布《王政复古》诏书，宣布大政归还天皇，日本开始“富国强兵”的西化改革，这就是日本史上具划时代意义的“明治维新”。至此，封建制社会终结，日本走上了近代资本主义发展道路。

七福神

福，是诸事和谐吉顺的总称，其含义相当丰富，过去指“福气”，现代的解释则是“幸福”。长寿、富贵、好运、健康、安宁、家庭和睦等等，都是“福”的具体表现形式。

中国有福星保佑人们万福降临，在日本，也有一个类似“八仙”的神仙组合，负责日本人民的福气和福运，那就是人见人赞、人人礼拜的“七福神”。

七福神在日本神话中负责主持人间福德，赐予人们幸运、福分、财富、寿考、康宁等，几乎凡人所衷心祈求的一切美好愿景，七福神都一揽子全包圆了，因此他们在日本民间有着极其崇高的地位。正月初，日本人祭七福神、拜七福神、食七草粥，种种习俗无不浸透着对七福神的尊敬与崇拜。

七福神分别是：大黑天、惠比寿、毘沙门天、弁财天、福禄寿、寿老人、布袋尊。这七位神的来历、背景各不相同，系参考吸收了佛教、道教、婆罗门教等多个宗教的相关原型，与日本本土的神道教信仰融合而来。其中除了惠比寿是日本固有神明外，其余六位皆为“舶来品”。大黑天、毘沙门天、弁财天传自印度，系佛教之天部众；福禄寿、寿老人、布袋尊则传自中国。此外，也有看法认为福禄寿和寿老人同为南极老人的化身，是同神异名，故把吉祥天也放入七福神之列。

七福神信仰源于佛教“七难即灭、七福即生”的观念，其具体起源时间，众说纷纭。“七”在东方文化中，是个吉利的佳数。中国有七宝、七星、竹林七贤等为之代表。受中国风的影响，日本于室町时代首先在古城京都出现了七福神。当时日本清谈之风渐起，京都的贵族、武士或者大商人，常把“竹林七贤”跟“七神”的绘画挂在书院或茶室的墙上，之后七福神便渐渐风行开来。室町时代多年的战乱导致社会疲敝，

苦难中的人们只有把希望寄托于明天，寄托于七福神的庇佑，以寻求精神上的安慰。

到了江户时代初期，有位高僧天海上人，对幕府大将军德川家康说：“大人身具七德，兼有大黑天之富财、惠比寿之正直、毘沙门天之威光、弁财天之爱敬、福禄寿之人望、寿老人之长寿、布袋尊之大量。有此七神，可成就七难即灭、七福即生之功德。”家康闻之甚喜，便命人绘制了七福神像来供奉。由于可以同时求来七种福气，所以乐于参拜七福神的人越来越多，不知不觉地推行到了各地，成为全国性的民间神祇。

大黑天

七福神之首的大黑天，是五谷丰登、开运招福之神，他的根源在印度，原型乃天竺的破坏神湿婆，住在大荒天。其名梵语音译为“摩诃迦罗”，“摩诃”意为“大”，“迦罗”意为“黑色”，所以被称为“大黑天”。佛教传入日本后，湿婆形象与日本的大国主神信仰相结合，嫁接出大黑天神（日语“大国”和“大黑”发音相同）。大黑天起先被封为比睿山的守护神，祭祀于各寺院的饭堂厨房里。那个年代，想填饱肚子可真不容易，老百姓都认为有饭吃是头等幸福的大事，所以主管粮食、守护灶台的厨神大黑天就被尊为第一位福神。

大黑天头戴黑方巾，左肩背一个大布袋，右手持万宝槌，脚踏米袋，胖墩墩满面福气。他身在厨房，不入世间，以“慈眼视众生”，可使用神术驱除厄神邪气，使农耕丰饶、人众平安。他背上的大布袋，是一个福袋，象征着“福寿海无量”。由于他是司丰收之神，因此使者是老鼠，米仓里的老鼠都归他管理。日本对老鼠的观念与中国不同，因为老鼠感觉灵敏，常能预知火灾和地震等灾祸，所以，日本人认为只要老鼠住在家里，就表示大黑天正庇护着这个家，如果连耗子都没了，这家就要衰败了。

惠比寿

惠比寿，又写作“惠比须”，是七福神中唯一的纯粹本土神。别看日本的神怪林林总总，事实上，70% 究其源头来自中国，20% 来自印度，10% 才是本土特产。惠比寿的前身是大神伊邪那岐命和伊邪那美命生下的水蛭子（见第一章第 3 节），被放于芦苇舟中，漂流到大海。而古日本人认为大海的彼岸是神圣之地，圣地的神来陆地看望人们时，会带来福气。再加上惠比寿擅长捕鱼，又教人们用鱼和农作物进行物物交换，因而被尊为海运、渔业之神。代表着清廉，庇佑渔业丰收以及海上、陆上的交通安全。

惠比寿的形象通常是圆圆的脸颊、大大的耳垂，带着善意的微笑，右手持钓竿、左手抱着表示吉祥的大头鱼，一脸富态，巡游四方，备受庶民百姓的欢迎。海女潜水、渔民撒网时，都会大喊数声“惠比寿”。日本全国的渔民都有把鲸鱼和鲨鱼叫作惠比寿的习惯，因为鲸鱼和鲨鱼的后面必定跟着大批鱼群。

惠比寿起先只是渔业所信奉的神，到了中世纪，日本商业逐渐发展，他又变成了商业之神。商人们把他当作自己买卖兴隆的庇护者，争相供奉。而拥有惠比寿一般肥厚“福耳”的人，都被认为有福气和财气，可以聚财聚福。这点和咱们中国一样。

大黑天与惠比寿，分别司掌农业与渔业，守护着最基本的民生两大产业，是以常常被合在一起并列奉祀。这也象征着日本两大神话体系的合流：大黑天，也即大国主神，代表出云系；惠比寿则代表着高天原系。

毘沙门天

毘沙门天原是佛教四大天王之一，系守护北方之多闻天。相传在大和时代，物部氏和苏我氏因为佛教的是非问题而起纷争，终至兵戎相见。当时十六岁的圣德太子是苏我氏的一员，物部氏则控制了皇室和军队的大权，苏我氏处于劣势。决战前夜，圣德太子在阵中雕刻了四天王像，并许愿说：“若佑护我方获胜，我必为四天王建造寺院，时刻供奉。”他手持四天王像，慨然地上了前线，带头冲锋陷阵。苏我氏军为此士气大振，一鼓作气扭转战局，获得了胜利，全灭了物部氏。苏我氏拥戴崇峻天皇即位。天皇按照与圣德太子的约定，在摄津建造了四天王寺，四大天王从此在日本极受尊崇。战国时期，“越后之龙”上杉谦信就笃信毘沙门天，并以“毘”字为旗号。

毘沙门天形象勇武，金身披甲，一手托宝塔，一手持戟，足踏天邪鬼，神像上总是呈现愤怒的表情。他原本是光明和无量智慧之神，后来被作为率领夜叉、罗刹守护国土的武神来信奉。他左手的宝塔可以招福，右手的戟可以祛邪降魔。七福神中，他负责赐予人们勇气和力量。

弁财天

七福神中唯一的女性弁财天，来自印度佛教，是梵天的女儿，同时也是他的妻子，居于日轮中，照亮四洲。她原先的称谓是“弁才天”，本是印度的河神，印度人认为她的身躯如大河般壮丽，河水流动的响声犹如美妙的音乐，所以她又成了音乐之神。

后来，她被视为和语言女神同为一体，于是又成为学问和辩论女神。“才”字就代表了她的智慧、音乐、雄辩等才华。日本人从实用角度出发，将其改写成“弁财天”，并将她当成财富之神来膜拜。在镰仓等地有“弁财天洗钱池”，据说在池里清洗钱币，能够将金钱的污垢洗掉，重新焕发金钱的灵性，从而带来财运。

在印度，弁财天有妙音天、美音天、大辩才天等别名，她的原始打扮是坐于莲花之上，头饰八莲冠，怀抱琵琶，身边有白鸟或孔雀随侍，并且拥有八臂，分持弓、刀、斧、索、箭、戟、杵、轮八种武器。而在日本，弁财天则被改装成了中国仙女，霓裳彩绦，飘然出尘。她的主要神职是帮助人们消灾去祸，并保家运昌隆、财源广进。

福禄寿

福禄寿是来自中国的福、禄、寿三星的合体。日本人图实惠快捷，干脆将这三位合为一体，幸福、厚禄、长寿一并祈求。福禄寿的个子较矮，头长身短，留有连鬓美须，手持团扇、拐杖，杖上系着一卷经书，书里记载着凡人的寿命年限。常有一只白鹤与他为伴。

寿老人

有说法认为，寿老人和福禄寿原本是一回事，他们都是南极老人星，也就是道教寿星的化身，是从中国传入日本的神，传入载体主要是水墨画。传说中，南极星紧贴着南边的地平线，如果有幸见到，可得长生。

在具体决定七福神的过程中，对于特征相近的福禄寿和寿老人，是否择一而定，日本民众曾几度犹豫。最终为了凑齐“七”这个吉数，将两者都保留了下来。

寿老人的福德是不老长命、无病无灾。他的形象与中国的寿星如出一辙，是老年人的理想姿容：身量不高、大耳白眉，披着过腰的飘逸银发、袭一领广袂仙衣，一手拄杖、一手托着象征长寿的仙桃，笑容可掬地望着世间的善男信女，好一副慈祥和蔼、雍容富态的耄耋气派。他的身边，伴有一只活了一千五百岁的玄鹿。

布袋尊

布袋尊是典型的中国民间信仰日本化的产物。他的前身，就是中国的布袋和尚。布袋和尚实有此人，是七福神中唯一有生活原型的神。他原是中国后梁时期的禅僧，

七福神

七福神在日本神话中负责主持人间福德，赐予人们幸运、福分、财富、寿考、康宁等，几乎凡人所衷心乞求的一切美好愿景，七福神都一揽子包圆了，因此他们在日本民间有着极其崇高的地位。

名为契此，体胖大肚，容颜喜人，常常带着一只布口袋四方化缘，并用布袋里的财宝救济穷人，又能占卜吉凶，故被认为是弥勒菩萨的化身。

自从禅宗传到日本，人们普遍认为将出现“弥勒之世”。当弥勒菩萨现身时，会有弥勒方舟自大海彼岸航来，舟中载满装满大米的米桶。所以，日本的十八罗汉和七福神里都有布袋尊。布袋尊是福德圆满、洪福吉祥之神，代表着平和、知足、快乐，司子孙长久和家庭圆满。他袒胸露腹，一手持宝杖，一手提着布袋，笑口常开、助人为乐，常为人预测天气、命运、吉凶。

以上这七福神聚在一起，平安长寿、吉祥富贵，人人渴求。日本每逢新年，家家携老带幼，逐一参拜七福神的神社，祈求他们降福。

七福神一般都住在宝船里，由于日本是个岛国，四面环海，因此很重视船的作用。七福神的宝船上载满金银珠宝和稻米包，船身上写着回文：“长夜船行浪翻天，天翻浪行船夜长。”日本人相信，新年的第一个梦（初梦），要是梦见宝船，一年里就会大吉大利，事事如意。所以，为了能如愿梦见宝船，人们常把绘有七福神乘宝船的画像嵌入墙壁内，或放在枕头底下睡觉。这个习惯从近代开始传遍了全国。

有趣的是，日本还有一项民俗与七福神有关。在新春之际，有贫民穿上七福神的服装，悄悄溜到他人家中，那家人无论是否愿意，都要高兴地喊道：“福神来了，福神来了。”然后将红包送给装扮七福神者。散财者图吉利，得财者也高兴。这和中国的“接财神”民俗颇有异曲同工之妙。

招财猫

圆滚滚的身躯，细弯弯的眯眼，还有咧开嘴的憨憨笑，这就是日本招财猫的可爱形象。猫在日本各式传说里往往是负面的存在，唯独招财猫是个例外。从江户时代开始，招财猫就是日本民间求取平安幸福的吉祥物。日本许多商家，都会在商店门口放置一只招财猫，它憨态可掬、神情讨喜，伸长着手，一副招钱来财的模样，令人马上联想到客多财旺的好彩头。而孩子成年、丈夫外出，母亲妻子也都要给他们戴上一个招财猫布玩偶，期待招财猫能给亲人带来好运。可见招财猫在日本是多么受欢迎。

招财猫的传说

招财猫的由来，有多种说法，首先是“灵猫报恩”说。

话说江户时代，有一个以染布为业的望族“越后屋”，原本生意经营得风生水起，哪知传到少主这一代却渐渐衰落了。原因是少主不喜欢经商，成日里无所事事，不是聚众赌博，就是和一只叫“小玉”的猫咪玩耍，所以很快将祖业败了个一干二净。一时间穷困潦倒，举债如山。管家生气地责备少主说：“你这样做，怎么对得起越后家的列祖列宗啊！”可是少主已沾染了泼皮无赖习气，毫不以为意，半开玩笑地说：“你就别啰唆了，以前不是有仙鹤报恩的故事吗？没钱怕什么？叫小玉去找一些来就是了！对不对啊，小玉？”猫咪小玉颇有灵性地点了点头。

到了第二天，小玉果真衔着一枚金币回来了，少主眼睛一亮，兴奋异常。管家趁机规劝他说：“少主啊，你就拿这枚金币做本钱，好好地干一番事业吧！”但游手好闲惯了的少主哪里听得进去，他一把夺过金币，看也不看小玉，就飞奔进了赌场。结果可想而知，他又输光了。

少主沮丧地回到四壁空空的家，拍拍小玉的头，说：“小玉，再帮忙取一枚金币回来吧！这次我一定会好好利用，不会再去赌了。”小玉犹豫了一下，慢慢走了出去。

第二天，小猫又衔了一枚金币回来，少主登时将承诺抛在了脑后，头也不回地直奔赌场，“这次我一定要翻本！”然而到了晚上，他再次垂头丧气地回来了。

刚一进门，管家就慌慌张张地说：“小玉不知怎么搞的，整天都懒洋洋地没有精神！”少主闻言赶忙冲进屋里，抱起小玉，关切地叫着：“玉，玉，你怎么了？”小猫咪张开眼睛，舔了少主一下，少主松了口气。管家说：“少主人，你不觉得小玉最近越来越瘦了吗？真是奇怪。”少主却不理会管家，又抱着小猫说：“玉，再一枚，再一枚金币就好了，这次我一定会好好做番事业的。求你了。”小猫幽婉地看着主人，挣扎着爬起来，步履缓慢艰难地走出屋子。少主心中突然一闪念：“我怎么这么笨啊！只要跟着小玉，不就能知道金币的来源了吗？如此一来，日后就有用不完的财富了！”于是他蹑手蹑脚，一路尾随跟踪着小玉。

小玉走了很远，还越过了几条河，最后走进树林里，在一座庙前停了下来。只见它举起前爪，合十做祈祷状，口中念念有词。少主躲在树后，看到小猫这般奇异的举动，

十分愕然。他悄悄靠近，只听小玉念叨着：“拿走一些手，拿走一些脚，给我一些金币；拿走一些肚子，拿走一些毛发，给我一些金币。”随着小玉的祷告声，它的身子越变越瘦，越变越小。这时少主才恍然大悟，大叫着从树林里冲出来，高喊道：“小玉！不要念了！我不要那些金币了！”

小玉回过头来，哀伤地看了少主一眼，又继续念着：“拿走一些手，拿走一些脚，给我一些金币；拿走一些肚子，拿走一些毛发，给我一些金币。”空中强光一闪，小玉消失了，只在地上留下三枚金币。

少主捡起金币，失声痛哭，后悔不已。从此以后，他像变了一个人似的，用这三枚金币做本钱，努力创业奋斗，赚到钱也不乱花，全都存起来。经过多年打拼，越后屋家族又再度兴盛起来，少主也成为江户首富。

越后屋就是日本现代企业“三越百货”的前身。为了铭记小玉的牺牲，越后屋在店门前放了一尊猫咪口衔金币的雕像，以示纪念。后来越后屋的生意越做越红火，商人们认为这都是小猫的功劳，也纷纷仿效，在柜台或店口摆上一只招手的小猫，最终演变成今天的招财猫。

招财猫由来的第二种说法，被认为与花魁的三色猫有关。

江户时代的烟花巷吉原，有个名叫薄云的花魁，她养了一只三色猫，取名为“玉”。薄云每天与玉形影不离，甚至连上厕所时，玉也会跟在身后。于是有些无聊的人开始谣传，猫会令人鬼迷心窍，并且说薄云中了猫魔。

妓院院主三浦屋次郎，深恐谣传会影响到薄云的人望，强令薄云丢弃玉。但薄云置若罔闻，照样爱猫如命。

三浦无可奈何，便心生毒计，某天晚上，他趁玉又跟在薄云身后进入厕所时，拔出太刀，斩下了玉的猫首。当猫首凌空飞落的瞬间，三浦和薄云同时发现猫首正紧紧咬住一条毒蛇的蛇头。原来，妓院的厕所不太清洁，常有毒虫出入，玉是为了守护主人薄云，才会每次都跟进厕所的。

薄云悲痛万分，将玉的尸骸送到寺院，并立了一座猫冢祭祀。有位游客对薄云的爱猫之心深表同情，特意从长崎订了沉香木，请能工巧匠刻成招财猫的模样，送给薄云，薄云爱不释手。她过世后，这个木雕的招财猫被送到祭祀玉的寺院内，与真正的玉相伴。“猫咪玉”的故事风传江户城，善良的人们有感于猫咪玉能保护主人免受灾厄，也纷纷以陶瓷塑造玉的形象，作为吉祥物摆放，称之为“招福猫儿”。

招财猫造型的含义

最初的招财猫一定是坐在红色布垫上，胸前挂金铃，面无表情，双眼紧闭，举起手象征财源广进。四百多年来的发展演变，招财猫已不再局限于固定的神态和动作，其造型与颜色多种多样，讲究也很多，分别代表了不同的含义。

一般来说，举右手是纳福，通常放在家里；举左手是招财，用来摆放在店面；如果两只手都举起来，“财”和“福”就全齐了。而闭眼猫代表招近财，睁眼猫表示招远财。

不同颜色的招财猫也代表了不同的意思：白色代表着幸运；粉红是希望恋爱顺利；红色是祝愿身体健康；绿色是企盼金榜题名；金色是希冀生意兴隆、财运亨通；黑色表示辟邪消灾、长保平安；紫色寓意美丽、长寿；而蓝色则代表事业有成。

最后，招财猫怀里所抱（有的在脚边）的物品也有不同含义：茄子，象征梦想和好运；桃子，象征实现愿望；金鲤，象征年年有余；富士山，象征富贵财运；龟或鹤，象征健康、长寿；松竹，象征平安，生命力旺盛；竹笋，象征事业进步、节节高升；宝船，象征财富；樱花，象征恋爱、运程；浮萍，象征平安、幸福康宁；松或梅，象征着吉祥如意、福寿延年。

光面妖

光面妖的日语写法“のっぺらぼう”本意为平滑、光亮，亦指没有变化、单调平淡之意。光面妖是一种在日本相当知名的妖怪，从表面上看，这种妖怪具有普通人的形体、四肢，完全与常人一模一样，但如果凑近看，你就会被吓一大跳，这个“人”竟然没有鼻子、眼睛、眉毛，也没有嘴巴，整个脸就像一张白纸，所以才被称为“光面妖”。

光面妖之所以著名，与小泉八云《怪谈》中一篇题为《貉》的故事有关。故事发生在江户时代一个叫纪国坂的地方，这里每到晚间，人迹稀少的坡道上就常常出现貉。一天深夜，一个女子蹲在坡道的壕沟边哭泣，一位过路的商人关心地向女子打招呼，询问有什么可以帮忙的。岂料女子一回头，把商人吓得半死，那女子的脸面光光的，

鼻子、眼睛、嘴巴统统没有。商人见此怪状，惊慌失措，急忙沿着坡道向上逃，好不容易跑进一家亮着灯火的卖荞麦面的店里，商人惊魂稍定，向店主人述说刚才遇见的可怕事件。店主人背对着商人，说："哦，你讲的那个妖怪，是这个样子吗？"说完，扭过头，商人当场汗毛倒竖，瘫倒在地。原来，店主人竟也是个脸面光光的光面妖。

此外，在日本岐阜县，也有相类似的一个传说。久久利城主年轻时，酷爱狩猎。某个月光皎洁的夜晚，他在野外追猎一只貉，貉忽然不见了踪影，却出现了一个僧人。久久利见僧人形迹可疑，遂连发数箭，谁知箭射到的一瞬间，僧人竟无影无踪。久久利又奇怪又害怕，见前方不远处有座寺庙，便进去投宿，同时向住持讲了刚才发生的事情。住持对久久利说："那个妖怪可是这个样子？"说完，久久利的周围登时出现了许多光脸的妖怪。久久利吓得拔刀乱舞，一阵阴风吹过，妖怪全消失了，寺庙也不见了。

而在日本沿海，也有个类似的传说。有个年轻的男子，经过一个海滨小村时，见到一位女子正倚松观海。虽然瞧不到她的容貌，但背影却苗条柔美。男子动了心，便上前拍了拍女子的肩膀，想和她搭话。孰料女子一转头，登时把男子吓得魂飞魄散。那女子的脸像蛋一样光溜溜的，没有眼睛、鼻子和嘴巴。男子浑身打战，连滚带爬地狼狈而逃。

由这些传说可以推知，所谓的光面妖其实就是貉幻化而成的，但光面妖其实是善良的妖怪，它们并不加害于人，只是喜欢互相搭档着搞搞恶作剧，吓唬吓唬人类而已。

光面妖在日本不同的地方有不同的传说，叫法也不一样，如青森县津轻地区的光面妖就是一个男妖形象。江户后期，津轻有个叫兴兵卫的人，嗓门特别好，没事就爱哼两句歌。一天，兴兵卫从隔壁村子回来，天已经黑了，他走在山路上，边走边高声唱着歌，唱着唱着，不知从何处也传来了同样的歌声。兴兵卫有点慌了，问道："是谁？"对方也回问道："是谁？"兴兵卫四面瞧了瞧，不见有人，正想快步离开，一个男子的影子悄然飘到兴兵卫面前，兴兵卫提起灯笼一看，妈呀，光面妖！兴兵卫拔腿就跑，跑到一个朋友家里，向朋友述说遇见光面妖的事情，朋友却说道："那个光面妖的脸可是这个样子？"说完，凑上脸来，兴兵卫一看，又一个活生生的光面妖，惊得仰头便倒，不省人事。

当然，光面妖也有女的，女光面妖是有嘴巴的，基本上都是由无法成亲的女性转变而来。她们通常会身穿美丽的和服，头戴"角隐"（日式婚礼上新娘使用的头纱），

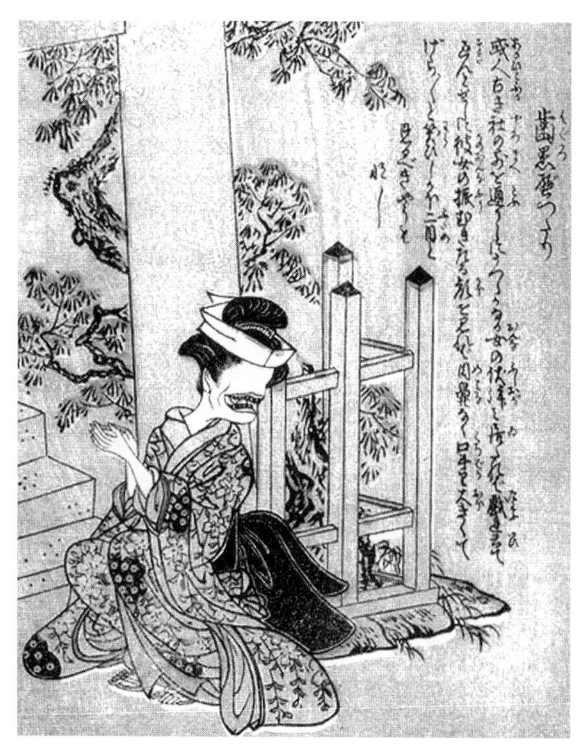

光面妖

光面妖是日本一种相当知名的妖怪。从远处看，这种妖怪具有普通人的形体、四肢，完全与常人一模一样，但如果凑近看，你就会被吓一跳，这个“人”竟然没有鼻子、眼睛、眉毛，也没有嘴巴，整个脸就像一张白纸。不过，光面妖里也有女性，女光面妖是有嘴巴的。她们一般身着和服、头戴角隐，打扮成新娘的样子。

打扮成新娘的样子，用手遮着脸。遇见她的人，倘若好奇地向她打招呼，她就会回眸一笑，毫无防备的人一看，天哪，这个新娘子竟然没有眼睛和鼻子，而咧开的大嘴里却露出染黑的牙齿（古日本贵族女性婚后会把牙齿染成黑色），真是可怖万分。看到这张空白脸的人，都会惊慌失措，甚至晕厥。

其实，如果遇上了身穿和服的女光面妖，无须慌张，只要假装答应跟她结婚，就能摆脱她的纠缠了。

欢喜神仙台四郎

仙台是日本东北地区的经济中心城市，素以商业繁荣著称。从这里，走出了一尊日本民间普遍信奉、非常流行的神，他是举国公认的快乐神、欢喜神、幸福神；在人们心目中，他不仅可以保平安、生富贵，更代表了知足常乐、包容忍耐、喜悦和善的纳福心态。他就是日本的欢喜神——仙台四郎。

仙台四郎是江户末期出生于仙台的一位真实存在过的人物。他本名芳贺四郎，在家中排行老四，从小就长得胖墩墩的招人喜爱。七岁那年，一不小心，四郎失足跌落河中，昏迷高烧了数日，自此成为智障儿。他长大后，虽说身强力壮，但智力水平却一直保持在七岁程度。再加上一年四季总是剃成个大光头，眯着一对无邪的小眼睛，张着合不拢的笑口，乐哈哈地在仙台乱逛，逐渐就成了仙台的名人。

别瞧四郎样子傻，却别有一番天真。他性格乐观宽容，没有心机，待人热忱，整天笑眯眯地在仙台市内的各个商店来回蹓跶，时不时还会主动帮店家打扫卫生，若是饿了，更会不告自取地拿走店里的食品充饥。人们笑他、骂他、欺他、辱他，他都不气不恼，也不与人争辩，任人嘲讽羞辱，尽能容忍，而且总是面带微笑。他那亲切和蔼的笑容，使人忘记了烦恼与忧愁，因此，人人都乐意见到他的笑脸。

更奇怪的是，似乎有一种不可思议的力量隐藏在他背后，凡是不嫌弃他，时有赐予、随他吃喝的店铺，往往生意分外兴隆，大大获利；而不肯施予或辱骂他的店，不知为何，必定会走向衰败倒闭。久而久之，仙台民间开始流传着这样一句俗语：“四郎一笑，欢乐必来。”商家们纷纷认定他能够吸引旺盛的人气，并带来福气和财气，对他无不热情欢迎。可是四郎只有一个，分身乏术，于是各家店面干脆供奉起仙台四郎的塑像，希望他坐镇店堂，开运招财。

1920 年，四十七岁的四郎过世，随即被拜祭他的人升格为欢喜神。很显然地，日本的这位欢喜神，身上有着中国弥勒佛的影子，喜眉乐眼、憨态可掬，寄托着人们对幸福的向往追求。欢喜神以仙台为发源地，向日本全国席卷。二战后，欢喜神仙台四郎已成为全国性的神祇，相当多的百货公司、商业机构、寺庙神社，都供有“招き四郎様土鈴”的欢喜神祭坛，至今膜拜不息。

那一剑的侠情——盲侠座头市

谁起？谁落？

谁善？谁恶？

起落有尽时，善恶终须报！

——看剑！

座头市其人

在日本民间的剑侠传说中，“盲侠”座头市和“剑圣”宫本武藏一样有名。如果说宫本武藏是个人修炼的代表，追求的是剑术与人生境界的圆满的话，那么座头市则正好与之相反，他之于日本，犹如黄飞鸿之于中国，都是平民阶层的侠客英雄。他绝不会像宫本武藏和当时大多数武士那样，“学得文武艺，货与将军家”，而是在良善被欺压时及时出现，在惩戒恶人后施然而去，给人以“哪有不平哪有我”之感。心地善良的座头市，是老百姓心中的圣人，因此他的传奇就更为广大普通民众所接受，并津津乐道至今。

“座头市”这三个字中，“座头”是僧侣的一种级别，位居盲人组织“当道座”四头衔的最末一级，是以说唱、按摩、针灸为业的落发盲人的职称。“市”则为人名。以前日本的平民没有姓氏，为了区分个体，就有了“职业”加上“名字”形式的称呼。

座头市四海为家，过着风尘仆仆的流浪生活，时刻伴随着孤独与黑暗，周游天下成了他的修行。短短的头发、满脸的胡须，衬出他沧桑的生涯。平时一袭布衫披在肩头，

一只盲公杖则是他随身的标志，在肮脏猥琐的外表下隐藏着正直好义的心。他虽然双目不能见物，表面上靠赌博和为人按摩维持生活，然而在卑微的身份背后，他却是一群剑客的头目，拥有风驰电掣般的精湛剑术。由于听力相当厉害，因此其剑术惊人的准确，往往一击必杀。其剑法固然无人能敌，耍起钱来也是罕逢对手，还经常表演把掷向空中的蜡烛、铜币切成两截的绝活。赌钱也好，动刀也罢，往往别人欺他残疾，却恰恰中了他的暗算。

座头市身残剑不残，眼盲心却清，头脑敏锐过人，剑术深不可测，再加上嫉恶如仇，以惩恶扬善为己任，使得他在江户时代末期的黑暗社会中成为饱受欺凌的百姓的救星，给弱者带来了希望。其锄强扶弱的侠义精神，慈悲为怀的菩萨心肠，令人敬重万分，百姓们都亲切地尊称他为“盲侠”！

盲侠行侠仗义的事迹不胜枚举，每一个故事，表层虽是喜剧，骨子里却是悲剧。每一个故事，都包含了悲喜交集的情感。所以他杀朋友，然后流泪，但此前大家还能坐在一起喝酒、钓鱼；他杀兄弟，一了宿怨，但大家都曾经拥有同样的回忆，甚至喜欢着同一个妓女；他拒绝了爱情，但明知身边的女人与自己有着不共戴天之仇，还是让她牵起自己的手……

然而，他始终只是一个盲人。世界越大，他就越无助。这注定了他不能成为一个风光人前的大武士。无敌天下的刀法，也只能用来苟全性命，捎带着做点行侠的义举。这是无法更改、也无法摆脱的宿命。他越是得到人们的敬仰，他的命运就愈发凄凉。悲剧的落差与矛盾之大，在他身上表露无遗。

与古龙创造出的风流盲侠花满楼不同，座头市把自己放在了一个很低的位置上，压抑、抗争、战胜自身的缺陷与局限性才是他生命的意义。他似乎永远拥有超然物外的心境，有时会像济公，诙谐幽默、神通广大；但有时又像一个懒汉，邋遢惫懒、嬉皮笑脸。总之，当他行侠仗义时，人们看到的是人性崇高的一面；当他唱着“脚踏破鞋游四方，只有今朝没明日。漂泊鸟儿何处去，知我路者唯竹杖”的歌儿辛苦忙活时，人们又能在他身上看到自己卑薄的身影。无论世界怎样变化，他永远在路上。没有人问他一句，这漫长旅途，何处是尽头？

座头市其剑

一旦挥起刀来，世界就不存在了。

座头市浪迹江湖，行侠仗义自然免不了“该出手时就出手”，高超的武艺是为弱者主持公道的资本。每当这时其剑与剑术就派上用场了。

座头市的剑，藏于盲公杖中，平时协助行路，战时杖柄一旋一抽，一把全手工冷磨开刃的利剑就跃然而出。有别于中国剑的飘逸华丽及西洋剑的花巧灵动，日本剑一般为双手共用，以劈砍为主，讲求沉静低敛。但盲侠所用的这把剑，却与日本传统长刀有所不同，是反手短剑（单手向下握剑），长于近身格斗，快如雷电、疾如霹雳是其最大的威力所在。

座头市使用的剑术，是秘传的居合刀法，充满力道、准确性和窒息感。日本剑道一向认为只有“正手刀法”才是王道，它被当作一种武士精神的象征，正统武士和浪人是绝不屑于用“反手刀法”的。但是座头市出身低微，职业是按摩师兼半个赌徒，又盲了眼，所以使用反手刀并不被认为是卑鄙的做法。再加上他的剑因为藏在拐杖中，直刃长柄，用“逆手居合”的方式拔剑，可说是威力惊人。

在这个混沌世界里你想要活着，一是心要比对手狠，二就是刀要比对手快。由于惯用反手刀法，座头市成了最有名的快刀手。剑不出则已，一出必杀，一击致命，决不手软！因此“座头市”三个字，令黑白两道闻风丧胆。他有时与流氓们群殴，有时同高手单挑，不管群殴还是单挑，时常会将对手打得苦不堪言。如闪电般迅速地抽刀出击，电光火石间，刀压瞬间爆发，精准利落地将欺压良善、蛮不讲理的恶人，一刀两断。斩人的精确度令人窒息。一片刀光之后，快速地回剑，振剑洒血入鞘，只剩下静静的尸体，凌乱地躺着，让死亡充满了诗意，让伤口闪烁起光泽。

（按：日本通常刀剑不分，所以刀即是剑，用刀的方法就叫作“剑道”。）

飞头蛮与辘轳首

江户时代，有一种可怕的长颈妖怪，流传甚广。它们一般分为“脖子会伸长”和“脖子伸长后会飞出去”两种。脖子会伸长但不会飞出去的长颈妖怪，称作“辘轳首”（ろくろくび），特征是脖子可以伸缩自如，与井边打水时控制汲水吊桶的辘轳颇为相似，故名。而脖子伸长后会到处飞的，则称为“飞头蛮”（ろくろくび）。

飞头蛮与辘轳首这一类的妖异，在东亚和东南亚一带都广泛存在，要说到其起源，还得归溯于我国晋代干宝的《搜神记》，其中提到的“落头民”一族就是长颈妖怪。这个部族的人民每逢深夜时，一双原本再正常不过的耳朵就会长大，变成一双肉质的翅膀；然后首级离开躯体，像蝙蝠一样飞动，捕食夜晚活动的昆虫。当黎明将至，落头民在外飞动的头颅会飞回与躯体接合。在日常生活中，丝毫看不出他们有什么异状，可是只要留心察看，即可发现他们的脖子后有一条细细的肉红色疤痕。

这落头民有一个大弱点，就是在头颅和躯体刚接合完的一炷香时间内，身体特别虚弱，此时去取他们的性命，时机再好不过。杀死他们的方法还有一个：当他们的头颅外飞时，用一块铜板嵌盖住他们躯体的脖颈，当他们的头颅飞回时，就无法和自己的躯体接合。不能接合的头颅只要被阳光照到，那个落头民就会立刻身亡。

相传三国时吴国大将朱桓曾遇到过落头民。朱桓有一个婢女，每晚睡卧后，头就会自动从天窗或狗洞飞走，直到天快亮时才返回身体。某晚，婢女的头又飞了出去，与她同室的女伴朦胧中见她身上的棉被滑落了，便好心为她拉上被头，无意中将婢女颈部的缺口给盖住了。鸡鸣五鼓，婢女的头要飞回来归复原位时，却怎么也找不到已让棉被遮住的身躯，不得不掉落于地上，奄奄一息就要气绝。这时，朱桓恰巧走进屋里，见到了这一幕，相当震惊。婢女不断用眼睛向朱桓示意棉被，朱桓领悟，立即上前将棉被拉开，只剩一丝生机的婢女用尽全力让自己的头再飞起来，回到脖子原位上，从而恢复正常。

朱桓虽然救了飞头婢女一命，但心里总是隐隐不安，将落头民视为不祥的异类。为了寻求一个安定的生存环境，落头民一族便东迁至扶桑列岛，成为日本的飞头蛮。

飞头蛮平时以正常人形态存在，可是一到夜里，等到众人皆睡着了，飞头蛮的脖子就开始伸长，甚至比长颈鹿的脖子还要长，然后头部从脖子的地方彻底和身体分离，一溜烟从窗外飞走，随意变换着头颈的角度，在街巷屋舍间四处任意游走，直到破晓时分才回到原来的身体上。这时候头部和身体会重新结合在一起，醒来后就像正常人一样行动。飞头蛮以耳朵代替翅膀飞行，最爱大啖空中的飞虫、地上的蚯蚓或蜈蚣。

在飞头蛮传说盛行的江户时代，飞头蛮多为女性形象，一般在深夜便化为飞头状态。她们伸长脖子，到处寻觅男子吸其精血，在猎物毫无防备的情况下，冷不丁一口噬咬，吸尽其精血后才会飞离。或者将正在睡眠中的人勒住脖子，然后用尖利的牙齿将对方啃食殆尽。这一类的飞头蛮能够自主控制意念和行为，飞头时往往带有明确的目的，比如杀人或吸精血。她们有时五到十只群聚在一起，集体行动，相当可怕，属于危害性极高的一类。

但也有另一类飞头蛮飞头时处于无意识状态下，因为其心中存在着某种执念，比如对某男子执著的爱恋，使得自己在不知情的状况下成为飞头蛮。她们仅仅是在睡觉时才不由自主地发生飞头，受潜意识驱使，浮游到自己喜欢的男性住处，钻进他的卧房，痴痴地凝望着深爱却无缘共枕的男子，静静地陪着他、守护着他，直到天亮方才离开。等她们清醒时，完全不记得夜里做过了什么事。此类型的飞头蛮不会害人。

此外，又有这么一种说法：飞头蛮其实是被枭号附身的人类。“枭号”是一种鸟的灵魂，会附在经常捕鸟、食鸟的人身上。被附身者七天内头部与身体会分离，随后变成一堆枯骨。

无论哪一类的飞头蛮，到了早上，如果头颅能够顺利回到本体就没事；若是头回不来了，那么这个飞头就会像游魂野魄一样四处飘荡，直至最终气绝。

由于飞头蛮的头部和身体经常分离，因此她们有在脖颈处缠绕红丝线的习惯，当结束夜晚的浮游返回身体时，就依照红线为记号使身首重新正确结合。所以在日本民间流传着“看到脖子缠红线的女人千万不能娶”的说法。

辘轳首的故事

辘轳首可说是日本最有名的妖怪之一，所以常常出现在文人的笔下，小泉八云、田中贡太郎、马场文耕、石川鸿斋等作家都有这方面的作品。其中有一篇故事颇为引人入胜：

在宫城县桑田村，一个名叫佐助的男人虽然已娶有妻室，但仍然痴情地恋慕着邻村一位美丽的姑娘，他朝思暮想，为此废寝忘食。不久，他听说这位姑娘嫁给了邻村的村长次郎太夫，更是妒心大发，茶饭不思，总觉得很不甘心，不久就恹恹地生起病来。

次郎太夫与姑娘结婚后，夫妻俩如胶似漆，恩爱异常。一个闷热的夏夜，次郎太夫与妻子敞窗而眠，但太夫翻来覆去就是睡不着，总感觉窗外似乎有什么东西在蠕动。他决心探个究竟，就偷偷地拨开蚊帐一角，借着月光朝窗户方向张望。只见一张男人的脸正从窗外向屋内窥视，这张脸相当奇怪，脖颈下面好像没有身体一般，只有一条又细又长的管子连到墙外，那颗头似乎是在空中悬浮着飞转……

次郎太夫讶异万分，又觉得这张面孔似曾相识。当飞头伸入窗内时，次郎太夫轻

手轻脚地爬出蚊帐，顺手抓起桌上一个铜质的烟筒，猛地砸向飞头，喝道：“什么怪物？”

可是慌乱中烟筒并没有击中飞头，却砸到墙壁，发出了很大的响声，怪头受惊，立刻退出窗外，一溜烟不见了。

次郎太夫气愤地转回蚊帐里，却见妻子脸色苍白地坐在那里，次郎太夫安慰她说：“没什么大不了，只不过是个无聊男子想偷看而已！”

但妻子却打着哆嗦，惊慌失措地说：“不！我认得这个人，他叫佐助，还没结婚的时候，他就一直在纠缠我。我刚才看到他的头和身体以一条细长的脖子连接着，太可怕了。这……这难道是什么不祥的预兆？”

次郎太夫不忍见妻子担惊受怕，决心守夜等待佐助再度出现。可是一连守了四五个晚上，都不见飞头。

然而与此同时，村里却接二连三地发生了许多怪事。许多妇女在家中被人偷窥；夫妻欢爱时，被骚扰个不停；女子的内衣、首饰也常常被偷走，可又都找不出一点蛛丝马迹。

这天，次郎太夫去外地办事，一直忙到深夜才急忙赶回家，路过桑田村时，半路上借着月光，他发现前方有个长脖子怪物正慢慢地朝前走去，那颗头在空中滴溜溜地转个不停。太夫悄悄尾随于后，看见飞头渐渐地伸进了附近一间民房，那房子正是佐助的家。

翌日清晨，次郎太夫聚集了四五位村中有名望的人，讨论如何除去这“辘轳首”。他们请教了一名法师，得知佐助属于尚未练到高层的辘轳首，因此当头颅离开头部时，连脖子也要跟着一起拖出去。在法师的指点下，太夫带着村里的青壮年，在屋顶、墙角、窗边安放了大量的防盗刺和有刺植物，然后将女人的首饰和衣物堆聚在一处，埋伏起来等待辘轳首的出现。

午夜刚过不久，辘轳首果然从远处慢慢荡了过来，它丝毫未察觉四周的危险，自顾自地从一大堆衣物中衔出次郎太夫妻子的内衣，用鼻子猛嗅了一阵，而后掉头打算离去。不料，在飞过屋顶时，防盗刺和有刺植物突然钩住了他的长脖，佐助的头颅拼命挣扎，弄得鲜血淋漓。四周埋伏的人发声喊，一齐跳了出来。辘轳首大吃一惊，左闪右躲想冲出重围，忽然“咻”的一声，次郎太夫一箭射中辘轳首的脖子，辘轳首凄厉地惨呼一声，狠命逃去，在地上留下了斑斑血迹。

第二天，桑田村传来消息说，佐助于昨夜暴毙。次郎太夫领着人前往佐助家中，搜出了村人遗失的物品，证实了辘轳首的确就是佐助变化而成。他因为心中痴恋着太夫之妻，执念过盛，才化作辘轳首在半夜时分窥视暗恋的人。

在日本民间，还流传着另一个辘轳首的故事，结局却颇为出人意料。话说古时有一男子游历四方，某日天色已晚，他到一家旅店中投宿。由于旅客众多，房间不够，所以他被安排与一位美丽的女子同宿一房，只在房中间竖起一面屏风遮挡。夏夜天气闷热，男子翻来覆去无法入眠。半夜时，就在他迷迷糊糊将要睡过去之际，忽然听到屏风那边传来窸窸窣窣的声响。男子正感奇怪，一股暖风迎面吹来，一张女子白净的脸竟然伸到了屏风之上，轻轻地在屋里转动起来。男子惊得倒抽一口凉气，啊，睡在屏风对面的女子竟然是辘轳首！

男子慌忙假装睡熟，眼睛睁开一小条细缝，偷瞄着辘轳首。只见她沿着屏风游到天花板，白色的脖子越来越细、越来越长，终于"吱溜"一下，从天窗钻了出去。男子十分好奇，尾随辘轳首来到户外。

那个美女辘轳首越过旅店前的大道，钻进森林中，长脖在一条小溪边停下，然后伸出长舌头向溪中舔水。"原来是找水喝啊。"男子心想，"嗯，说起来，我也有点渴了。"于是男子也伸出舌头，在另一条小溪中舔水。

这时，美女辘轳首似乎发现了男子，冲着他所在的方向诡异一笑。男子登时被吓着了："不好，或许被她发现了。"这么想着，急急忙忙返回旅馆，装作什么也没发生，蒙头大睡。

次日清晨，美女比男子先起身，隔着屏风问道："昨晚真是闷热呀，您睡得还好么？"

"嗯，确实闷热。"男子勉强答道。说着，移开了屏风。

美女正对镜梳妆。她在镜中望见男子在自己身后发呆，笑了笑，说道："昨晚我做了个奇怪的梦呢。"

"什么梦？"男子问。

"我梦见自己飞了出去，飞到了森林里，在一条小溪里喝水。"美女答道。

男子愣了愣，郑重其事地说道："其实，这不是梦，这件事昨晚确实发生了。"

"哦？"美女微笑着，不置可否。

"虽然你十分美貌，但我必须告诉你实话，你是妖怪辘轳首。你昨晚所谓的梦，就是你变成辘轳首后，从天窗飞出去，飞到森林里，在小溪边喝水。我一直跟着你，所以都看到了。"

飞头蛮与辘轳首

江户时代，有一种可怕的妖怪，流传甚广。它们一般分为“脖子会伸长”和“脖子伸长后会飞出去”两种。脖子会伸长但不会飞出去的长颈妖怪，称作“辘轳首”，特征是脖子可以伸缩自如，与井边打水时控制汲水吊桶的辘轳颇为相似，故名。而脖子伸长后会到处飞的，则称为“飞头蛮”。

男子说完，盯着美女，以为她会很诧异。哪知美女嘻嘻一笑，说：“难道你丝毫没有察觉到自己的问题吗？”

“我的问题？我有什么问题？”

“这间客房是在旅店的五楼啊！”

“啊……”男子浑身战栗着。一瞬间，他似乎意识到了什么。

“你终于明白了。你之所以能一路尾随我，就在于你自己的脖子也可以变细、变长啊！别忘了，在森林里，你也曾伸长脖子在另一条溪里喝过水。”

男子用手摸了摸自己的脖颈，静默无言，良久良久……

涩谷樱花

樱花是日本的国花，每逢春光明媚之时，日本列岛的樱花树灿烂绽放，花团锦簇、五彩绚丽，已成为日本美学的独特风景线。作为一种文化、一种象征，甚至一种精神，樱花“轰轰烈烈而生，从从容容而去”的生命态度，与日本人的人生观不谋而合。因此关于樱花的神异故事，在日本怪谈中有着举足轻重的地位，“涩谷樱花”就是其中最著名的。

江户幕府初期的庆长年间，这一天，在东海道知事的官邸前，天色尚未吐白便已熙熙攘攘地聚满了人。今天是知事大人的儿子铃木秋元大婚的日子，迎亲的队伍一大早就被领队的竹兵卫催促起身。总管藤元不解地问竹兵卫：“竹兵卫先生，为什么天还没亮便赶我们起来呢？其实我们少睡一点不要紧，但樱子小姐若是没睡好，嫁给铃木少爷时可不好看哩！”

竹兵卫大约二十七八岁，长得十分魁梧，是铃木家族的首席家臣。他朗声回答说：“赶晚不如抢早，我们早一点把樱子小姐接来，也好让铃木少爷安心。总比被指责不尽职守、延误行程强吧？”

藤元只好收起满脸的疑惑，不太情愿地招呼轿夫役卒上路。竹兵卫走在队伍的最前面，谁也没瞧到他脸上正笼罩着一层杀气。

一行人顶着尚未破晓的天空，朝着江户方向赶路，天刚蒙蒙亮就到了樱子家，急

匆匆将樱子接上轿，又急匆匆往回赶。樱子虽然感到有些奇怪，但想到今天是自己大喜的日子，也就没多问。就这样到了江户郊外的僻壤涩谷。

涩谷位于两川交界之处，左右相对，共有四座几十丈深的绝壁河谷。迎亲队伍走在河谷的栈道上，樱子掀开轿子的窗帘，探头欣赏着河谷晨曦。山风轻轻吹拂，带着一股早春的花香飘过，一路上满山樱花的红晕印在樱子的面庞上，愈发衬托出初嫁新娘娇羞的美丽。樱子心中荡漾着无比的愉悦，憧憬着未来的幸福。

突然，一声凄厉的惨叫惊醒了正陶醉的樱子。她往前方一看，只见老总管滕元浑身是血，连滚带爬地朝轿子奔来，他身后紧跟着两个手持太刀的蒙面武士。轿夫役卒们见状，吓得纷纷丢下轿子，扭头便跑。谁想栈道后面也围上来两名蒙面武士，各提着一柄大长刀。

樱子见此情景，倒也并不十分惊慌，她知道竹兵卫武艺高强，对付几个小蟊贼不在话下，便连声呼唤竹兵卫御敌。不料竹兵卫一反属下的恭敬姿态，拔出长刀，猛然掀开樱子的轿子，将樱子拽了出来。樱子虽然吓得面色如土，但仍不失贵族气质，她杏眼圆睁瞪着竹兵卫，厉声呵斥道："放肆！竹兵卫你胆敢以下犯上，我父亲如若知晓，定然将你碎尸万段！"

"小姐，请恕属下不恭之罪。我只是奉命行事，要你性命的人是铃木少爷！"

"铃木君！他为什么要这样做？"樱子心中凄然迷惘，她两眼满含泪水，环顾四周，滕元老总管躺在地上已奄奄一息；轿夫役卒不是被杀，就是被踢到河谷下摔死了；凶横的蒙面武士正举着太刀，缓缓逼近。在这荒郊野谷，看来是没有人会来救自己了！她把心一横，咬牙站起身向谷旁的悬崖奔去。

竹兵卫没想到一个弱女子会矢志寻死，心中大急，因为如果不能割下樱子的首级，就无法证明完成了任务。他疾步上前，挥刀向樱子猛斩，樱子闪躲不及，一声痛呼，一条手臂被斩了下来，鲜血四溅，染满了株株山樱树。她整个人向河谷下的急流跌落。

竹兵卫与四名蒙面武士面面相觑，眼见悬崖壁高万仞，绝难爬下去割樱子的首级，只好作罢。他一声呼哨，道旁的草丛中闪出一名妖艳的女子，还有一帮轿夫役卒打扮的人。妖艳女子收好了樱子的嫁妆，坐进轿子。竹兵卫与蒙面武士将现场尸体全部丢入河谷，然后簇拥着轿子，迅速回到了铃木家。

当晚，铃木家依然举行了盛大热闹的婚礼，只是新娘不是樱子，而是那个妖艳女子。她是铃木少爷的情妇，青楼名妓野合子。

洞房之夜，铃木与野合子得意洋洋地喝起了交杯酒，庆祝移花接木、瞒天过海的伎俩瞒过了众人的眼睛。他们搂抱在一起，兴冲冲地把樱子的嫁妆一一打开，对着灯烛欣赏起金银首饰。

正当这对心狠手辣的狗男女打开最后一个盒面上饰有樱花图案的宝盒时，一道红光激射而出，他们骇然发现盒子里竟然是一只女人的断手，断手旁边血迹殷殷，恍若血红的樱花在怒放。原来滕元老总管眼见小姐遇害，自己也活不成了，就趁着蒙面武士收拾残局不察之际，拾起樱子被竹兵卫砍断的手臂，放到了首饰盒中。

铃木看到断手，脸色大变，野合子也吓傻了眼。那只断手居然还活生生地动了起来，鲜血汩汩地从被切断的手腕处冒出，然后飞溅开来，墙壁上、床铺上、桌椅上到处都是殷红的血迹，就好像一朵朵凋落的樱花，每朵樱花的花蕊中，都显出了樱子幽怨的脸，口口声声凄凉悲苦地喊着："奸夫淫妇，还我命来……"

第二天，铃木便发了疯，他不仅杀了野合子，还杀了竹兵卫与四名蒙面武士，自己也投井死了。

从此后，涩谷的樱花，比日本其他地方的樱花都要红艳，就是因为沾满了樱子的鲜血所致。春红若锦，流染碧空。血染的樱花于春夕薄暮中盛放，有一种冶艳残忍的美，告诉过往的人们痴情女子的伤悲。

数盘子的阿菊

含冤受屈的人死后，灵魂不灭化作一股怨气，因执著的魔性，而逗留在人间。除非有人为其雪洗冤情，否则怨灵绝不退散。阿菊的怨灵即是其中最著名者。在日本，"数盘子的阿菊"可谓家喻户晓。据说只要有井的地方，就有阿菊。大部分日本人都知道阿菊以怨恨口吻数着"一枚……两枚……"时的可怖情景。

那是在江户中期时发生的事情。阿菊原本是姬路城一个大商家的独生爱女，因为一场大火而失去了双亲和家产，只好到旗本武士衣笠元信家当侍女。阿菊毕竟是大户人家出身，不但长得漂亮且举止得体，深受众人喜爱。她的工作是侍奉衣笠的起居，衣笠与她日久生情，遂将亡母的一支发钗送给阿菊当信物，表示日后一定娶她为妻。

不料，姬路城的执权青山铁山，企图篡位夺权，阴谋杀害城主。忠诚的衣笠对此

有所察觉，但苦于没有证据。思前想后，衣笠一咬牙，决定让自己心爱的阿菊乔装到青山家帮佣，伺机侦查搜集证据。

阿菊来到青山家后，取得了青山一族的信任，探听得青山准备在增位山的赏花宴上毒杀城主。她遣人捎信给衣笠，谁知被青山的家臣弹四郎发现了。弹四郎早就垂涎阿菊的美貌，便趁机以此事胁迫阿菊，“只要你成为我的女人，我就不把这件事泄漏出去！”深爱衣笠的阿菊当然拒绝了。由爱生恨的弹四郎遂起报复之心，他在青山宴客的酒席上，偷偷藏起青山传家之宝“十宝盘”中的一枚，然后将此罪推给阿菊。这套盘子是青山先祖传下的，即使缺一枚，也会导致全套盘失去价值。青山铁山失去祖传宝贝，暴跳如雷，把阿菊绑在树上鞭笞刑罚，然后丢进井里淹死。

悲剧发生后，每当夜幕降临，从那口井底就会传来悲凄的女声，声音在细细地数着“一枚、二枚、三枚……八枚、九枚”，数到第九枚时，女声就转变成啜泣声，之后再从第一枚数起，夜夜如此。弹四郎被吓得一病不起，没几天就一命呜呼了，因此没来得及将阿菊是卧底的情况禀报给青山铁山。

青山自以为逆谋设计得天衣无缝，便在赏花当天，仍然力劝城主饮毒酒。城主早已洞悉奸情，一拂袖，将酒杯摔在地上，衣笠率领埋伏在屏风后的志士冲出，结果了青山铁山的性命。

城主后来得到衣笠禀告，知道平定叛乱阿菊立有大功，遂下令将阿菊灵位迁入姬路城附近的十二神社内，世受供奉。此后的三百年间，城中总会出现大量奇怪的虫子，人们都说这是阿菊化为虫子回来啦！而那口阿菊井今时仍然存在，吸引了很多人前去探险。

人们既同情阿菊，又对她的怨灵感到恐惧，于是唱起歌谣为她祈求冥福。后世净琉璃剧、狂言、落语等艺术形式也都将“数盘子的阿菊”搬上舞台，传演至今。

然而，如果阿菊可以选择的话，相信她一定更乐意平凡地活着，而不是用永无休止地细数着破碎的碟盘、叹息着破碎的人生的方式，名闻后世。

江户丑女阿岩

阿岩是江户时代和阿菊齐名的女鬼，她的传说起源于东京四谷的阿岩稻荷神社所留下的文献。该文献记载了一个被丈夫抛弃、杀害的苦命女子化为怨灵复仇的故事。这一故事来自于真人实事，在当时极为轰动，经历街谈巷议人言翻沸，以及岁月无言的淘洗后，终于成为文学、戏曲取材的对象。后世据此创作了形形色色的关于阿岩的作品，其中以四世鹤屋南北（1755—1829）的歌舞伎剧本《东海道四谷怪谈》最为著名。1825年，该剧在江户中村座首演时引发大轰动，观众人人吓得胆战心惊，“四谷怪谈”由此成为日本代表性的怨灵故事。此后每逢此作上演，必定要先行参拜阿岩稻荷以慰灵，否则剧组成员必遭不祥之诅咒。

阿岩的故事分为民间传说版本和《东海道四谷怪谈》版本，两个版本间存在较大差异。先来看民间传说版本：

话说元禄①年间，在东海道四谷（东京新宿区四谷）住着一位下级武士田宫又左卫门，他有一个女儿，名叫阿岩。阿岩在十几岁时得了天花，虽然侥幸捡回一命，却变得奇丑无比：满脸痘疤、头发卷曲、弯腰驼背，右眼上还有个大斑点。人们见了她，都避之唯恐不及。田宫又左卫门担心女儿嫁不出去，十分苦恼。

阿岩二十一岁时，又左卫门病重。临终前，他托付同僚帮女儿找个好夫婿，并言明谁愿意入赘，就可以继承自己的家业和官位。

又左卫门去世后，同僚找到一个名叫又市的媒人，请他帮阿岩介绍夫婿。又市收了一笔重酬后，十分卖力，果真找来一个名叫伊右卫门的摄州浪人。伊右卫门风度翩翩，是个美男子，当时已三十一岁，因家贫而无力娶妻。又市向来能说会道，花言巧语哄骗伊右卫门，说女方虽不美貌，但相貌也绝不丑。而且入赘后，可立即继承女方父亲的家业和官位。田宫又左卫门虽是下级武士，但有俸禄，又有幕府提供的房屋，这都是身为浪人的伊右卫门所渴求的。于是权衡一番后，他就答应了这门亲事。

婚礼当天，伊右卫门虽然事前已有心理准备，知道新娘并不漂亮，但当他见到阿岩的真面目时，几乎吓昏倒地。这女子竟然如此丑陋！可是事已至此，无法推脱，也只能硬着头皮，苦笑着应付完了婚礼。

婚后，岳母与阿岩待伊右卫门都十分好。伊右卫门起初看在钱的分上，虚与委蛇，勉强度日。阿岩深情脉脉，全副心思都在夫君身上。可是她越殷勤，越令伊右卫门感到厌恶。次年，岳母去世，伊右卫门对阿岩的忍耐也到了极限。

① “元禄”为日本年号之一，时为1688年到1703年。此时的天皇是东山天皇，幕府将军是德川纲吉。

继承了又左卫门职位的伊右卫门，在官府里当差。他的上司伊藤喜兵卫风流好色，养了两个年轻的宠妾。其中一个妾侍阿花有了身孕，喜兵卫年纪渐老，嫌累赘不愿再养小孩，便打算抛弃阿花。他认真考虑后，想起部下伊右卫门曾经向自己发牢骚，抱怨家中的妻子太丑。于是他唤来伊右卫门，说道："我有个妾侍阿花，十分美貌，只可惜有了身孕，你如果肯要她和腹中的孩子，我就帮你们撮合，再给你一笔钱。如何？"

伊右卫门想了想，见可以财色双收，便一口答应。

不过伊右卫门仍有顾虑，问喜兵卫道："卑职家中那丑妻，该如何处置？只怕她不肯我纳妾。"

伊藤喜兵卫奸猾地笑了笑，说："此事容易。我教你一个法子，保证她主动和你离婚。"

自此以后，伊右卫门便按喜兵卫的指点，日日花天酒地，整晚夜不归宿，并且不停地变卖家产，挥霍无度。过不多久，阿岩的生活就陷入了窘境。伊右卫门又借口阿岩持家无道，对她拳打脚踢。伤心的阿岩终于答应和伊右卫门离婚。伊右卫门如愿以偿，顺利地将阿花娶进门。

被伊右卫门霸占了全部家产的阿岩，无处可去，只好当了一名缝纫下女，寄居在贫民区，靠微薄的报酬勉强度日。但她心中仍然爱着伊右卫门。

某天，一个男人来找阿岩。他对阿岩说："阿岩小姐，令尊在世时，曾对我有恩，所以我要把真相告诉您。伊右卫门之所以做出种种使您伤心的事，其实是为了迎娶伊藤喜兵卫的妾侍阿花而布下的骗局！可怜您还对这个负心汉痴心一片，不值得啊！"

阿岩听了这话，将事情前后对应细想了一遍，恍然大悟。霎时间，深深的怨恨涌上心头，鲜血从咬破的嘴角流下。她神志狂乱，用手使劲扯着头发，带着血肉的缕缕青丝被生生撕扯下。肉体之痛加上心灵之痛，使得她本就十分丑陋的面容，瞬间变成了女鬼的样貌。她破门而出，飞奔着，不知去了何方。后来人们把她寄居的地方称为"鬼横町"。

伊右卫门得偿所愿后，与阿花双宿双飞，快活不已，先后生下四个孩子，其中大女儿阿染是伊藤喜兵卫的骨肉。就这样时光飞逝，转眼阿染已十四岁。

这年的中元节，伊右卫门和阿花带着孩子们在庭院中纳凉，忽然，大门外传来诡异的敲门声，一个女子的声音幽幽地唤着：

"伊右卫门，伊右卫门，伊右卫门……"

阿花和孩子们都吓坏了。伊右卫门抓起火绳枪，冲到门口，开门一看，只见一个相貌极丑的女鬼正恶狠狠地盯着自己。伊右卫门急忙朝女鬼开枪，女鬼倏地消失不见了。

伊右卫门垂头丧气地回到屋中，万没想到年仅三岁的幼女，竟因那声枪响受到惊吓，害了病。伊右卫门请来医生诊治，依然无济于事，过不多久，幼女首先离世。紧接着，伊右卫门家怪事不断。要么是三子在庭院中见到已死的妹妹，要么是伊右卫门半夜时见到阿花身边睡着一个陌生男子，要么是二女儿梦见死去的妹妹不停地要姐姐背她。数月后，二女儿发起了高烧，三子得了霍乱，全都医治无效，离开了人世。至此，伊右卫门的亲生骨肉全部死亡。随后轮到了阿花，她也莫名其妙地得了怪病，在极度痛苦中撒手人寰。

惊慌的伊右卫门向法师求助，法师推断这是阿岩的怨灵在作祟，但却无可奈何。郁郁寡欢的伊右卫门只好迅速为大女儿阿染招了一位夫婿入赘。

某日风雨交加，伊右卫门爬到屋顶修理被风吹破的漏洞，一不小心失足跌落，腰骨受伤，全身无法动弹。他的伤口流出脓血，引来十几只大老鼠啃咬。在奄奄一息中，伊右卫门的眼前出现了阿岩的身影，并口口声声地说要夺走他的性命……第二天，邻居们发现伊右卫门时，他已经被老鼠吃掉了大半个身子，死无全尸。

阿染的夫婿继承了伊右卫门的家产。然而阿染二十五岁那年突然病逝，她的夫君因为宅中怪事频发，变成了疯子。伊右卫门苦心谋夺的家产，因绝后而被官府充公。而伊藤喜兵卫一家，也在数年间被各种诡异恐怖的事件所侵扰，家人相继去世，最后全家死绝。

当地人既惊又怕，集资在田宫家宅的遗址上盖了“阿岩稻荷田宫神社”，以安抚阿岩的怨灵。

这一事件发生一百多年后，七十一岁的四世鹤屋南北据此改编创作了歌舞伎剧本《东海道四谷怪谈》，将阿岩传说编进“忠臣藏”故事中，并作为《忠臣藏》的附加剧目演出。后来因太受欢迎的缘故，《东海道四谷怪谈》被独立出来，成为单独表演剧目。

在鹤屋南北笔下，阿岩故事的框架未做大改动，但细节处变化甚多。故事一开始，阿岩并非丑女，而是生得花容月貌，是盐谷武士四谷左门的长女。四谷左门对浪人伊右卫门颇为看重，将阿岩嫁给了他。起初夫妻俩十分恩爱，度过了一段幸福的时光。可是在阿岩即将分娩时，四谷左门却离奇地被人杀害。原来，四谷左门发现伊右卫门曾盗窃大笔公款，所以不愿女儿与罪犯共同生活。伊右卫门怕事情败露，便秘密杀死

了四谷左门。

伊右卫门虽然相貌俊朗，却是个好吃懒做、狂妄自大的人，并且还有赌博的恶习。他经常将家中的米粮、衣物甚至阿岩的首饰拿去典当，供自己滥赌挥霍。长期的放浪不羁，令他手头已十分拮据，孩子出生后，生活愈发窘迫。

阿岩生下孩子后，因为产后恢复慢而缠绵病榻，冷血薄情的伊右卫门开始对她嫌弃起来。

这时，富裕的邻居伊藤喜兵卫，因孙女阿梅暗恋伊右卫门，遂以金钱、地位引诱伊右卫门与阿岩离婚。趋炎附势、贪图富贵的伊右卫门满心欢喜地答应娶阿梅为妻。为了除去糟糠之妻阿岩这个绊脚石，他买通开妓院的宅悦，让宅悦去强奸阿岩。如此便能诬陷阿岩与人私通而休掉她。

另一方面，伊藤喜兵卫为尽快成全孙女的心愿，也想杀死阿岩。于是将毁人容貌的毒药谎称为调理产后气血的补药，送给阿岩喝。此时宅悦也来到阿岩家中，准备等阿岩喝完药后，就将她奸污。不明就里的阿岩在宅悦面前喝下了毒药，顷刻间，她脸部溃烂，变得丑陋不堪，缕缕青丝也连着头皮纷纷掉落。

宅悦震惊不已，对破了相的阿岩登时没有了邪念。出于恐惧，也由于同情，他将伊右卫门的阴谋和盘托出。阿岩愤懑、悲哀，万没料到竟是丈夫在谋害自己，一颗心霎时间冰冷如霜。她尖叫着，扑向宅悦，宅悦惊恐之下拔出刀来。混乱争执中，锋利的刀刃刺中了阿岩，阿岩倒在殷红的血泊中，含恨而死。宅悦狼狈逃离现场。仆人小平闻声赶来，见女主人已死，一时间愣住，不知所措。

正巧伊右卫门这时回到家，见小平呆立着，眼珠一转，又心生毒计。他趁小平不备，拔出太刀将其砍死。然后将两人的尸体分别钉在门板两侧，弃尸河中灭迹。随后他对外声称阿岩与仆人小平通奸，两人已私奔外逃，不知所终。

障碍清除了！伊右卫门立即与阿梅举行了婚礼。但他没有料到的是，阿岩已化身厉鬼，正一步步展开复仇计划。

含冤受屈的人，死后因怨气不消，故灵魂难以超生，于是积聚魔性的力量逗留于人间。那一层层怨念越积越厚，最终达到显性巨变。阿岩从痴情专一的弱女子，在彻底心碎后，激发出无限仇恨，终于变成了令人毛骨悚然的江户第一女怨灵，向这丑陋的世间、负心的男子，拉启无法终结的诅咒之幕！

在伊右卫门与阿梅新婚当晚，正当伊右卫门春风得意，准备同娇妻缠绵时，突然，

江户丑女阿岩

阿岩的传说起源于东京四谷的阿岩稻荷神社所留下的文献。该文献记载了一个被丈夫抛弃、杀害的苦命女子化为怨灵报复的故事。这一故事来源于真人实事，在当时极为轰动，经历街谈巷议、人言翻沸，以及岁月无言的淘洗后，终于成为文学、戏曲的取材对象。

阿梅的整个面庞，竟变成了阿岩的脸！“啊！鬼啊……”伊右卫门惊叫着，狂奔出门，迎面撞上了伊藤喜兵卫。他急忙抓住伊藤的衣袖，喊道：“有鬼，救命！”岂料伊藤却阴沉沉地说：“有鬼？是怎样的鬼呢？”伊右卫门抬眼一望，登时吓得魂飞魄散，伊藤喜兵卫的脸竟然变成了仆人小平的脸！伊右卫门又惊又惧，拔出太刀，将阿梅和伊藤喜兵卫砍翻在地。随后自己也跌跌撞撞，慌不择路逃向城外河边。

河畔垂柳，蛙鸣蝉噪；池沼枯树，灰雾迷蒙。伊右卫门失魂落魄地走了一阵，在河畔停下慌乱的脚步，打算用河水洗去身上的血污。忽然，河上漂来了一块门板，伊右卫门捞起来一看，霎时吓得浑身震颤，那块门板上竟钉着阿岩的尸体。“我好恨啊……伊右卫门……”尸体张口，用哀怨的语调，诉说着无尽的苦恨。伊右卫门骇然不已，急急翻转门板，哪知门板的另一面钉着小平的尸体，同样可怖地张开口，发出瘆人的咒骂。

受到如此可怕的惊吓，伊右卫门彻底精神错乱了。他在水中疯狂地挥刀狂砍，口中还不停地念佛，但一切都无济于事。阴魂不散的阿岩对他死缠不休，河边的石头、树木都幻化成了阿岩的脸。最后，被怨灵追得无处可逃的伊右卫门切腹自杀，了断了一切痛苦。此后，伊藤一家也在阿岩的诅咒中相继死绝。

默默地爱着，炽烈地恨着。阿岩的遭遇令人同情，也令人叹息。试问有几个女子遇到这样的事情能一笑而过？被毁去了容貌，遭到所爱的人背叛；人世间竟有那样的歹毒，那样肮脏的阴谋，偏偏全让她撞上。她可以选择自我疗伤，可以选择假装遗忘，当然，也可以选择复仇。而选择了复仇的她，天真地以为只要仇人消失，自己的心就能得到解脱。其实，她永远也得不到真正的解脱了，因为她已经成了怨灵的代名词。

这个包含爱与恨、美与丑、执念与疯狂的故事，不仅在幽暗弥漫的江户时代广受传扬，在现代的日本影坛也是久演不衰，是电影化次数最多的妖怪传说。本书第七章对此将有略述。

都市也闹鬼：都市传说之怪

日本自进入江户时代的长期和平后，人民繁衍生息，工商业日益发达，城市不断吞并农村土地，密集聚居的大型都市逐渐增多。过去只在偏僻乡野巷弄间流传的妖怪故事，开始变得与人口稠密的大都会格格不入，于是都市传说之怪应运而生了。

都市妖奇谈多半围绕城市生活展开，将过去发生在高山、荒野、河流等地点的老土的乡下灵异故事重新诠释变造，把发生地点改为学校、百货商店、停车场、照相馆等现代场所，再加点时尚元素，添上符合社会现状的若干细节，然后经由市井间的口耳相传，短期内大范围地散布出去，亦真亦幻、扑朔迷离，最终使其像瘟疫一般在城市中持续蔓延。正所谓“巧而多怪者老少喜闻，平淡无奇者行之不远”，裂口女、人面犬等，都是其中的典型案例。

此类怪谈即使沉寂亦可死灰复燃，就算历经百年依然经久弥新。归根结底，其实是源于现代文明与传统生活方式的冲突与不适，从而导致了处在无助和无奈中的都市人病态心理勃生，在积极向上的力量逐渐遗失后，剩下的只是焦灼与不安。于是，都市妖传说成了人们排泄都市情绪的下水道。

进入 21 世纪后，都市妖传说更经由现代传播工具，如电视、手机、Email、ICQ、MSN 等管道进行更便捷的传播，也可以称作“新都市妖奇谈”。

裂口女

裂口女（くちさけおんな）又称座敷女，堪称日本国妖级别的妖怪。人如其名，她的相貌相当恐怖：嘴巴大幅度开裂，一直延伸到耳垂处，露出全副白森森的牙齿。再加上披头散发、凶光满眼，任何人见到她都会吓得魂飞胆裂。

为了不让人认出自己，裂口女平时都戴着口罩，或用头巾、围巾之类的东西将嘴部严严实实地遮掩住，只有等到作恶时才亮出那张夸张开裂的大嘴。

江户时代教育大步发展，除了以武士阶层为对象的幕府直辖学校和藩学外，平民子弟大多集中于乡学、私塾和寺子屋中学习。裂口女最喜欢在这些学校的门口附近徘徊，拦下孤身一人的小孩子，问：“我美吗？”如果孩子答说：“美。”裂口女就会脱下口罩或摘下围巾，咧开大嘴狰狞地再问：“这样子也美吗？”这时候大多数孩子都会吓得惊声尖叫，连呼：“不美，不美！”裂口女便勃然大怒，用剪刀将小孩子的嘴巴剪裂。少数狡黠的孩子会违心地回答：“还是很美哦！”不过这个马屁对有自知之明的裂口女可没用，她会一边冷笑着说：“小孩子不可以撒谎哦。”一边取出针线，把说谎孩子的嘴巴缝起来。

裂口女之所以会做出如此变态的行为，皆因其悲惨的经历所造成的。她本是一个相貌平平的普通女子，为了让自己变美，决定去做整容手术。但江户时代末期，西医刚刚传入日本，整形手术失败几率很大，不幸地，裂口女的手术也失败了。由于操作失误，医生的手术刀不小心剪到她嘴巴的两侧，将她的嘴弄得张裂开来，十分难看。被毁容的裂口女完全无法忍受这样的结果，失去了理智，操起手术刀杀死了医生。极度的悲伤以及杀人的负罪感，使得她选择了用跳楼自尽来结束生命。但怨念实在太深，死后也难以化解，终于令她化成了裂口女怪。

裂口女软硬不吃，你恐吓她奉承她，统统无效。唯一躲避她的方法，是在自己的头部抹上发蜡，因为给她做整容手术的医生头上就抹有发蜡，这种气味令她刻骨铭心，一闻到发蜡的味道，她便会想起往事，默默地走开。

裂口女的传说本来只流行于江户时代，但到了 20 世纪 80 年代，被称作“新都市怪谈”的一系列新兴妖怪文化盛行，裂口女又突然通过电视和杂志的渲染，爆发开来。这时裂口女的身份，变成了一位整容失败的母亲。由于她的女儿见到她就会吓哭，所以她把女儿交给一对没有子女的夫妻抚养，自己则一再去整容，希望相貌不那么吓人后，能接回女儿。哪知整容一次又一次地失败，她的嘴巴竟开裂到了耳根处。这让她至死都不敢去看望女儿。在怨念郁积下，悲哀的母亲变成了裂口女。从此她游荡于每所学校，每当见到与自己女儿年龄差不多的女生时，就当她们是自己的女儿，想方设法将她们掳走。裂口女造成了巨大的社会影响，日本各地都传出有人目睹过裂口女出现，这给家长们带来了相当大的困扰。她甚至还远渡重洋去到韩国，引发了著名的“红口罩恐慌事件”。当时韩国人心惶惶，告诫学生如果碰到一身红装、戴大号白色口罩的女人，就要格外小心。

花子

“学校怪谈”是“都市妖传说”的一个分支，指的是以校园的人物及场景为背景的灵异故事。它的涉及面远远超出了学校范围，已延展至社会生活中，渲染出介乎真假之间、光怪陆离的怪诞世界。“厕所里的花子”就是著名的学校怪谈之一。

花子，又被称为“鬼娃娃”，是死于厕所的女孩子因极强的怨念而化成的浮游灵。江户时代的学校公厕，大多矮小破旧，长长的幽暗通道将里面的便池与外面的洗手池分开，阴翳森冷。花子就是在这样的环境下，被坏人绑架残杀的。她的怨灵从此流连在厕所里，想找小朋友玩，或是找一个替死鬼。胆小的孩子在独自如厕时，会听到紧闭的厕门后传来“打不开，打不开，我好痛苦……”的呻吟声，而后突然伸过一只手来，手里拿着一卷卫生纸。要是用了这卫生纸，就会被拖进粪池中溺死。

某些学校的老师也会拿花子来吓唬调皮的学生：“如果不听话，不乖乖交作业，鬼娃娃花子会把你抓走喔！”因此花子成了日本孩子心中挥不去的梦魇，他们从小就得到告诫，如果一个人在学校的厕所时：一、洗手的时候别看镜子；二、大解时不能盯着天花板；三、听到后面有人叫名字时，切勿扭头去看。否则，后果很严重哦！

人面犬

天保七年（1836），一个风雨交加的夜晚，江户城下町一名女子在野外的土路上，惊诧地望见一只长着像人一样脸庞的狗，碎步奔跑着迎面而来。那狗越跑越近，女子清晰地看到，狗脸上有粗粗的眉毛、细长的眼睛、扁平的鼻子，活脱脱就是一张人脸。而且，那狗竟然还朝着女子，咧开嘴笑了。

目睹此情此景，女子骇异万分，尖叫着掩面而逃。这一事件后来被好事者添油加醋，传得玄乎其玄，产生了各种不同的版本。江户末期，甚至还传言某地有人生下了人面犬身的孩子，预言说国家会发生大变革（指明治维新），届时可能会流行传染病，如果多吃梅干就能无恙。说完这些话，人面犬孩就死了。

人面犬在1989年又卷土重来，只不过目击者换成了一名女性周刊的记者，目击地点也变成了高速公路。

其实，由于人类的视觉存在盲点以及辨识误差，几乎每个人都有过将图形、花纹、痕渍等认作人脸的经历。所以，人面犬并非什么突然变异而产生的畸形生物，只不过以讹传讹，才成了直指人心的阴影罢了。

置行堀

日文里有一句古谚：“置いてけ堀を食う”，意为被同伴抛弃，其典即源出置行堀的传说。这是“东京墨田区七大不可思议”里最有名的故事。

置行堀是一个浑身湿透、习惯在大雾里出现的女妖。相传有两个渔夫在东京锦系堀里（堀，即护城河）钓鱼，似乎运气特别好，不到半天工夫，鱼篓中就装满了鱼。他们高高兴兴地收拾好渔具，正准备回家，天色忽然暗了下来，堀畔隐约传来声声呼唤：

置行堀

置行堀的传说，是“东京墨田区七大不可思议”之一。置行堀是一个浑身湿透、习惯在大雾中出现的女妖。传说两个渔夫在东京锦系堀里钓鱼，突然从堀畔传来声声呼唤：“放生吧，放生吧，把鱼全放生吧！”其中一个渔夫将捕到的鱼全部放生，而另一个却抱着鱼篓大步离开。这时，水中起了波澜，伸出一双手，硬将渔夫拉进了护城河里。这个妖怪就是置行堀。

“放生吧，放生吧，把鱼全放生了吧！”两个渔夫非常奇怪，举目四顾，根本不见人影。其中一个渔夫心里直发毛，听从了声音的劝告，将捕到的鱼全数放生。但另一个渔夫偏不信邪，硬是抱着鱼篓大步离开。水中登时卷起了波澜，水雾重重中伸出一双女子的手，将这个渔夫强行拉进了护城河里，渔夫挣扎了几下，就被河水没顶了。他的同伴打开他遗留下的鱼篓，里面空空如也，鱼儿不知什么时候已经不翼而飞了。

菊人形

日语“人形”，是洋娃娃或布偶的意思；菊人形，指的是衣饰、身体完全由菊花所装扮的人偶。其身高大约四十厘米，身穿传统的和服，头发长及膝盖，浑身上下弥漫着一份说不出的阴森诡异。在它背后有一段令闻者落泪的心酸故事。

那是在江户末年，北海道空知郡有位铃木永吉先生，带着年仅三岁的女儿菊子，参观在札幌举办的博览会。在博览会上，铃木买了一个蓄着“冬菇头”发型的菊人偶送给菊子。菊子非常喜欢人偶，每天都与它做伴，形影不离。可惜好景不长，没多久体弱多病的菊子就夭折了。

伤心的铃木先生把女儿的遗体以及菊人偶安放在万念寺供奉，自己则出国远行。过了一段时间，万念寺的僧人发现人偶的头发，居然在不知不觉间长了数厘米，而且人偶夜晚还会转动身子、流眼泪。这些灵异事件的发生，让僧人们怀疑菊子的灵魂已依附在人偶身上。

明治维新后，铃木回到国内，去万念寺看望女儿的遗体，愕然发现人偶的头发已经长到了肩部。“一定是菊子把她的灵魂浇注于生前最钟爱的玩偶里了吧！”目睹怪现象的铃木遂和住持商议，将这个菊人偶长期安置在寺里。之后，人偶的头发每生长至腰部，就由僧人进行一次断发。剪下来的头发经北海道大学医学部分析，确认绝对是人的毛发。

就这样，头发长了又剪，剪了又长，万念寺的历代住持每年都要为菊人偶进行“整发式”，菊人偶的容貌也由稚嫩的幼女，变作了少女模样；本来紧闭的双唇也逐渐张开。转眼一百多年过去了，如今菊人偶依然被供奉于万念寺，游客们到当地旅行，都要去瞧瞧菊人偶的头发又长到哪里了。

敲敲妖

都市生活繁忙辛苦，有规律的起居是健康生活工作的保证。敲敲妖（たたみたた

き）经常于高知县和广岛县一带出现，有时候又被人们亲切地称为“吧嗒吧嗒”。之所以这样称呼，是因为它总在夜间敲击石头，发出像摔打榻榻米一样“吧嗒吧嗒”的声音。其实它算是一种石精，有着小小的身躯，常躲在石头里，对人类没有什么危害。晚上它敲打石头，提醒人们早睡；到了早上又如闹钟般提醒人们早起，因此被看成是“活的闹钟”，喜欢早睡早起的人特别喜欢它。

第七章

我是妖怪我怕谁——日本妖怪文化综述

日本妖怪文化发展史

听到那声音，就会觉得似乎有什么东西在那里……你会按捺不住内心的冲动去幻想那东西是什么模样，虽然看不见，但你就是知道确实有什么东西在那里。来自个体遭受到监视或威胁的恐惧和直觉，妖怪就是这样诞生的。

——水木茂《妖怪天国》

日本妖怪的来历，较通行的说法是70%的原型来自中国，20%传自印度，最后10%才是东洋土特产。而“妖怪”一词，在江户时代才由中国传入日本，在此之前，日语里皆以“化物”或“物怪”称之。日本是号称有八百万神的国度，妖怪数量多到令人汗毛直竖。抱持着“万物皆有灵”的宗教观，日本每一座城市、每一个乡村，甚至每一条街道，以及大到庙宇楼阁、小到锅碗瓢勺，都有着属于自己的神明与魔物。如此众多的妖怪，正是长久以来潜藏在日本人内心深处的神秘主义倾向的具体呈现。这些大大小小、形形色色的异界生物，一起构成了日本光怪陆离、众说纷纭的妖怪世界。

远古洪荒时代，人们的生存空间狭小，白天，必须面对野兽环伺、危机四伏的丛林和原野；每当夜幕降临，无边无际的黑暗又将人们吞没。人们在种种未知中，对抗着隐藏于自然界背后看不见的神秘力量。这一外在条件的促发，孕育了妖怪传说滋长的先天环境。

日本是一个多山面海的国家，地形狭长、森林繁茂，火山、地震、海啸等地理因素造成的自然灾害频发。对于大自然创造与毁灭这两种伟力，弱小的人类必然既感恩又敬畏。原野、江河、深山，都是人们难以把握的存在。看不见、摸不着、无法控制

的力量，无形无质的事物已经超越了人类常识所能理解的范畴，可这总得有个说法吧？总需要有个解释灾厄、处理恐惧的阐述吧？诸神由此诞生。人们以此来解释未知之物，安慰心底因未知而产生的恐惧与无力感。然而对超自然伟力的敬仰，总是带有双重性。光明的、善意的、温暖的力量，人们敬之为“神”；但神衰落后而产生的黑暗的、恐怖的、诡异的恶之力量，又如何解释呢？神因此被分为了好坏两面，恶的一面聚集了人心巨大的妄念，便成为妖怪。

早期的原始神话和怪谈，都是人类原初的惊梦与恐惧，伴随着先民质朴的生活，显得率真、坦荡，并无机巧与花样百出。这是因为日本的神，最初并没有人的性格特点，而是具有强大的自然神的特征。山川草木、风霜雪雨皆有其灵。但在 5 世纪到 8 世纪的国家体制形成过程中，由于天皇和贵族们希望统治阶级获得超越世俗的非一般的地位，于是将他们的祖先和神联系到了一起。日本的神便开始有了人的性格特征。

绵延进入封建时代后，日本的社会形态以农耕为主、渔猎为辅，乡农野老们闲暇之余，围坐在田间地头，听着虫鸣蛙叫，将祖辈留下来的幻想传说当成枯燥生活的调剂品，各自在口头进行着添油加醋的再创作，一个个糅合着泥土韵味的民间故事就这样生成了。妖怪的主题自然是其中的大热门。人们怀着对未知的好奇，探索尝试着，以各种妖怪的想象，来解读难明的事物，把不可解的现象加以合理化，千奇百怪的妖怪传说使这个民族奔涌着幻化无常的鲜活血液。妖怪成了人与自然沟通的桥梁，成了天地万物和谐相处的平衡点。

公元 5 世纪，佛教从中国传入日本，一些神话故事也借由佛经东渡扶桑；随后，中国古典志异笔记也大量流入日本。佛教神话、古中国玄幻故事与日本本土妖怪传说嫁接结合，开始成为街头巷尾的谈资。

从此，拥有鲜明乡土特色和民族性格的东洋妖怪，由民间的口耳相传发轫，在岛国的每一个角落里生根、开花、结果，大规模、长时间地占据了日本文化舞台的重要一角。伴随着对灵异事物探索的好奇心，源源不绝的妖怪被“发明”了出来，也有众多源于中国的“进口货”被引进来，更有一大帮创造好手们杜撰出新的各式妖怪。妖怪越来越多，它们的身影从古代的民间传奇、浮世绘，到当今的影视、动漫和游戏，风生水起，大行其道，终于演变成为一种文化风潮。

妖怪在日本文化领域的全方位渗透，是如此的根深蒂固、如影随形，以至于日常生活里都离不开与之相关的俗语引用。比方传说中河童爱吃黄瓜，因此海苔卷黄瓜的寿司，就叫作“河童卷”；家里如果娶了个特别厉害的恶媳妇，就称为“鬼嫁”；说人生了个“天狗鼻子”，那是在批评人家骄傲自满；如果说“鬼生霍乱”，是指英雄也怕病来磨；“把鬼蘸了醋吃”，则是天不怕地不怕的同义语；中国人所说的“猫哭耗子假慈悲”，在日本叫作“鬼口边念佛”；而在立春的前一天，日本还要举行“撒豆驱鬼”的活动，诸如此类，不一而足。因此可以说，妖怪已经成为沉淀在日本人意识底层的东西，随时都可能从生活中跳出来。

在人们年深日久的积累和整理下，谱系完整、类别繁多的“妖怪世界”成形了。一向以认真刻板著称的日本人，自然而然地将妖怪作为一门专门的学问去研究了。19世纪，最先采用“妖怪学”这一术语的“明治妖怪博士”——哲学家井上圆了（1858—1919），站在打破迷信的立场上，以科学精神研究妖怪，点燃了近代日本妖怪学的火种。他投入巨大精力研究妖怪。1891年，创立了妖怪研究会，开设讲坛，刊行妖怪学讲义录，大力从事启蒙工作。他在《妖怪学》和八卷巨著《妖怪学讲义》中深入考察了不同的妖怪，就此开启了针对妖怪的有体系研究。“妖怪”也变成了一个常用且具有学术意涵的词汇。

妖怪学在日本民俗学研究系谱下，也占据了一块重要的位置。民俗学家们非但没有将妖怪视为异端，或是人性的阴暗面，反而对妖怪有着极其浓厚的兴趣。著名的妖怪民俗学者柳田国男（1875—1962）即是其中一位。他是日本从事民俗学田野调查的第一人，他认为妖怪故事的传承和民众的心理与信仰有着密切的关系，通过分析说唱故事和民间故事，即可获知本已无法知晓的玄异世界。他将妖怪研究视为理解日本历史和民族性格的方法之一，其代表作品《远野物语》以知识性的方式，描绘了一个充满原始自然气息、迥异于都市空间的妖异之地，详述了天狗、河童、座敷童子、山男等妖怪，使他们声名大噪。1939年，柳田国男编撰了《全国妖怪事典》，涵盖了日本大多数妖怪的名目，为后世的妖怪学研究开启了一个更广阔的视野。柳田国男一生的思想精华，皆集中于《妖怪谈义》《民间承传论》《国史与民俗学》等书中，迄今仍是研究日本妖怪学与民俗学的必读著作。

研究妖怪学，与其说是一种个人性的书房夜戏，倒不如将其视为探寻人生意义的一个切口。所谓“百鬼”，其实正是人性的种种缩影，恰似临水照人，映出自身。竭力向未知的灵异领域进行探索，从人文角度而言，具有相当正面的意义与价值。

日本妖怪数目众多，妖怪学里对其进行了必要的分类，方式有多种，较为通行的是依照形成原因，粗分为“传承妖怪”和“创作妖怪”两大系统。

传承妖怪，即至少在民俗学中流传了两个世纪以上的传统妖怪，必须具备实际的地名、人名以及确切的时间；创作妖怪，则大多是由近现代作家或画家杜撰出来的，且部分还受著作权法保护的妖怪。

尽管科学与理性已经支配了当代世界，但妖怪或许离人类并不遥远。那些曾经被我们忘记却依然存在，被我们遗弃却依然生长的各色妖怪们，透过交错写意的二维空间，从与我们平行的另一个世界活生生地跳将出来。悠长的人生道理，狡黠地隐藏在简单平淡的故事后面，借着“怪谈”的名义，喧嚣地粉墨登场，通过一部部文学、一幅幅绘画、一幕幕影像，描述着一个个或惊悚或伤怀或奇趣的灵异传说。

造鬼运动：日本怪谈文学

日本人通常把本国的鬼怪故事，称为“怪谈”。从怪异里延伸出来的超自然现象，是灵感的极佳素材，也是文学创作不可欠缺的养分。

《搜神记》云：“妖怪者，盖精气之依物者也。气乱于中，物变于外，形神气质，表里之用也。”受中国儒家“子不语怪力乱神”的影响，妖怪、灵异的书写，在二元对立的道德观影响下，始终是受到排挤、压迫的一群，它们被摒除于正典以外，不被官方所认可，却通过街谈巷议、野史笔记保存了下来，并代代因袭。日本的怪谈创作，首先体现在民间文学上。远在文字未诞生前，各种妖异传说就在民众间口耳相传，讲故事者为吸引听众，往往即兴添加内容，因此每个传说都得到逐步的完善。有心的民间文人，收集整理村野夜话、茶余闲聊，结集成书，遂将怪谈版本渐渐固定，妖怪文学由斯慢慢发展起来。脱离了礼教的束缚，才能提炼出更纯粹的艺术价值。这些道听途说的传奇，或论灵异鬼神，或说人世因缘，在僵化的体制下，让百姓们在沉闷的生活之外，也能拥有一些私密的解放空间。

夜雨凄清、妖风浓雾，清瘦的执笔者，对着斜窗黑案，煎出一盏异香扑面的茶来，轻呷一口，然后蘸了唐土来的烟墨，鬼使神差地写就篇篇异谈。然后又通过改编为能剧、傀儡戏、落语等民间艺术形式，口耳相传，逐渐渗透深入到了老百姓的精神生活中。

日本的怪谈文学，可远推至中国唐太宗时期。彼时日本选派大批遣唐使前来中华，在问道、学习之余，也将当时中国民间流行的六朝志怪、隋唐传奇等作品，或翻译或抄录回国，直接影响了日本志怪文学的创作。《今昔物语集》《日本灵异记》和《宇治拾遗物语》是其中较成功的代表作。

与描绘宫廷贵族生活的其他物语相比，《今昔物语集》无缘于优美、奢华，属于典型土生土长的“下里巴文学”。这部平安朝末期的民间故事集，约成书于 12 世纪上半叶，总共三十一卷，包含故事一千余则，分为“佛法、世俗、恶行、杂事”等诸部。其创作方式，颇类似于我国清代蒲松龄的《聊斋志异》。每年夏季，大纳言源隆国必到宇治桥度假纳凉。凡是从那里路过的农夫野老、贩夫走卒，均一律叫住，令其讲述各种逸闻故事、地方奇谈，随后一一笔录下来。这些故事累积起来，便成了《今昔物语集》。

因此，《今昔物语集》驳杂的内容不是面壁虚构，而是广泛采集自民间，这使得该书先天就具有了浓郁的亲民色彩，为老百姓所喜闻乐见。其内容虚实结合，在详述历史、地理典故的同时，又夹杂怪异传闻，并穿插了不少劝善惩恶、因果报应的情节，可以说是后世同类文字的源头活水，浇灌着怪谈文学灵感的根苗。芥川龙之介评价该书“充满野性之美”，“是王朝时代的《人间喜剧》”，可谓一语中的。

江户时代，妖怪被赋予了具体而固定的形象，且配有完整的说明体系，怪谈文学也步入了繁盛期。这与都市化和庶民阶层兴起有着很大的关系，反映了当时社会意识的转变对于民情风俗的影响。这时期的怪谈故事经过创作者的去芜存菁、升华演绎，在城市人口大量增加的支持下，不断发酵，演变成自体繁衍的强大文学类型。脱逸的人心成为妖怪活跃的舞台，散发着墨香的书本则成为妖怪作品孕育的沃土。

最先出现的怪谈、奇谈集，以《曾吕利物语》、本多良雄的《大和怪谈物语集》为代表。其后，中国明清古典小说大批登陆日本，在《剪灯新话》《三言》的影响下，浅井了意创作了《御伽婢子》，都贺庭钟推出了《古今奇谈英草纸》，皆可算是日本怪谈文学的经典之作。“御伽”本意为陪侍、陪伴。“御”是敬语，“伽”的意思是陪无聊者对谈解闷。《御伽婢子》成于宽文六年（1666），共十三卷六十七篇，其中十九篇是《剪灯新话》的翻写之作。《剪灯新话》中故事的地点、人物以及背景环境，均由中国移植至日本，部分篇名和故事内容也做了改动，使之更符合日本民众的口味。而《古今奇谈英草纸》共收录作品九篇，其中八篇是将冯梦龙的《三言》加以改编，使其日本化的作品。它们或借原故事情节讲述日本人物故事，或改换人物叙述日本史实，

给阅读者带来了十分新鲜的感受，因此吸引了一批欣赏品味较高的读者。

在吸收和借鉴中国神怪小说的基础上，日本作家由翻写、仿作走向了创新。上田秋成（1734—1809）的《雨月物语》就是其中的佳构。《雨月物语》的书名本身即源自《牡丹灯记》中“天阴雨湿之夜，月落参横之晨”句，也就是“雨月写的鬼怪故事”。

该小说脱稿于1768年，由九个主题明快、结构紧凑的短篇构成。上田秋成是江户时代的大家，与浮华繁美的平安闲文比起来，“雨月”只见其凌厉，不见其婉约。书中采用了大量的典故和传说，略带乡土味的行言，令文字更显精妙，字里行间处处灵光闪动。作者在情节的构筑中，不仅仅是把怪异作为一种猎奇的现象加以描绘，而是重在挖掘人类生存过程中的喜怒哀乐。谈鬼论神，一如描摹人间，同样是没完没了的“爱恨情仇”。人的本性在乱世的环境下，通过梦幻般的凄美笔调，完全展现在读者面前。一篇篇地读，一篇篇的心惊，于是深夜里，寒气渐渐入骨，犹如一把利锥刺心，惊痛莫名。透过《雨月物语》，我们知道了原来怨鬼痴怪的故事，扶桑与中国一般无二，然而更为凄艳慑人，浑然没有聊斋中的香艳情浓，笑语相谐。

江户时代各种怪谈在民间已十分流行，以至于几乎每个人都能说上那么两三个。彼时的人们热衷于玩一种叫“百物语”的游戏。玩法是在深夜时，一群朋友一律身穿青衣，聚拢在暗室内，点燃一百根白蜡烛，蜡烛旁边安置一张小木桌，其上摆放一面镜子。大家轮流说一个诡异的故事，在暗影幢幢中感受恐怖的气氛。每讲完一个人，就离开自己的座位，吹灭一根蜡烛，接着从镜中照一下自己的脸回到原位，然后换下一位讲。直到讲完第九十九个怪谈后，剩下最后一根蜡烛，大家都缄口不语，围坐着等待黎明，到太阳出来后便各自回家。相传在日出前若有人吹熄那最后一根蜡烛，就会引来鬼魅，被吸走灵魂。所以说故事的人都会十分警惕，时刻默记着次序数字，绝不让自己变成最后一个。

“百物语”其实是一种民间文艺的传播方式，许多好玩有趣的妖怪故事正是在这样的情况下口耳相传，并且被有心者用文字记录下来，成了日本当代怪谈的滥觞。

怪谈故事结集的风潮，发展到后来，终于诞生了集大成者——《耳袋》。顾名思义，所谓“耳袋”，就是将耳朵听到的怪异故事，放进袋子里收藏起来。《耳袋》的作者根岸镇卫 (1735—1815) 是江户时代的下级武士，公事之余，喜欢搜集听来的乡野奇闻、八卦逸事，范围非常之广，可说是琳琅满目，最后汇总成了这部每卷一百个故事，总计十卷的怪谈故事集。

进入明治时期，怪谈风潮更加流行，小泉八云（1850—1904）的《怪谈》被誉为近代日本怪谈小说的鼻祖。有趣的是，小泉其实并非日本人，他原名拉夫卡迪奥·赫恩（Lafcadio Hearn），出生于希腊，1890年来到日本，认识了小泉节子小姐，于是结婚定居，从此永远地留在了这片开满樱花的土地上。他用夫人的姓取了一个日本名字“小泉八云”，并于1896年加入日本国籍，成了一个“比日本人更日本”的日本人。

小泉八云学识渊博，涉猎典籍广泛，翻译介绍之作极多。综其后半生的主要事业，就是致力于东西方文化的互相交流转介。正是由他开始，西方才逐渐开始了解日本。这位与陀思妥耶夫斯基、莫泊桑、马克·吐温呼吸着同一个时代的空气、在同一个时代写作的人，当那些西方文豪致力于揭露社会的污秽和腐朽时，他却沉迷于玄奥的“除却我与月，天地万物无”的怪谈世界中，难以自拔。

《怪谈》是小泉在竭力领悟日本文化的精髓后，创作出的最著名的作品。他居住在岛根县时，将从妻子那里听来的神怪故事整理加工，抱着极大的热情，“炼句枯肠动，霜夜费思量”，完成了《怪谈》《骨董》等书。统共辑录了五十六个短篇故事，叙述方式和语境相当日本化，字里行间充溢着浓浓的大和气息，读来教人不忍释卷，非一气呵成不可。

时至现代，怪谈文学又与推理、奇幻，甚至爱情小说等体裁相结合，“新怪谈文学”华丽诞生。这其中，梦枕貘是佼佼者。梦枕貘被誉为“日本奇幻界天王”，他的《阴阳师》将奇幻与怪谈相结合，以幽远的平安时代为背景，借着主人公安倍晴明为人鬼解忧的一次次离奇经历，使一幅幅典雅精致的时代图景跃然纸上。

梦枕貘的笔触十分散淡抒情，即便写鬼，也并不恐怖惨烈，反而有着古诗词般的婉约色彩。他笔下的其他小说，如《沙门空海》《暗狩之狮》等，也“活脱脱有一种六朝风韵”，优雅潇洒得不行。

有“日本当代国民作家”之称的宫部美幸，亦钟情于古时的怪谈故事。《本所深川不思议草纸》《幻色江户历》，以及《扮鬼脸》等，都有着女性作家特有的温暖与婉转。怪谈在她手里充满了江户时期浓浓的人情，笔墨间飘散着淡淡的乡愁。

不过，说到当今最炙手可热的妖怪作家，则非京极夏彦莫属。他出生于北海道小樽市，于1994年出版了“京极堂”系列的第一本小说《姑获鸟之夏》，震惊文坛，开创了独步天下的“妖怪推理小说”。此后几年，他结合鸟山石燕的绘画素材，陆续创作出了《魍魉之匣》《狂骨之梦》《铁鼠之槛》《络新妇之理》《阴摩罗鬼之瑕》《邪

魅之雫》等作品，重新诠释了一个个散发着诡秘、艳丽的黑暗光华的故事。其小说特点是每部都以一个知名妖怪为主题，小说主人公以丰富的知识，在一个肉眼看不见的世界里驱除妖怪并解释真相，大大迎合了新世纪读者求新求变的需要，使得怪谈文学以另类方式大放异彩。京极夏彦另有《巷说百物语》系列，也颇受欢迎。

日本的怪谈小说，当然不只上述作家和作品。木原浩胜和中山市朗取"耳袋"的古意，将一系列 20 世纪发生的不可思议的鬼怪故事，收集编写而成的《新耳袋》；菊地秀行的《吸血鬼猎人 D》《魔界都市》、山田风太郎的《忍法帖》系列、小野不由美的《东京异闻》、阪东真砂子的《狗神》、皆川博子的《妖樱记》等，都由传统中吸取灵感，成为当代杰出的怪谈小说。这些优秀作品的不断涌现，令日本的怪谈文学传承至今日，愈发百花齐放，多姿多彩。

妖怪造型师：日本妖怪画

世界上仅有日本将"妖怪"作为一门大学问来研究，也只有日本，在其美术史上，为妖怪画留出专门的位置。别看日本的妖怪千奇百怪，可实际上真正见到妖怪真面目的人，根本就没有。绝大部分的妖怪活在人们的心中，只是自我绘声绘影的想象，而且每个人想象的妖怪形貌都不同，莫衷一是。为了统一认识，方便民间鉴别这些妖怪，于是便有了妖怪造型师这个职业，说通俗点，就是妖怪绘画师。

妖怪画的开山祖师，是室町时代的土佐光信（1434—1525）。在他之前的数百年里，日本一直在学习中国的绘画作品，主要借鉴作为佛教画引入的"唐绘"，代表作有上品莲台寺的《过去现在因果经图》、正仓院的《鸟毛立女屏风》、药师寺的《吉祥天女画像》等。这些佛教绘卷为以后的妖怪题材绘画提供了可参考的素材。经过三四个世纪的民族化演变，日本至平安时代逐渐形成了自己的一套风格形式，称为"大和绘"。到了室町时代，南宋水墨画对日本美术影响巨大，日本在此时开始形成幽玄、空寂的水墨画风。幕府专门设有绘制妖怪画的画家，他们搜奇集异，根据各种传说描绘出妖怪形象，供皇室和贵族赏玩。其中最著名的，乃正统大和绘画家土佐光信。他运用流畅、生动且极具庶民风格的笔触，将妖怪传说视觉化，以充满平民生活情趣的意境、生动传神地描摹出妖怪的奇形异貌。他的代表作《百鬼夜行绘卷》笔触流畅细腻，极具幽异意蕴，是日本艺术史上的国宝级作品，对后世的妖怪画产生了重大影响，导致后来者皆自觉不自觉地沿袭此种画风。

土佐光信虽然开创了妖怪画的先河，但要论在该领域成就最高者，非江户时代的鸟山石燕（1712—1788）莫属。日本人今天所熟知的诸多传统妖怪的造型，都是拜鸟山石燕所赐。

桃山时代，日本绘画摒弃简约、朴素、淡薄的风格，转向黄金为色的富丽美。到了江户时代，经济繁荣，市民文化盛行，妖怪绘卷也如读本小说般，迅速勃兴。画界兴起了以“怪奇图鉴”来展示妖怪的潮流。鸟山石燕出身优越，有较好的物质支持，因此能够抛开俗务，隐居于江户根津，奇思天外，专事妖怪题材的创作。他承袭与土佐光信同时期的绘画师狩野正信、元信父子创立的“狩野派”画风，并从《和汉三才图会》及民间故事中搜集了大量素材，仔细梳理成系谱。而后倾一生心力，完成了《画图百鬼夜行》《今昔画图续百鬼》《今昔百鬼拾遗》《百器徒然袋》这四册妖怪画卷，合共描绘二百零七种妖怪，确立了今日我们所见到的日本妖怪的原型。

以往日本民众虽然常听妖怪故事，但对于妖怪的模样，还是各凭想象，没有一致的认知。鸟山石燕的四册画卷，如同“妖怪教科书”一般，将鬼怪按各自的特征、习性、属性进行分门别类，每一册页，都介绍一两种妖怪，清晰明了，使得妖怪形象具体化、定型化、常识化。民众通过细腻逼真的画卷，将纯文字描述的想象，转变为直接的视觉认知，既广泛认识了各种妖怪，又满足了求知欲和好奇心，并随之接受了这一整套的形象设定。一个个跃然纸上的妖怪，并非人们想象中的恐怖、凶恶，而是有着与人类一样情感、一样爱恨情仇的活生生的精灵。从鸟山石燕开始，民众心目中的妖怪形象得到了统一，大家都说：瞧，某某妖怪就是长成这副模样的。

江户时代坊间出版了许多描写怪谈的书（类似明清时期的笔记小说），书中的插图多以木刻版画为主，葛饰北斋所绘的木刻画《百物语之图》是其中的精品之作。葛饰北斋（1760—1849）是活跃于江户时代后期的浮世绘画家，葛饰派的创始人。他的作品追求形式美和主观表现，用墨酣畅、色彩简朴，以想象力大胆著称，从设色到构图，颇多个性创造，对浮世绘发展有很大的推进作用。种种世相人情，经由他的观察与描摹，都鲜明地翻腾于浮世浪花之上。他自号“画狂”，在风景画、美人画、读本插图、花鸟画、妖怪画等画域均有杰出的佳作问世。葛饰派独有的遒劲有力的笔调，结合西洋

的透视画法，生动地再现了“忽然出现”的鬼魅姿态，为世人所惊叹。其中最能代表北斋风格的《阿菊》《阿岩》《笑面般若》等，抓住传说中最扣人心弦的细节进行描绘，充满诡异与动感，迄今仍是日本妖怪画的国宝级代表作。

另一位浮世绘巨匠歌川国芳（1798—1861）也是绘制妖怪画的高手。他从小因给身为印染坊商人的父亲帮忙，故对色彩和绘画产生浓厚兴趣。少年时期，他拜歌川国直、版画大师歌川丰国为师，1814 年出师后取艺名为歌川国芳。在数十年的绘画生涯里，他创作了大量妖怪画，深受好评。其作品充溢着怪异与丰沛的奇想，画中各色鬼怪争相现身，白骨之梦鬼怪之绘，丝丝入扣、栩栩如生。画面着色明暗交作，淡墨晕成的黑云、朱砂点成的红唇，风格繁复、细腻浓烈，格外受人欢迎。代表作有《歌声中的妖怪》《龙宫玉取姬之图》等。歌川国芳还因为画猫而著名，他在家中、作坊里，到处养猫，日夜与猫相伴，观察猫的习性、形态、动作。他的猫画，是浮世绘中公认的大家精品。

歌川国芳的弟子月冈芳年（1839—1892），青出于蓝而胜于蓝，是一位富有传奇色彩的浮世绘画家。他将西洋的素描、解剖、透视等技法，融入浮世绘创作，以所谓“究极”的手法进行“武者绘”、“美人绘”、“无惨绘”的创作。其妖怪画前后期风格有所不同，前期注重画面的动感与冲击力，后期则渐归平淡雅致。代表作《新形三十六怪撰》，号称“以新的视角和手法为妖怪立传”，把东西方绘画的长处完美地结合在一起，人物精准、意态跳宕、构图灵动，加之利用挥洒热情的书法式用笔，大大增加了画面的运动感，明朗、舒展又不乏凝重，被誉为“神品”。

到了幕末明治时期，天才浮世绘画师河锅晓斋（1831—1889）成为妖怪画领域坐第一把交椅者。河锅生于下总国的藩士之家，七岁开始得歌川国芳启蒙，九岁时就敢在河边素描漂流的人头。这种迥异常人的行径，似乎正预示了他注定要创下妖怪画的新高峰。后来他又师从狩野派，并深受北斋影响，热衷于仅靠寥寥数笔，便能活灵活现地表达出人物神韵与动作。那一幕幕罗列鬼怪的画面，如行云流水般自然，饱含着怪异世界的活力。他还从东西方绘画风格技巧中广为吸吮养分，逐渐形成了独树一帜的“晓斋流”。观者赏其画，仿佛能感觉到一股力透纸背的森森阴气，冰凉彻骨。人们因此说他本身即带有鬼气，并誉其为“末代妖怪绘师”。

而现阶段年青一代妖怪画家，首推荻原镜夏。他的《伽草纸妖怪绘》是目前在网络上流传最广的系列鬼怪画。其作品吸收了浮世绘、日式漫画和西洋绘画的特点，同时注入时尚元素，因此具有强烈的现代节奏感，十分吻合年轻一代的审美情趣。

鬼怪故事也是漫画家笔下取之不尽的题材。随着二战后日本动漫业的迅速发展，日本妖怪的形象变得可爱逗趣而人性化了。号称“妖怪通人”的水木茂（1922—）是日本妖怪漫画第一人，引领妖怪浪潮的先锋。“二战”后日本儿童对妖怪形象的最初认识，大多来源于他。他创作的《鬼太郎》系列，曾经风靡一时，红遍日本，在动漫界产生过深远的影响，鬼太郎这个角色也被评为日本最受欢迎的100个动漫角色第65名。

水木茂1922年生于鸟取县境港市。由于家乡的河川自古就流传着河童、小豆洗的传说，再加上受到家中一名擅长讲鬼故事的女佣影响，所以他从小就对各种妖怪极感兴趣。在少年时代，他卓越的绘画天赋已开始展露，十三岁那年在老师的安排下举办了第一次个人画展。他还写过一篇《可以简单看见幽灵的办法》的文章，似乎与幽灵相遇在他而言并非什么天方夜谭。“二战”期间，他被派遣到东南亚战场，在印尼失去了左手，但他对绘画的执著并未因此而消减，相反还更为坚定。

1950年，二十八岁的水木茂搬进一个名为“水木庄”的公寓。公寓里一位名叫久保田的“纸芝居”（连环画剧）画师，令他初次接触到形式接近于漫画的绘画创作。这次相遇对水木茂的人生起了重大影响，他决定以这座公寓的名称作为自己的笔名，以妖怪为题材，投身连环画剧的创作。此后七年间，他一直以纸芝居画师为业，发表了不少作品。

数年后因电视机在民间慢慢普及，连环画剧产业开始没落，水木茂前往东京，改行作漫画家。在此期间的妖怪题材作品有《怪异猫女》《地狱之水》等。1959年，《鬼太郎》系列第一个故事《幽灵一家》正式发表于出租漫画志《妖奇传》。

1968年《鬼太郎》系列第一次动画化（TV版），造成一波相当轰动的《鬼太郎》热潮，红遍了大街小巷。水木茂因此成了当时最炙手可热的漫画家之一。

水木茂对民俗志、地方学、神话极感兴趣，走遍日本各地搜集、写作、绘画，对推广妖怪文化不遗余力。其作品除了《鬼太郎》外，还有《恶魔君》《河童三平》《世界妖怪遗产》《水木茂妖怪大百科》等。他还发起成立“世界妖怪协会”，立誓收集世界上一千种妖怪。1991年，他获得了“紫绶褒章”的荣耀。

作为世界妖怪协会会长、妖怪博士、“活的妖怪百科全书”，水木茂继承并拓展了鸟山石燕的妖怪体系，不但开启了妖怪复古热潮，而且使得妖怪画从传统的版画、浮世绘形式，顺利过渡到了当今最具普及流行效应的漫画上。如果说鸟山石燕用画笔

开创了前妖怪时代的话，那么水木茂就堪称为后妖怪时代画上了完美的感叹号。他将民俗学融入漫画，赋予古代妖异崭新的生命，激发了无数后辈更宽广的想象力。如今日本妖怪学界最具影响力的宗师级人物，除了他之外，不作第二人想。在他的故乡境港市，于 1989 年开始策划将水木茂笔下的妖怪文化、角色与市区融合，打造成观光文化区。1993 年“水木之路”正式揭幕，里面按顺序编号，全是与水木大师笔下的妖怪们相关的青铜浮雕、电话亭、商品店面、纪念馆、妖怪广场、妖怪公寓等，到了这里，就会感觉似乎真的进入了一个妖怪的世界。到了夏季，还会举办“妖怪节”。因妖怪文化而带动起来的商业，已成为境港市的主要经济支柱。

除了水木茂外，今市子的漫画《百鬼夜行抄》亦相当有名。漫画中的主人公自幼具有通灵体质，被赋予了一双可以看到“普通人看不到的事物”的眼睛，能够与妖怪鬼魂见面交谈，甚至驱除恶灵。在祖父死后，他逐渐发现了祖父生前与妖魔间的诸多秘密。本作属于单元型作品，以各自独立的短篇漫画串成，透过鬼眼探看人间异界，描绘了一个个在被忽视的黑暗中或孤独或寂寞的故事，甚至还平淡地讲述了许多人与妖怪之间的爱情，幽雅而凄迷。试看此中篇章，摊开来竟是满目萧索。读者在神秘、深幽中感慨世态炎凉，叹息世间诸多无奈。

2003 年，漫画家绿川幸开始在漫画杂志《LaLa》上连载《夏目友人帐》。这部漫画属于妖怪题材中的温馨物语。主人公夏目贵志生来拥有强大的灵力，能感知平常人所无法接触的妖怪神明的存在。其父母双亡，多年间辗转于互相推卸责任的亲戚之间，因此性格孤僻。在一次被妖怪追赶时，他打破了强大妖怪“斑”的封印，继而牵涉到了祖母的遗物“友人帐”。友人帐是记录着众多妖怪名字的契约书。“斑”与贵志约定，以保护其一生为条件，交换友人帐的所有权。在“斑”的陪伴下，夏目贵志经历了一个个奇异、悲伤、怀念、令人感动的怪诞奇遇，逐渐学会与人类、妖怪友好相处，演绎出一段段充满人性哲理的故事。

2008 年在《周刊少年 JUMP》上连载的《滑头鬼之孙》，是以妖怪为题材的少年漫画。其以现代日本为舞台，描绘了人与妖怪的日常怪异空想。故事中的妖怪，大部分出自鸟山石燕和竹原春泉的妖怪画集。十三岁的主人公奴良陆生貌似普通中学生，实际上是妖怪“滑头鬼”的孙子，拥有四分之一的妖怪血统。从小就与百鬼们打成一片，梦想成为滑头鬼三代目的他，在目睹妖怪们的“真面目”后放弃了这个梦想，转而想成为一个了不起的人类，由此展开了一连串纵横人间妖界的大冒险。

此外，《幽游白书》《通灵王》《抓鬼天狗帮》《镜花梦幻》《昆虫之家》《雨柳堂物语》《河童三平》《犬夜叉》《千与千寻》《虫师》等日本动漫画作品，也同样取材于鬼怪题材，一样有着令人动容的迷离故事。这许许多多让我们叹气、惊恐、顿足、思索的传奇，与其说是谈鬼说怪，不如说是描摹人间景象。它们的姿态是梦一样的境界，众生相被绘在狞狰的面具下，等待你洞悉后伸手揭开。在这充满妖气的罐装世界里，于一笔一画间感受现实残留下的最后温暖！

魅影志异：妖怪电影

日本妖怪电影起初都以文学名著为底本进行改编，怪谈文学滥觞的《怪谈》，在1964年由小林正树搬上大银幕，堪称思想内容真正深刻的妖怪电影。影片从小泉八云撰写的灵异故事中选取四则，四个故事表面看上去毫无关联，内里却都表达了“信任与背叛”这一人类亘古不变的道德困境。全片充满了超现实主义的叙述，处处渗透出阴暗诡异的美，对白抒情细腻、场景也极尽幽美，上映后大获好评，被赞赏为“精致的恐怖”。

另一由名著改编的妖怪电影，是著名的《雨月物语》，由沟口健二导演。这是一部具有强烈东方审美色彩的影片，截取上田秋成原著中“蛇性之淫”和“夜宿荒宅”两个故事进行演绎。影片透过名摄影师宫川一夫的巧手，将故事发生的舞台“幽灵豪宅”营造出一种朦胧而又金碧辉煌的气氛。摄影机以俯瞰的角度取景，人物走位又采用“能剧”的举止形式，加上歌舞伎、音乐之配合，神秘幽玄的怪谈世界跃然于光影之间。本片因为精彩的意境塑造而受到高度赞赏，在威尼斯电影节上获得银狮奖。

和《雨月物语》齐名的，是由经典怪谈故事集《四谷怪谈》改编的电影。其被拍成电影的次数超过三十次，至今仍持续影响着日本的恐怖文化。在这为数众多的改编电影中，以1956年毛利正树导演的《四谷怪谈》、1959年中川信夫导演的《东海道四谷怪谈》、1969年森一生导演的《四谷怪谈：阿岩的亡灵》、1994年深作欣二导演的《忠臣藏外传——四谷怪谈》、2004年蜷川幸雄导演的《伊右卫门之永恒的爱》最为影迷津津乐道。

夹在沟口健二和小林正树两位大师之间的中川信夫，是日本惊悚片大师，擅长古典式恐怖。精致的灯光布景、幽玄的音效配乐和严肃的“本格派”恐怖气氛，是他电影的一贯特点。《东海道四谷怪谈》在超现实内容中所包含的因果报应、天理循环等思想，本质上比《雨月物语》更趋虚无，其虚幻的味道更加浓郁。因此《东海道四谷怪谈》的场面更恐怖、更具冲击力，有更多超自然的元素以视觉形象呈现。阴湿冷寂的深秋之夜，月影幽暗浅淡，映在残败的稻田水面上，隐约可见提着灯笼的人影在水边沿着白墙青瓦下徐行，白墙上攀附着两三枝常青藤。如此的鬼魅氛围，令人毛骨悚然的意境，更接近于歌舞伎、浮世绘原作的风貌。这种青灰阴郁、幻相飘忽的风格在怪谈电影中得到了长久延续，奠定了此一类型电影的美学精髓。

此外，中川信夫的另一代表作《怪谈蛇女》（1968），亦是“现实主义怪谈”的杰作。

深作欣二的《忠臣藏外传——四谷怪谈》系为纪念松竹公司创业百年而拍，与通常的《东海道四谷怪谈》不同，他大胆地把《东海道四谷怪谈》故事跟《忠臣藏》合成一线，使《东》的主人公伊右卫门在接受妻子阿岩报复的同时，也参与到四十七赤穗浪人的复仇中，并称之为“赤穗第四十八义士”。本片的优点是充分展示了江户的市井风情画，在人物塑造上也做得十分成功。场面大气十足、艺术冲击力强，堪称人性挽歌式的杰作。不过作为一部传统的东洋妖怪物语，该片也显得血腥有余而哀怨不足。

2004年的《伊右卫门之永恒的爱》由日本能剧大师蜷川幸雄执导，改编自推理小说家京极夏彦的小说《嗤笑伊右卫门》。歌舞伎原著的作者鹤屋南北曾有日本莎士比亚的美称，小心翼翼的京极夏彦则把他的剧作改编得更为莎士比亚，更接近“性格悲剧”的典型，并塑造了一个古典版本中前所未有的阿岩，刚毅、固执、有主见的阿岩，一个完全现代女性的形象。而导演也在电影中挖掘了更深刻的人性。

在一片妖怪电影的热潮中，大映公司于1968年推出《妖怪百物语》《妖怪大战争》（黑田义之版），1969年又推出《东海道惊魂》，这三部制作精良的妖怪影片，并称“大映妖怪三部曲”。它们就像深夜的怪谈大会，聚集了榨油鬼、辘轳首、油腻老先生、长颈女妖、单眼怪伞、无脸妖怪等日本知名妖怪，特技效果在当时更是首屈一指。

1990年上映的《妖怪天国》是一部关于灵魂奇观的电影，由动漫大师手冢治虫之子手冢真执导。影片用极端的映像美讲述了“月着陆”“妖怪城”“河童”等五个故事，均采用套层结构进行，即一个故事里包裹着另一个故事，层层打开，又最后依次了结。全片因精彩绝伦地描绘了绝对的爱与孤独，成为各大传媒的五星级推荐作品。

“万物有灵”是日本鬼怪电影中常见的题材。传说中的狸猫、河童、雪女等神怪，都曾经不止一次出现在银幕上。黑泽明导演的《梦》，截取了人们生活或意识中的一些片段，不徐不疾地诉说着人世的寓言。片中出现了“狐狸嫁女”“樱桃祭”“雪女”“复活的兵士”等短篇故事，充满了志怪的气氛，将民间传说、鬼魂之说和现代都市文明的批判共冶于一炉，传达了黑泽明对日本文化崩溃的焦虑和警世的寓言。

“怨气”二字，也是日本鬼怪片中常见的概念。与基督教截然对立的善恶二元论不同，日本影片中的鬼怪多为生前横死，由怨气所结化成的厉鬼，不断地在阳间寻人报复，其种种行为所带来的恐惧感，不仅在生理上造成不适，更在心理上形成长期阴影。正如作家傅月庵所言：“东洋幽灵最成功之处，就在心理的掌握与气氛的营造，不似西洋妖魔动辄出现呕吐、肉瘤、黏液等恶心作态。”日本大部分妖怪电影内容并不生猛，却让人时时感到背脊发凉。其不寒而栗的恐怖效果营造，就在于气氛上。当一个清瘦鬼影张开枯手，白衣飘动间，颤声传来“我好恨哪”时，你怕了吗？《咒怨》和《稻草人》便是其中的典型。

《咒怨》由清水崇导演，以一间鬼屋为线索，所有进入这间屋子的人都离奇而死。原来屋子当年的主人残杀妻儿后自杀，死者怨气冲天，疯狂地向世人复仇。影片中不甚清晰的脸以及让人惊慌的眼瞳等，已成为日本恐怖电影的标志。而鹤田法男导演的《稻草人》，讲述了少女暗恋男孩未遂，死后附身于形态怪异的稻草人上。片中有一段夜景，无数稻草人如鬼魅般四处游荡，当真是鬼影重重，令人毛骨悚然。

日本影片中的怨鬼，多数不像中国鬼怪那样急着要“讨替代”，也不追求什么化解，只是一味地以杀戮为乐，令人有逃无可逃之感。典型的例子便是中田秀夫导演的经典恐怖片《午夜凶铃》。《午夜凶铃》改编自作家铃木光司的作品《七夜怪谈》，女主角山村贞子拥有用念力杀人的超能力，她心中的怨念通过一盘录像带为祸世间，凡是看过该录像带的人都会在七天内死去。脱身的唯一办法，是在七天内复制一盘录像带给别人看，嫁祸于人方能保全自己。影片以密闭的空间为背景，剧情并无血淋淋的直接恐怖，而是通过制造悬疑气氛揪住观众的心。观众眼前不停闪烁着黑白噪声的画面，银幕中突然出现一口古井，接着有奇怪的文字像浮游生物一般不安地晃动，怨灵慢慢地从电视里爬出来……这就是本片的经典画面。观众往往在毛骨悚然之余，更对人性产生深深的绝望。据说曾有壮汉在影院观看此片时，吓得哇哇大哭，可见本片之可怖可惧。

此后日本相继推出《富江》《催眠》《裂口女》《生灵》等恐怖片，身着白衣、长发遮面的女鬼形象，一时成为日式鬼怪电影的看家本领。

2002年，中田秀夫又导演了《鬼水凶灵》一片，这一次怨灵换成了不慎落入大厦水箱中淹死的小学生，追杀由黑木瞳扮演的母亲及其女儿。影片以母亲留下来永远陪伴怨灵，让女儿得以脱身为结局，令人想起《午夜凶铃》中的女主角在井中“温柔拥抱”贞子骸骨的画面。中田秀夫显然是想在影片中追求一种“温情的恐怖”，以摆脱传统恐怖给人们心理上带来的阴暗桎梏。

而2005年三池崇史导演版的《妖怪大战争》根据水木茂同名漫画改编，被誉为“《哈利·波特》妖怪版”。这部电影投资巨大、场面壮观，最大的亮点，在于未采用电脑CG，而是全部由演员化妆而成的五百多位叱咤于平安和江户时代的妖怪，逐一在电影里展现他们的尊容，可说是日本妖怪的集体大亮相。

“妖怪”原本是十恶不赦的代名词，但本片里的妖怪虽样子龌龊，却性情纯良，反而是某些假仁假义的人类品德败坏。影片以妖怪的可怜遭遇影射了当今充斥在发达国家的种种问题，将哲理幻想化、魔幻化，展现出导演天马行空的思绪，一如孩童在万花筒里看到的光怪陆离的世界。

2007年的《怪侠多罗罗》里，也有着层出不穷的妖魔鬼怪。电影改编自漫画泰斗手冢治虫壮年时期的重要作品，大师在其中注入了丰富的思想内涵，借主人公百鬼丸一路斩杀魔怪的冒险历程，寄托了反战思想和悲天悯人之心。电影以充满魄力和魔幻色彩的故事，表达出对人生价值的肯定，以及对年轻人的真诚激励，让人不知不觉浸淫日本独有的妖幻世界中，如痴如醉。

时至2011年，一部改编自1968年人气动画的电视剧《妖怪人贝姆》，火爆荧屏。该剧讲述妖怪人贝姆、贝拉和贝罗虽然长着丑陋的妖怪外形，但心存正义，梦想着成为人类，为建立人类与妖怪的良好沟通桥梁而不断与恶势力战斗的故事。由于展露诸多人性问题，曲折感人，故而荣获诸多奖项并拥有了极高收视率。“想快点变成人类”的经典台词给观众留下深刻印象。其电影版将于2012年年底上映，让我们拭目以待吧！